CISNE

Biblioteca

Susan
ANDERSEN

Susan
ANDERSEN
*Siempre
a tu lado*

Traducción de
Teresa Arijón

Título original: *Be My Baby*
Diseño de la portada: Departamento de diseño de Random
   House Modadori / Yolanda Artola
Ilustración de la portada: © Bilderlounge / Corbis

Primera edición: marzo, 2008

© 1999, Susan Andersen
© 2008, Random House Mondadori, S. A.
   Travessera de Gràcia, 47-49. 08021 Barcelona
© 2008, Teresa Arijón, por la traducción

Printed in Spain – Impreso en España

ISBN: 978-84-8346-605-6 (vol. 74/2)
Depósito legal: B. 6.677-2008

Fotocomposición: Revertext, S. L.

Impreso en Cayfosa-Quebecor, Ctra. km. 3
Santa Perpètua de Mogoda (Barcelona)

M 866056

Este libro está dedicado a las mujeres de la industria,
con sincera gratitud y afecto

A mi muy buena amiga
y compañera de «tormenta de ideas»
Caroline Cross,
por sacarme de los pozos donde me hundo

A mi agente, Meg Ruley,
por guiarme a través de los campos minados

A mi editor, Micki Nuding,
por hacer que me vea mejor

A las Avon Ladies de internet,
por compartir, enseñarme y hacerme reír

Y a las lectoras de novelas románticas de todo el mundo
Los tontos pueden tratar de encasillarnos,
pero nosotras sabemos muy bien quiénes somos

1

Juliet Rose Astor Lowell se detuvo bajo las columnas de mármol, en la entrada de la comisaría de distrito Octavo, y se enjugó discretamente la frente con el dorso de la mano. Respiró hondo y exhaló con suavidad. Santo Dios, allí sí que hacía calor. Y tan húmedo... La breve caminata desde la limusina con aire acondicionado la había dejado exhausta. Despegó el borde de la falda que se había adherido a sus muslos y sacudió con delicadeza su vestido para que circulara el aire. Hacía menos de una hora que estaba en Nueva Orleans y las cosas ya eran por completo diferentes de lo que había imaginado cuando salió de Boston.

Pero eso se debía, principalmente, a aquella parada no programada en el camino. Había pensado que tendría un poquitín más de libertad allí; parecía algo fácil de conseguir y, por lo tanto, posible. Después de todo, estaba lejos de las rígidas restricciones de la abuela, en una ciudad cuyo nombre era sinónimo de diversión, y cuyos habitantes seguramente no tenían expectativas preconcebidas por el hecho de que ella fuese una Astor Lowell. Y no era que hubiese planeado un desenfreno salvaje de bailes sensuales, completamente desnuda, sobre las mesas. Por el amor de Dios... simplemente había anhelado aflojar un poco las omnipresentes riendas. Lo suficiente para respirar hondo, verdaderamente hondo.

Pero incluso eso le sería negado. Una vez más, su padre había arreglado las cosas sin tomarse la molestia de consultar antes con ella, y le había lanzado la pequeña bomba como un *fait accompli* por teléfono, en una llamada directa a la limusina. Crown Hotels había recibido una carta de protesta contra la apertura del New Orleans Garden Crown. Se la había leído por teléfono, y si a ella le había parecido una ardiente defensa contra la corrupción de un hito histórico más que una amenaza, eso no tenía importancia alguna. Papá quería protección policial para ella, y allí estaba, una vez más, sin poder decidir por sí misma. Empujó la puerta y entró en el edificio.

Sus oídos todavía estaban habituados a los vigorosos acentos de Nueva Inglaterra, de modo que las lentas y suaves modulaciones de los oficiales que atendían el mostrador le sonaron casi foráneas. En el trayecto desde el mostrador hasta la oficina del capitán, sin hacerse notar —pero ávidamente— observó todo lo que la rodeaba. Jamás había estado en una comisaría, y le parecía exótica y pletórica de energía.

El hombre que se levantó de su escritorio cuando ella golpeó la puerta no era ninguna de las dos cosas. Tenía el aspecto próspero y bien alimentado de un político: el tipo de persona que frecuentaba su padre; exactamente la clase de gente con la que ella solía tratar. Su cabello castaño estaba acostumbrado a las peluquerías caras, sus mejillas rubicundas resplandecían gracias a una reciente y prolija rasurada, y su traje, de corte impecable, disimulaba el tamaño de una barriga que había comenzado a crecer. El trabajo policial debía de estar mejor pagado de lo que Juliet pensaba.

—¿Capitán Pfeffer? Soy...

—La señorita Juliet Lowell —completó él con entusiasmo. Por lo menos su voz era exótica, y rezumaba vocales alargadas, melosas. Dio la vuelta al escritorio y le tendió una mano tersa, de uñas cuidadas.

«Astor Lowell.» Se tragó el impulso de corregirlo, aunque el deseo de hacerlo era automático después de tantos años de condicionamiento a los pies de la abuela. Estrechó la mano del capitán con una sonrisa de cortesía.

—Por favor —dijo él, palmeándole la mano como si fuera

su tío mientras la invitaba a pasar—. Acompáñeme y tome asiento. Su padre y yo hemos tenido una larga charla, y la estaba esperando.

—Sí, lo sé. —Juliet se sentó. Aunque sabía que era inútil, insistió con calma—: Me temo que mi padre se ha precipitado un poco. Verdaderamente no es necesario que yo monopolice los servicios de un oficial que podría emplear mejor su tiempo en cualquier otra cosa.

—Tonterías. El sargento Dupree está muy contento de poder ayudarla. No se preocupe, que su pequeño y bonito... Bien. —El capitán se aclaró la garganta, indudablemente viendo en la expresión de Juliet algo que le advertía de que estaba a punto de cometer un error—. El Departamento de Policía de Nueva Orleans siempre se alegra de poder ayudar a una hermosa dama —rectificó cordialmente, lo cual no fue un gran progreso a ojos de Juliet—. Nos gusta asignar lo mejor a los mejores. El comisionado en persona me eligió para que fuera capitán suplente debido a que el capitán Taylor está disfrutando de unas largas vacaciones. Y yo he escogido, personalmente, al detective más apto para escoltarla.

La sonrisa cortés de Juliet se congeló en el aire.

—¿Detective? —Frunció el ceño—. Ah, pero... Pensé que había dicho que era un sargento.

La cosa iba de mal en peor. Ya era bastante malo acaparar los servicios de un oficial; ahora se veía alejando a un detective de la investigación de un asesinato.

—No existe el rango oficial de detective en el DPNO. La mayoría tiene rango de agente de policía o sargento. —Con un ademán, hizo a un lado la distinción—. Permítame decirle que estamos todos muy entusiasmados con el hecho de que Crown Hotels haya decidido embellecer nuestra ciudad con uno de sus elegantes establecimientos. Vaya, la sociedad casi no habla de otra cosa.

Juliet dudaba de que así fuera, pero se sentía orgullosa del Garden Crown. Había esperado años para estar a cargo de uno, desde la concepción hasta la inauguración, y el de Nueva Orleans era su bebé.

—Sí, nosotros también estamos francamente entusiasmados —asintió.

—Y tienen sobradas razones para estarlo. Y usted no necesita preocuparse por su seguridad mientras desarrolle sus negocios, porque nosotros estamos aquí y nos encargaremos de que no quede sola o desprotegida ni por un instante.

Eso era, precisamente, lo que Juliet había temido.

—Tengo entendido que han planificado una miríada de fabulosos eventos preinaugurales —prosiguió el capitán.

—Sí, así es. —Juliet hizo un breve resumen de la programación social planeada. Cuando terminó, Pfeffer la miraba tan expectante que se sintió obligada a decir con cortesía—: Usted y su esposa tendrían que acompañarnos en alguno de ellos.

—Muchísimas gracias, señorita Lowell. Mi esposa estará encantada. Es una Collier, ¿sabe? De los Collier de Savannah.

—Fíjese usted. —Juliet no tenía la menor idea de quiénes eran los Collier de Savannah, pero supuso que eso explicaba la evidente riqueza del capitán. Su instinto de larga experiencia hizo que dudara de que aquel hombre descendiera de la vieja riqueza sureña, porque tenía esa untuosidad «ansiosa por impresionar» que Juliet asociaba con los parásitos aduladores de su padre. No obstante, sus modales impuestos desde la cuna dictaron la única respuesta aceptable—. Entonces es muy probable que ya estén en la lista de invitados. No obstante, me aseguraré de que mi asistente les envíe una invitación. —Miró el reloj de soslayo.

Pfeffer vio cómo lo hacía, cosa que habría dejado pasmada a su abuela. Pero el gesto al menos tuvo la ventaja de ahuyentarlo.

—Entiendo que está muy ocupada... Permítame llamar a Dupree.

Cuando iba a coger el teléfono que había en su escritorio, Juliet se puso de pie.

—No es necesario apartarlo de sus deberes. —Su padre podía sustentar la creencia feudal de que el bienestar de los Lowell tenía prioridad sobre el de cualquier otro mortal, pero su abuela sostenía a rajatabla que un Astor Lowell jamás importunaba a otros en beneficio de su comodidad personal. Y las reglas de la abuela tenían prioridad en la educación social de Juliet, puesto que ella la había criado desde la muerte de su madre y por lo tanto había tenido tiempo de inculcárselas desde su nacimiento... mientras su padre solo aparecía en su vida de vez en cuando para establecer una nueva ley antes de volver a sumergirse en su preciosa empresa—. Por favor —insistió—. Podemos ir a buscarlo.

Pfeffer seguía pulsando números.

—Hágame caso en esto, mi pequeña dama. Con el sargento Dupree hay que empezar las cosas como uno quiere que continúen luego. Si bien puedo asegurarle que es uno de los mejores de Nueva Orleans, tiende a exagerar sus méritos a la primera oportunidad. Es mejor que él venga a vernos.

En primer lugar, Juliet no quería estar allí, y el hecho de que sus deseos fueran ignorados con semejante condescendencia paternalista por un hombre que, comenzaba a sospechar, era un pequeño tirano fue la gota que colmó el vaso. Mirándolo a los ojos, dijo con voz gélida:

—Insisto.

El rostro de Pfeffer reflejó cierta irritación pasajera, pero apoyó el auricular en la horquilla y se levantó.

—Por supuesto —dijo, conciliador—. Como quiera. —Dio la vuelta al escritorio y se paró, cediéndole el paso con sonrisa obsequiosa—. Por aquí, por favor. Tomaremos el ascensor.

—Josie Lee está en pie de guerra —le informó Beau Dupree a su compañero con tono sombrío—. Dice que soy sobreprotector y asfixiante, y ha decidido marcharse. —Miró a Luke Gardner—. ¿Tú crees que soy sobreprotector?

—Sí.

Beau frunció el ceño.

—Mentira. Diablos, si no fuera por este caso, yo mismo haría sus maletas... Sueño con el momento de no ser ya responsable de todos. Pero, tal como están las cosas, se irá sobre mi cadáver. —Sacudió la cabeza con disgusto—. Sobreprotector, ¡una mierda!

—Beau, por el amor de Dios, escúchate. ¿Cuándo te quitarás la soga que te has echado al cuello, hombre? Lo que pasó no fue culpa tuya.

—Al diablo con eso. Por supuesto que fue mi culpa.

Beau frunció todavía más el entrecejo. Había permitido que su hermana pequeña fuera a un cruce de caminos a altas horas de la noche. No importaba que ella lo hubiera buscado por el móvil, o que hubiera insistido hasta la saciedad en que debía quedarse con el coche, impidiéndole volver a su trabajo hasta que consiguió que él aceptara por pura frustración permitir que un amigo la llevara hasta el club nocturno para buscar las llaves. Él tendría que haberle dicho que necesitaba el coche, aunque hubiera llegado allí con Luke. Sí, la había obligado a prometerle que el amigo la dejaría exactamente donde él había dejado aparcado el auto, cerca de la comisaría, y esperaría a que ella entrara sana y salva. Pero había sido un mal trato.

Luke y él habían estado vigilando un club nocturno a causa del Ladrón deBragas, un individuo que irrumpía en las casas y forzaba a las mujeres, a punta de revólver, a desnudarse y entregarle sus prendas íntimas, aterrorizándolas con las impronunciadas posibilidades de las otras cosas que podría obligarlas a hacer antes de perderse de nuevo en la noche con su precioso botín. Beau sabía perfectamente que el club era el único denominador común de las últimas dos víctimas del pervertido. No tenía por qué haber permitido que Josie Lee se acercara a ese lugar.

—No es que no me guste tener un poco de paz, Gardner. Me encantaría tener toda la casa para mí solito. Y vivo esperando el día en que habré de recuperar mi vieja y buena vida sexual. —Eso sí que era dar por sobrentendidas las cosas. Hacía diez contundentes años que fantaseaba con ese día.

Luke esbozó una sonrisa burlona.

—¿Las pelotas se te están poniendo azules?

Beau lo miró.

—Eh, trata de criar tres hermanas con opiniones propias y ya verás cómo te quedan los cojones. No he podido llevar esa vida loca de soltero que tenía cuando vivían mis padres. —Él también sonrió—. En cuanto Josie Lee traspase el umbral de la casa, pienso retomar mi antigua vida allí donde la dejé. Lo primero que haré será conseguirme una rubita de tetas enormes.

—¿Ah sí, Beau?

—O quizá me consiga dos rubias... o una rubia y una pelirroja; no soy quisquilloso. Luego me meteré en la cama con ella o con ellas, y no saldré a tomar el aire durante una semana por lo menos. —La sola idea lo hizo sonreír, pero la sonrisa desapareció cuando su amigo le hizo bajar de una patada los pies que hasta entonces tenía cómodamente apoyados sobre el último cajón del escritorio. Beau se enderezó, irritado—. ¿Qué jodido bicho te ha picado?

—Sargento Dupree —lo reconvino a sus espaldas el capitán suplente Peter Pfeffer con sequedad—. Tenga la amabilidad de moderar sus palabras, señor. Hay una dama presente.

Beau hizo girar su silla. Ah, estupendo... su burócrata predilecto. Y por si eso no bastara para alegrarle el día, Pedante Pfeffer estaba acompañado por una mujer de piernas largas que lo miraba con sus enormes ojos grises... como si él fuera una especie exótica enjaulada en un zoológico. Le devolvió la atención mirándola lentamente de arriba abajo.

—Permítame presentarle a la señorita Juliet Lowell —dijo Pfeffer con esa sonrisa de vendedor de aceite de víbora que siempre le hacía rechinar los dientes—. Su nueva misión —agregó triunfal—. Señorita Lowell, le presento al sargento Beauregard Dupree.

Juliet sintió la súbita tensión de todos los presentes en el despacho de policía, y comprendió que había cometido un error al no permitir que el capitán Pfeffer mandara llamar a su detective. Aquello olía sospechosamente a juego de poder y, gracias a su insistencia, ahora lo estaban jugando en un foro público.

Cuando el hombre cuya conversación habían interrumpido se dio la vuelta perezosamente en su asiento y la evaluó con unos ojos negros de pestañas muy tupidas, Juliet rogó que su futuro guardaespaldas fuera el calvo guapo de sonrisa cautivadora que estaba justo detrás de él.

Pero no tuvo tanta suerte, por supuesto. Su corazón comenzó a latir desbocado en su pecho cuando el detective de cabello negro se puso de pie y la miró de arriba abajo. Él no era particularmente guapo. Lo cual estaba muy bien, porque, de ser guapo, dejaría un número excesivo de víctimas a su paso. Era un hombre extremadamente... masculino. Era más masculino que cualquier individuo con cromosoma Y que se hubiera cruzado hasta entonces en su camino. Un fragmento de su conversación le daba vueltas en la cabeza. ¿Una semana de sexo salvaje con parejas múltiples? Santo Dios, ¿la gente en verdad hacía esa clase de cosas? Se quedó mirándolo, asqueada y no obstante fascinada.

Él le devolvió la mirada, enarcando una de sus tupidas cejas oscuras y curvando apenas la comisura de los labios, como si supiera algo que lo divertía en secreto. Pero cuando se dio la vuelta para mirar al capitán Pfeffer bajó las cejas. Todos los ojos estaban clavados en él y todos parecían estar conteniendo la respiración, como si esperaran una explosión. Pero se limitó a cambiar una mirada con el otro detective y dijo, con una docilidad que Juliet instintivamente reconoció como simulada:

—Ya tengo una misión entre manos, Pete.

—¡Capitán Pfeffer! —El oficial de mayor rango escupió esas palabras ardiendo de indignación—. Tu misión es la que yo digo, Dupree. Y yo digo que es la señorita Lowell.

El detective era de estatura media, quizá un metro setenta o setenta y cinco. Pero tenía los hombros anchos, las caderas estrechas y la grácil constitución muscular de un nadador. Sus antebrazos estaban cubiertos por un tupido vello negro, que también asomaba por el cuello desabotonado de su polo. Aunque solo eran las once de la mañana, una sombra de barba típica de las cinco de la tarde le oscurecía el mentón. Se veía rudo y competente frente al capitán, y su frío y sereno control de sí mismo hacía que su superior pareciese, en comparación, blando y casi histérico. Por eso fue una sorpresa que el detective repentinamente diera media vuelta y se dirigiese a ella, cumpliendo las órdenes del capitán Pfeffer.

—Señorita Lowell —dijo en voz baja, tendiéndole la mano. Él también tenía un acento lento y perezoso, pero Juliet percibió la furia y la energía en las profundidades de sus ojos negros—. Este es mi compañero...

—Tú no tienes ningún compañero, Dupree —lo interrumpió Pfeffer.

—No me digas —replicó Beau. Pero le explicó a Juliet—: Luke era mi compañero antes de la descentralización del DPNO en 1996, y no voy a empezar a llamarlo mi ex compañero a estas alturas de los acontecimientos. —Señaló al hombre del cráneo liso y prolijamente rasurado—. Como sea, le presento al sargento Gardner.

—Señora —dijo el detective. Pero aunque Juliet le devolvió el saludo con una cortés inclinación de cabeza, aparentemente no podía apartar los ojos del sargento Dupree.

Estaba un poco sudoroso; lo veía en el brillo del cuello y en aquellos lugares donde su camisa negra se le adhería al pecho y a los músculos del estómago. Pero la mano que había estrechado la suya estaba seca y tenía la piel morena y los dedos largos y fuertes. Y era cálida, muy cálida.

Juliet la soltó en cuanto le fue posible, sintiéndose confundida e impaciente. Curvó los dedos, que conservaban la sensación de aquel tacto, entre los pliegues protectores de su falda, y sintió que el calor le subía a las mejillas. Los hombres que formaban parte de su mundo tenían manos suaves, pálidas y tibias. Un escalofrío de incomodidad le recorrió la espalda.

—Beauregard estará a su servicio durante su permanencia en Nueva Orleans —anunció pomposamente el capitán Pfeffer—. ¿No es así, Dupree? —agregó mirándolo de soslayo.

Sin apartar los ojos de ella, Beau dio un paso que lo dejó demasiado cerca de la muchacha y ladeó la cabeza, como quien se pregunta algo.

—¿Existe alguna razón en particular por la que necesitas una niñera, preciosa?

Desacostumbrada a la cercanía física, Juliet retrocedió. Aunque era demasiado bien educada para reprobar el tratamiento excesivamente amistoso, levantó el mentón y abrió la boca para dar una respuesta gélida. Pero, justo en ese momento, Pfeffer salió al ruedo.

—La señorita Lowell ha venido a inaugurar el Garden Crown, la nueva y bellísima joya de la resplandeciente tiara que componen los hoteles Crown —dijo con orgullo impropio.

—¿Y ella, digamos, ya se ha alzado con el botín y necesita un policía? —Beau la miraba con ojos insolentes—. En ese caso, cariño, has dado con el mejor.

—Cuidado con lo que dices, Dupree. La señorita Lowell ha recibido una carta de amenaza y te he asignado la misión de protegerla.

Todos los presentes contuvieron el aliento y se echaron hacia atrás como si Beau fuera una bomba a punto de explotar. Juliet habría dado lo que no tenía por entender qué diablos estaba ocurriendo. Obviamente había expresiones y alusiones solapadas que no comprendía. Los ojos negros del sargento Dupree relumbraron de furia absoluta cuando su mirada pasó de la cara de Juliet a la del capitán.

—¿La misión de perro guardián? —dijo apretando los dientes.

—Su padre insistió mucho, y después de todo su padre es Thomas Lowell. Aquí tienes una copia de la carta —le espetó a Beau, arrojándole el papel a las manos—. Estoy seguro de que querrás echarle un vistazo. Y por supuesto te encantará saber que también serás el acompañante de la señorita Lowell en todos los eventos preinaugurales del hotel —agregó satisfecho.

—Mierda —murmuró alguien.

Beau recorrió la carta con la mirada. Después, clavó sus ojos oscuros en la cara de Juliet.

—Papá debe de tener muy buenas conexiones —dijo en

voz muy baja, con un dejo de desprecio—. Porque esto
—murmuró, haciendo una bola del papel blanco que tenía
en una mano con los largos y morenos dedos de la otra— es
una mentira de pies a cabeza, pero parece que de todos modos
le ha comprado un muñeco nuevo a su niñita.

Si su encanto inicial había hecho latir desbocadamente su
corazón, toda aquella furia concentrada en ella agregó un latido casi frenético a su ritmo errático. De algún modo ese hombre se las ingeniaba para desbaratar su habitualmente inalterable compostura, haciéndola sentir libre de toda atadura.

«Nunca olvides quién eres.» La arrogante exhortación de
su abuela le brindó un inesperado consuelo, y Juliet necesitaba todas las municiones disponibles.

Lo miró con frialdad.

Él entrecerró los ojos y dijo con insolencia:

—No te gusta mucho hablar, ¿verdad, carita de ángel?
A mí me gustan las mujeres calladas.

Gardner puso los ojos en blanco y el capitán Pfeffer es-
talló:

—Ha sido más que suficiente, sargento. Recuerde sus modales y, cuando se dirija a esta joven, llámela señorita Lowell.

La dura mirada de Beau abandonó la cara de Juliet y se
clavó en la del capitán. Su voz perdió el acento meloso cuando le espetó:

—¿O qué me hará, capitán *suplente* Pfeffer? ¿Me sacará
del caso y me destinará a otro mucho menos... importante,
como el caso del Ladrón de Bragas?

—¡Olvídate de ese caso de poca monta! —La expresión
inalterable del capitán Pfeffer se resquebrajó, y adelantó una
mandíbula pendenciera hacia Beau—. Acabo de darte una misión y harás lo que te diga... ¡o te quitaré tu placa de oro!
—Esa era una idea que, a todas luces, lo entusiasmaba.

—Oh, por favor —protestó Juliet, molesta. Pero Beau no
la dejó continuar.

—Vamos, señorita Lowell... —Beau la cogió de la mano y
se encaminó hacia la puerta, arrastrándola con él.

—¡Dupree! —La voz de Pfeffer a sus espaldas era una perentoria advertencia que los instaba a detenerse, pero Beau ni siquiera aminoró la marcha.

Dando tumbos tras él, Juliet miró por encima del hombro al capitán y al sargento Gardner y se encogió de hombros, indefensa. Los perdió de vista cuando la mano caliente que la tenía cautiva la hizo cruzar el umbral.

2

¡Maldito jodido burócrata hijo de puta! Beau pisó el acelerador a fondo y su automóvil salió disparado a toda velocidad hacia Garden District. Eso jamás habría ocurrido si el capitán Taylor hubiera estado allí. Pero Taylor era un verdadero policía, no un politicucho de medio pelo, arrogante y engreído como el Pedante. La sola idea lo hizo resoplar. ¡Olvida ese caso de mierda, joder!

De acuerdo. Era cierto que él, como todos los demás en la comisaría, al principio había pensado que lo del Ladrón de Bragas era una especie de broma de mal gusto. Los policías tenían que vérselas con algunos crímenes verdaderamente espantosos y por lo menos ese pervertido no había lastimado físicamente a nadie. Eso no lo volvía inofensivo, por supuesto, dado que sus acciones habían aterrorizado a más de media docena de mujeres que no sabían que iban a salir lastimadas hasta que el ladrón con su máscara de Mardi Gras (el carnaval que hizo a Nueva Orleans famosa en el mundo) se alejaba tan silenciosamente como había llegado. Pero, puesto que no había herido a ninguna de sus víctimas, y con la irreverencia que caracteriza a las comisarías de policía, él y sus compañeros le habían puesto varios apodos groseros o por demás explícitos... de los cuales El Ladrón de Bragas era el menos ofensivo.

Pero la actitud despreocupada de Beau se disolvió como la niebla bajo un implacable sol de mediodía cuando aquel hombre atacó a Josie Lee. Eso lo transformó en algo personal.

Ahora Beau estaba decidido a meterlo en la cárcel, donde debía estar.

Y le resultaría mucho más difícil lograrlo con aquella falsa nueva misión colgándole del cuello como una barra de plomo. Jugar al perro guardián de la señorita Lowell consumiría la mayor parte de su tiempo... y todo por haber arrestado a la nieta adolescente del comisionado.

Aquel era el pago por sus servicios.

Lo más enloquecedor del caso era que ni siquiera estaba de servicio aquella noche, poco más de un mes atrás... y además ni siquiera era agente de tránsito. Pero, cuando bajaba a toda velocidad por el Huey P. Long, no había podido ignorar la manera en que el automóvil que iba delante zigzagueaba de un lado a otro del puente. Había tenido que decidir entre detener aquel vehículo o vivir para arrepentirse si el conductor, obviamente bajo los efectos del alcohol o de alguna sustancia, terminaba matando a alguien... cosa que él podría haber impedido. Si a eso se le agregaba el dato de que un conductor borracho como una cuba había sido el responsable de la muerte de sus padres, era obvio que no tenía opción.

La había obligado a detenerse, la había encerrado en un calabozo... y a consecuencia de ello había aterrizado en el primer puesto de la lista negra del comisionado.

El sindicato lo protegía de una represalia directa y Beau sabía que sus compañeros detectives habían esperado que invocara el caso después de lo ocurrido aquel día. Escoltar a una niña pija de la alta sociedad norteña no era tarea para un detective de la división, eso era seguro. En circunstancias normales, la misión habría recaído en alguien que estuviera más abajo en la cadena alimentaria.

Pero el comisionado tenía conexiones importantes y aquella no era una ofensa que el detective pudiera señalar como un grave abuso de poder. Si hasta podía escuchar la respuesta. «¿Dice que tiene que escoltar a una mujer bonita a todos los lugares adonde a ella se le antoje ir? ¿Y la ciudad o su hotel pagarán los gastos? Ah, sí, Dupree, nos damos cuenta de que están abusando de usted.»

No había manera de evitarlo; Beau estaba embobado con la señorita Lowell.

Miró de reojo a su acompañante mientras aceleraba a fondo por St. Charles Avenue. Diablos, era una belleza, con esos ojos tranquilos del color de la lluvia y ese cabello dorado como la miel sujeto en un pequeño y apretado moño francés. Por no hablar del pudoroso vestido de gasa que llevaba puesto, que dejaba ver los delicados extremos de sus hombros y sus gráciles brazos y tobillos y casi nada más. Cada vez que la miraba sentía un loco impulso de manosearla...

No. Diablos, no, ¿en qué estaba pensando? Se obligó a prestar atención al camino, que era lo que debía hacer. Ella no era la clase de mujer a la que los hombres manoseaban... y esa era la única clase de mujer que lo atraía.

Volvió a mirarla y esta vez sus ojos se clavaron en la boca de Juliet. Aunque no llevaba pintalabios, era sorprendentemente suculenta; era la boca que uno esperaría en una reina del porno. La improbable analogía hizo curvar una de las comisuras de Beau en una mueca despectiva.

Hablando de casos de falsa propaganda... en particular en lo que a él concernía. Era difícil imaginarla perdiendo los estribos con un hombre, pero él la había visto mirarlo y había visto aquellos ojos volverse gélidos y aquella naricilla aristocrática levantarse en el aire como si hubiera pasado por allí una mofeta o hubiera olido algo que se estaba pudriendo.

Beau movió el hombro con impaciencia. Bien, algunas veces se ganaba y otras... se perdía. No obstante, estaba claro que ella lo consideraba un jactancioso blanco sureño de poca monta y clase baja oriundo de Louisiana. Y además obseso del sexo, dado que había escuchado el final de su interrumpida conversación con Luke.

Por un instante, todo se calmó en su interior. Oh, diablos, era eso. ¿Cómo no se le había ocurrido antes?

No había manera de que el Pedante lo liberara de esta misión. Era el castigo personal de Beau, no solo por la nieta del comisionado, sino por haberle puesto las cosas difíciles a Pfeffer en el pasado.

Sin embargo, Pfeffer era un auténtico lameculos, y si la quisquillosa señorita Lowell pedía que lo trasladaran, no tendría más remedio que complacer sus deseos.

Beau volvió la cabeza y le dedicó una gran sonrisa salvaje.

—¿Cuál es la dirección, cariño?

Sus ojos grises parpadearon.

—¿Perdón?

—El Garden Crown, Jules. ¿Cuál es la dirección?

—Oh. —Se ruborizó, cosa que, ya lo había advertido Beau, parecía ocurrirle con facilidad, y le dio la información requerida.

Giró por Fourth Street y luego por Coliseum Street haciendo chirriar los neumáticos, y en la última manzana pisó a fondo el acelerador y pasó como una flecha frente a los portones filigranados hasta frenar de golpe ante la puerta de la entrada de la antigua mansión que era ahora el hotel Garden Crown.

Santo Dios, había sido una maniobra brillante. Volvió a sonreír.

Tampoco le había pasado inadvertido que a la señorita Juliet no le agradaba que invadiera su espacio personal. Se relamió contemplando todas las posibilidades que ofrecía una personalidad tan reprimida. Solo tenía que mostrarse cercano y tomarse alguna confianza con aquella mujer. Demonios, podría matar dos pájaros de un tiro llevándola a uno de los establecimientos más horteras del Big Easy mientras se ocupaba de su propio caso. Bastaría con presentarle a un par de selectos parroquianos ajenos a su enrarecido estrato social para que exigiera su reemplazo en menos que canta un gallo.

Salió del coche de un salto y pasó por delante del capó para abrirle la puerta.

—Has llegado, cara de ángel: firmada, sellada y entregada, sana y salva como me fue ordenado. —Casi sintió ternura por ella al verla desabrochar el cinturón de seguridad. Extendió la mano y le ofreció ayuda para bajar del vehículo—. ¿Por qué no vamos a echar un vistazo a tus horarios?

Ella ignoró la mano tendida y permaneció allí sentada, como si su automóvil deportivo fuera un trono: la espalda recta sin rozar siquiera el respaldo del asiento de cuero, los tobillos juntos, las manos cruzadas sobre la falda. Los ojos del color de la lluvia lo miraron fijamente.

—Mi nombre es Juliet —le informó con frialdad—. Le agradecería que me llamara Juliet, o Juliet Rose si así lo prefiere. O señorita Astor Lowell. Pero tenga la amabilidad de no acortarlo. Los apodos son vulgares.

Beau no había evaluado la posibilidad de que pudiera reaccionar con más acritud de lo que ya había hecho, pero maldita fuera si lo había logrado. Se tragó una sonrisa.

—Como tú digas, Capullito de Rosa. —Inclinándose apenas, la cogió por la muñeca y la hizo salir del automóvil.

Ah, diablos. Aquello iba a ser como quitarle las chocolatinas a un crío.

La asistente de Juliet, Roxanne Davies, cerró de un golpe la agenda que Juliet, Beau y ella misma acababan de repasar en el mostrador de recepción del hotel. Luego lo vio avanzar con displicencia hacia la entrada principal y desaparecer en un haz de luz cegadora.

—Ay madre mía. —Abanicándose con la agenda, miró a Juliet entusiasmada—. Y tú que pensabas que tener escolta policial sería malo.

Una risita histérica estuvo a punto de escapar de la garganta de Juliet, pero se las ingenió para reprimirla.

—Todavía no estoy convencida de que no sea así —dijo con un tono de frialdad bastante creíble.

—¿Estás bromeando? Es un pedazo de hombre, Juliet. Puedo imaginar suertes mucho peores que tener un tío como ese a tu disposición.

Probablemente porque tú sabrías cómo manejar a un «pedazo de hombre». Juliet todavía ardía de vergüenza al recordar el tono con que había dicho: «Los apodos son vulgares». Santo Dios, la abuela sí que había dejado su huella... ¿Acaso era posible sonar más creída y mojigata? Pero se limitó a decir en voz alta:

—¿Ya te has encontrado con los Haynes?

—No quieres hablar del bombón, ¿eh?

Juliet parpadeó. Había contratado a Roxanne contra las enérgicas objeciones de su padre, plantándose en sus trece con desacostumbrada obstinación cuando él sostenía que la joven no era «de nuestra clase». Quizá no lo fuera, y había ocasiones —como aquella— en que su alegre y rotunda falta de tacto crispaba los nervios a Juliet. Pero Roxanne necesitaba el trabajo mucho más que ninguna de las graduadas Seven Sisters que se habían presentado, estaba plenamente calificada para hacerlo y, por si eso fuera poco, Juliet casi había admirado su audaz franqueza. Debía de ser liberador no sopesar cada bendita palabra antes de pronunciarla.

—Vamos —la animó Roxanne—. Al menos has de admitir que es un verdadero bombón, ¿no? Quiero decir, por la manera en que se te acercaba, debes de haber sentido la química. Es definitivamente distinto de esos muchachos paliduchos que suelen acompañarte.

—Roxanne, en realidad no quiero hablar de eso.

—Bueno, está bien... pero creo que este viaje ha empezado a ponerse muy interesante.

Juliet cruzó a zancadas el vestíbulo vacío y entró en su oficina, con Roxanne pisándole los talones. Tomó asiento detrás del escritorio y miró a su asistente.

—¿Los Haynes?

—Edward es un cielo. La maravillosa colección de máscaras Mardi Gras del salón azul le pertenece, y creo que es obra suya que los jardines sean tan encantadores como son.

—¿Y Celeste?

—Me gustaría que tuviéramos una reunión para discutir la lista de funciones que ha aceptado hasta el momento, como también las expectativas de Crown Corporation en cuanto al cumplimiento de sus deberes. Fue... amable, pero tengo la sensación de que tratar con una humilde asistente se le antoja indigno. —Roxanne se encogió de hombros con diplomacia—. He convocado una reunión para mañana a las tres de la tarde, si te va bien.

—Gracias, Roxanne. Me parece muy bien.

Juliet comenzó a valorar el olfato de su asistente para las personas al año de estar Roxanne trabajando para ella. Estaba enterada de que los Haynes eran unos aristócratas sureños empobrecidos que se habían encargado del cuidado y el mantenimiento de la bella y antigua mansión de estilo neoclásico antes de que fuera comprada por Crown Hotels. Ahora estaba empezando a conocer, aunque superficialmente, las personalidades de la pareja cuyos servicios la compañía había decidido conservar para contribuir a abrir las puertas de la sociedad de Nueva Orleans.

Se puso de pie.

—Supongo, por lo que has dicho del salón azul, que has tenido ocasión de echarle un vistazo. Todavía no he visto nada, excepto esta oficina y el vestíbulo, y me muero por saber cómo han quedado las reformas. ¿Te apetecería que exploráramos un poco?

Era raro. Pero se sentía letárgica e inquieta al mismo tiempo, y buscaba desesperadamente cualquier oportunidad para moverse. La perturbadora sensación de ansiedad que la abrumaba era una combinación del calor sofocante, que juraría padecer incluso dentro de esas cuatro paredes con aire acondicionado, y el hecho de saber que por primera vez era plenamente responsable de la puesta en marcha de un hotel. Posiblemente una parte también pudiera atribuirse a la necesidad de protección policial, una clara alteración en su rutina.

Sin embargo, no tenía relación alguna con su escolta. Diablos, si casi había olvidado que existía.

Era noche de arroz al estilo Jambalaya, guisado con pollo, jamón, ostras y finas hierbas, en el pequeño chalet criollo de Beau, en el distrito de Baywater, y las paredes de la minúscula cocina parecían a punto de estallar con todas aquellas personas allí reunidas.

Un vapor fragante salía de la olla de arroz mientras Beau agregaba tomates secos y todos los condimentos que su hermana menor, Josie Lee, iba encontrando en la alacena. La chica le dio un codazo cuando descubrió uno que todavía no habían utilizado, y Beau, sin molestarse en mirar qué era, extendió una mano mientras con la otra probaba el guiso en ciernes. Josie Lee vació el contenido del frasco sobre su palma abierta. La hermana mediana, Anabel, cortaba en juliana los langostinos y el jamón sobre la tabla; Luke salteaba perejil y cebollas en el quemador junto a Beau, y la mayor de sus tres hermanas, Camilla —junto con su esposo, Ned Fortenay—, preparaban una ensalada sobre una estrecha mesa en un rincón de la cocina. «*Heeey, good-lookin*», tarareaba Buckwheat Zydeco desde el reproductor de CD en el salón.

—¿*Queeé* estás cocinando? —cantaba Anabel siguiendo la canción. Pero se interrumpió para dar una orden—: Echa esas verduras en la olla, Luke. Necesito la sartén.

—Sí, señora. —Se cambiaron de sitio y Anabel puso la carne roja y la mezcla de mariscos en la sartén. Cogió un trozo de jamón, se lo metió en la boca y miró a su hermano—. ¿Revisarás mi talonario de cheques después de cenar? Lo tengo todo en la cartera.

—Maldita sea, Anabel —se quejó Beau—. Ya tienes veinticuatro años. ¿Cuándo aprenderás a hacerlo tú solita?

—Sabes que soy muy mala con los números, Beauregard.

Él masculló una maldición y dijo:

—Y es precisamente para gente como tú que han inventado las calculadoras, preciosa.

Sin embargo, todos los presentes sabían que revisaría su talonario de cheques después de cenar. Diez años atrás había aceptado responsabilizarse de sus hermanas para mantener unida a la familia, y era un hábito duro de romper.

Pero no cabía duda alguna de que se moría de ganas de sacárselo de encima. Y así sería... en cuanto lograra componer la situación de Josie Lee, sería un hombre libre. Basta de preocupaciones y responsabilidades constantes; a partir de entonces serían solo él y las mujeres más libertinas de toda Nueva Orleans. Ya tenía una lista completa en su libreta negra, a la espera del gran día.

Poco después todos se sentaron a comer, muy apretados, en torno a la pequeña mesa en un extremo de la sala. El ventilador de techo giraba perezosamente, moviendo el aire húmedo en densos y lentos remolinos, mientras los bulliciosos comensales intercambiaban insultos amistosos y se afanaban en devorar el guiso.

Beau la miró desde la otra punta de la mesa. Como todos los de la rama Dupree de la familia, tenía ojos negros. Sin embargo, de todas sus hermanas, era la que más se parecía a su madre, con el cabello negro rizado, las manos y los pies finos y delgados, y su sonrisa cautivadora. Anabel y Camilla habían heredado el color cobrizo con reflejos dorados de su padre; pero, así como Josie Lee y Camilla eran altas y de pechos turgentes, Anabel era de constitución menuda. Aun así, las tres se parecían en algo: tenían opiniones propias y jamás se callaban lo que pensaban.

—¿Y bien? —preguntó Anabel.

Camilla apuñaló en broma a Josie Lee con su tenedor.

Josie Lee lanzó una carcajada.

—He conseguido el trabajo en el distrito Octavo —dijo—. Asistente del asistente administrativo.

—Por algo se empieza, hermanita —dijo Camilla, al tiempo que Ned exclamaba—: ¡Felicitaciones!

—No lo sé, Josie Lee —dijo Anabel con falso escepticismo—. ¿Estás segura de querer trabajar codo con codo con Beauregard y Luke?

—Es el mejor lugar para ella —dijo Beau—. Y yo podré cuidarla de cerca.

—¿Cuántas veces tendré que decirte que no necesito que me cuiden? —protestó Josie Lee, exasperada—. Además, por lo que he oído decir esta tarde en la comisaría, ni siquiera eres capaz de cuidar de ti mismo. Sé lo que ha ocurrido entre tu capitán suplente favorito y tú esta mañana. —Miró a su hermano con ojos inocentes y muy abiertos—. ¿Es cierto que te han asignado la misión de escoltar por toda la ciudad a una yanqui rica?

Los tenedores quedaron suspendidos en el aire, a medio

camino entre el plato y la boca. Todos miraron a Beauregard con repentino interés. Y él sonrió a su hermana mostrando sus dos blancas hileras de dientes.

—No por mucho tiempo, piel de melocotón

Luke se enderezó en la silla, tenso, y apoyó el tenedor en el plato.

—Demonios, Beau, ¿qué pretendes?

—Nada. Solo aplicar un poco de persuasión amistosa para convencer a nuestra niña rica yanqui de que se consiga un nuevo escolta.

—¿Qué clase de persuasión amistosa? ¿No te parece que tendríamos que discutirlo primero?

—¿Qué es lo que tenemos que discutir? Demonios, tú has visto a la señorita Juliet Rose... —Será más fácil de lo que imaginamos.

—Espera un momento. —Luke frunció el entrecejo—. No estoy seguro de entender por qué piensas semejante cosa. Tengo entendido que la señorita Lowell ha venido a poner en marcha y dirigir, ella sola, un nuevo hotel. Si estuviera en tu lugar, yo no me burlaría de ella.

Beau se limitó a enarcar una ceja.

Luke maldijo entre dientes y miró a su compañero.

—Hablo en serio, Beau; no la subestimes. Podrías caer en sus redes.

—Ah, sí, la chica es un verdadero desafío, es verdad. —Un tosco gruñido despectivo escapó de la garganta de Beau—. Por el amor del cielo, usa vestidos vaporosos.

La mano de Camilla se detuvo cuando iba a servir más guisado de arroz.

—¿Perdón?

—He dicho que esa mujer usa vestidos vaporosos. Ya sabes de qué clase de vestidos estoy hablando, esos que son muy femeninos y con metros y metros de tela que parecen transparentes y, no obstante, se las ingenian para cubrir cada maldito centímetro de lo que en verdad importa. —Oh, diablos, el vestido de su hermana estaba confeccionado con una tela suave y transparente. De pronto recordó que también era largo. Cambió de tema con la velocidad del rayo—. Olvida lo que lleva puesto. Es una pequeña yanqui envarada y quisquillosa...

—¿Y cómo has llegado a esa conclusión, Beauregard? —le preguntó Anabel—. ¿Porque no lleva minifaldas elásticas pegadas al cuerpo ni te refriega sus grandes tetas por los morros?

—¿De qué tetas grandes hablas? Me sorprendería si tuviera unos pechos medianamente decentes.

—Lo cual es, indudablemente, otro punto en contra de ella —dijo Josie Lee con disgusto.

Beau recurrió a su compañero.

—Ayúdame a salir de esta, Luke.

—No creo que pueda ayudarte, colega; tendrás que arreglártelas solo. —Luke le sonrió por encima de la mesa. Recostándose contra la silla, cruzó los brazos sobre el pecho.

—Bravo. Gracias. Siempre es bueno saber que uno puede contar con sus amigos. —Miró a su cuñado—. ¿Ned?

—No me mires a mí —le advirtió Ned—. Hace mucho tiempo que he aprendido a no intentar razonar con las tres juntas. —Acarició la espalda de Camilla—. Divide y vencerás; esa es mi estrategia.

—Maldición. —La silla de Beau chirrió en son de protesta cuando él se echó hacia atrás para descansar un poco. Miró a sus tres hermanas, todas ellas con idénticas expresiones de «eres un energúmeno», y dijo con irritación—: Bien, al diablo con todo. Vosotras no entendéis nada de nada y yo no voy a gastar saliva intentando explicaros las cosas.

—Pues claro, no querrás marear a nuestros frágiles y diminutos cerebros femeninos —le espetó Anabel.

—¡Yo no he dicho eso! Malditos sean todos los demonios, esto era justamente lo que necesitaba, encima de lo que ya tengo. ¿Por qué diablos se le habrá ocurrido al capitán viajar a Alaska justamente ahora?

—Allí hay muchos peces para pescar, Beauregard. Hay que evitar el calor del verano y la temporada de huracanes. —La cabeza exquisitamente formada y prolijamente rasurada de Luke resplandeció bajo la lámpara del techo mientras él se afanaba por hacer equilibrio en las patas traseras de su silla.

Beau le lanzó una mirada fulminante. Desde su punto de vista, Luke tenía la culpa de que él estuviera metido en semejante embrollo. Si se hubiera callado lo que pensaba...

—Si llegas a romper las patas de esa silla, Gardner, tendrás que comprarme una nueva.

—Tranquilo, tranquilo —murmuró Josie Lee, poniéndose de pie—. Iré a buscar el café y los pralinés de Anabel... quizá eso te endulce un poco el ánimo.

Al pasar por detrás de su silla, le dio una palmadita maternal en la cabeza.

Beau gruñó. Demonios, las mujeres eran un verdadero engorro. Y él tendría que haber sabido que no podía esperar ni una migaja de simpatía de esas tres cuando se enteraran de que le habían endilgado la tarea de cuidar y alimentar a otra más de su misma especie. Las malditas mujeres siempre se defendían entre ellas, y aquella vez hasta el propio Luke parecía pensar que tenían razón.

Beau sacudió los hombros para deshacerse de la condena tripartita. Bueno, al diablo con todo... ya había tenido diferencias de opinión con ese grupo e indudablemente volvería a tenerlas.

Pero seguía convencido de que no tardaría mucho tiempo en liberarse de la quisquillosa y relamida señorita Lowell.

Juliet cerró la puerta de la suite y de inmediato rebuscó en la parte de atrás de su cabeza hasta localizar la peineta de largos dientes que mantenía firmemente en su lugar su moño francés. Soltándolo, cruzó la sala. Buscó con dedos ágiles un puñado adicional de horquillas entre sus cabellos y, sin hacer siquiera una pausa camino al dormitorio, dejó todos los complementos en una bandeja pintada a mano que ella misma había colocado sobre la pequeña repisa estilo renacentista con ese expreso propósito. Su cabello comenzó a inflarse y crecer como una esponja al absorber el agua, las ondas marcadas emergían mientras la tupida mata se expandía, libre al fin de su estrecho confinamiento. Deslizando los dedos por su exuberante cabellera, comenzó a masajear vigorosamente su cráneo con ambas manos.

—Oh, Dios, así está mucho mejor.

Entró en el dormitorio y, dejándose caer sobre la silla baja destinada a tal fin, se quitó los zapatos. Luego se quitó las largas y ajustadas medias de nailon, las arrojó a un lado y, con un largo y satisfecho suspiro de alivio, se deslizó por el asiento tapizado en calicó y aterrizó en el suelo sobre sus posaderas, extendiendo los dedos de los pies lo máximo posible y estirando los brazos hacia arriba y hacia atrás como si quisiera tocar la pared más lejana. Dejó caer la cabeza contra la silla, sintiendo que su liberada mata de cabello era una suerte de almohadón extra donde acurrucar la nuca.

Pero las lecciones de comportamiento estaban demasiado arraigadas en ella para permitirle abandonarse en una postura tan desgarbada durante mucho tiempo. De modo que se desperezó y volvió a sentarse, con la espalda muy recta, en la silla. Luego se puso de pie y buscó el cierre oculto de su vestido.

Era estupendo tener unos minutos para ella. Sentía que había estado saltando de una montaña rusa emocional a otra desde el instante mismo en que el avión había tomado tierra.

No era solamente por el contacto imprevisto con la policía, aunque eso ciertamente había contribuido. Más bien pensaba que tenía que ver con esa ciudad, que le resultaba tan ajena, y sobre todo con la excitación y el estrés de tener la responsabilidad de que la inauguración del Garden Crown fuera un éxito.

Roxanne y ella no habían parado un minuto desde el momento en que el sargento Dupree le había arrancado la promesa de que no saldría del hotel y se había marchado. Ella había insistido en reunirse con el personal y en revisar hasta el último detalle con los responsables de cada área para asegurarse de que todos supieran lo que se esperaba que hicieran... y lo hicieran. Ahora solo necesitaba relajarse un poco, en un lugar tranquilo, donde no tuviera la sensación de que todas y cada una de sus reacciones estaban siendo observadas y analizadas.

Se quitó el vestido por la cabeza, lo colgó en el armario en su percha acolchada y forrada en satén, recogió las medias de nailon que había dejado en el suelo y las puso en una bolsa de malla para lencería destinada al lavadero. Llevando solo sus minúsculas bragas y un sostén de media copa de satén y encaje azul hielo, volvió a desperezarse lujuriosamente, disfrutando del aire fresco que acariciaba su piel desnuda. Dejó caer los brazos a los costados del cuerpo y comenzó a girar la cabeza.

Los músculos tensos empezaron a distenderse y sus nervios, hasta entonces crispados, se relajaron. Fue hacia la cama, de colchón altísimo, y retiró el edredón de plumas.

Y sintió cómo escapaba un alarido de su garganta cuando una enorme cosa negra salió volando de la almohada, cayó en el suelo a sus pies y se deslizó bajo su cama, hacia la protectora oscuridad.

3

Segundos u horas más tarde —no habría podido decirlo— oyó el primer golpe en la puerta de la suite.

—¡Juliet! —La voz de Roxanne vibraba de urgencia y ansiedad—. ¿Te encuentras bien? Déjame entrar, por favor.

Juliet atravesó las habitaciones corriendo, abrió la puerta de par en par... y se enfrentó, cara a cara, con el puño alzado de Roxanne.

El brazo de su asistente cayó al costado del cuerpo, exangüe, como si le hubieran disparado. Miró a Juliet.

—Santo Dios... —Suspiró—. Tienes un cabello precioso. ¿Cómo es posible que nunca lo lleves suelto?

Juliet se quedó parada en el pequeño vestíbulo, temblando. Su expresión facial debía de estar tan en blanco como su mente, porque Roxanne agitó la mano con impaciencia frente a su cara, como queriendo despertarla, y entró en la suite.

—¿Estás bien? Caramba, nena, estás prácticamente desnuda. Bonitas bragas. —Rodeó con un brazo los hombros de Juliet, y el hecho de que esta no se pusiera rígida e incómoda ante el contacto desacostumbrado le hizo comprender el estado en que se encontraba. Roxanne la condujo desde el recbidor hasta el salón.

Pero, cuando llegaron ante la puerta del dormitorio, Juliet dio un respingo. De ninguna manera volvería a entrar en esa habitación.

Roxanne escrutó su rostro horrorizado.

—¿Qué diablos ha ocurrido aquí? De acuerdo, no importa. Espera un momento. —Inspiró hondo, exhaló sonoramente e irrumpió en el dormitorio. Un instante después salió con un quimono de seda marrón y dorado y, con gran amabilidad, se lo puso a Juliet—. Así está mejor. Ahora —ordenó con firmeza, cerrando la parte delantera de la bata y ajustándola a la cintura de Juliet— dime qué fue lo que te asustó tanto.

—Perdón —interrumpió una cultivada voz sureña desde el umbral—. Escuché un grito. ¿Puedo ayudarlas en algo?

—Ah, señor Haynes. —La voz de Roxanne sonó aliviada. Miró hacia el vestíbulo.

—Edward, querida —la corrigió él con dulzura—. ¿Recuerda? Por favor, llámeme Edward... Insisto en ello.

—Sí, por supuesto. Pase, por favor. —Cuando el hombre, de poco más de sesenta años, entró en la suite, Roxanne cogió suavemente a Juliet por el brazo—. Este es Edward Haynes, Juliet. Edward, le presento a la señorita Juliet Astor Lowell. Ha sido ella la que gritó, pero todavía no he logrado averiguar por qué.

La llegada del gallardo caballero de cabello blanco obligó a Juliet a recuperar la compostura.

—Allí dentro —dijo con voz entrecortada, señalando la puerta del dormitorio con un dedo trémulo—. Estaba en mi cama... grande, negro... Dios mío, era muy feo. Y cayó prácticamente encima de mi pie cuando retiré el edredón. Jamás he visto algo igual en toda mi vida. Y... —Con un escalofrío, hizo movimientos de huida con los dedos—. Y se metió bajo la cama a toda prisa.

—¿Era un animal, querida? ¿Una rata tal vez?

—No. Un insecto. Pero no parecía un escarabajo. Era grande. ¡Monstruoso!

—Esperen aquí —ordenó Edward—. Veré si lo puedo encontrar. —Y entró en el dormitorio.

Mientras aguardaban y lo oían revisar la habitación de cabo a rabo, Juliet volvió a mirar a su asistente. El impacto comenzaba a evaporarse. Con alivio, sintió que recuperaba poco a poco su compostura habitual.

Por primera vez desde que el insecto había salido volando de las sábanas, prestó atención a lo que la rodeaba y advirtió que Roxanne, también, había cambiado su atuendo laboral por un estridente pijama de satén, muy cómodo, de color amarillo mostaza. Igual que ella, había liberado su cabello rizado color jengibre del moño flojo que llevaba en horas de trabajo. Ahora se había hecho una cola de caballo, sujetando la cascada salvaje que coronaba su cabeza con una media de red negra a modo de gran moño vaporoso. Su aspecto exuberante le recordó el día en que la había entrevistado, y pensó que el atuendo laboral y los modales de Roxanne en público habían sufrido una metamorfosis de gran calibre desde que había comenzado a trabajar para Crown Corporation.

No era que Juliet no hubiese advertido el cambio con anterioridad, por supuesto; el acuerdo en cuanto a adoptar un aspecto y un estilo determinados habían sido condición sine qua non para contratar a Roxanne. Sin embargo, hasta ese momento no se había dado cuenta de lo rotunda que había sido la transformación de su asistente. También advirtió, de pronto, que Roxanne solo se permitía expresar la parte más relajada de su personalidad cuando estaban a solas.

Sintió un impulso de afecto hacia su asistente.

—Gracias, Roxanne —dijo con sereno fervor—. Si no hubieses aparecido tan rápido para ayudarme, probablemente habría salido corriendo en paños menores por los pasillos, gritando como una desaforada.

Una sonrisa de picardía asomó a los labios de Roxanne, y su lucha por reprimirla era evidente. Sin embargo, su sincero impulso de contenerla le permitió a Juliet vislumbrar cómo la estaría imaginando su asistente en ese momento: corriendo por los pasillos como una heroína medieval semidesnuda. Se le escapó un bufido para nada elegante. De inmediato recuperó el control de sí misma, pero justo en ese momento su mirada se topó con la de Roxanne y ambas perdieron por completo la razón, estallando en risotadas casi histéricas.

—Es cierto —jadeó Juliet cuando por fin recuperó el aliento—. Gracias.

—El placer es mío. —Roxanne se secó las lágrimas—. Ese insecto sí que debe de ser portentoso. Jamás te había visto tan impresionada.

Juliet no podía creer cuán profundamente deseaba poder hablar con Roxanne como amiga, revelarle cómo el vuelo decidido de aquel insecto hacia ella había desatado un miedo casi primario que había eliminado de su mente todo pensamiento racional. Su abuela la había educado en la creencia de que una Astor Lowell debía mantener la distancia con sus empleados, pero en ese momento su asistente no era para Juliet una subalterna sino una mujer afectuosa y simpática a la que deseaba conocer mejor. Abrió la boca...

Y volvió a cerrarla cuando Edward salió del dormitorio, llevando en la mano un objeto envuelto en un prístino pañuelo blanco. Ni siquiera sabía qué tendría que haber dicho, pero se quedó con la extraña sensación de que había dejado escapar una oportunidad.

—¿Esto es lo que ha visto? —Edward desplegó un extremo del pañuelo con sus iniciales bordadas y las dos mujeres retrocedieron al unísono, poniendo lo que Juliet sospechaba eran idénticas caras de horror ante la visión del enorme insecto que yacía muerto entre sus pliegues inmaculadamente limpios.

—Santo Dios —dijo Roxanne con disgusto—. ¿Qué diablos es eso? Jamás he visto algo tan repulsivo... Debe de medir por lo menos diez centímetros de largo.

—Es una cucaracha.

—¡Puaj! —Luego, mirándola más de cerca y con asco indisimulable, le espetó con tono escéptico—: Basta de tonterías, Edward. Las cucarachas no son tan grandes.

—Ah, aquí las tenemos de todos los tamaños. Desde las casi invisibles de tan pequeñas hasta algunas incluso más grandes que esta. Por desgracia, las cucarachas son un verdadero problema en Nueva Orleans, incluso en los establecimientos más elegantes.

—Oh, Dios mío... —Juliet languideció.

—Sin embargo, jamás las habíamos tenido aquí. Y, si les

sirve de consuelo —dijo Edward con una sonrisa de simpatía ante el evidente horror de las mujeres—, solo he podido encontrar esta. De modo que estoy seguro de que su aparición sea pura obra del azar. No obstante, recomiendo llamar al exterminador a primera hora de la mañana para que inspeccione el edificio y podamos respirar tranquilos. También he quitado las sábanas de la cama.

—No pienso dormir en esa cama —anunció Juliet categóricamente. Después de lo ocurrido, se veía incapaz de pegar un ojo en aquella suite.

—De todos modos, me ocuparé de que la ropa de cama sea bien lavada para evitar la propagación de huevos. —Se acercó y le palmeó suavemente la mano—. Lo lamento mucho, querida mía. No es así como me habría gustado que conociera Nueva Orleans.

—Gracias, Edward. Y también le ofrezco mis disculpas. Suelo ser más tranquila de lo que mi comportamiento de esta noche podría llevarlo a creer.

—No se preocupe, querida... Por supuesto que tenía que estar molesta. No piense más en ello.

—Vamos, Juliet —dijo Roxanne con amabilidad—. Te ayudaré a cambiarte a otra habitación.

No tardaron demasiado, puesto que Juliet aún no había deshecho su equipaje. Llevaron sus maletas a la suite que estaba al otro lado del pasillo y Roxanne se quedó un rato con ella, mientras Juliet revisaba escrupulosamente cada milímetro de la habitación en busca de visitantes no deseados. Cuando por fin se metió en la cama poco después, estaba relativamente segura de que la cucaracha había sido un incidente desafortunado.

No obstante, tardó varias horas en relajarse y quedarse dormida.

A la mañana siguiente, Juliet fue a buscar a Edward y finalmente lo encontró en el salón azul, apoltronado en un inmenso sillón y concentrado en la lectura de una revista de jardinería. En una mesa baja, junto al codo del absorto lector, había una taza vacía sobre una bandeja salpicada de algunas migas de pan.

Juliet golpeó suavemente el marco de la puerta y asomó la cabeza.

—Buenos días. ¿Puedo pasar?

—¡Por supuesto, querida mía! —Quitándose las gafas de lectura, de oscura montura, las dejó a un costado junto con la revista y se levantó para recibirla—. Espero que no le moleste que me ponga cómodo. Esta ha sido mi habitación predilecta durante... bien, durante muchos años.

—No, por supuesto que no. —Juliet notó que la habitación verdaderamente era un reflejo de aquel hombre. Era limpia, cálida y bien amueblada, con sus sillones de cuero gastados hasta una suave pátina, sus estantes atestados de libros y revistas, y esa pared espectacularmente exótica, cubierta de máscaras de Mardi Gras—. Debe de ser muy difícil que unos extraños súbitamente se hayan hecho cargo de su casa.

—A decir verdad, es bastante agradable tener gente alrededor, yendo y viniendo por los recovecos de la vieja mansión. Aunque echaré de menos esta habitación y el jardín cuando nos marchemos. —Edward sonrió con dulzura—. Pero estoy seguro de que encontraremos algo perfectamente adecuado —dijo cortésmente—. Y espero que no le moleste, querida mía, pero todavía tengo uno o dos de mis tesoros más preciados aquí guardados.

La culpa atenazó el corazón de Juliet.

—Por supuesto que no. No veo ningún motivo para que deba cambiar sus hábitos antes de que sea absolutamente necesario. A decir verdad, no deseaba ocupar su tiempo con distracciones. Solo quería agradecerle una vez más la ayuda que nos prestó anoche.

Edward le aseguró, con toda clase de efusiones, que no lo estaba distrayendo en lo más mínimo. Y se disculpó diciendo que su antigua casa jamás habría querido impactar tan traumáticamente a nadie, mucho menos a una mujer tan exquisita como ella. Cuando Juliet salió por la puerta, no sabía si reír o llorar. Edward era un anciano tan dulce...

Y a ella ni se le había pasado por la cabeza, cuando evaluaba mentalmente el potencial del Garden Crown, que sus acciones alejarían a un maravilloso y anciano caballero de su casa de toda la vida.

—Buenas tardes, señorita Roxanne. ¿La jefa está lista para lanzarse al ruedo?

Roxanne levantó la vista de sus papeles y observó cómo el sargento Dupree, con sus largas y distendidas extremidades, se acercaba displicente a su escritorio. Y no pudo evitar que su corazón comenzara a latir más rápido. Diablos, ese hombre era un bombón. Sin embargo, lo miró entornando los ojos porque tenía el presentimiento de que aquel sujeto albergaba secretas intenciones con respecto a Juliet. Eso no era necesariamente malo, pero Roxanne se reservaba el derecho de no emitir juicio alguno hasta no tener más información.

—Siéntese, sargento —dijo con su mejor tono profesional, logrado a duras penas—. Avisaré a la señorita Astor Lowell de que usted ya está aquí. —Presionó el botón del intercomunicador y transmitió la información del caso.

Roxanne adoraba a Juliet. Era absolutamente consciente de que su padre la había desaprobado por contratarla a ella en lugar de a una de las tantas debutantes de mandíbula apretada que habían solicitado el puesto. Thomas Lowell no había tenido ningún problema en calificar a Roxanne como un producto inferior... y nadie sabía mejor que ella cuánto deseaba Juliet complacer a su padre. No obstante lo había desafiado, y continuaba intermediando entre Roxanne y el desdén paterno cuando los tres se encontraban.

Roxanne pensaba que Juliet era una dama en el verdadero sentido de la palabra y anhelaba emularla de muchas maneras, aunque solo fuera para evitar que su jefa tuviera que arrepentirse de haber cometido la locura de darle una oportunidad. Sin embargo, no le molestaría que, por una vez en la vida, alguien tratara a Juliet como a una mujer.

Roxanne jamás había visto que alguien la tocara: ni su estirado progenitor, ni su dolorosamente envarada abuela, ni ninguno de los ultrablancos anglosajones protestantes que la escoltaban en sus diversas funciones. Quizá alguno de ellos fuera menos caballeroso en privado, pero Roxanne tenía sus dudas al respecto. Miró de soslayo a Beau, que hojeaba una revista con impaciencia. Ese sí que era un hombre, y no parecía tener ningún problema con el contacto físico. La había impresionado ver cómo había asediado a Juliet el día anterior.

Pero más le valdría tener buenas intenciones para con ella.

Al otro lado de la puerta de la oficina, Juliet inspiró hondo para tranquilizarse y exhaló. Retiró una pelusilla inexistente de la falda de su vestido y pasó la palma de la mano sobre un moño francés que no necesitaba ser compuesto. Adoptando una expresión de fría cortesía, abrió la puerta.

Como el día anterior, los latidos de su corazón adoptaron una cadencia errática apenas entró en la pequeña oficina y vio a Beau Dupree despatarrado en una de las frágiles sillas antiguas de la recepción. Beau levantó la vista cuando ella se acercaba, y a Juliet se le secó por completo la boca. Subrepticiamente, se humedeció un poco los labios. Él arrojó la revista a un lado y se puso de pie.

Sus ojos negros hicieron un perezoso examen de su persona y asintió brevemente con el mentón, donde ya asomaba una sombra de barba.

—Señorita Juliet.

—Sargento Dupree.

El sargento levantó apenas la comisura de los labios.

—También podría llamarme Beau, preciosa. Vamos a pasar mucho tiempo juntos.

—Beau, entonces. —Decidió no protestar por el «preciosa». Lo que sí que tendría que objetar era que la sacaran de allí a rastras cuando todavía le quedaban un millón de cosas por hacer para la gran inauguración.

Pero no lo hizo. El sargento Dupree había sido apartado de sus deberes para brindarle un servicio que ambos sabían innecesario. Juliet se sentía obligada a retribuirlo. Simplemente trabajaría horas extra para compensar el tiempo perdido.

—¿Está lista para salir al ruedo? —La pregunta era claramente retórica, dado que no esperó su respuesta para cogerla del brazo, justo por encima del codo, y llevarla hacia la puerta—. Hasta luego, señorita Roxanne.

—Le recomiendo que traiga de vuelta a Juliet antes de las tres, sargento. Tiene una cita.

—Sí, señora.

El calor del mediodía golpeó a Juliet con toda su fuerza en el momento mismo en que salieron por la puerta, superando incluso el calor de la áspera mano de Beau que la sujetaba por el brazo. El aire estaba cargado de ese omnipresente olor pantanoso que comenzaba a asociar con Nueva Orleans, y embebido en una fragancia de flores cuyas variadas y penetrantes fragancias no podía siquiera empezar a distinguir. El vestido de seda se le pegó inmediatamente al cuerpo. Llevándose dos dedos al cuello, intentó respirar hondo. Pero fue como estar respirando a través de lana mojada.

—Es un poco abrumador al principio, ¿no?

Juliet levantó la vista. Beau se detuvo delante de su automóvil y abrió la puerta del lado del pasajero, para ella.

—¿Cuánto tarda uno en acostumbrarse al calor?

—No creo que uno se acostumbre jamás. Yo nací aquí, y todavía no me he acostumbrado del todo al calor del verano. Cuidado con la cabeza.

Juliet se inclinó hasta deslizarse sobre el suavísimo cuero del ancho y cuadrado asiento, y se acomodó la falda mientras Beau cerraba la puerta. Aprovechando que la ventanilla estaba abierta, pasó una mano apreciativa sobre la reluciente pintura color verde bosque. Siempre había deseado un cochazo como aquel. Pero, en cambio, conducía el sobrio Mercedes sedán que su padre le había comprado. El día anterior se había sentido demasiado molesta y perturbada por la miríada de acontecimientos inesperados para prestar atención a los detalles, pero ahora, mientras Beau rodeaba el largo perímetro del capó, miró a su alrededor con interés, observando con aprobación el interior meticulosamente conservado, el pequeño volante de madera, la alfombra mullida bajo sus sandalias. Lo único malo era que no fuera un descapotable.

La melancólica ocurrencia que acababa de tener hizo que se enderezara en el asiento. Santo Dios, ¿de verdad se estaba comportando como una colegiala de ojos soñadores, entusiasmada con la sola idea de dar un paseo en un automóvil veloz? Tenía treinta y dos años y había viajado en limusinas, volado en el Concorde a París. Ese no era el Batimóvil, por el amor de Dios... era apenas un auto bajo y viejo, muy bien cuidado. Vaya gran cosa.

Sintió la potencia del vehículo vibrar en su espalda en cuanto Beau encendió el motor.

—Bonito coche —dijo, pero hizo el cumplido en tono frío para disimular (ante él, ante sí misma) cuánto le gustaba sentir toda esa energía moviéndose debajo de ella.

—Esto no es un coche, preciosa, es un Royal Bobcat GTO de 1969. —Beau acarició el salpicadero con afecto—. Este bombón es un clásico, un testimonio del genio de Detroit.

—Ah, bueno, perdone mi ignorancia —dijo Juliet. Y luego murmuró, sin pensar—: Diablos. Los hombres y sus juguetes.

Beau giró la cabeza para mirarla, y Juliet sintió que la mirada de aquellos ojos negros de tupidas pestañas la clavaba en el asiento.

—Tengo otros juguetes que podría mostrarle, cariño. Incluso podría permitirle jugar con alguno de ellos, si me lo pide con dulzura.

Ella sintió vergüenza al comprender que Beau simplemente había dado voz a sus pensamientos, y se moría de curiosidad por saber si en realidad había dicho lo que ella creía que había dicho. Pero... seguro que no. Sin embargo, por si acaso lo había hecho, irguió el mentón y le lanzó una mirada fría y desalentadora desde la punta de su nariz.

Él se limitó a sonreírle, los dientes blanquísimos sobre la piel morena. Y de pronto estuvo casi encima de ella, con la cara a pocos milímetros de distancia, rozando con su pecho el de Juliet mientras deslizaba la mano izquierda bajo el brazo derecho de ella y le buscaba la cadera. Juliet se hundió en el asiento. Su corazón latía desbocado.

—¿Qué cree que está haciendo?

—Buscando su cinturón de seguridad. —En realidad parecía estar buscándole la boca; pero cuando Juliet se humedeció los labios con la lengua, en una suerte de reacción nerviosa, Beau negó levemente con la cabeza. Frunciendo el oscuro entrecejo, alzó los ojos hasta encontrar los de ella. Luego le ajustó el cinturón de seguridad y se acomodó frente al volante, mirándola con una leve sonrisa inquisitiva—. Pero señorita Juliet, ¿qué ha creído que estaba haciendo?

—No creo que pueda decírselo. —Ay, por el amor de Dios, aquel hombre parecía tener la indolente y natural capacidad de conseguir que dijera frases verdaderamente estúpidas.

—Soy un oficial que ha jurado hacer cumplir la ley, preciosa... y usted no querrá que rompa por voluntad propia una importante norma llevando a mi pasajera con el cinturón de seguridad desabrochado, ¿verdad?

—Oh, no, Beauregard, no tenga la menor duda de que no queremos eso. —Juliet no podía creer el tono sarcástico que acababa de salir de su boca, pero él tocaba resortes que ella jamás había creído tener, y no podía rechazarlo para salvar su alma.

—No lo había pensado. Relaje un poco esa espalda, bombón, y disfrute del viaje. —Metió la primera marcha y salió a toda velocidad por la puerta cochera, disminuyendo apenas al acercarse a la calle.

Un viento sofocante y húmedo entró por las ventanas cuando abandonaron el barrio. El jazz comenzó a oírse por los altavoces apenas Beau encendió el estéreo. El motor del coche palpitaba de potencia contenida ante cada semáforo que lo obligaba a detenerse, y Juliet se descubrió haciendo exactamente lo que él le había ordenado: disfrutar del viaje.

Se arregló unos mechones rebeldes que el viento había liberado y aspiró la fragancia de los sólidos robles sureños que pasaban, como una niebla envuelta en musgo, mientras el automóvil atravesaba velozmente el bulevar. Volvió la cabeza para mirar a Beau.

—¿Los árboles del paseo central son tan antiguos como parecen?

—Estamos en Nueva Orleans, cielo —dijo con una sonrisa rápida que dibujó arrugas en los contornos de su boca—. Aquí no tenemos paseos centrales, tenemos territorio neutral. Pero, respondiendo a su pregunta: sí, probablemente, dependiendo de lo que usted defina como antiguo. Estos no son los robles más viejos de la ciudad, pero no obstante tienen más de cien años.

Los anchos bulevares pronto dieron paso a las estrechas calles del barrio Francés. Juliet miró por la ventanilla con interés mientras Beau iba de un extremo a otro de las calles buscando un lugar para aparcar.

Había desorden por todas partes y la música vibraba en el aire. Era una zona antigua de edificios bajos, casi todos de ladrillos, callejones angostos y balcones de hierro afiligranado. Tenía un aspecto claramente europeo, y debido a la ausencia de rascacielos uno casi podía imaginar que estaba en el siglo XIX... excepto por los clubes nocturnos, puestos de adivinos y sex-shops que abarrotaban las calles estrechas.

Beau encontró sitio para aparcar y lo hizo. Unos segundos después la ayudó a salir del coche y, cogiéndola por la cintura con sus dedos larguísimos, la condujo inmediatamente hacia la acera. Juliet siempre se había considerado una mujer sofisticada, pero al ver aquellas corbatas en forma de pene en un escaparate, la tienda de vudú con el aparador que parecía estar lleno de animales embalsamados, el sex-shop que proponía un despliegue de objetos cuya utilidad ni siquiera podía comenzar a adivinar, quiso desesperadamente aminorar la marcha y mirarlo todo más de cerca. Lo que menos quería era parecer una palurda.

Pero no había tanta gente en la calle observándola bajo el sofocante calor de la tarde. Y Beauregard parecía preocupado por llegar a un destino indeterminado. Considerando ambos factores, aflojó las propias riendas... aunque con extrema cautela. Las puertas de los establecimientos estaban, todas, abiertas de par en par. De los locales salían vaharadas de humo y de música. En el otro extremo de la acera, una pizarra escrita con tiza anunciaba en términos bastante gráficos el espectáculo de sexo en vivo que se ofrecía dentro. Juliet ni siquiera había soñado que esa clase de cosas pudiera existir, y al pasar se aferró del brazo de Beau, apenas, para asomarse e intentar echar un vistazo.

Todavía estaba mirando por encima de su hombro cuando Beau la obligó a entrar por la puerta del establecimiento más cercano. Se le dilataron las pupilas en la oscuridad repentina, y el humo que descendía en remolino del techo la hizo estornudar.

—Perdón —murmuró, buscando un pañuelo de mano en su bolso mientras volvía a estornudar. Tuvo apenas una vaga conciencia de los instrumentos de blues, ante la fuerte percusión que parecía querer reventar los altavoces.

Beau la condujo hasta un taburete, en el bar, y la sentó. Poco a poco sus ojos se fueron acostumbrando a la tenue luz.

Vio una mujer de pechos enormes y desnudos haciendo equilibrio sobre un par de zapatos de tacón de aguja justo frente a ella. Echó la cabeza hacia atrás, espantada, cuando la mujer separó las rodillas de golpe dejando al descubierto su entrepierna, apenas cubierta por un diminuto tanga de lentejuelas doradas que cubría menos que los tres billetes de un dólar doblados que sobresalían de él. La mujer apoyó las manos sobre las rodillas y levantó ligeramente el culo mientras sacudía las caderas despacio, con un movimiento abrumadoramente lascivo. Santo Dios, estaban en un club nocturno donde se hacía strip-tease.

Era absolutamente fascinante.

4

Josie Lee comprobó el carmín de sus labios y luego movió su pequeña polvera hacia un lado y hacia el otro, mientras con una mano intentaba volver más tupida su mata de rizos negros. El ascensor se detuvo en el segundo piso. Josie cerró la polvera de golpe y la guardó en su cartera en el momento en que las puertas se abrían. Estirando su blusa hacia abajo, respiró hondo. Había llegado el momento.

Desde que tenía memoria estaba enamorada de Luke Gardner, pero él jamás había visto en ella otra cosa que la hermana menor de su compañero. Pues bien, la situación estaba a punto de cambiar. Tenía una pequeña oportunidad mientras la nueva misión de Beau lo mantuviera alejado de la oficina, y estaba dispuesta a aprovecharla al máximo. Ese mismo día empezaría a mostrar el juego.

Dios, no permitas que vomite.

No. Ella era capaz de eso y de mucho más. Inspiró por la nariz y exhaló por la boca, luego secó la humedad de las palmas de sus manos contra la falda de lino que apenas le cubría los muslos. Es una cuestión de vida o muerte, nena; o hablas o te callas. Tú puedes hacerlo.

En el instante en que vio a Luke, con el auricular pegado a la oreja y tan encorvado sobre su escritorio que la camisa se le había puesto tirante sobre los hombros, sus nervios desaparecieron como por arte de magia. No había dejado de sentir ese calor en todo el cuerpo y ese sonrojo perpetuo que siempre experimentaba estando cerca de él, pero el miedo se disolvió como un helado abandonado en pleno julio en una banqueta achicharrada por el sol, como llamaban los mayores a los taburetes. Ese era el hombre por el que había pasado horas interminables rezándole a san Francisco de Roma... suponiendo, con fervor adolescente, que si había un santo que sabía lo que era esperar, era precisamente Francisco de Roma. Josie Lee siempre había sentido terror de que Luke encontrara a alguien antes de que ella hubiera tenido la oportunidad de crecer. Gracias a Dios no había encontrado a nadie; por lo menos, a nadie que hubiera permanecido a su lado.

Pues bien, ahora ella era toda una adulta y se había cansado de esperar sentada, con infinita paciencia, a que él se diera cuenta. Y si esta vez tampoco se daba cuenta, no sería porque ella no hubiera tenido el coraje de mostrárselo. Respiró hondo una vez más y, conteniendo el aliento, se dirigió hacia el escritorio de Luke...

Solo para exhalar todo el aire, en pleno anticlímax, al ser interceptada por otro de los compañeros de su hermano.

Con una mano, Luke sostenía el auricular pegado a la oreja. Inclinado sobre su escritorio, revolvía una montaña de papeles. ¿Dónde demonios habría puesto su cuaderno de notas? Cuando por fin la localizó, en un lugar que habría jurado que ya había revisado varias veces, recorrió velozmente sus páginas de abigarrada escritura hasta encontrar lo que buscaba. Le leyó la información pertinente al policía que esperaba en el otro extremo de la línea y se apoyó en su silla... y quedó frente a frente, en la misma línea visual, de un redondo trasero femenino.

Guau. Muy bonito. Luke sonrió, disfrutando de la vista. Los escritorios estaban demasiado juntos y la mujer estaba inclinada, con las palmas apoyadas sobre el escritorio de McDoskey, justo frente a él. La dueña del trasero conversaba animadamente con su compañero, acción que tensaba su minúscula falda beige de lino sobre unas caderas muy bien formadas y hacía que aquella prenda, ya bastante corta de por sí, subiera todavía un poco más. Algo que vio con el rabillo del ojo le llamó la atención. Echó un vistazo a su alrededor y pilló a Bettencourt empujando hacia atrás su silla para poder, también él, mirar mejor a la desconocida. Sus ojos se cruzaron durante un momento y ambos sonrieron. Luke exhaló un suspiro y se llevó la mano al corazón, haciendo la mímica de lo que sentía. Luego volvió a concentrar toda su atención en la mujer que lo había cautivado mientras respondía las preguntas que le formulaban desde el otro extremo de la línea. Diablos. Tenía un culito precioso, pero eran las piernas las que lo subyugaban: eran de campeonato. Se preguntó quién sería.

Y sintió que le estampaban un bate de béisbol contra el abdomen cuando la mujer giró la cabeza y pudo ver que se trataba de la hermana pequeña de Beau.

Santo Dios. Josie Lee era apenas una niña. Bueno, quizá no tan niña, recordó, puesto que acababa de graduarse en Tulane y debía de tener... ¿cuántos...? ¿Veintidós años ya? Pero daba igual. Beau lo había llevado aparte la noche anterior y le había pedido que la vigilara mientras él cumplía la misión que acababan de asignarle. Luke no tenía la menor duda de que mirarle el culo y las piernas a su hermana no era lo que su compañero tenía en mente al hacerle el encargo.

Desde el otro extremo de la línea, el detective le preguntó algo. Por su tono impaciente, Luke dedujo que no era la primera vez que se lo preguntaba.

—¿Qué? —dijo, totalmente absorto. Luego disimuló su lapsus, para nada habitual en él, con una dosis de profesionalidad—. Lo lamento, algo distrajo mi atención por un momento. Repítame la pregunta, por favor.

Vio que Josie Lee se erguía. Luego dijo algo que hizo reír a McDoskey, dio media vuelta y fue hacia el escritorio de Luke justo cuando él terminaba su conversación telefónica. Luke volvió a colocar el auricular en la horquilla.

—Hola, Luke —dijo con voz dulce, esbozando esa sonrisa capaz de resucitar a un muerto que tenía en común con su hermano—. Hace mucho que no nos vemos, ¿eh?

Luke vio que McDoskey la seguía mirando con ojos lánguidos, embelesados. Por alguna razón eso lo irritó y dijo bruscamente:

—Hola, muñequita. —Beau la llamaba así a veces y Luke sabía que eso la enojaba muchísimo.

No obstante, Josie Lee le dedicó una sonrisa inescrutable y se sentó de lado en el borde de su escritorio. La minifalda se deslizó sobre sus muslos, todavía más arriba, cuando se cruzó de piernas.

Luke apartó los ojos del balanceo hechizador de su pantorrilla y la miró directamente a la cara.

—Ah, ¿estás en tu primer día de trabajo o solo has pasado a rellenar los papeles?

—No, he empezado a trabajar esta mañana. Es mi turno para almorzar y se me ocurrió pasar a saludar a Beau.

—Hoy estará fuera todo el día.

—Sí, me he acordado mientras hablaba con McDoskey. —Se encogió de hombros y comenzó a girar lentamente el pie, apenas cubierto por una sandalia, primero en una dirección y luego en la otra. Luke notó que tenía los tobillos finos y las uñas de los pies pintadas de rojo. Pero el tono entusiasta de Josie Lee hizo que volviera a concentrarse en su cara—. Creo que este trabajo será grandioso, Luke. Resulta que la mejor amiga de la cuñada del cuñado de Camilla está casada con mi jefe. —Le sonrió con picardía—. ¿No te encanta esta ciudad?

Luke sintió que empezaba a formársele una sonrisa en las comisuras de la boca. No había nada que les gustara más a los nativos de Nueva Orleans que sus chismes y sus conexiones interfamiliares. Probablemente era la ciudad más grande del mundo que continuaba ferozmente apegada a su mentalidad pueblerina.

—Bueno, mira —dijo Josie Lee. Deslizándose del escritorio, recorrió con la yema del índice el antebrazo de Luke—. Sé que estás muy ocupado, de modo que no te retendré más. Solo quería saludar. Estoy tan entusiasmada con el trabajo que me moría de ganas de compartir mi entusiasmo con alguien. Me alegra que hayas sido tú —concluyó, señalándolo con el dedo—. Ya nos veremos.

Incapaz de reprimirse, Luke se quedó mirando el balanceo de sus caderas mientras se alejaba. Con aire ausente frotó la zona de calor que parecía emanar bajo la piel de su antebrazo, preguntándose qué diablos acababa de ocurrir.

—¡Pero si es Beauregard Butler Dupree en persona, como que estoy vivita y coleando! No di crédito a mis oídos cuando Tommy dijo que me estabas buscando. ¿Y a qué debo este honor, caballero...? ¿Por fin te tomarás un descanso y me llevarás de paseo esta noche por la ciudad? —La desaliñada camarera rubia y de senos turgentes que acababa de materializarse en la oscura atmósfera cargada de humo del bar echó un vistazo a Juliet, que asomaba a sus espaldas—. ¡Epa! Parece que me equivoqué, ¿eh? De lo contrario no habrías traído a tu chica.

—¿Quién, esta? —Fingiendo incredulidad, Beau miró a la camarera y luego a Juliet y luego a la camarera otra vez—. Esta no es mi chica, Dora, bonita, es mi... —¿Qué, genio? No podía decir «hermana» porque Dora era amiga de la hermana mayor de una de las amigas de Anabel y sabía muy bien que esa no podía ser su hermana—... prima. Mi prima Juliet, del norte. Te presento a Dora Wexler, prima Juliet.

—Hola, Dora, es un placer conocerte.

—Tú sabes que guardo todo mi amor para ti —le aseguró a la camarera. Y sí, ella era precisamente su tipo de mujer; no entendía por qué nunca la había invitado a salir.

—Oh, no me cabe la menor duda, cariño. —Dora pasó una uña larguísima, color rojo sangre, por la mejilla de incipiente barba de Beau y restregó sus generosos pechos contra su brazo al inclinarse para saludar a Juliet—. Corren rumores de que Beauregard, aquí presente, era el único alumno de sexto grado en toda Nueva Orleans a quien comenzaba a despuntarle la barba a las cinco de la tarde, Juliet... ¿ya lo sabías?

Beau sintió la mirada de Juliet como si fueran dedos escrutadores sobre la perpetua sombra de barba de su mentón; pero luego la muchacha desvió su atención hacia la camarera que tenía pegada a su lado.

—No, nadie me lo había dicho —dijo con su voz de buena educación—. Pero las dos ramas de... la familia... no siempre han estado cerca.

Dora no paraba de encontrar maneras innovadoras de apretarse contra él mientras proseguía la conversación.

—Entonces ¿esta es la primera vez que visitas Crescent City?

—He estado antes en Nueva Orleans, pero por muy poco tiempo. Esta es mi primera visita al barrio Francés.

—¿Me tomas el pelo? En el barrio Francés está toda la acción, ricura. Pero supongo que ya te habrás dado cuenta. Tommy, el que está allí —dijo Dora, e indicó con el mentón al barman que fregaba lacónicamente el otro extremo de la barra—, dice que has visto todo el show. ¿Qué te ha parecido?

—Me ha parecido... interesante. —Una leve sonrisa asomó de pronto a los labios de Juliet—. Para serte sincera, no se parece a nada que haya visto antes. Boom Boom La Treque, en particular, me ha dejado atónita.

—¿No te parece que esas tetazas son algo fabuloso? Y lo más asombroso de todo es que serán completamente suyas después de tres pagos más.

Beau se revolvió en su asiento. Hacía demasiado calor para tener a una mujer desparramada encima, y el perfume de Dora se estaba volviendo empalagoso. ¿Por qué diablos Juliet se comportaba de una manera tan amable? Habría apostado lo que no tenía a que esa naricilla suya, tan fina, andaría levantada todo el tiempo en señal de desprecio. O por lo menos esperaba un poco de condescendencia de su parte al hablar con Dora... para poder sentarse a disfrutar de que se le erizara el vello cada vez que Dora le decía una barbaridad. Maldición. Era obvio que eso no iba a suceder. Ya era hora de dejarse de bromear y poner manos a la obra.

Se quitó a Dora de encima.

—Me han dicho que Clyde Lydet es cliente de la casa. Necesito hablar con él.

Ella lo miró, súbitamente malhumorada.

—Creí que habías venido a verme.

—Y a eso he venido, cariño mío. Pero también estoy de servicio, y sería una falta de mi parte descuidar mis labores estrictamente en beneficio de mi propio placer.

Empezó la música, presagiando un nuevo número, y Dora tuvo que alzar la voz para hacerse oír.

—Entonces ¿por qué arrastras contigo a tu prima si eres tan rabiosamente profesional?

—Excelente pregunta. —Encomiando la sagaz intervención de la camarera, Juliet miró a Beau con una ceja enarcada—. ¿Por qué me arrastras contigo de un lado a otro?

—Pero, prima Juliet... Tú sí que tienes sentido del humor, ¿eh? —Advirtió que un mechón de cabello estaba a punto de soltársele del apretado moño y se dispuso a arreglarlo con el dedo. Y sonrió con una ancha sonrisa lobuna cuando el intento de Juliet por componerlo liberó por completo el mechón rebelde. El cabello liberado inmediatamente aumentó en volumen y se volvió sorprendentemente ondulado—. Qué pícara eres, niña. Ahora te haces la desentendida y finges haber olvidado cuánto has insistido en que querías verme en acción. —Haciendo girar el mechón rebelde en el índice mientras lo acariciaba con el pulgar con aire ausente, Beau miró a Dora—. Esta prima mía es un moscardón. Traté de decirle, de todas las maneras posibles, que tenía que trabajar, pero ¿acaso crees que quiso escucharme? No, señora. Continuó suplicándome y rogándome que la trajera conmigo, endulzándome los oídos diciendo que sería una oportunidad única ver en acción al mejor. —Se encogió de hombros con falsa modestia—. ¿Qué otra cosa podía hacer?

—A decir verdad —dijo Juliet con voz gélida—, creo que has sido tú quien se ha calificado como el mejor. Además, no recuerdo haberte rogado ni suplicado que me llevaras contigo a ninguna parte. Y ya deja en paz mi cabello, Beauregard.

Beau soltó el mechón que tenía enroscado en el dedo y Dora comentó con acritud:

—Vosotros no sois esa clase de primos que andan todo el tiempo besuqueándose, ¿verdad? —La idea parecía complacerla.

La mirada de Beau se clavó, infalible, en los labios carnosos y sin pintar de Juliet. Caramba, la situación prácticamente exigía que los saboreara un poco. Se inclinó hacia ella.

—Oh, yo no diría eso —murmuró—. Yo no diría eso bajo ningún concepto. —Eso cra estrictamente en nombre de la causa, por supuesto.

—Pero yo sí. —Juliet se escabulló al extremo más lejano de su taburete y los miró. Tenía la espalda muy erguida, y el mechón rebelde le caía sobre el ojo—. Eres una mujer sumamente perceptiva, Dora. Ahora dadme un momento, por favor. Necesito arreglarme el cabello.

—Detesta que la manoseen —murmuró Beau, pero su sonrisa de autosatisfacción se evaporó cuando Juliet desapareció por un pasillo mal iluminado y él se dio cuenta de que no había dejado de mirarla ni un solo instante. Se dirigió a Dora con actitud totalmente profesional—. Aquí te dejo mi tarjeta. También apuntaré los números de mi teléfono móvil y de mi casa. Quiero que me avises en cuanto aparezca Clyde Lydet. Es importante, Dora.

Entonces le sonrió.

—¿Por qué no me das el número de tu casa, cariño, para que pueda llamarte en cuanto haya terminado con este caso? Podemos quedar.

Después de intercambiar un par de frases seductoras, perezosas, con la camarera, se dedicó a observar a la nueva stripper hasta que Juliet reapareció. Apenas ella se materializó en la oscuridad, Beau se puso de pie, listo para marcharse. Y si sintió una inexplicable sensación de alivio al ver su cabello cuidadosamente peinado una vez más, simplemente la obvió.

«Prima Juliet, te presento a Dora. Te presento a Charleen, prima Juliet.» Juliet contemplaba petrificada el paisaje urbano mientras Beau atravesaba a toda velocidad las calles de Nueva Orleans en su precioso GTO. «Hola, Tammi Mae. Esta es mi prima Juliet.» ¿Qué no daría por decirle a Lil' Abner lo que pensaba de su asquerosa rutina?

Al principio había sido entretenido, pero la diversión había rápidamente dado paso al aburrimiento. Hubo un momento de tensión, en el último bar al que la había arrastrado, donde estuvo a punto de palmear cierta parte de su anatomía que una Astor Lowell jamás nombraba y de decirle «Bésame esto, primo Beau».

Pero no lo hizo, por supuesto.

Tendría que estar orgullosa de haber sabido controlarse: había sido fiel a su crianza, a la educación que le había dado su abuela. Entonces ¿por qué se sentía tan amargada e insatisfecha?

Un semáforo en rojo los detuvo. El amenazante rezongo del tubo de escape del GTO era el único sonido que rompía el silencio que imperaba entre ellos desde que habían abandonado el barrio Francés. Beau la miró de reojo.

—Eh, pimpollo, está demasiado callada. Es cierto que siempre está callada, pero... —La estudió con preocupación fingida—. También parece un poco sonrojada. —Sus gruesas pestañas se entrecerraron cuando bajó la mirada para recrearse en sus muslos. Juliet se sonrojó todavía más cuando, siguiendo la mirada de Beau, vio cómo se marcaban perfectamente bajo la tela de su vestido... que evidentemente no era a prueba de humedad. Después, Beau la miró a los ojos esbozando una sonrisa lenta, perezosa—. Esto es el Big Easy, guapa, Nueva Orleans en todo su esplendor... Tendrá que acostumbrarse a dejar las medias guardadas en el cajón.

Ese hombre era una amenaza andante y parlante para la seguridad de las mujeres. Lo había visto flirtear en todos los lugares por los que habían pasado y anotar números de teléfono con el entusiasmo de un niño que cambia cromos de béisbol. La había tratado como si ella fuera una lujosa pero descerebrada perra afgana sujeta a su correa, y había intentado avergonzarla fingiendo que iba a besarla. Se sentía acalorada y bañada en sudor, manipulada y utilizada.

¡Pero todo tenía un límite!

Sosteniéndole la mirada, Juliet se quitó los zapatos con los dedos de los pies. A través del vestido de seda, detectó la banda de encaje elástica en la bocamanga y levantó la pierna del asiento del coche para permitir que la media se deslizara hasta la rodilla. Luego metió la mano bajo el borde y, desplazando lo menos posible la larga falda, enrolló el nailon por detrás de la pantorrilla. Cuando por fin cayó en suave montoncillo de seda alrededor del tobillo, liberó el frágil nailon con los dedos de los pies.

Mientras desplegaba su improvisado strip-tease, estaba segura de que era mortalmente aburrido. Pero era algo que jamás había hecho delante de otro ser humano, mucho menos en un automóvil con las ventanillas abiertas en medio de una ciudad frente al Rey de las Hormonas. No obstante, sintió que cada segundo de incomodidad había valido la pena cuando Beau, mirando atónito la arrugada lencería blanca que colgaba de los dedos de sus pies, farfulló:

—¡Santo Dios! ¿Qué demonios cree que está haciendo, señorita Juliet?

—Pues... me he limitado a seguir su excelente consejo. —Envalentonada, repitió la rutina con la otra media y luego le indicó, con amabilidad—: El semáforo se ha puesto verde, Beauregard.

Maldiciendo entre dientes a los automóviles que hacían sonar el claxon a sus espaldas, Beau puso la palanca de cambio en primera y salió a toda velocidad, dejando la huella de los neumáticos al acelerar. Juliet dobló sus medias en una cuidadosa y pequeña pila y se recostó en el asiento, sintiéndose mucho más tranquila. A decir verdad, las ráfagas de aire fresco contra sus piernas sudorosas no le venían nada mal.

Tendría que haber sabido que no duraría. Poco después Beau frenó bajo la puerta cochera del hotel y aparcó. Cuando rodeó el capó para abrirle la portezuela, Juliet le dedicó una sonrisa vacía, puramente social, y extendió la mano, esperando contrarrestar su hábito de sacarla a tirones de los vehículos.

—Pues... ha sido muy... instructivo —murmuró, mientras él la ayudaba a salir con un mínimo de gentileza—. Nos veremos mañana, imagino, dado que aparentemente no hay manera de evitar... —Beau no se había movido, y a Juliet se le cortó la voz cuando salió del coche y lo encontró tan cerca. Demasiado cerca.

El sudor le pegaba la camisa al pecho y oleadas de calor ardiente parecían brotar de él. El corazón de Juliet comenzó a latir desbocado cuando Beau apoyó las manos sobre el techo del automóvil, una a cada lado de ella, acorralándola.

—Olvídese del mañana, terroncillo de azúcar; el día de hoy aún no ha terminado. Tengo cinco horas más en el reloj.

—¿Perdón?

—Que me quedaré con usted cinco horas más.

—¡Pero eso es descabellado!

—Y vaya si lo es... Usted lo sabe y yo también lo sé. Pero ya escuchó al capitán «suplente» Pfeffer: mi trabajo es proteger su cuerpo. Y yo me siento muy orgulloso de mi trabajo. —Olfateó el aire. Luego giró la cabeza y volvió a olfatear cerca de su sien, como un sabueso que oliera una presa. Bajó la cabeza de golpe y se detuvo justo cuando estaba a punto de enterrar la nariz en el hueco de su cuello. El corazón de Juliet parecía querer salírsele del pecho mientras Beau inspiraba profundamente por la nariz. Juliet se quedó muy quieta. Beau levantó la cabeza, lentamente, y exhaló por los labios apenas entreabiertos—. Entonces... así es como huele una niña rica —murmuró. Frunció el ceño, todavía escrutándola—. Bien.

Luego retrocedió e hizo un ademán con su vigorosa mano morena para indicarle que debía pasar primero.

—¿Entramos?

Juliet se esforzó por recobrar la compostura. Adelantándose, entró en el Garden Crown. Ese hombre estaba loco, completamente loco. Y no había nada más que decir al respecto.

5

¿Qué demonios te ocurre, estás loco de remate? El plan era asustarla para que exigiera otro escolta, no... Beau cortó de plano el final de su pensamiento; ni siquiera quería pensar en ese, su maldito plan, que se había dado la vuelta como una media y le estaba mordiendo el trasero. Con los brazos cruzados sobre el pecho y los pies extendidos, con todo el peso del cuerpo recayendo sobre el coxis y en la misma silla en que se había sentado fuera de la oficina de Juliet antes de la incursión al barrio Francés, miró a Roxanne con el ceño fruncido.

Como si a ella le importara. Se tragó un gruñido. Esa secretaria de cabello color jengibre le recordaba a sus hermanas por su manera de ignorarlo con tanta facilidad. De todos modos, no era que estuviera enojado con ella; la muchacha solo era una sustituta oportuna. Estaba furioso consigo mismo.

Por mucho que quisiera ignorar los motivos, no podía impedir que sus pensamientos regresaran a ellos una y otra vez, como una lengua que roza el borde irregular de un diente roto. No sabía qué diablo se le había metido en el cuerpo. Juliet Rose Astor Lowell ni siquiera era su tipo. A él le gustaban las mujeres menudas, rellenitas y descaradas, no de mediana altura, esbeltas y reprimidas. Entonces ¿cómo era posible que se hubiera excitado con solo verle los pies, por el amor de Dios?

Maldición, aquel había sido el proyecto de strip-tease más

lamentable que había visto en su vida... y no obstante, ahora mismo estaba volviendo a excitarse con solo recordarlo. Tenía que salir de juerga más a menudo, eso era todo. Su vida sexual era muy escasa, y lo venía siendo desde hacía casi una década. Desde que sus padres habían muerto. Pero diablos, no le había quedado otra alternativa: ¿qué tendría que haber hecho entonces?, ¿dar un paso atrás y dejar que su familia se desmembrara? Eso nunca... y además, todo había que decirlo, no estaba en condiciones de llevar mujeres a su casa: en aquel entonces sus hermanas eran demasiado jóvenes e impresionables. Ni tampoco le habían sobrado horas libres para salir de cacería amorosa. Todo se había conjugado para que la suya fuera una patética y esporádica vida amorosa.

Pero esa situación iba a cambiar radicalmente en cualquier momento, y además su vida amorosa no tenía por qué seguir siendo tan patética mientras tanto. Diablos, Juliet Rose ni siquiera había intentado seducirlo quitándose las medias; simplemente se había rebelado contra las artimañas que él había desplegado para ahuyentarla. Pero tenía la piel dorada y suave como la miel, y Beau apenas había podido vislumbrarla en un fino tobillo aquí, una pantorrilla allá. Y sus pies... No sabía qué pasaba con sus pies, pero eran estilizados y gráciles, de arco alto y dedos larguísimos y delgados. Y llevaba las uñas pintadas de un rosa virginal, cuando él había esperado que estuvieran tan faltas de esmalte como las uñas de sus manos. Y su olor...

Se revolvió en la silla, incómodo, mascullando una obscenidad.

—Muy bien, Dupree. Me ha colmado la paciencia —le espetó Roxanne repentinamente. Beau pestañeó, sorprendido. Por un minuto había olvidado dónde estaba.

Roxanne le señaló la puerta.

—Revise el hotel, controle al personal, recorra las instalaciones. Haga lo que tenga que hacer, pero hágalo en otra parte. A las tres en punto vendrá una mujer a ver a Juliet. Y esa mujer me considera socialmente inferior a ella. Quizá tenga que tragarme sus sutiles pullas, pero no tengo por qué quedarme aquí sentada escuchando cómo maldice entre dientes. Váyase de una vez.

—Roxanne, me deja anonadado. —Beau se levantó arrastrando los pies—. Pero, diablos, me han echado a patadas de mejores lugares. —Al ver que ella lo miraba enarcando una escéptica ceja, echó los hombros hacia atrás y sus labios dibujaron una sonrisa torcida—. De acuerdo, quizá no mejores: este es un nido muy acogedor. Pero puedo asegurarle que me han echado hombres mucho más rudos que usted. De todos modos, ¿cuántas citas tiene Juliet, sin contar a la esnob?

—Ninguna.

—¿Me toma el pelo? —Beau pareció despertar de golpe—. ¿Cree que quedará libre a eso de las tres y media?

—Quizá. Con toda seguridad a las cuatro.

—Muy bien. Dígale que se prepare para salir a las cuatro y cinco.

Roxanne volvió a enarcar la ceja. Metiéndose las manos en los bolsillos, Beau la miró con impaciencia.

—¿Qué?

—Le diré que usted ha solicitado el placer de su compañía...

Beau bostezó.

—... pero no le garantizo que lo obtenga. Tal vez tenga otros planes.

—Entonces dígale que los cancele.

Ante la poco elegante y realista provocación de Roxanne, Beau plantó ambas manos sobre su escritorio y, dejando caer sobre ellas todo el peso de su cuerpo, dijo:

—Escuche, tesoro mío, estoy aquí a petición de ella...

—No, tesoro mío, usted está aquí a petición de su padre. Es evidente que no comprende a Juliet en lo más mínimo, por lo que tendrá que creerme cuando le digo que ella jamás habría pedido protección personal y que no tiene ninguna responsabilidad por el tratamiento preferencial que está recibiendo.

Beau se enderezó.

—¿No?

—Santo Dios, no.

Si así eran las cosas, Juliet estaría más que ansiosa por deshacerse de él. Reprimiendo la sonrisa de patán que le asomaba a los labios, se limitó a decir:

—Ajá.

—Ay, ustedes, los hombres habladores —dijo Roxanne con una perfecta cara de póquer—. ¿Cómo es posible que esperen que una chica capte una indirecta?

—Usted sí que tiene humor, señorita Roxanne. Y una lengua muy afilada, por si eso fuera poco. —Beau le sonrió con malicia mientras se encaminaba a la puerta—. ¿Alguien se lo ha dicho alguna vez?

—Me lo dicen todo el tiempo, sargento Dupree. Todo el tiempo.

—A las cuatro y cinco —reiteró Beau—. Dígale a Juliet Rose que espero verla a esa hora. —Y, con un poco de suerte, quizá al día siguiente a esa misma hora estaría haciendo nuevamente lo que mejor sabía hacer: su trabajo de policía.

Juliet localizó el envío de mantelería perdido y miró su reloj de pulsera. Eran casi las tres y media de la tarde y Celeste Haynes todavía no se había presentado. Cuando estaba a punto de apretar el botón del intercomunicador, la voz de Roxanne surgió repentinamente del auricular, como si fuera el genio de la lámpara.

—La señora Haynes acaba de llegar, Juliet.

Juliet apoyó la mano sobre el escritorio.

—Gracias. Por favor, hazla pasar.

La última palabra apenas había salido de su boca cuando se abrió la puerta y una mujer exquisitamente vestida, de poco más de sesenta años, hizo su aparición envuelta en una sutilísima nube de perfume caro. Era muy menuda, pero su postura decidida y su ropa clásica hecha a medida la hacían parecer casi alta. Juliet se levantó y dio la vuelta a su escritorio.

—Es un verdadero placer conocerla por fin, Celeste. Soy Juliet Astor Lowell.

La recién llegada inclinó apenas la cabeza, de cabello blanco vaporoso, en señal de reconocimiento.

—Sé muy bien quién es usted, querida —replicó, tendiendo imperiosa su suave y blanca mano llena de anillos en sus dedos ligeramente curvos. No ofreció ninguna excusa por su tardanza.

Juliet se preguntó si acaso esperaba que le besara los nudillos como una antigua dama. Estrechó con algo de extrañeza la mano tendida. Soltándola de inmediato, dijo:

—Póngase cómoda, por favor.

Y volvió detrás de su escritorio. Sin embargo, antes de que pudiera sentarse, Celeste ya había pasado de largo la silla destinada a los visitantes y llegado al canapé en el extremo opuesto de la oficina. Sentándose, palmeó el almohadón junto a ella invitando a Juliet a acompañarla.

—Siéntese aquí, querida. Le he pedido a Lily que nos prepare un sabroso refrigerio. Tenemos que charlar y conocernos.

—¿Juliet? —La voz de Roxanne volvió a la vida desde el auricular del intercomunicador—. Aquí hay una mujer con una bandeja. Dice que le han ordenado... ¡Espere un momento, señora! —Su voz sonó más débil porque se había apartado del receptor—. Usted no puede...

Se abrió la puerta y una anciana de uniforme negro y delantal blanco ingresó en la oficina, haciendo equilibrio con una gran bandeja. Avanzó en línea recta hacia Celeste.

—Aquí tiene su té, señorita Celeste.

Celeste palmeó la mesa baja.

—Déjalo aquí, Lily.

Roxanne asomó por el vano de la puerta y elevó los ojos al cielo.

—Lo siento —musitó con una débil mueca. Juliet le sonrió ligeramente, sorprendida. Roxanne sostuvo la puerta para que saliera la anciana criada y luego se retiró, cerrándola con suavidad al marcharse.

—Venga, querida, siéntese. Lily nos ha traído un exquisito té de menta helado. ¿Le apetece con azúcar? —Celeste enarcó una ceja blanquísima, apoyando delicadamente las pinzas de plata sobre la azucarera de Sevres.

—No, gracias. —Juliet tomó asiento, preguntándose cómo era posible que su reunión de negocios se hubiera transformado en un té de las cinco. De pronto parecía que su hermoso hotel había vuelto a metamorfosearse en una propiedad privada que ella estaba invadiendo.

—¿Sándwich de berro o de pepino? —preguntó Celeste, ofreciéndole un plato.

—Berro, por favor. —Juliet escogió un bocadillo, lo colocó sobre el frágil plato de porcelana que Celeste le había pasado, y acto seguido lo dejó a un lado—. Bien. Acerca de las actividades, Celeste...

—¿Una chocolatina? —Le ofreció otro plato.

—Gracias, no. Acerca de...

—Habléme de su familia, querida.

Juliet ahogó un suspiro.

—Mi padre es un Lowell, de los Lowell de Boston. Mi madre era una Astor. Me crió mi abuela materna, Rose Elizabeth Astor. —Juliet bebió un sorbo de té frío.

—Y debe de ser una verdadera dama, querida. Se nota en sus exquisitos modales.

—Gracias, es muy amable de su parte. Ahora bien, acerca de...

—Mi Edward es un Haynes, por supuesto. Y yo soy la última de los Butler. Esta mansión perteneció a la familia Butler durante casi doscientos años, querida. Como soy de la línea femenina no puedo heredar, pero, como usted sabe, Edward y yo nos hemos ocupado del mantenimiento hasta que su compañía ofreció comprarla.

La verdad era que la gente de Butler Corporation había ofrecido el inmueble a Crown Hotels, pero Juliet no la corrigió.

—Y la han mantenido de forma inmejorable —la encomió. Luego dijo con firmeza—: Ahora bien, acerca del calendario de eventos que ha organizado... me gustaría discutirlo para saber cómo organizar mis otras tareas antes de la gran inauguración. —Se puso de pie y fue hacia el escritorio. Apretó el botón del intercomunicador y dijo—: Roxanne. Necesito que vengas, por favor. Y trae la agenda.

Acababa de sentarse en el canapé cuando su asistente asomó por la puerta. Juliet la recibió con una sonrisa.

—Coge una silla y acércate. Celeste, tengo entendido que ya conoce a mi asistente Roxanne. Tendrán que trabajar juntas y en armonía para coordinar las dos agendas.

—Tenía entendido que trabajaría con usted.

—Y así será. Pero, naturalmente, estaré entrando y saliendo de la oficina. Roxanne estará aquí todo el tiempo.

—Pero ella es solamente...

—Mi mano derecha.

—Sí, por supuesto —dijo Celeste con cortesía. Pero Juliet no se dejó engañar. Los modales impecables de Celeste disimulaban un rígido sentido de la posición social. La sociedad donde se movía Juliet estaba atestada de esa clase de mujeres. Daban más importancia a los antecedentes de una persona que a los logros que hacían de ella quien era, y todas y cada una de las matronas cortadas por el mismo patrón que por algún motivo habían entrado en contacto con Roxanne no habían visto en ella otra cosa que una secretaria de poca monta.

Juliet miró a su asistente.

—¿Te apetece un sándwich, Roxanne? ¿Hay otro plato, Celeste?

—No, me temo que Lily solo ha traído dos.

—Ah, bueno. Estoy segura de que usted le informará de que, a partir de ahora, necesitaremos tres. Mientras tanto, Roxanne tendrá que usar el mío. —Juliet cogió su pequeño sándwich sin corteza entre los dedos índice y pulgar, curvando ligeramente este último. Le pasó el plato de reluciente porcelana a Roxanne, se metió el bocadillo de berro en la boca, tomó la bandeja de sándwiches y se la ofreció a su asistente—. Prueba uno de cada. ¿Te apetece una chocolatina?

—Pues, muchísimas gracias. —Roxanne sonrió con un dejo de pudor—. No me molestaría.

Juliet le pasó la bandeja de las chocolatinas.

—Ahora, pongámonos a trabajar. Celeste, ¿ha traído la lista de los eventos a los que debo asistir?

Casi siempre Juliet obtenía un placer extremo de la sensación de plenitud que le producía su trabajo. Pero ahora, mientras se desarrollaba la reunión, experimentaba una antigua y molesta sensación de restricción... la misma que había sentido cuando era niña y miraba a los hijos del jardinero correr descalzos por los jardines mientras ella, confinada en su silla puertas adentro, compartía otro té interminable con la abuela. Le resultaba difícil quedarse quieta y concentrarse. En cambio, anhelaba corretear y brincar. Deseaba levantarse y correr y correr y correr... girar como una peonza hasta quedar exhausta y derrumbarse, ebria de placer y adrenalina.

Naturalmente, no lo hizo. Pero cuando la puerta se abrió de golpe y Beau asomó la cabeza para farfullar: «Son las cuatro y media. ¿Está lista?», tuvo que recurrir al poco equilibrio que le quedaba para no levantarse de un salto y exclamar: «Sí, sí, sí... sácame de aquí».

—Adelante, Beauregard —dijo con serenidad e, ignorando la ceja enarcada de Roxanne, se dirigió a Celeste—. Celeste, le presento a Beauregard Dupree. Beau, la señora es Celeste Haynes.

—Hola, ¿qué tal? —dijo Beau. Sin titubear, se inclinó sobre la mano que Celeste le ofrecía y le plantó un beso en los nudillos. De inmediato se dirigió a Juliet—. Y bien, ¿está lista para marcharse o qué?

Juliet sintió un cosquilleo en la garganta y apretó los labios. Tragó saliva para reprimir las ganas de reírse. En realidad, no tendría que alentar sus modales pasmosos. Miró a Celeste, que contemplaba a Beau como si se tratara de un animal salvaje, impredecible. Y no era para asombrarse: con su mentón oscurecido por la barba incipiente, sus ropas desaliñadas adheridas a las partes húmedas de su esbelta musculatura y esa energía cruda y palpable que exudaba, parecía peligroso y a años luz de su elemento natural.

Pero eso no significaba que ella estuviera dispuesta a dejar pasar semejante oportunidad.

—Lo siento, Celeste, pero hemos agotado el tiempo que había destinado a este encuentro, y tengo otro compromiso. La dejo en las capaces manos de Roxanne. Si tiene alguna duda, siéntase libre de contactar conmigo en mi habitación más tarde. —Miró a su asistente—. Roxanne, por favor prepara un itinerario para Beau y...

Sus instrucciones quedaron interrumpidas por la mitad cuando Beau fue hacia la puerta, llevándola firmemente a rastras. Pero Juliet no protestó. Con la cabeza despejada y el corazón ligero, se sentía tan audaz como un niño que se escapa de la clase. Apreciando sensualmente la frescura del aire acondicionado que rozaba sus piernas desnudas, trotaba feliz a sus espaldas.

En la pequeña y elegante oficina que acababa de dejar atrás, Celeste frunció los labios en señal de reprobación y miró con amargura el vano vacío de la puerta. ¡Así estaban las cosas! Ella dedicaba amablemente su tiempo a facilitar el ingreso de la señorita Astor Lowell a la sociedad de Nueva Orleans... ¿y todo para qué? ¿Para ser tratada de ese modo? ¿Cómo se atrevía esa chiquilla desvergonzada?

El linaje de Juliet había impresionado involuntariamente a Celeste, pero su comportamiento reciente demostraba una vez más que, en lo que respectaba a los yanquis, la crianza no necesariamente lo era todo.

Enderezó la espalda, juntó los tobillos y trató con cortesía distante a aquella mecanógrafa arribista mientras concluían sus asuntos. Después, cerró de un golpe su agenda y se puso de pie con dignidad.

—Le pediré a Lily que retire los platos —dijo con frialdad. Y abandonó la oficina.

Como si no fuera suficiente humillación ver su antigua casa convertida en un hotel, a todos sus criados personales y los de Edward —con la sola excepción de Lily— convertidos en empleados de Crown Corporation... la envarada y poderosa señorita Astor Lowell había abandonado la reunión del brazo de un mortón y, por si eso fuera poco, la había dejado en compañía de una simple secretaria. En eso cavilaba Celeste mientras volvía a las habitaciones a las que Edward y ella misma habían quedado confinados.

Tendría que haberle ordenado a Lily que pusiera una docena de cucarachas en la cama de aquella desagradecida.

6

Bueno, indudablemente las cosas no habían salido como esperaba. Mirando de reojo a Juliet, Beau puso en marcha el GTO y salieron del hotel rumbo a la calle. ¿Qué diablos pasaba con ella? Cada vez que creía tener la partida controlada y se sentía capaz de hacerla bailar a su ritmo, la señorita reaccionaba de una manera completamente imprevista. Por Dios Todopoderoso, ella sí que era contradictoria.

Como si sintiera su mirada, Juliet cruzó los tobillos desnudos y llevó las rodillas hacia el salpicadero, girando levemente el cuerpo en dirección a Beau.

—¿Puedo? —Hizo girar el botón de la radio y bajó el volumen sin esperar su respuesta.

—Vaya, no se preocupe por mí, carita de ángel —se mofó Beau—. Siéntase como en su casa.

Advirtió que lo estaba estudiando y se alegró. Ah, ahora sí que le largaría la inevitable monserga sobre los buenos modales y la conducta que se esperaba de un profesional cuando este debía tratar con una yanqui de rancio abolengo como ella. Diablos, tendría que haber sabido que no lo regañaría delante de Roxanne y la gran dama; Juliet era una mujer muy bien educada y el reproche público simplemente no cabía en su estilo. Lo más probable era que hubiera estado ensayando mentalmente un sermón durante todo el tiempo... siendo, como era, del tipo cauto, cortés y metódico.

Con el rabillo del ojo la vio recorrer con los dedos el

borde del asiento. Después de unos cuantos segundos, preguntó:

—¿Quién es Clyde Lydet?

—¿Cómo?

—Me preguntaba quién...

Beau la interrumpió con un ademán.

—Ya he oído lo que ha dicho, Capullito de Rosa. Lo que ocurre es que está a ciento ochenta grados de lo que esperaba oír. —La miró con atención y volvió a concentrarse en el camino—. Clyde Lydet es un traficante de armas robadas. Pero, como comprenderá, aquí no estamos hablando de cualquier rifle viejo; es un especialista que comercia con armas de fuego antiguas. —Se encogió de hombros—. Esto solo ocurre en Nueva Orleans, querida.

—¿Por qué lo está buscando?

—Porque creo que está relacionado con el caso del Ladrón de Bragas, del que seguramente me oiría hablar ayer con el Pedante.

—¿El qué?

—Pfeffer, el capitán suplente sin pistas. —Casi podría jurar que había visto curvarse levemente sus labios carnosos en una sonrisa; pero, si efectivamente así había sido, en el momento en que él pudo apartar la vista del camino y mirarla, Juliet ya se había recompuesto y le sostenía la mirada con perfecta solemnidad. Sin embargo, algo ardía en las grises profundidades de sus ojos, algo que no le convenía escrutar tan de cerca. Se obligó a reaccionar—. Se rumorea que Lydet anda merodeando por el barrio Francés. Pero aquí me tiene, calentando la silla en la recepción de su oficina en vez de salir a buscarlo.

—¿Y qué es lo que ha hecho el Ladrón de Bragas?

—Irrumpe en las casas de las mujeres y las obliga a desnudarse a punta de pistola.

—Qué espanto. —Un escalofrío de empatía erizó levemente el vello suavísimo que cubría sus brazos—. ¿Alguien ha podido identificarlo?

—No practica la costumbre de andar por la vida a cara

descubierta —dijo Beau con impaciencia—. Tiene una colección de máscaras de Mardi Gras que usa para disfrazarse.

—Oh, Dios mío. —Lo miró con horror súbito—. Edward Haynes tiene una enorme colección de máscaras de Mardi Gras.

—Cualquier hijo de vecino tiene por lo menos una máscara en el fondo del ropero —la tranquilizó Beau—. Estoy hablando de máscaras que se consiguen por un centavo la docena en esta ciudad.

—Ah, por supuesto; tendría que haberme dado cuenta. —Juliet frunció en entrecejo—. Pero ¿qué tiene que ver que Lydet compre armas antiguas robadas con un hombre que obliga a las mujeres a desnudarse?

—Piense un poco, carita de ángel. Mi hermana Josie Lee fue su última víctima y...

—Oh, Beau —lo interrumpió Juliet—. Lo siento muchísimo. Debe de haber sido terriblemente traumático para ella.

Beau la miró de soslayo, comprobó que la simpatía que expresaba su rostro era sincera y volvió a concentrarse en el camino. Demonios. No quería que ella fuera amable y dulce con respecto a eso. Echó los hombros hacia atrás con impaciencia, como para quitarse de encima la preocupación de Juliet.

—Sí, bueno, según ella ha sido más traumático para mí. De todos modos —prosiguió de inmediato, pues no quería oír lo que ella tuviera que decir acerca de ese comentario—, la pistola que usó el Ladrón de Bragas era antigua. Josie Lee me hizo una descripción muy detallada, y estoy casi seguro de haber oído antes esa misma descripción. Me trae un vago recuerdo de hace mucho tiempo, y creo que puede ser de la vez que arresté a Lydet, en mis días de novato.

Juliet lo miró con algo que parecía estar sospechosamente cerca de la admiración.

—Su trabajo debe de ser sumamente excitante.

—Es probable que lo sea... cuando trabajo como un verdadero policía, no de niñera —dijo con tono cáustico.

Juliet se tragó el desaire sin decir palabra, miró al frente y

73

se quedó callada durante varios minutos. Luego se dio la vuelta para mirarlo otra vez.

—Estoy tratando de imaginarlo con una hermana, pero no puedo visualizarlo.

Beau no logró contener una breve y seca carcajada.

—¿Ah, no? Bueno, imagínese esto entonces: tengo tres. —Aunque no apartaba los ojos del tránsito, era consciente de la mirada de Juliet escrutándolo.

—Dios, qué maravilla —la oyó murmurar en voz tan baja que debía de estar hablando consigo misma. Luego se revolvió en el asiento y dijo—: Yo soy hija única.

Beau sintió un pequeño nudo en el estómago ante el tono anhelante de su voz y se enderezó de golpe en el asiento. Oh, no. No, no, no, no. No se dejaría engatusar de esa manera. Él tenía mucha calle, demasiada para caer en las garras de la simpatía. Y además, ¿de dónde diablos habían salido esas ínfulas charlatanas? Volvió la cabeza y la miró de arriba abajo con ojos veloces, insolentes.

—Pobrecilla niña rica. Estoy seguro de que papaíto le habrá comprado un camión repleto de juguetes para llenar el vacío.

Se negó a sentirse culpable cuando ella lo miró atónita, como si acabara de pegarle una bofetada en esas mejillas tan elegantes. No obstante, exhaló con alivio cuando la expresión de Juliet se tornó fría y remota.

—A decir verdad, no veía mucho a mi padre —dijo con serena dignidad y, dándole la espalda, se puso a mirar por la ventanilla.

Oh, diablos. Bueno, después de todo, le importaba un bledo. Sí, un bledo.

Juliet miraba sin ver el paisaje, rechazando el dolor que sentía, barriéndolo, encerrándolo en el pequeño habitáculo que había construido años atrás, en el rincón más alejado de su mente, para almacenar los desdenes y las desilusiones de aquel padre que rara vez tenía tiempo para ella.

Probablemente se lo merecía, por haberse abandonado al seductor anhelo de un poco de excitación en su vida. Tenía demasiado que hacer en demasiado poco tiempo, y sabía que Beau Dupree le traería problemas... y no obstante había permitido que la sacara prácticamente a rastras de una reunión, sin la más mínima queja y con la sola excusa de un escozor de inquietud y la débil justificación de que Celeste Haynes había llegado tarde a la cita y por lo tanto merecía que fuera breve. Tragándose su equívoco impulso de curiosidad amistosa, se refugió detrás del muro de reserva que le resultaba mucho más familiar.

El interior del vehículo era un horno. La brisa cargada de humedad y densas fragancias que entraba por la ventanilla abierta agitaba su cabello y sofocaba sus pulmones, y los colores tropicales, deslucidos por el sol, de las fachadas desconchadas de los antiguos edificios que iban quedando atrás dejaban exóticas impresiones en su retina.

Juliet no se sentía reservada: ese era el problema. Una semilla de rebeldía resentida se había alojado en lo más hondo de ella y la exuberancia del ambiente que la rodeaba parecía alimentarla, del mismo modo que nutría y alentaba a crecer a los helechos en los huecos más improbables de las aceras y las escaleras de aquella ciudad. Esa misma exuberancia provocaba una sensualidad y una laxitud que hacían de su postura erguida una carga... por no hablar de sus rígidas costumbres y sus modales impecables. Allí parecían requerir mucho más esfuerzo de su parte, quizá más del que se merecían.

Sin que se diese cuenta, ya estaban otra vez en el barrio Francés, con su música y su ruido y sus armónicos descaradamente sexuales. Solo que aquella vez había multitudes amontonándose en las veredas y coches tirados por caballos que aminoraban el paso en las calles atestadas de vehículos.

Beau encontró sitio para aparcar y, como de costumbre, sin prolegómenos, la hizo salir del coche y emprendió la marcha de inmediato... con Juliet siguiéndole los pasos a un metro de distancia. Como la última vez, había más cosas para mirar de las que una persona podía apreciar en un único trayecto, pero discretamente intentó captar lo máximo posible.

Tan entretenida estaba mirando los despliegues exóticos y

eróticos de los escaparates, e intentando vislumbrar los actos que se reflejaban en los espejos de cuerpo entero ubicados en las entradas de los clubes de strip-tease y de sexo, que cuando Beau se detuvo de golpe ella chocó contra su espalda. Beau la tranquilizó con su mano libre, apoyando sus largos dedos en el dorso de su muslo y haciendo que su piel ardiera bajo la liviana tela de su vestido. Luego retiró la mano y giró la cabeza para mirarla con rostro inexpresivo.

—Tengo hambre. ¿Ha comido algo hoy?

Juliet pestañeó, negándose a reconocer una pasajera impresión de calor en la parte superior del muslo.

—He comido un sándwich de berro con Celeste.

Beau hizo un ruido grosero.

—Estoy hablando de comida de verdad, Capullito de Rosa.

Juliet no pudo evitarlo; esbozó una sonrisa totalmente espontánea al recordar el minúsculo bocadillo que era todo lo que había ingerido aquel día.

—Me apetecería comer algo... siempre y cuando vayamos a un lugar con aire acondicionado.

—No estamos hablando del Ritz, tesoro, pero conozco un lugar con una fuente. Un sitio bonito y sombreado donde podríamos darnos un buen chapuzón con la ropa puesta.

A Juliet se le escapó una risilla incrédula.

—Yo me lo había imaginado más bañándose con una mujer rica y desnuda.

Y se quedó atónita. No podía creer lo que acababa de decir. Hacía muchos años que había aprendido a guardarse sus pensamientos impulsivos, y estaba convencida de que esa actitud ya se había convertido en su segunda piel.

Entonces ¿cómo había permitido que aquel pensamiento saltara de su mente a su lengua?

Antes de que pudiera reunir coraje para salir de la situación con la mayor gracia posible, Beau la arrastró y la colocó entre un escaparate de máscaras de Mardi Gras y su propio cuerpo musculoso. Juliet pestañeó al ver su mentón, ya con sombra de barba, tan cerca de sus labios.

—Usted es la única niña rica que conozco, Juliet Rose —dijo en voz baja y ronca. Con renuencia, ella levantó la mirada hacia sus ojos oscurísimos, de largas y tupidas pestañas—. ¿Está proponiéndose como voluntaria para desnudarse conmigo?

No la estaba tocando, solo la mantenía cautiva con una mano a cada lado de sus hombros. Pero sus antebrazos estaban apoyados contra el escaparate, su aliento rozaba sus labios y su aroma la envolvía. Había invadido el espacio que ella siempre mantenía inviolable. Deslizó las manos por la minúscula brecha que los separaba y, aplastando los dedos contra el duro muro de su pecho, le dio un leve empujón. Beau no se movió y el húmedo calor bajo sus palmas sumó más agitación a la que ya sentía.

Su único consuelo fue sonar encomiablemente compuesta al responder:

—No, Beauregard, no era esa mi intención. —Luego, sabiendo que era una grosería imperdonable pero sin que le importara por una vez, le espetó—: Debería tratar de controlar un poco esas hormonas suyas. Es un concepto radical para usted, estoy segura, pero también podría ser un cambio de ritmo.

Beau se relamió el labio inferior.

—Pues sepa, Juliet, que me siento insultado. Si una mujer hace un comentario sexualmente cargado, el hombre naturalmente quiere saber si es una propuesta. Si usted fuera hombre, entendería perfectamente de qué estoy hablando.

—Y si usted tuviera ovarios, probablemente no sería tan idiota. —Santo Dios, Juliet, cállate, cállate, cállate.

—Si yo tuviera alguno de sus bonitos atributos rosados, muñeca, en primer lugar no le andaría preguntando si quiere desnudarse conmigo. —Una sonrisa maliciosa asomó en las comisuras de su boca y, extendiendo el brazo, se apartó de ella—. Entonces ¿quiere comerse un bocadillo, o qué?

Juliet se deslizó por debajo del brazo extendido y alisó su vestido.

—Supongo —dijo, parpadeando ante lo malhumorado de su tono.

—Lo tomaré como un sí. —Una vez más, apoyó los dedos largos y firmes sobre su cintura y continuaron juntos bajando la calle.

Entraron a un establecimiento pequeño y muy iluminado que olía a los deliciosos aromas de las comidas que allí se preparaban y no tenía aire acondicionado. La fuente de Beau no aparecía por ningún lado.

—Hola, Lou. —Beau saludó a un anciano negro apostado detrás del mostrador.

—¿Cómo anda, sargento Dupree? ¿Qué puedo ofrecerles hoy a usted y a su dama?

Beau miró a Juliet.

—¿Necesita echarle un vistazo a la pizarra?

—Por favor. —Miró los platos garrapateados en colores estridentes en la pizarra negra colocada sobre la pared por encima de la cabeza del hombre que atendía el mostrador. Un segundo después dijo—: Tomaré media *muffulatta*. La número cuatro. —Buscó su billetera.

—Guárdese su dinero —dijo Beau sucintamente—. Puedo darme el lujo de pagarle un maldito sándwich. —Se acercó al mostrador—. Tomaremos media ración del número cuatro y un emparedado de ostras fritas, Lou.

—Oh, hermano, eso es justamente lo que necesita tu libido —murmuró Juliet en voz muy baja—. Ostras.

—¿Le apetece que aderece el emparedado, sargento?

Beau le sonrió a Juliet dejando a la vista todos sus dientes.

—Sí.

Eligieron las bebidas en un pequeño refrigerador y llevaron afuera sus platos. Juliet se acercó el sándwich a la boca, pero el calor y la humedad hicieron que le desapareciera el hambre y, con una mueca, lo dejó sin probarlo.

Durante unos segundos, Beau la observó luchar contra un apetito inexistente. Acto seguido, masculló:

—Vamos. —Y la guió por un pasadizo estrecho que recorría todo el edificio hasta llegar a un pequeño patio. Bajo la sombra de una frondosa pacana, la varanda del fondo daba al río, que ofrecía la frescura de una brisa intermitente.

En un rincón borboteaba una fuente para que se bañaran los pájaros.

—Ah... —Juliet suspiró. Apoyó el plato sobre una mesa pequeña, caminó hasta la fuente y se humedeció las muñecas. De sus labios escapó un sonido, mitad suspiro y mitad murmullo—. Me apetecería darme un chapuzón.

—Pues hágalo, cariño. —Beau entrecerró los pesados párpados—. Mientras tanto, yo le cuidaré la ropa..

—Santo Dios, Dupree, tendría que tomarse un calmante. —Frotando el exceso de agua de la cara interna de sus muñecas contra sus sienes, Juliet volvió a la mesa, se sentó y cogió su sándwich. Luego lo miró fijamente—. ¿No le parece que está un poco crecidito ya para ser tan libidinoso todo el tiempo?

Él la miró horrorizado.

—¿Hay un límite de edad para esas cosas?

—Me rindo —dijo ella, negando con la cabeza. Dio un mordisco a la *muffulatta*—. Oh... —Parpadeó repetidas veces como el aleteo de una mariposa, segura de que su expresión era cien por cien beatífica—. Oh, sí. Esto es maravilloso.

Comió media *muffulatta*, dejó el plato a un lado y apartó la silla de la mesa pequeña. Beau, que acababa de tragar el último bocado, la miró con curiosidad.

—¿Ocurre algo?

—Ajá. Estoy llena.

—Come como un pajarillo. —Estiró la mano y cogió lo que quedaba del sándwich, sonriendo sin culpa ni arrepentimiento al ver que Juliet levantaba las cejas—. Detesto tirar comida buena a la basura. —Y le pegó un buen mordisco.

En cuanto se metió en la boca el último trozo, continuaron su ruta. Beau la llevaba de un lugar a otro, y el siguiente parecía todavía más sucio y miserable que el anterior.

Juliet no sabía que existían lugares tan sórdidos, y sabía que debía quedarse pasmada ante ellos. La abuela se quedaría atónita, sin lugar a dudas, y su padre... bueno, probablemente su padre no, pero era un hombre y no lo habían atiborrado de reglas y reglamentos durante toda su vida. Pero con toda seguridad esperaría que ella quedara pasmada ante la cantidad de miserias a la que Beau la exponía constantemente.

Sin embargo, y por el contrario, temía estar desarrollando un cierto gusto por lo ilícito.

El sol ya se había puesto cuando Beau la llevó a un bar cuyo letrero anunciaba: CINCUENTA MUJERES HERMOSAS Y UNA...

—¿... «cuyo sexo todavía está en cuestión»? —leyó Juliet en voz alta antes de pasar de la calle iluminada por farolas a la penumbra subterránea—. ¿Me puede decir qué significa eso? —Una música ensordecedora atronaba desde los altavoces suspendidos, por lo que no esperó respuesta.

El hecho de que hubiera bajado el sol no había menguado un ápice el calor sofocante, y el servicio de aire acondicionado del bar se limitaba a dos ventiladores de techo. Juliet casi sintió el roce de las aspas en su cabello mientras avanzaba dando tropiezos detrás de Beau de camino a la barra.

—Hola, Beau-re-gard —canturreó una voz tórrida detrás del mostrador—. Tu sentido de la oportunidad es asombroso, guapo... Eres precisamente el hombre que necesitaba ver.

—Hola, Shell-Ellen, ¿cómo va eso? Caramba, estás guapísima.

—También tú. Dios nos libre y nos guarde. —Con una sonrisa por demás invitadora, respiró hondo, echó los hombros hacia atrás y empujó hacia delante su pecho absolutamente cubierto de pecas—. Beau, bombón, necesito un pequeño favor. Mira, el otro día me pusieron una multa por exceso de velocidad y...

—Shell, la última vez que arreglé las cosas para que no pagaras una multa te dije que era la última vez. Simplemente tendrás que conducir más despacio, nena.

—Oh, por favor —murmuró Juliet—. El muerto se asusta del degollado.

Beau le hundió el codo en el costado, y la mujer que atendía la barra dirigió su atención a ella.

—¿Quién es tu amiguita, Beau?

Juliet se acodó sobre el mostrador disponiéndose a escuchar, una vez más, el cuento de la prima Juliet. Pero era evidente que Beau no era aficionado a las repeticiones, porque enarcó sus cejas oscurísimas y dijo:

—Me estás tomando el pelo, ¿verdad? No me digas que no la has reconocido... demonios, esta mujer que está aquí es la famosa Capullito de Rosa Buenas Ancas Buena Monta y sus Asombrosos Abanicos. Ha venido a ver a alguien por un trabajo.

—No me digas. —Con una sonrisa escéptica, Shell-Ellen miró de arriba abajo a Juliet—. Tu número debe de ser realmente impactante, hermana, porque aunque he de reconocer que tienes unas piernas larguísimas (que pueden o no ser razonablemente excitantes), está claro como el agua que no tienes tetas.

—Perdón, se...

—No las necesita —le aseguró Beau a su amiga. Cuando miró a Juliet, había un brillo malicioso en sus ojos—. Muéstrale tus abanicos, Capullito de Rosa.

Juliet elevó los ojos al cielo.

—Esta es la idea que Beauregard tiene de una broma —le informó a la muchacha. Ella la miró confundida, y Juliet se encogió de hombros—. Mentes pequeñas, ideas pequeñas... ¿qué más se puede decir? Una no siempre puede escoger a su niñera.

—A decir verdad, uno podría, Capullito de Rosa. Si se tomara la molestia de mover ese culito bien formado y hacerlo. Es la niñera quien tiene limitada su capacidad de opción.

Juliet se había acostumbrado tanto a la música de fondo de las bailarinas de strip-tease en todos los establecimientos de mala muerte a los que Beau la arrastraba que ya no la escuchaba conscientemente, excepto por la conciencia visceral de su misteriosa capacidad de abrirse paso a través de su cuerpo y aflojarle las piernas. Pero se le hizo difícil ignorar el repentino batir de tambores que precedía el siguiente número, o la voz del hombre que anunció con entusiasmo por los altavoces:

—Y ahora, damas y caballeros, el momento que todos han estado esperando.... ¡La señorita Lola Benoit!

La mujer que apareció al ritmo del BUUM-pum-BUUM-pum que atronaba desde los altavoces era despampanante; no había otra palabra para describirla. Superaba fácilmente el metro ochenta de estatura y tenía el cabello castaño cobrizo y la piel blanca. Su cuerpo voluptuoso enfundado en un vestido de noche azul eléctrico recorría el escenario como dejándose llevar por sus caderas cimbreantes. Su presencia cautivó de inmediato todas las miradas, y Juliet se acercó más a la plataforma para ver el número de cerca.

Juliet solo se dio cuenta de que Beau la había seguido cuando la bailarina, sin dejar de bambolear las caderas, se detuvo en el borde del escenario frente a ella. Sin embargo, pronto se hizo evidente que Lola estaba actuando única y exclusivamente para él.

Sus muslos asomaban por las aberturas de los costados del vestido cuando las caderas oscilaban en un vaivén atrevido y sensual. Fue agachándose lentamente mientras deslizaba un guante largo, blanquísimo, por su brazo torneado y extendido. Una vez quitado el guante, lo sostuvo en alto entre sus manos y comenzó a trazar sinuosas figuras en forma de ochos con los brazos mientras giraba las caderas, subiendo poco a poco hasta ponerse de pie y luego bajando... y luego volviendo a subir. Ondulando hacia abajo por última vez, apoyó los glúteos sobre los talones. Con sus firmes y blancos muslos levemente abiertos y sosteniendo el guante con la punta de los dedos, se inclinó hacia delante con una sonrisa provocativa y lo dejó sobre el hombro de Beau. Luego volvió a levantarse, sin el menor esfuerzo, y avanzó en dirección a otro hombre, al que agasajó con el guante restante. De vuelta en el centro del escenario, envolvió su cuerpo primero con un brazo y después con el otro. Después de abrazarse a sí misma abrió los brazos de golpe... y el vestido cayó al suelo, en dos partes. Se quedó con unas minúsculas bragas de satén y un par de zapatos de tacón de veinte centímetros de alto. Apartando de una patada el vestido a un lado, enderezó los hombros. El movimiento dejó incólumes sus magníficos pechos, pero de todos modos el público rugió de entusiasmo y aprobación. Evidentemente, la posesión de un chasis original no era lo que más importaba en esos casos.

Juliet la miraba fascinada, zarandeando de vez en cuando las caderas en un ritmo inconsciente mientras admiraba el arte de Lola. Contuvo el aliento cuando la mujer provocó al público insinuando que podría despojarse de su última prenda... solo para ejecutar, en cambio, un complejo movimiento de caderas sin tocar siquiera lo que quedaba de su atuendo.

Pero la música iba en crescendo, y finalmente, con un gesto ceremonioso bajo el reflector azul, Lola se quitó las bragas.

—Oh, Dios mío —dijo Juliet, desfalleciente.

Porque la mujer solo llevaba un diminuto tanga, bajo el cual se marcaba el inconfundible bulto de unos genitales masculinos. Juliet se quedó mirándolo, boquiabierta e incrédula, hasta que la mujer... ¿o el hombre? ¿Qué era?, abandonó el escenario.

—Vamos, carita de ángel —le susurró Beau al oído—. Quiero llevarla a los camerinos y presentarles.

Juliet lo miró confundida, como si no supiera del todo quién era... y Beau no se sintió tan satisfecho como había imaginado que se sentiría después de haberle dado semejante sorpresa. No obstante, aprovechó su inmovilidad y la llevó a rastras al camerino de Lola. Cuanto antes exigiera Juliet que lo reemplazaran, mejor para todos los implicados.

Sin embargo, mientras llamaba para entrar, se dio la vuelta y vio que la confusión de Juliet había desaparecido y que ella lo miraba con ojos distantes y creciente expectativa. La vio esbozar una sonrisa de compromiso cuando una liviana voz de contralto los invitó a entrar.

Lola estaba sentada frente al tocador, con sus largas piernas cruzadas y envuelta en un quimono de satén con el cinturón flojo. Su peluca castaño cobrizo adornaba ahora una cabeza de alambre sobre el tocador atiborrado de cosas, y su cabello natural lucía aplastado bajo una media de nailon negra cortada y cosida para ese menester. Suspendió por un instante el proceso de quitarse el grueso maquillaje teatral y sus ojos se iluminaron al ver a Beau.

—Hola, guapo.

—Hola —replicó Beau, dándole un empujón a Juliet—. Esta es Juliet Astor Lowell. Quería conocerte.

—Mmm —respondió Lola sin manifestar el menor interés.

—Tu número ha sido magnífico —dijo Juliet en voz queda. Titubeó un segundo y luego agregó—: Hasta que lo he visto, no me había dado cuenta de que un strip-tease podía ser tan poético.

Lola apartó los ojos de Beau y giró en su silla.

—Gracias, amiga. Es probablemente lo más bonito que me han dicho nunca. —La miró con más atención—. Oh, guapa, tú sí que tienes posibilidades.

Beau cambió de posición, inquieto.

—A Juliet no le interesan sus posibilidades.

Pero Juliet estudió el estridente maquillaje de Lola con profundo interés.

—Desde los asientos del público, tu maquillaje se ve perfecto. Exquisito, a decir verdad. Debes de saber bastante de cosmética para lograr el equilibrio justo entre un maquillaje pobre y un exceso de maquillaje.

—Solo por eso merezco ser famosa. —Mirando con picardía su escote cubierto, Lola se corrigió—: Bueno, no solo por eso. En realidad, adoro maquillarme. —Estudió a Juliet—. Siempre deberías usar tu pintalabios, querida. Muchas mujeres pagan fortunas por una boquita carnosa como la tuya; tienes que acentuarla. Y si yo tuviera ese cabello, jamás escondería tanta luminosidad bajo una tonelada de plomo como haces tú. —Se dio la vuelta y comenzó a revolver la profusión de cosméticos que había sobre el tocador. Beau miró el cabello de Juliet. Se veía más suave y tupido y menos aplastado que antes, y se le estaban formando unas ondas definidas que agregaban brillo a su color castaño ya de por sí tan abundante.

A Beau ya le resultaba bastante difícil ignorar las «posibilidades» de Juliet; lo que menos necesitaba era que un hombre convertido en mujer se las recordara. No tenía ningún sentido que se sintiera atraído por la menuda Juliet Rose, pero el sentido común parecía haberlo abandonado ese día.

Lola dio por terminada la búsqueda y le pasó un pintalabios a Juliet.

—Pruébalo. Es tu color.

—¡No! —Beau casi se dejó llevar por el pánico. El hecho de que Capullito de Rosa fuera demasiado recatada para prestar atención a las «posibilidades» que desde hacía rato lo tenían cogido por las bolas era la única salvación en una tarde que cada vez era más incómoda.

Por suerte, Juliet retrocedió un paso en perfecta sincronización con la protesta de su fiel guardián.

—Oh, no. No podría.

Los ojos de Lola se tornaron gélidos y dejó caer el pintalabios sobre la mesa.

—Por supuesto que no. Porque uno nunca sabe dónde pudo haber estado mi boca, ¿verdad?

—No —corrigió Juliet con serena dignidad—, no es eso, sino que mi abuela me inculcó que los artículos de aseo personal no se comparten, y es difícil deshacerse de un hábito tan establecido.

Lola volvió a interesarse.

—Ay, amiga, me encanta eso... ¡es tan chic! ¿De dónde la has sacado? —le preguntó a Beau—. ¡Espera, espera! —gritó, y se puso a revolver el cajón del tocador. Cuando por fin encontró lo que estaba buscando, le tendió un pincel para labios a Juliet—. ¿Qué te parece esto? Está recién salido de la fábrica y, mira, limpiaré el pintalabios. —Poniéndose manos a la obra, recuperó el tubo plateado, hizo surgir un cilindro de color rosa amarronado y, despiadadamente, sacó una buena capa de la parte superior. Luego se lo pasó a Juliet.

Ella vaciló unos segundos, pero luego se inclinó hacia delante y aceptó el pincel, frotándolo contra el pintalabios. Frunció los labios, se acercó un poco más al espejo y, con sumo cuidado, le agregó color a su boca. Luego cogió un poco más de carmín y repitió el procedimiento. Le devolvió el pincel a Lola, frotó los labios uno contra el otro y echó atrás levemente la cabeza para contemplar su reflejo en el espejo.

Sonrió complacida, y sus dientes resplandecieron blanquísimos entre aquellos labios novedosamente rosados.

—Me agrada.

A Beau también le agradaba, y eso le daba ganas de aullar.

Juliet dio la vuelta al pintalabios y leyó la marca en la parte inferior.

—Ah, Clinique. —Miró a Lola—. Probablemente ya te habrás dado cuenta de que no soy de aquí. ¿Dónde podría comprarlo?

—En Dillards, amiga. Y también en Saks, supongo, pero allí no me conocen. Mejor ve a Dillards —dijo con decisión—. Diles que te manda Lola Benoit.

—Así lo haré, Lola; gracias. —Juliet se quedó conversando de naderías con Lola unos minutos más y luego se dirigió con gracia hacia la puerta, llevando con ella a Beau. Se despidió de Lola con una sonrisa afectuosa, y Beau la observó caprichosamente, sintiéndose impaciente e incómodo.

Pero la sonrisa que le dedicó cuando la puerta se cerró a sus espaldas fue considerablemente más fría.

—No me tome por estúpida —dijo sin ambages. Beau entrecerró los ojos, hechizado por aquella boca malhumorada y rosada—. ¿Acaso cree que no tengo un gramo de inteligencia? Le aconsejo que lo piense mejor, Beauregard, porque no me ha pasado inadvertido que no ha preguntado por Clyde Lydet en los últimos lugares a los que me ha llevado, y tengo que creer... ¿Me está prestando atención? ¿Se puede saber qué está mirando?

—Nada —dijo de mala gana, pasando la lengua por su labio inferior. La miró a los ojos, pero su cabello le llamó de inmediato la atención. Diablos, ¿se había vuelto más tupido? ¿Más ondeado?

—Como decía, eso me lleva a pensar que su único propósito al ir a estos bares es mostrarme el costado más sórdido y degradado de su ciudad. ¿Acaso alberga la ilusión de que el aire que respiro es demasiado elevado para tolerar las profundidades que tanto lo complacen?

—Yo no «albergo» nada, mejillas de miel.

—Ah, y por lo visto me conoce muy bien —dijo Juliet con frío sarcasmo—. Después de un día.

Sintió latir un calor intenso en sus venas y se acercó más a ella, obstruyéndole el paso.

—Lo único que sé es que está amargándome la existencia, y quiero que pare. —Acercó su cara a pocos milímetros de la de Juliet—. Vaya con Pfeffer, señorita Lowell. Exija que me reemplace. De lo contrario, se lo advierto, se acabará el número del buen chico.

Ella lo miró incrédula. Pero no dijo lo que obviamente pensaba. En cambio, se puso a inspeccionarlo como si fuera algo que acababa de salir de la alcantarilla y se arrastraba a sus pies.

—Permítame decirle algo, sargento Dupree —dijo por fin—. ¿Por qué no contiene el aliento mientras lo pienso? —Empujándolo a un lado, se alejó. Su falda parecía temblar con cada zancada iracunda que daba.

7

Luke estaba más que dispuesto a irse a casa en cuanto salió de la comisaría. Se sentía tenso, condición que no había mejorado apreciablemente cuando llegó al garaje y reconoció el bien formado culito de Josie Lee apuntando al cielo mientras se inclinaba sobre el motor de un coche. Su torso era invisible bajo el capó, y ver la larga extensión de sus piernas bajo su minifalda beige solo sirvió para aumentar, todavía más, su tensión.

Consideró la posibilidad de pasar de largo. Josie Lee estaba preocupada; podría caminar, subir a su automóvil y salir de allí mucho antes de que ella se irguiera. No tenía el menor interés en jugar a ser un mecánico.

El único problema era que Josie Lee tampoco era mecánica. Escuchándola afanarse y maldecir entre dientes, dedujo que el problema en cuestión evidentemente no podía solucionarse con los rudimentos que Beau le había enseñado. Con las manos hundidas en los bolsillos y los hombros encorvados, avanzó en dirección a ella.

—¿Necesitas una mano?

Josie Lee dio un grito de sorpresa y se irguió de golpe. Y estuvo a punto de golpearse la cabeza contra el capó abierto.

—¡Demonios, Luke! Casi me matas del susto. —Se escabulló fuera del capó y se volvió para mirarlo—. ¿Vas a tu casa?

—Sí.

—Bueno, entonces llévame contigo. Anabel me ha prestado su coche para mi primer día de trabajo... lo que supuestamente ha sido un gran favor, solo que esta maldita cosa ahora no quiere arrancar.

Diablos. Aunque con reticencia, Luke dio un paso adelante.

—Supongo que podría echarle un vistazo.

—Oh, es muy amable por tu parte, pero Beau estará de regreso en casa en un par de horas. Le pediré que me traiga de vuelta y que lo arregle. —Se pasó el antebrazo por la frente, luego bajó la mano y desabotonó los dos primeros botones de su blusa sin mangas. Lentamente la despegó del cuerpo para que circulara el aire entre la tela y su piel húmeda—. Ahora tengo calor y me siento rara, y lo único que quiero es volver a casa.

Luke se descubrió siguiéndole el rastro a una gota de sudor que bajaba por su cuello. La gota se detuvo en un ángulo al cruzar sobre la clavícula e inició un recorrido en diagonal hacia su escote. Luke giró bruscamente sobre sus talones y se dirigió a su automóvil dando zancadas. Abrió de golpe la puerta del acompañante y la miró con impaciencia por encima del hombro.

—Está bien, sube —dijo secamente—. Me gustaría volver temprano a casa esta noche. Estoy muerto de hambre.

Josie Lee cerró con un golpe seco el capó del coche de Anabel, cogió su bolso y fue trotando hacia el auto de Luke, deslizándose bajo su brazo para sentarse. Sonriéndole, metió las piernas y estiró el borde de su falda, que había subido casi hasta las partes pudendas.

—Gracias, Luke; valoro tu amabilidad.

Unos segundos después, Luke salía del aparcamiento. Josie Lee se inclinó hacia delante para sentir el aire fresco que empezaba a salir de los conductos de ventilación.

—¡Ah, qué bendición! Nada mejor que el aire acondicionado. —Suspiró. Y separó todavía más las solapas para permitir el paso del aire bajo su blusa—. Es tan placentero... Ojalá Beau se deshiciera de ese montón de chatarra y se comprara un coche tan bonito como este.

—El Goat tiene aire acondicionado.

—Sí —agregó Josie Lee con un dejo de ironía—. Solo que dejó de funcionar hace cuatro años y desde entonces no ha podido arreglarlo.

Luke la miró con dureza.

—Quizá se deba a que destinó todos sus ahorros a tu educación universitaria.

Josie Lee pestañeó ante la rudeza de su tono, pero se limitó a responder:

—Yo obtuve una beca completa, Lucas.

—Beca que sin lugar a dudas no pagó todos tus gastos extra. Deja en paz el Goat, chiquilla; es casi el único placer que se permite Beau.

Josie Lee giró en su asiento para mirarlo cara a cara.

—¿Acaso crees que no sé todo lo que ha hecho por nosotras? ¿Crees que no lo valoro? —preguntó con vehemencia—. Ya no soy una adolescente que solo reconoce sus propias necesidades y deseos, Gardner, y no te quepa la menor duda de que no necesito que tú me digas todo lo que Beau sacrificó por Camilla, por Anabel y por mí. ¿Crees que se nos pasa por alto que nosotras somos la razón de que siempre esté sin un céntimo? ¿O que no nos rompe el corazón haber vetado su vida amorosa a tal punto de que hará casi cualquier cosa por evitar una relación que pueda exigirle un vínculo demasiado estrecho?

Luke la miró incrédulo.

—Beau de ningún modo os considera responsables de su mermada vida amorosa.

—Por supuesto que no, porque nos quiere —convino Josie Lee—. Pero ¿alguna vez ha tenido una novia en serio? Ya has visto las mujeres que frecuenta cuando sale. Si el tamaño del sostén fuera el mismo del cerebro, esas falsas rubias gobernarían el mundo. Pero tú sabes muy bien que solo invita a las cabezas de chorlito que no pretenden casarse ni (Dios no lo permita) tener hijos, porque se ha perdido los que tendrían que haber sido los años de hacer locuras en su vida.

—Bueno, bueno. Tus palabras expresan demasiada preocupación siendo una jovencita...

—Mujer.

—Lo que sea. —Desdeñó la diferencia encogiéndose de hombros—. Siendo alguien que, en cualquier caso, apenas puede esperar para mudarse de su casa.

—¿He hecho algo para ofenderte, Luke?

Te vistes de esa manera, tienes ese aspecto, y hace ocho horas no eras más que una niña, pensó él.

—No, por supuesto que no.

—Entonces ¿qué bicho te ha picado? ¿Por qué vosotros dos tenéis que ser mutuamente exclusivos? —Su falda subía a medida que su discurso aumentaba en intensidad—. Beau ha sido un padre y un hermano para mí. Detesto la idea de que cuidar de mí de algún modo le haya robado algo que no puede recuperar. Pero ya no soy una niña —dijo, y le clavó la yema del dedo en el muslo para subrayar su afirmación—, cosa que nadie parece estar dispuesto a admitir. Pues bien, ¿sabes una cosa? Yo no estoy dispuesta a quedar confinada en mi cuarto como una colegiala problemática solo porque tuve la mala suerte de cruzarme en el camino de un pervertido.

—¿Podrías dejar a un lado el melodrama? Beau no quiere que vivas encerrada en tu cuarto.

—¿Y tú podrías acabar con esa mierda paternalista? Eso es exactamente lo que quiere, y tú lo sabes. Quiero a Beau, y estoy en deuda con él. Pero no siempre sabe qué es lo mejor para mí, y yo ya no soy la dócil hermana pequeña que obedece ciegamente todas y cada una de sus instrucciones.

Una risa áspera, incrédula, escapó de la garganta de Luke.

—¿Dócil? ¿Cuándo demonios la docilidad formó parte de tu personalidad? Y si Beau es sobreprotector, es porque se siente culpable de haberte involucrado en este caso.

—Lo lamento mucho, porque no ha sido su culpa. Pero ¿se supone que debo vivir el resto de mi vida en estado de hibernación para que mi hermano se sienta mejor? —Volvió a tocarle la pierna, solo que esta vez el roce de sus dedos era conciliador—. Escucha, no pretendo no atender a razones. No pienso empaquetar mis cosas y salir corriendo de la casa... bueno, no hasta que no se haya resuelto el caso del Ladrón de

Bragas. Aun así quiero que todos os deis por enterados. Lamento muchísimo que mi paso a la edad adulta os haya dejado con la boca abierta. Pero acostumbraos a la idea, porque es un hecho. Ya no soy una niña, y no toleraré que me tratéis como tal.

Una parte de él comprendía y aplaudía lo que ella estaba diciendo. Pero la parte prudente, la parte cauta de policía que solo confía en unos pocos, le decía que era la hermana pequeña de Beau. Que para Beau, ella siempre *sería* su hermana pequeña, y que lo mejor que podía hacer Luke era levantar el muro más alto que pudiera concebir contra los pensamientos que lo habían estado acosando durante todo el día.

Eso si quería seguir respirando. El nivel de tolerancia de Beau tendía a ser realmente limitado cuando se trataba de sus hermanas.

Concentró toda su atención en el camino durante el resto del viaje a la pequeña casa de Beau en Baywater.

Si Josie Lee advirtió su silencio, no lo dejó traslucir. Conversó con él durante todo el trayecto, entreteniéndolo con anécdotas divertidas de sus hermanas y de conocidos comunes de ambos. Rebuscó en el bolso y encontró las llaves justo cuando llegaban a la casa. Luego se volvió para mirarlo, deslumbrándolo con su sonrisa.

—Gracias, Luke, eres el mejor. —Inclinándose, le dio un beso levísimo en los labios. Luego sonrió, se respaldó en su asiento y extendió la mano para quitarle una mancha de pintalabios del labio inferior con el pulgar—. ¿Quieres entrar? Voy a preparar la cena y hay comida de sobra para un batallón. Me apetecería darte las gracias como corresponde por haberme acompañado.

Le ardía el labio allí donde ella lo había besado. Imaginó la casa vacía y las diversas maneras en que Josie Lee podría darle las gracias, ninguna de ellas particularmente correcta. Se echó hacia atrás en su asiento.

—No... eh, gracias de todos modos, pero no es necesario. Me ha gustado poder ayudarte. —Dios Todopoderoso. ¿Era en Josie Lee en quien estaba pensando...? ¿Qué demonios ocurría con él? Si ella supiera lo que estaba pensando, aunque fuera por un instante, saldría corriendo a llamar a su hermano... tan rápido que su cabeza quedaría dando vueltas como la de un dibujo animado.

—¿Estás seguro?

—Sí.

—Muy bien, entonces. Ya nos veremos. —Abrió la puerta y salió, pero de inmediato se dio la vuelta para sonreírle. Un rizo negro le cayó sobre el ojo y volvió a colocarlo en su lugar con un dedo largo y fino—. Gracias otra vez, Luke.

Él se quedó mirándola hasta que desapareció por la puerta; luego exhaló un suspiro de alivio y arrancó a toda velocidad.

Dentro de la casa, Josie Lee dejó caer su bolso, encendió los ventiladores de techo y fue a su dormitorio. Sonrió para sus adentros mientras se quitaba los zapatos y se cambiaba la ropa de trabajo por una más cómoda.

Todo ha ido a pedir de boca, pensó. Mejor de lo que esperaba, a decir verdad. A manera de recompensa, se serviría algo agradable y frío para refrescarse la garganta y luego llamaría un taxi.

Tenía que reemplazar el rotor del coche de Anabel y devolvérselo a su hermana antes de que Beau regresara a casa.

Juliet salió del club de Lola unos pasos por delante de Beau, pero era dolorosamente consciente de que él jamás le permitía alejarse demasiado. Y ese temperamento que ni siquiera sabía que tenía se encendió un poco más todavía. Beau parecía contento de seguirla a pocos pasos de distancia hasta que llegaron a la calle; entonces, como salido de la nada, se colocó junto a ella, cogiéndola autoritariamente del antebrazo con sus dedos largos y fuertes.

Presa de una belicosidad que distaba mucho de su conducta habitual, Juliet trató de liberarse. Beau no solo la retuvo con firmeza. Cambió ligeramente de posición, de modo que ella quedó prácticamente pegada a su costado, acurrucada bajo su brazo.

—Tranquilícese —masculló. Ella lo miró con frialdad y él señaló con su mentón ensombrecido el tráfico peatonal que congestionaba las angostas aceras—. Preste mucha atención, Capullito de Rosa. Podría perderse. Esto no es un baile de debutantes... y usted no querrá andar dando tumbos por ahí sola.

—Perdón —replicó ella con frialdad—. Los Astor Lowell nunca andamos dando tumbos. —No obstante, miró a su alrededor, como él le había dicho, y se rindió... sintiéndose por primera vez fuera de lugar en el barrio Francés.

Por la noche tenía una tonalidad diferente, más peligrosa. El ruido inundaba las calles: desde la música omnipresente hasta los instrumentistas callejeros que tocaban por unas monedas en cada esquina y los sonidos constantemente cambiantes que salían de las puertas de todos los lugares mientras Beau y ella intentaban abrirse paso en las aceras atestadas. Voces masculinas anunciaban los placeres que esperaban al paseante en los distintos establecimientos, y por todas partes había personajes de la noche, y las risas groseras subían y bajaban de volumen, rebotando contra las paredes de ladrillo como los borrachines que iban dando saltos del bar al club de striptease.

El barrio Francés parecía brindar a los adultos lo que Spring Break, en Florida, ofrecía a los estudiantes universitarios: una atmósfera de absoluto relajamiento que les permitía abandonar temporalmente la decencia cotidiana. Juliet vio cómo dos grupos distintos de hombres importunaban a las mujeres que pasaban solas junto a ellos, silbándoles y haciendo gestos y ademanes groseros.

Mirando el perfil de Beau, viendo la dureza de su mentón beligerante y sus ojos de policía que parecían decir «que nadie se atreva a meterse conmigo», y absorbían todo lo que ocurría alrededor y miraban de forma gélida a los que se acercaban demasiado, Juliet se sintió repentinamente agradecida de tenerlo a su lado. Prefería tragarse la lengua antes que admitirlo, pero sabía que, gracias a la presencia de Beau, los dos grupos de provocadores se abrieron como las aguas bíblicas para cederles el paso. Sabía que, gracias a su presencia, nadie se atrevía a hacerle la menor insinuación. Suspiró.

—Quiero volver a casa.

—Allí la estoy llevando, cara de ángel. Y no veo la hora de llegar.

—Sí, estoy segura de que se muere por volver a...

—Maldición.

La interrupción de Luke llegó justo a tiempo, dado que Juliet estaba a punto de decir algo acerca de todas aquellas mujeres que verdaderamente la habría avergonzado. De solo pensar que no era asunto suyo, y que no debía importarle en lo más mínimo, la cara se le puso roja como un tomate. Pero afortunadamente él ni siquiera la estaba mirando; se había quedado observando un coche que acababa de pasar. De pronto, le apretó el brazo con fuerza y sin advertencia previa echó a correr por la calle hacia el lugar donde había aparcado el vehículo. Tomada por sorpresa, Juliet tropezó. Beau le tiró del brazo con impaciencia, casi sin detener la marcha.

—Muévase, maldita sea. Acabo de ver a Clyde Lydet.

—¿Dónde? —En realidad no esperaba respuesta, y no la obtuvo. Beau la llevaba despiadadamente a rastras y ella debía concentrar toda su atención en no caerse de sus pequeñas sandalias de tiras. No habían sido hechas para esa clase de actividad, pero temía que si no le seguía el ritmo Luke la llevaría en brazos.

Cuando por fin llegaron al coche, Beau lanzó una maldición y bajó la cabeza para observar la calle mientras metía la llave en la puerta del acompañante. En cuanto se levantó el seguro, la abrió.

—Suba.

Juliet obedeció, y estiró la mano para abrir el seguro de Beau. Él se dejó caer en el asiento, colocó la llave en el contacto y la hizo girar. El motor del GTO rugió, rebosante de vida.

—Abróchese el cinturón de seguridad —ordenó, clavando la mirada en el espejo retrovisor. Juliet todavía estaba introduciendo el cierre del cinturón en la ranura cuando Beau salió a toda velocidad del bordillo envuelto en una nube de humo que olía a neumático quemado.

Solo pudo correr unos cien metros por la calle hasta que las condiciones del tránsito en el barrio Francés lo obligaron a detenerse. Para empezar, las avenidas eran angostas. Beau maldijo entre dientes cuando se topó primero con un juerguista borracho y luego con un coche tirado por caballos y repleto de turistas. Tuvo que clavar los frenos cuando un camión de reparto que tendría que haber abandonado la zona horas atrás salió repentinamente de un callejón y avanzó en línea recta hacia ellos... y Juliet temió que iba a chocar de cabeza contra el parabrisas. Extendió las manos hacia delante para protegerse de la inevitable colisión con el salpicadero cuando el cinturón de seguridad la detuvo en seco, echándola hacia atrás.

Beau buscó su cinturón y lo ajustó. El camión era demasiado ancho, por lo que el conductor puso marcha atrás y comenzó a retroceder por el callejón.

—Vamos, vamos —murmuró Beau al ver que lo hacía a paso de tortuga. En cuanto vislumbró un pequeño claro, tocó el claxon y pasó junto al enorme vehículo que aún continuaba retrocediendo. Encorvado sobre el volante, con un ojo controlaba los coches que pasaban y con el otro escrutaba las calles—. Muy bien, hijo de puta, ¿dónde diablos te has metido?

La tensión emanaba de él en oleadas casi palpables y Juliet descubrió que era contagiosa. Su corazón palpitaba de excitación cuando se inclinó hacia delante todo lo que le permitía su cinturón.

—¿Qué vehículo conduce?

—Parecía un Porsche, rojo. —Hizo una mueca—. El tráfico de armas obviamente reporta más dinero que el trabajo de empleado público.

Juliet bajó el cristal de su ventanilla y asomó la cabeza para escrutar los callejones que iban dejando atrás y las calles que los esperaban más adelante.

—¡Allá va! A una... no, a dos manzanas, creo que es él. Está girando a la derecha, ¿lo ve?

—No... ¡Sí! —La mano de Beau abandonó por una milésima de segundo la palanca de cambio, lo suficiente para darle un duro y veloz pellizco en el muslo—. Buen trabajo. —Unos segundos después ellos también giraron a la derecha y Beau frunció el ceño al ver la lejana estela de las luces traseras del tan buscado vehículo, ahora que el flujo del tránsito había disminuido considerablemente—. Diablos. Parece que se dirige a la autopista. Sujétese bien, preciosa. Tenemos que atraparlo antes de que se dé cuenta de que tiene compañía, porque ese Porsche es capaz de dejarnos varios kilómetros atrás si el conductor no tiene ganas de que lo acosen.

Apenas terminó de pronunciar esas palabras, Beau pisó el acelerador y Juliet rebotó contra el respaldo de su asiento. Su corazón latía desbocado mientras atravesaban la noche a toda velocidad, en medio del sofocante rugido del viento.

Ya casi estaban pisándole los talones al Porsche cuando Lydet pasó un semáforo en rojo esquivando los coches que venían en dirección contraria. Beau maldijo entre dientes y metió una mano bajo su asiento, de donde extrajo una lámpara portátil intermitente. Pulsó el botón de encendido de la luz azul giratoria y, sacando la mano por la ventanilla, la acopló al techo de su coche. Volvió a meter el brazo, apretó la palma de la mano contra el claxon y lo hizo sonar mientras cruzaba la intersección a toda velocidad siguiendo la estela del Porsche.

Un camión remolcador se pegó al lado de Beau, y Juliet sintió que se quedaba sin respiración cuando él giró violentamente el volante. El GTO zigzagueó unos segundos hasta que Beau recuperó el control y se metió por un claro en el tráfico de la calle, un hueco que Juliet habría jurado que era demasiado pequeño para su enorme coche norteamericano.

Subieron a la rampa de la autopista con un rebote de los neumáticos. Justo en ese momento, se desató una lluvia torrencial. Al llegar a la carretera propiamente dicha, Beau avanzó alternativamente por dos carriles distintos y logró acercarse bastante al Porsche de Lydet. Pero aunque apuró su GTO al máximo, entrando y saliendo de los carriles como un loco para no perder de vista al automóvil deportivo, sabía que era

97

una causa perdida. La maravilla roja de la ingeniería de precisión de Stuttgart superaba con creces a su coche en caballos de fuerza... y ni siquiera el mejor conductor del mundo habría podido compensar esa diferencia.

La brecha entre los dos coches había aumentado considerablemente cuando vio desaparecer el Porsche por una salida lejana de la autopista. Cuando por fin salió de la intrincada carretera y se internó en las calles... ya había desaparecido sin dejar rastro.

Podía pasarse toda la noche yendo de un lado a otro con la esperanza de tener suerte y volver a toparse con el Porsche. Pero aceptó el sabor amargo de la derrota asentado, firme y contundente, en su paladar. Acercó el coche al bordillo, colocó la palanca de cambios en punto muerto y puso el freno de mano. A duras penas se podía ver a pocos metros de distancia más allá del capó del GTO, a través de la persistente cortina de lluvia. Y terminó con el brazo empapado cuando retiró la luz magnética intermitente. Cerró la ventanilla. Miró a Juliet y pensó que al menos obtendría un pequeño triunfo de ese fiasco: ella exigiría a gritos que lo reemplazaran, sin más esfuerzo de su parte.

La encontró vuelta hacia él dentro de los estrechos confines de su cinturón de seguridad, mirándolo con sus ojos grises abiertos de par en par. Sin embargo, no era enojo cortésmente reprimido ni tampoco desdén lo que ardía en aquellas profundidades del color del humo.

Un latido revelador palpitaba en el hueco de su cuello, sus altas mejillas patricias estaban enrojecidas, y sus labios —que todavía lucían aquel maldito carmín de sirena— estaban entreabiertos para dejar pasar el aire entre sus dos hileras de dientes blanquísimos y perfectos, con ortodoncia incluida. De su perfecto moño francés habían escapado algunos mechones rebeldes color miel.

—Oh, diablos —dijo groseramente—. Le ha gustado.

—Dios mío, Beauregard; oh, Dios mío. Ni siquiera sabía que podía existir algo así. —Le regaló una sonrisa radiante—. ¿Usted hace este tipo de cosas todo el tiempo? Madre mía, no sé si podría tolerar tanta excitación constantemente. Siento que el corazón quiere salírseme del pecho.

Beau bajó la mirada involuntariamente y de inmediato deseó no haberlo hecho. Dos pezones erectos despuntaban bajo la pulcra seda de su vestido, y aunque sabía que probablemente eran el resultado del shock de adrenalina, ello no impidió que sus manos la buscaran. Hundió los dedos en su cabello, soltando una peineta en equilibrio precario y varias horquillas. Atrayéndola hacia él, estampó su boca contra la de Juliet.

Sus labios eran tan suaves y carnosos como sabía que serían, y su inmediata obediencia a la voracidad de los de él hizo que saliera un sonido áspero de su garganta. Aquella boca exuberante tenía una dulzura que lo encendía en un arrebato febril y lo incitaba a descubrir todos sus sabores y adueñarse de ellos. Aferró con más intensidad la suave espesura de su cabello y apretó su boca contra la de Juliet.

—Oh —jadeó ella, y entreabrió los labios para recibir el beso.

Entonces él entró en ella, y ella era dulce, oh Dios, muy dulce. Pero al ver que echaba la cabeza hacia atrás, más y más, bajo la presión de su beso, y al sentir sus dedos que se aferraban a la tela de su camisa, como si en medio de su fervor quisiera echar amarras, Beau supo que aquel beso no bastaría para saciarla. Ni por asomo. Soltando el mechón de cabello, comenzó a luchar con los cinturones de seguridad.

Cuando los hombros de Juliet dejaron de estar atrapados por el arnés, Beau la colocó de espaldas sobre el salpicadero. La lluvia golpeaba, atronadora, contra el techo metálico. Beau acomodó a Juliet sobre sus muslos. Los cristales de las ventanillas, empañados, daban cierta ilusión de privacidad. Volvió a bajar la cabeza. El mundo desapareció ante el renovado sabor de la boca de Juliet en su lengua.

Sintió sus brazos rodeándole el cuello, los dedos juguetear con su cabello, y deslizó una mano por el costado de su cuerpo hasta llegar al pecho. El pequeño pezón, erecto, rozó su palma... y ambos contuvieron el aliento. Beau cerró los dedos sobre el pezón y comenzó a acariciarlo. Juliet exhaló un suspiro profundo y abrió las piernas, apretándose contra el miembro erecto de Beau. Él deslizó la mano por su muslo cuanto pudo; quería su piel desnuda, pero solo tocaba tela y más tela. Hasta que por fin llegó a la piel cálida, y el borde del vestido comenzó a acompañar el movimiento de su mano mientras deslizaba las yemas de los dedos sobre la suave y larga extensión de la pierna de Juliet.

Se oyó un golpeteo súbito, contundente contra la ventanilla del conductor. Ambos quedaron petrificados. Beau separó su boca de la de Juliet, y ella se escabulló de sus rodillas y volvió a su asiento, luchando frenéticamente por arreglarse la falda. Jadeando, se miraron a los ojos.

En los de Juliet, aunque desorientados y con horror creciente, todavía titilaba el brillo de la lujuria pasajera. Tenía la boca inflamada y carnosa, ya sin pintalabios después de tantos besos, y enrojecida por la fricción de la barba de Beau. Él se preguntó, perplejo, cómo diablos lo hacía para contener todo ese cabello en el reprimido recogido francés que normalmente llevaba, porque era una nube indómita de color tierra que asomaba en sus pestañas, explotaba desde detrás de sus orejas, donde intentaba contenerlo, para luego envolver, en mechones ondulados y acariciantes, su esbelto cuello. Dulce Madre de Dios, ¿adónde demonios habría ido a parar la recatada joven de la alta sociedad? Sus pezones se mantenían firmes bajo la seda de su camisa. Parecía una monjita que acababa de ser seducida.

Un segundo golpeteo impaciente siguió al primero. Agradecido, Beau apartó su mirada de la de Juliet. Nunca en su vida había experimentado semejante lapsus de profesionalidad.

Por una vez en su vida, sin tener la menor idea de cómo manejar la situación, buscó la manivela y bajó la ventanilla.

8

¿Cómo has podido ser tan tonta? El sol matinal se filtraba por la celosía, dibujando gruesas líneas de luz contra lustroso suelo de madera. De pie frente al espejo, Juliet se cepillaba el cabello con furia. No. «Tonta» es una palabra demasiado amable para describir la situación. Fuiste una estúpida, Juliet. ¡Estúpida, estúpida, estúpida!

Sujetó su cabello en un tirante y lisísimo moño francés. Tanto tiró de él, que se le estiraron los párpados. No podía creer que ella, Juliet Rose Astor Lowell, había tenido cierta intimidad —casi se le había «montado»— con un policía indiscriminadamente superdotado sexualmente ¡a quien había conocido exactamente dos días atrás! Santo Cielo, con un hombre que le había hecho saber a las claras que ella no era más que un desagradable deber que preferiría no tener que cumplir.

Y por si eso fuera poco, un policía fuera de servicio y en motocicleta —que parecía tener unos doce años de edad— la había pescado con las manos en la masa.

Un gemido ronco escapó entre sus dientes apretados cuando recordó la mirada mitad cómplice y mitad reprobadora del policía al verla así, desencajada y con la ropa revuelta, mientras Beau le mostraba su documento de identidad. Había que decir, a favor de Beau, que había mirado al otro policía con ojos fríos e inexpresivos hasta que el joven les ordenó con voz severa reanudar la marcha. Pero ¿cómo podría ella, Juliet

Rose, volver a mirar a Beauregard después de lo que había ocurrido? Cuando pensaba en la manera en que se había aferrado a él, los sonidos que había hecho cuando él acariciaba sus pechos, cómo había abierto las piernas... ofreciéndose a su mano que avanzaba decidida...

La intimidad no era algo que le resultara natural, y los hombres de su mundo siempre habían respetado esa característica suya. Eran... civilizados. No exigían nada. No tenían manos calientes ni bocas devoradoras, ni ojos más negros que el plumaje de un cuervo. El sexo con ellos siempre había sido un episodio esporádico, civilizado, que secretamente consideraba sobrestimado. Pero siempre había pensado que la culpa era de ella. No había soñado que pudiera ser desenfrenado, descontrolado. Que podía hacerla arder de dentro hacia fuera, hacer que la cúspide de su feminidad se inflamara y humedeciera y palpitara como un corazón.

No sabía que era capaz de transformarla en algo que ni siquiera podía reconocer cuando se miraba en el espejo.

Se apartó, fingiendo que la imagen allí reflejada era la misma de la noche anterior, y fue hacia el cuarto de baño. Había sido una aberración, nada más que eso. La excitación febril que la había consumido la noche anterior no era más que un simple subproducto de una persecución automovilística a toda velocidad por carreteras mojadas y resbaladizas. Un desliz solitario que no significaba nada.

Menos que nada. Y jamás de los jamases volvería a ocurrir.

Eligió una falda de lino color oro claro, larga hasta la pantorrilla, y una blusa de seda con el cuello alto. Después de vestirse, ajustó el sobrecuello en forma de pañuelo, bellamente bordado a mano, de la blusa sin mangas. Sus únicas joyas eran un largo collar de perlas y unos pequeños pendientes a juego. Abrió el compartimiento forrado en satén donde guardaba la lencería y escogió un par de medias de seda color marfil. Sin embargo, cuando se sentó en la banqueta para ponérselas, se descubrió contemplando absorta los bordes de encaje elástico que descansaban sobre sus palmas.

Se levantó de la banqueta, con las medias colgando de la

mano. Por muy desesperadamente que anhelara recuperar su antiguo yo, no podía ponérselas. La temperatura de aquella ciudad ya era bastante horrenda sin necesidad de sumarle la desdicha de esas medias de nailon que impedían que un soplo de aire fresco llegara a su piel. Cogió un par de zapatos planos de cuero color marfil y los roció con un poco de talco. Luego se los puso, apoyándose primero en un pie y luego en el otro.

Roxanne ya estaba frente a su escritorio cuando Juliet llegó a la oficina poco después.

—Lamento haberte dejado plantada ayer —dijo, deteniéndose junto al escritorio.

—No hay problema. —Besando, en un gesto exuberante, las yemas de sus dedos, Roxanne sonrió a Juliet—. Si un bomboncito como Dupree viniera a buscarme, yo también saldría volando.

Una risita histérica escapó de los labios de Juliet. Anhelaba con desesperación hacerle algunas preguntas específicas a Roxanne acerca de los hombres, las mujeres y el sexo. Pero por supuesto que los Astor Lowell no hablaban de esas cosas.

Dios, qué hatajo de melindrosos eran los Astor Lowell. ¿Por qué era tan malditamente importante responder a todas esas reglas y restricciones rígidas que solo parecían aplicarse a ellos? Oh, y a los de su clase, por supuesto. Inspiró hondo y exhaló, decidida, por una vez en su vida, a ignorar los preceptos con que la habían educado.

Y en última instancia descubrió que el entrenamiento recibido en sus años de formación le había calado hondo.

—¿Cómo fueron las cosas con Celeste cuando yo me marché?

—Se quedó callada, muy envarada. Pero pudimos coordinar el resto del organigrama.

—Eres una maravilla, Roxanne. Cuando volvamos a casa, recuérdame que debo solicitar en recursos humanos un formulario de aumento de salario.

—¿Por qué esperar? —Roxanne sonrió con picardía—. Justamente tengo uno aquí, en mi archivo de formularios.

—Buscó diligente en el archivo y un momento después le pasó el consabido papel a Juliet.

Juliet lanzó una carcajada.

—Lo rellenaré ahora mismo. Mientras tanto, por favor comunícame con Brentano's. Supuestamente debían habernos enviado la cristalería del bar hace dos días, pero todavía no ha llegado. —Antes de entrar en su oficina, se detuvo en seco—. ¿Me harías un favor?

—Claro.

—¿Puedes llamar a Dillards y pedir un pintalabios Clinique para mí? El color es A Different Grape. O quizá solo Different Grape.

—¿Quieres un pintalabios de color púrpura?

—No es color púrpura, es color uva.

Roxanne se quedó mirándola.

—Ahhh, sí. Apuesto a que combina de maravilla con tu color de cabello. ¿Cómo te enteraste?

—Una persona... muy... interesante... me lo recomendó ayer. Pídele al chófer que vaya a recogerlo.

Roxanne la miró con curiosidad. Juliet sabía que la miraba así porque ella jamás explotaba su posición de poder pidiéndole a sus empleados que le hicieran recados personales. Si su abuela llegaba a enterarse se sentiría profundamente decepcionada. No obstante, contra toda cordura, Juliet todavía conservaba vestigios de la rebeldía de la noche anterior y, encogiéndose de hombros, dejó de pensar en ello.

—Por favor —agregó en voz baja.

—Ahora mismo haré las llamadas.

Juliet levantó el formulario de petición de aumento salarial.

—Y yo iré a completar esto. Contratarte ha sido la cosa más inteligente que he hecho en mi vida.

Antes que nada, Juliet habló con el jefe de la cuadrilla que instalaba los termostatos en las habitaciones. Cuando el chófer de la limusina apareció con el pequeño paquete, Roxanne y Juliet estaban inmersas en los detalles de organización. Presa de la ansiedad, Roxanne esperó que el chófer cerrara la puerta y se inclinó sobre el escritorio.

—Pruébatelo. Quiero ver cómo te queda. —Juliet hizo lo que le pedía. Respaldándose en su silla, Roxanne silbó en voz muy baja—. Estás fabulosa.

A medias consciente de sus encantos, Juliet sonrió con languidez a su asistente.

—Gracias. Me gusta el color —dijo. Y alisó la falda de gasa finísima que cubría sus caderas.

Celeste golpeó la puerta abierta y entró. La cabeza, inmaculadamente peinada; la frente, bien alta.

—La función de la Sociedad Histórica es al otro lado del río y siempre hay lugar en el ferry —dijo imperiosa—. Si le apetece venir con Edward y conmigo, la limusina está esperando.

—Oh, Celeste, lo lamento, tendría que haberle avisado antes. —Juliet se levantó del escritorio—. Usted y Edward empiecen a pasar. A mí me llevará el sargento Dupree. —Si no se había evaporado en el aire después de lo de la noche anterior.

—¿El sargento Dupree? —Celeste no habría sonado más atónita si Juliet hubiera admitido que había sacado a su acompañante de los avisos personales del *Gambit*.

—Sí, usted lo conoce. Ayer estuvo aquí.

—¿Se refiere al joven maleducado que interrumpió nuestra reunión? ¿Es oficial de policía?

—Soy el orgullo del Departamento de Policía de Nueva Orleans, señora —dijo Beau desde el vano de la puerta. Juliet levantó la cabeza de golpe al escuchar su voz. Y se puso roja como un tomate.

De vergüenza, nada más. Advirtió que él no estaba avergonzado en lo más mínimo. No entendía por qué se había preguntado si esa tarde se presentaría a trabajar o no. Probablemente apoyaba todo el tiempo a las mujeres contra el salpicadero de su coche para besarlas hasta el desmayo. Juliet sentía palpitar su corazón en las mejillas.

Las de Beau, en cambio, ostentaban el brillo satinado del afeitado reciente. No obstante, una sombra azulada señalaba ya el crecimiento de la barba. Estaba vestido más formalmente que de costumbre. Pantalones negros plisados, camisa de seda marrón cacao de manga corta, y una corbata a rayas marrones y negras con el nudo todavía flojo bajo su prominente nuez de Adán. Solo sus altas zapatillas de deporte marrones con suela de goma desentonaban del atuendo... o por lo menos eso pensaba Juliet hasta que Beau se acercó más, pasando junto a Celeste. Juliet contempló, entre horrorizada y fascinada, la reluciente cartuchera de cuero y la ominosa culata de la pistola que asomaba justo sobre su cadera izquierda.

—¿Es verdaderamente necesario que lleve eso? —preguntó, señalando la pistola con un gesto rápido de la cabeza.

—Precisamente por eso me la han encomendado a usted, pimpollo. Eh, leí esa carta espantosa de quienquiera que sea que usted ha ofendido transformando esta pocilga mugrosa en un hotel. —La miró a los ojos, levantando una de sus tupidas cejas negras—. Solo Dios sabe lo que puede ocurrir en un evento organizado por la Sociedad Histórica. Las cosas podrían ponerse feas en menos que canta un gallo. —Para entonces ya estaba colocado frente a ella... demasiado cerca, como ya era costumbre.

—Usted sí que sabe divertirse, ¿eh?

—Oh, sí. Me encanta llevar corbata. —Entrecerrando los ojos, miró su boca de una manera tan repentina que las negras pestañas se unieron en los extremos externos. Y todo rastro de humor desapareció de su mirada—. ¿De dónde ha sacado ese pintalabios? —preguntó secamente—. Le dije que no se moviera del hotel sin mí. Aunque los dos pensemos que esta misión es una farsa, eso no impide que me tome mi trabajo muy en serio.

Atónita, Juliet se quedó mirándolo. Y fue Roxanne quien respondió.

—Juliet no ha salido del hotel —dijo—. Pidió el pintalabios a Dillards y lo mandamos a buscar.

—Ah.

—¿Cómo sabía usted que era nuevo? Pero supongo que por eso les pagan tanto a ustedes, los detectives, ¿no?

Una sombra de color cubrió su mentón bronceado, pero Celeste le ahorró el engorro de tener que responder.

—Será mejor que vayamos pasando si no queremos llegar tarde —dijo con firmeza. Luego le entregó una hoja de papel a Juliet—. Aquí tiene una lista de los invitados importantes. He incluido una breve biografía de cada uno. Pensaba leerla con usted en el coche, pero dadas las circunstancias tendrá que estudiarla sola antes de llegar.

Beau gruñó disgustado y Juliet se volvió hacia él.

—No sea malo. Será una experiencia nueva. —Aceptó la lista que le ofrecía Celeste—. Gracias. Me será muy útil.

—Diablos, sí. No querrá ignorar a los importantes. —Beau la cogió de la muñeca y se dirigió a la puerta—. A ver quién llega antes —desafió a Celeste. Y esbozó una sonrisa grande y cruel ante la gélida curvatura de labios que recibió por respuesta.

—Llámeme paranoico, Capullito de Rosa —dijo llevando a Juliet a rastras por el suelo de mármol del vestíbulo—. Pero estoy casi convencido de que no le gusto a esa dama. ¿Puede creerlo?

Celeste se movía en la reunión de la antigua casa de plantación de antes de la guerra como un político en plena gira electoral: iba de un grupo a otro charlando, sonriendo y presentando a Juliet a los contactos más importantes cada vez que ambas coincidían. Sabía que, exteriormente, era la misma de siempre. Sin embargo, por dentro sentía pánico. Un pánico que solo su educación le permitía disimular. El joven rudo de ojos irrespetuosos y modales de patán de baja ralea era policía.

Era una catástrofe. Haber enviado esa carta a Crown Corporation era obviamente un error si aquello era lo que había logrado. Se había enfurecido tanto ante la sola idea de que la finca familiar fuera comprada delante de sus narices para ser convertida en una posada yanqui de poca monta que había cedido a la tentación de expresar por escrito su protesta, a sabiendas de que era una causa perdida. Ay, ay, ay. ¿Cómo era posible que hubiera cometido semejante error de juicio? Bastaba con ver adónde la había llevado su impulso.

Mientras intercambiaba adulaciones efusivas y para nada sinceras con May Ellen Beudrey —quien jamás la había perdonado por birlarle al deslumbrante teniente Grayson en el baile de debutantes allá por 1956—, Celeste escrutó la multitud hasta detectar al sargento Dupree. Lo vio coger un aperitivo de una bandeja itinerante, mirar el canapé con extrañeza desde varios ángulos diferentes y luego metérselo en la boca.

Simplemente era inaceptable tener a un policía pisándoles los talones, sobre todo si el policía era tosco e imperioso y no sabía reconocer a los de clase superior ni ocupar el lugar que le correspondía en la vida. La mirada de Celeste se posó en Edward, quien estaba de pie en el vestíbulo con Marcus Landry, seguramente discutiendo cuál era el mejor fertilizante para la buganvilla. Una sonrisa asomó en la comisura de sus labios.

Había sabido, desde el momento en que lo vio, que él era su hombre. El de ellos era un matrimonio perfecto, un matrimonio que la juventud actual haría bien en emular. Solo habían tenido aquel problemita hace años, la cuestión de los «deberes maritales». Esa obligación en particular siempre le había resultado desagradable, en el mejor de los casos, y no obstante a Edward se le había metido en la cabeza la peregrina idea de que se sometería a cumplirla durante el día, precisamente. Y no solo en la cama, donde al menos era marginalmente apropiado hacerlo. Bien. Algunas de las cosas que había intentado habían sido francamente impropias, pero en cuanto logró curarlo de la idea errónea de que ella era esa clase de chica las cosas funcionaron de maravilla. Su matrimonio había sido por completo ejemplar desde entonces.

Y por supuesto que había que considerar su nuevo pasatiempo, recientemente adquirido, de coleccionar prendas íntimas de mujer. Ella no sabía qué hacer al respecto. Edward no tenía la menor idea de que estaba al tanto de esa pequeña diversión, y ella no veía razón alguna para mencionar el tema. Uno no sacaba a la luz esa clase de secretos; uno no hablaba de esas cosas. Con nadie. Y, para ser sinceros y yendo al grano, evidentemente no se las había quitado a jóvenes de buena familia... Entonces ¿dónde estaba el daño?

Siempre y cuando no se hablara del tema en los círculos que importaban. Ya era bastante difícil haber sido despojados de sus bienes. No obstante, era aceptable; después de todo, ese era el Gran Sur, donde la aristocracia empobrecida había sido elevada a una forma de arte. Pero era improbable que la gente fuera igualmente comprensiva con la pequeña excentricidad de Edward.

Volvió a clavar la vista en el detective. No le gustaba su presencia en sus vidas; no le gustaba en lo más mínimo. Ese hombretón amenazaba el statu quo, y eso era algo que, simplemente, no se hacía. El problema era que no sabía qué hacer con él.

Enderezó los hombros. Bien. Siempre le quedaba el pequeño truco que había aprendido durante esa mal calculada infatuación con el chófer de su padre aquel verano, cuando solo tenía dieciséis años. Sí, había pasado mucho tiempo... pero ella tenía una memoria prodigiosa y podría recordar sin dificultad alguna la mecánica del procedimiento. Después de todo, era una Butler; una vez que decidía hacer algo, no había obstáculo que se lo impidiera.

Se excusó con May Ellen y fue a ver qué podía hacer para eliminar al sargento Dupree de sus vidas de una vez por todas y para siempre.

—¿Es que aquí no sirven ningún bocadillo más grande que una uña?

—Compórtese como corresponde, Beauregard, y le compraré una hamburguesa gigante cuando la fiesta haya terminado.

Beau metió el índice bajo la corbata y aflojó el nudo. Mostró los dientes al ver que una matrona se aproximaba decididamente a ellos, pero la mujer se desvió para interceptar a otro convidado. Luego concentró toda su atención en el rastro de risa que jugueteaba en los labios de Juliet. Se acercó más a ella.

—¿Y si me comporto como corresponde y, a cambio, usted le dice al Pedante que me saque de este caso?

El asomo de sonrisa desapareció de sus labios.

—Le diré una cosa —replicó con cortesía distante—. Permítame hacer mi trabajo en paz y le prometo que, en cuanto recupere el aliento, consideraré seriamente esa posibilidad.

Algo dentro de él se tranquilizó. Sin dejar de mirarla, se irguió lentamente y bajó la mano.

—¿Lo promete?

—Sí. —Ya no había rastro alguno de diversión en sus ojos. De hecho, su mirada era tan remota que Beau sintió que lo miraba como miraría a un extraño que la abordara en plena calle—. Perdóneme, por favor. Necesito circular.

Beau la observó alejarse. Bien... bueno. Eso sería lo mejor para los dos. Era probable que ella también estuviera cansada de tanta reyerta. Y cansada de él, sin duda. Diablos, el día siguiente a esa misma hora probablemente estaría de vuelta en su trabajo. Eso era... bueno. Estupendo. Cogió un puñado de canapés de una bandeja que portaba un silencioso camarero de chaqueta blanca y se dirigió a un rincón solitario, próximo a la estufa de mármol belga, donde dividió su atención entre escrutar a la multitud y observar a Juliet en acción.

Las fiestas como esa le crispaban los nervios. Demasiada charla insignificante, demasiada gente posando. No era que muchos de los allí presentes estuvieran sinceramente comprometidos con la preservación de casas históricas como la que albergaba ese evento. Y a decir verdad era un lugar imponente y muy antiguo, con su madera cálida, sus paredes de ladrillo y yeso de treinta centímetros de espesor, y sus cristales trabajados con motivos de caña de azúcar y palmitos. Pero francamente no entendía por qué armaban tanta alharaca al respecto.

Sin embargo, al escuchar a Juliet esquivar cortésmente los embates retóricos de un caballero que no paraba de decir que debían ser fieles a la integridad del período, tuvo que admitir que la joven tenía clase. Ninguno de los ataques que aquel hombre le había lanzado la habían hecho cejar un ápice. Invariablemente trataba a todos con el mismo respeto grave que le había visto prodigar al caballerete de la Sociedad Histórica.

Súbitamente se dio cuenta de que no sonreía casi nada.

Quizá la vida en la cima del mundo no fuera tan excitante como se sospechaba, porque la noche anterior la había visto feliz por primera vez... y había necesitado una maldita persecución a toda velocidad para que asomara esa gran sonrisa desinhibida en sus labios.

Cambió de posición, incómodo. Pensar en lo que había ocurrido la noche anterior no era astuto ni productivo.

Una hora después, el evento comenzó a declinar. A medida que la multitud que rodeaba a Juliet empezaba a dispersarse, Beau comenzó a acortar la distancia que lo separaba de ella. Al ver acercarse a Celeste, avanzó varios pasos más. Las apariencias parecían ser más importantes para la anciana dama que cualquier medida de seguridad, y Beau temía que le propusiera algún plan estúpido.

Su instinto era certero, porque la oyó murmurar:

—Edward y yo comenzaremos a despedirnos enseguida. ¿Por qué no regresa a casa con nosotros y le ahorra al detective —bajó la voz hasta el susurro, como si detestara divulgar su identidad a los pocos invitados distraídos que por algún motivo no habían visto su pistola— tener que llevarla?

—Sí, me parece bien. Permítame ir a...

Beau dio un paso adelante, inexplicablemente irritado.

—Usted viene conmigo —dijo sin rodeos.

Celeste se volvió hacia él con su metro cincuenta y cinco de titánica fuerza de voluntad en un envase perfumado y empolvado.

—Pero, señor Dupree, eso no es necesario. Iremos al Garden Crown sin hacer paradas. Juliet llegará sana y salva.

—Sea necesario o no, ella irá conmigo. Y soy el sargento Dupree. —Miró a Juliet—. Hago mi trabajo. Y hasta que no me digan lo contrario, Capullito de Rosa, mi trabajo es evitar que usted se meta en líos.

—Bueno. —Celeste le clavó una mirada gélida, reprobadora—. Juliet es una Astor Lowell, por el amor de Dios. ¿En qué clase de líos podría...?

—No se preocupe, Celeste —la interrumpió Juliet—. Beauregard me llevará a casa.

—Pero...

—Gracias por el ofrecimiento, de todos modos —dijo cortésmente—. Ha sido muy amable de su parte. La veré en el hotel.

—¿Está segura, querida?

—Sí.

—Muy bien. —Celeste miró a Beau con ojos escrutadores. Abrió la boca como para decir algo. Luego, sin más palabras, dio media vuelta y se marchó.

—Permítame despedirme —dijo Juliet en voz baja.

Beau seguía sintiéndose inexplicablemente enojado cuando, unos minutos después, abrió la puerta del GTO para que Juliet subiera. Ella se deslizó en el asiento sin decir palabra y sin mirarlo ni siquiera una vez. Evidentemente no tenía nada que decir.

Y aunque hubiera tenido algo que decir, no habría tenido la menor importancia.

No tenía importancia. No obstante, para contrarrestar el imperioso deseo de darle un puñetazo a algo, concentró toda su atención en el camino, practicando un ejercicio de conducción que había desarrollado hacía ya varios años.

Su objetivo era evitar la necesidad de frenar del todo. Para lograrlo, no pisó el acelerador a fondo como acostumbraba. Quizá de todos modos condujera demasiado rápido para los estándares de la mayoría, pero requería atención y observación detallada evitar constantemente el uso de los frenos en vez de aminorar la velocidad de manera más suave y controlada. De ese lado del río, sin embargo, con menor congestión de tránsito que en la ciudad y menos semáforos que coordinar, el desafío no era tan grande. Se necesitaba ser muy hábil para hacer eso mismo en el centro de Nueva Orleans.

Quizá debido a ello, cuando finalmente tuvo que usar los frenos por ser el último de la larga hilera de coches que esperaban para subir al ferry, su humor no había mejorado mucho. Estampó la palma de la mano contra el volante.

—¡Hijo de puta!

Saber que el de ellos sería el primer vehículo en subir a la próxima embarcación no hacía que fuera más fácil ver cómo esa se alejaba del muelle.

Juliet lo miró con frialdad. Luego, en perfecto silencio, bajó del coche. Maldiciendo entre dientes, Beau también bajó.

Ninguno dijo nada. Siguieron mirando el tráfico fluvial del Mississippi hasta que un nuevo ferry atracó en el embarcadero. Entonces, sin decir palabra, volvieron a subir al coche

Cuando el último vehículo desembarcó, Beau encendió el motor y avanzó hacia la rampa que conducía al ferry. Solo cuando pisó el freno para girar hacia el ferry se dio cuenta de que tenían problemas.

El pedal se clavó en el suelo.

—¡Mierda! —Volvió a pisar el freno, pero se había roto. Recurrió al freno de mano.

Nada.

El pesado GTO subió a ferry a demasiada velocidad.

—¿Beau? —preguntó Juliet casi en un grito, pugnando por aferrarse al salpicadero.

Un tripulante del ferry tuvo que dar un salto para salirse del camino del bólido de acero. Aferrado al volante con todas sus fuerzas, Beau hizo girar el GTO a la derecha, rodeó la cabina de los timones y se deslizó por la cubierta. Puso primera y el motor rugió como un león herido al detenerse... pero todavía avanzaban a gran velocidad hacia la proa de la embarcación.

—Oh, Dios mío, oh, Dios mío —gemía Juliet. Entonces dio un alarido—. ¡Beau, vamos a estrellarnos!

—Prepárese para desabrocharse el cinturón de seguridad y nadar un rato —dijo Beau con un hilo de voz tensa.

Un segundo después el coche se estrelló contra los postes de metal y la doble hilera de cadenas y quedó suspendido. Las ruedas delanteras giraban en el vacío. La parte inferior del GTO chirrió al deslizarse por el borde del ferry. Con una violenta sacudida, el vehículo se detuvo de golpe. Crujió un poco, apuntando hacia delante. Comenzó a oscilar levemente, luego volvió a apuntar hacia el agua y las ruedas traseras se separaron de la cubierta.

Y allí se quedó, en precario equilibrio, como una sierra en plena tarea. Beau miró de reojo a Juliet, congelada en su asiento y pálida como un espectro.

—Quédese muy pero muy quieta, preciosa —le advirtió en voz muy baja.

Una respiración de más y se hundirían en las lodosas profundidades del mítico río Mississippi.

9

Paralizada, Juliet miró el agua con horror. Una espuma mugrienta verdosa ondulaba y lamía el casco de la embarcación, agitada por el motor del ferry. Juliet no podía apartar la vista de esa espuma. Sentía que aquel torbellino, encolerizado, era absolutamente capaz de succionarlos, con coche y todo, directamente hacia el abismo, donde los revolcaría una y otra vez al arrastrarlos hasta el fondo, como alguna vez había escuchado que los cocodrilos hacen con sus presas.

Entonces alguien apagó el motor del ferry y poco a poco el agua dejó de moverse.

Hipnotizada por el río que parecía estar a un milímetro de distancia, solo era consciente a medias de los gritos y los pasos que corrían hacia ellos por la cubierta metálica. Vio cómo las aguas se calmaban, y vio el punto exacto donde el sol penetraba por su estrato superior para infundirles una luminosidad verde amarronada un corto tramo antes de que se tornaran, una vez más, impenetrables. Oyó el sonido de su propia sangre en los tímpanos, sintió los latidos de su corazón en las yemas de los dedos, y fue ligeramente consciente de que Beau le estaba hablando. No podía entender el sentido de sus palabras, aunque el tono bajo y tranquilizador de su voz en cierto modo le servía de consuelo.

—¿Cariño? ¿Me escucha, Juliet? Contésteme, maldita sea.

Las palabras rebotaban en su mente como una dura pelota de goma en un cuarto vacío. Cuando comenzaban a adquirir cierta coherencia, la mano de Beau pasó por encima del salpicadero y alcanzó su rodilla.

Sorprendida, Juliet dio un respingo, y la cubierta del coche se acercó todavía más al agua. Beau maldijo entre dientes, Juliet gritó, y las ruedas traseras del GTO comenzaron a separarse más y más de la cubierta. Juliet se aferró al salpicadero como si al hacerlo pudiera contrarrestar de algún modo el peligroso y nuevo ángulo de caída, y sintió que los ojos se le salían de las órbitas cuando el río pareció ascender en dirección a ellos.

Entonces algo golpeó con fuerza contra el maletero del automóvil y la vertiginosa inclinación descendente hacia las aguas se detuvo. El GTO se fue enderezando lentamente y Juliet soltó el salpicadero y giró la cabeza.

El hombre más corpulento que había visto en su vida yacía desparramado sobre el maletero del coche. Tenía el cabello largo y grasiento, serpientes enroscadas y mujeres desnudas tatuadas en sus portentosos brazos, y una camiseta blanca mugrienta que dejaba traslucir su enorme barriga y sus hombros peludos. Jamás había visto nada tan hermoso en su vida.

El hombretón tocó la visera de su gorra de béisbol de los Bayou Tours en señal de respeto.

—T-Ray Breaux, señora, a su servicio. No se preocupe, usted... la sacaremos de ahí más deprisa que los bomberos. —Luego se dio la vuelta y bramó por encima de su hombro—: ¡Tráeme ese gancho de una vez, L'Roy!

Juliet dio media vuelta y desabrochó su cinturón de seguridad. Beau se estiró un poco y le tocó la mano.

—¿Se encuentra bien?

Ella tragó saliva y asintió.

—¿Qué fue lo que ocurrió, Beauregard?

—Fallaron los frenos. Debe de haber una fuga del líquido en alguna parte.

Una camioneta con remolque hizo marcha atrás hacia ellos y un pelirrojo nervudo saltó de la cabina. Extendió un cable de alambre con un gancho en el extremo hasta el GTO y se agachó para engancharlo en el parachoques.

—Caramba carambita. Me alegra ver que tu buen y viejo culo es útil como salvavidas, T-Ray. Este sí que es un buen coche.

—Estas bellezas son clásicas, amigo —asintió T-Ray—. Detestaría tener que ver cómo una de ellas se hundía en este maldito río.

Un instante después, el coche pegó una sacudida y, bamboleándose, rebotó sano y salvo sobre la cubierta. Beau y Juliet salieron. En cuanto sus pies tocaron suelo firme, Juliet comenzó a temblar. Abrazándose a sí misma, le dio la espalda a los hombres, mortificada por haber mostrado su fragilidad justo cuando el peligro había pasado.

Beau le hizo darse la vuelta con dulzura y murmuró:

—Eh, Juliet, no permita que un par de escalofríos la avergüencen. Hemos estado demasiado cerca del final.

Ella tembló todavía con más fuerza.

Pasándole el antebrazo por el cuello, la estrechó contra su pecho.

—Chist —susurró, aunque ella no había emitido sonido alguno. Sintiéndola rígida como un poste contra su cuerpo, Beau comenzó a masajearle la espalda, abrazándola y dándole palmadas como si fuera una de sus hermanas—. Ya está a salvo, Juliet Rose —le dijo, meciéndola suavemente—. Todo está bien.

La sombra de barba que ya había cubierto su mentón se enredó con el cabello de Juliet cuando giró la cabeza para mirar a sus dos salvadores. Apoyando la mejilla contra su cuello caliente y húmedo, Juliet también los miró.

—Gracias —dijo Beau—. No sé de dónde habéis salido, pero nos habéis salvado el pellejo. Por no mencionar a mi adorada chica. —Una de sus manos abandonó la espalda de Juliet para palmear el techo del GTO.

—Estábamos esperando para embarcar —dijo T-Ray.

Leroy asintió sonriendo. Luego se encaminó hacia la cabina de la camioneta.

—Si queréis que lleve ese coche a un mecánico de este lado del río será mejor que dé la vuelta.

Entre los arreglos mundanos y las caricias amistosas y tranquilizadoras de la mano de Beau en su espalda, Juliet fue recuperando poco a poco la compostura. Incómoda, se liberó del abrazo de su guardaespaldas y se alisó la ropa.

Beau la miró.

—¿Ya se siente mejor?

—Sí. Lo lamento.

—No tiene nada que lamentar, cariño. Me preocuparía muchísimo si no estuviera conmovida. —En ese momento aparecieron los empleados del ferry y Beau se puso a dar las consabidas explicaciones.

Poco después, los tres subieron a la cabina de la camioneta remolque, que gracias a Dios tenía aire acondicionado. T-Ray era tan ancho que Juliet quedó literalmente aplastada entre Beau y la puerta. No obstante, rechazó cortésmente el ofrecimiento de sentarse sobre sus rodillas.

A T-Ray y a Leroy aquello les pareció muy divertido, y Juliet se inclinó hacia delante para mirarlos.

—¿Los caballeros son oriundos de Nueva York? —El acento de sus salvadores era una curiosa mezcla de la zona de Brooklyn y otra cosa que no lograba identificar.

—No, señora. Nacimos y nos criamos aquí, en Louisiana. T-Ray y yo, los dos crecimos en la misma orilla del canal Irlandés. ¿Ha oído hablar de él?

—He oído, sí. Pero no sé dónde está exactamente.

—Está cruzando Magazine desde el Garden District —le informó Beau—. Que es donde se aloja Boston mientras está en la ciudad —les explicó a los hombres. Se movió un poco, como queriendo encontrar una posición más cómoda. Luego se dio la vuelta, levantó a Juliet en brazos y la colocó sobre sus rodillas—. Así está mejor —murmuró antes de que ella pudiera protestar—. Ahora todos tenemos sitio para respirar.

Ignorando las risas de Leroy y T-Ray, Juliet miró hacia delante, irguiéndose todo lo orgullosa que permitían los limitados confines de la cabina. El viaje de regreso a casa iba a ser largo. Muy largo.

Temprano al día siguiente, Beau se detuvo en la comisaría del distrito Octavo de camino al Garden Crown. Pasó de largo frente al ascensor y subió la escalera de dos en dos peldaños hasta el segundo piso. Abrió la puerta de un empujón y entró dando zancadas en la división de detectives.

Lo primero que vio fue a Josie Lee inclinada sobre el escritorio de Luke, en medio de una animada charla. La sorprendió desde atrás, hundiéndole un dedo en el costado, donde sabía que tenía cosquillas.

Su hermana dio un respingo, cogiéndolo del dedo y apartándolo de ella.

—¡No hagas eso! Estoy tratando de ser profesional, y el hecho de que mi hermano me haga cosquillas en público no mejora mi imagen.

—Te verías mucho más profesional abajo, sentada detrás de tu propio escritorio.

—Aaah, veo que no estamos de humor esta mañana... Pues has de saber que todavía me faltan cinco minutos para entrar, y los estaba empleando para informar a Luke sobre tu aventurilla de ayer.

—¿Dice que te fallaron los frenos? —preguntó Luke, incrédulo.

—Sí. Llegamos como una tromba hasta el final del ferry. Las ruedas delanteras pasaron por encima del borde de la embarcación y habríamos caído de cabeza al río si ese tío gigantesco no hubiera intervenido. —Beau le contó todo acerca de T-Ray y Leroy, sus improbables samaritanos—. Te digo una cosa, Luke, pensé que el Goat (por no mencionar a Juliet ni a mí) terminaría nadando con los peces en el fondo del Mississippi.

—¿Qué diablos ocurrió?

—No tengo ni idea. —Beau se pasó una mano por el cabello, frustrado—. De todos modos, lo dejé en el garaje de la policía para que lo revisaran. Los muchachos dijeron que me llamarían en cuanto supieran algo, pero no sé si están muy ocupados. Así que se podría retrasar.

Sonó el teléfono en el escritorio de Luke. Levantando un dedo para indicarle a Beau que cerrara el pico, su amigo y compañero cogió el auricular.

—Gardner. ¿Qué? Sí, está aquí mismo... espere un momento. —Le pasó el auricular a Beau—. Pfeffer.

Beau lo cogió. Apoyando el muslo sobre la punta del escritorio de Luke, se dispuso a contestar.

—Dupree —dijo—. ¿Qué puedo hacer por ti, Pfeffer?

—Capitán suplente Pfeffer —lo corrigió su superior temporal—. Ven a mi oficina.

—¿Ahora?

—Sí. —Y colgó.

Beau miró el auricular mudo en su mano y se encogió de hombros. Enderezándose, se lo devolvió a Luke.

—Os veré luego —anunció—. El Pedante ha solicitado el placer de mi compañía.

—Bajaré contigo. —Josie Lee también se apartó del escritorio—. Nos vemos luego, Luke.

—Sí. Ya nos veremos, chiquilla. —Miró a Beau—. No te vayas sin decirme antes qué demonios está ocurriendo.

—Me pregunto qué querrá Pfeffer —murmuró Josie Lee mientras bajaban la escalera.

—¿Cómo puedo saberlo? Probablemente se enteró de que estaba en el edificio y quiere meterme un tizón encendido por el culo por estar aquí en vez de hacerle de niñera a Juliet.

—Pero tu turno comienza dentro de quince minutos, ¿no?

—Mi querida hermanita, jamás he dicho que ese hombre fuera racional en lo que a mí concierne.

Josie Lee le palmeó la mejilla cuando llegaron a su oficina.

—Trata de no provocarle un infarto, ¿de acuerdo?

—Prometido, pimpollo. —Se despidió de su hermana con una sonrisa y avanzó a grandes zancadas hasta la puerta de la oficina del capitán Taylor. Sonrió con sorna al ver que Pfeffer ya había mandado colocar su placa en la puerta abierta. No obstante, golpeó contra el marco y asomó la cabeza—. ¿Querías verme?

—Entra, Dupree. Y cierra la puerta.

Beau hizo lo que le pedían. Acto seguido se dejó caer sobre una silla, echándose hacia atrás y cruzando el tobillo sobre la rodilla opuesta. Miró a Pfeffer por encima del escritorio.

—Te relevo de tu misión de guardaespaldas en el caso Lowell —le informó el capitán suplente sin preámbulos.

Beau dejó caer el pie al suelo y se enderezó en su silla.

—¿Que me relevas de qué?

—Ya me has oído. No me alegra hacer esto, Dupree, pero la señorita Lowell ha insistido.

—¿Cuándo demonios ha insistido?

—Hace aproximadamente media hora. Ha dicho que se negaba a continuar malgastando el dinero de los contribuyentes por una carta insignificante que jamás debió haber sido tenida en cuenta.

—Pues... me parece bien. Muy bien. Tiene razón. —Beau se puso de pie, ignorando la consternación que inexplicablemente le anudaba el estómago. Hundió las manos en los bolsillos y miró a Pfeffer entrecerrando los ojos—. Quiero retomar el caso del Ladrón de Bragas.

—Adelante. —Pfeffer se encogió de hombros—. Estoy seguro de que Thomas Lowell no se alegrará en lo más mínimo cuando se entere de esto —murmuró para sí—. Pero la señorita Juliet es adulta y supongo que no puedo obligarla a aceptar protección policial. —Miró a Beau con el ceño fruncido—. ¿Todavía sigues aquí? Vete ahora mismo y ponte a trabajar.

—Ay ay ay, capitancillo. —Beau hizo la venia con insolencia y giró sobre sus talones.

Luke levantó la vista de sus papeles en cuanto Beau entró en la división de detectives.

—¿Y bien?

—Juliet ha pedido que me retiraran del caso. —Beau se limitó a repetir lo que Pfeffer le había dicho.

—¿No estás bromeando? Bueno, felicitaciones, has logrado lo que querías. —Luke lo estudió más de cerca—. Entonces ¿por qué diablos no pareces para nada contento?

—Estoy contento. Estoy saltando de alegría.

Luke levantó las manos.

—Eh, compañero, como tú digas. No ha sido más que una observación.

—Sí, bueno... pues ha sido una observación desafortunada. Esto es exactamente lo que deseaba.

—Lo siento... no era mi intención echar más leña al fuego.

Beau lo fulminó con una inexpresiva mirada a lo Clint Eastwood hasta que Luke se encogió de hombros y pasó a otra cosa. Entonces Beau fue hacia un escritorio cercano y se paró frente al ordenador.

—Echar más leña al fuego, y una mierda —masculló. Se dejó caer en una silla delante de la pantalla. Ya era hora de comenzar a seguir nuevas pistas.

Tardó bastante en concentrarse. Una hora y media después, sonó el teléfono en su escritorio. Levantó el auricular y se identificó, pero su atención seguía pendiente de la pantalla del ordenador en el escritorio vecino.

—Hola, soy Harry, del garaje —dijo una voz en el otro extremo de la línea—. Acabo de revisar los frenos de su automóvil, sargento. Creo que debería darse una vuelta por aquí.

—¿Que alguien cortó el manguito del líquido de frenos? —Beau curvó el cuello para ver el lugar que le señalaba el mecánico. Junto a él, Luke se estiró para observar el chasis del coche aparcado sobre la fosa.

—Sí. Mire aquí. —El mecánico cogió los dos extremos del manguito cortado para que los vieran—. Un tajo limpio... Yo diría que alguien le tiene una profunda antipatía, Dupree.

—Es posible, pero prácticamente toda Louisiana está bajo el nivel del mar, por el amor de Dios... Es pura casualidad que yo haya decidido jugar al «Sin pisar los frenos» hasta llegar al único montículo de todo el maldito estado. ¿No le parece una manera demasiado ingenua de preparar un accidente?

—No tan ingenua —advirtió Luke poco después de que, habiéndole dado las gracias al mecánico, se marcharon—. Lo único que necesitaban saber es que siempre conduces muy rápido. A esa velocidad, basta con que claves los frenos en medio del tránsito para que te estrelles contra el culo del vehículo que tienes delante.

—Supongo que sí. —Beau enterró los puños en los bolsillos y miró a su amigo con el ceño fruncido—. Sabes qué significa esto, ¿verdad?

—Que la amenaza contra la señorita Lowell no es ninguna tontería, como parecía en un principio.

—Sí. Y yo he estado jugando con fuego.

—Sí, eres un tío descuidado, claro. ¿Acaso alguna vez la dejaste desprotegida durante tu turno?

—Por supuesto que no, pero el mío era el único turno. Y eso es inaceptable... sobre todo si alguien creyó verdaderamente que Juliet corría peligro. De ahora en adelante habrá que protegerla a toda hora y muy de cerca.

—Pensé que te habían retirado del caso.

—Eso era antes de que me enterara de que alguien quiere causarle daño. Ahora que lo sé, supongo que es mejor que vaya hablar con el Pedante para que me reasigne. —Se encogió de hombros—. Será más fácil que encender una cerilla. Estará más que complacido de volver a contar con el beneplácito de papaíto Astor Lowell.

Balanceándose sobre los talones, Luke lo miró de frente.

—¿Y qué me dices de tu superimportante caso del Ladrón de Bragas?

Beau sonrió, sorprendido de lo maravillosamente bien que se sentía. Parecía que le hubiesen quitado un peso de los hombros.

—La señorita Juliet Rose tendrá que seguirme los pasos mientras continúo ocupándome también de eso, ¿no crees?

Presa del entusiasmo, Roxanne entró a la oficina llevando una delicada taza con su plato de porcelana en una mano y un prospecto en la otra.

—Te he traído una taza de té —anunció, apoyándolo sobre el escritorio frente a Juliet—. El sargento bombón también está llegando tarde. Debe de haberse quedado atascado en un embotellamiento de tráfico.

—No, él no vendrá.

A punto de apoyar el trasero sobre el asiento de su silla, enfundado en lienzo de Holanda, Roxanne se detuvo a medio camino. Miró a su jefa por encima del escritorio.

—¿Cómo dices?

—No vendrá. Esta mañana he llamado al capitán suplente y le he pedido que lo apartara del caso.

Roxanne se desplomó en su silla.

—Dime que no es cierto, Juliet. —Al ver que su jefa evitaba mirarla y se afanaba con la taza, Roxanne insistió—: ¿Por qué?

—En primer lugar, jamás tendrían que haberme asignado un guardaespaldas, Rox. —Juliet estaba tan estresada que ni siquiera se dio cuenta de que había utilizado un diminutivo. Apoyó la taza sobre el escritorio—. Las dos sabemos que esa carta no era una amenaza, ¡y que, sobre todas las cosas, no justificaba separar a un oficial de su rango de su tarea policial para que me hiciera de niñera! Ha sido solo otro ejemplo de lo mismo de siempre: papá hizo lo que le dio la gana sin tener en cuenta la opinión de quienes no estaban de acuerdo con él.

—Ah. ¿Y Dupree no estaba de acuerdo?

Juliet dejó escapar una risa cáustica.

—Digamos que Beauregard no alberga el mismo respeto que papá por la posición de un Astor Lowell en el gran plan de Dios para el universo. ¿Y quién podría culparlo? Ayer podría haberse ahogado, Roxanne, y su coche, al que ama con locura, estuvo a punto de hundirse en el río. Y a decir verdad sufrió algunos daños. Y todo porque andaba escoltándome por orden de papá. Ya era hora de tomar una decisión al respecto.

—Ya veo. No soñarías con tomar una decisión en beneficio propio, pero sí en beneficio de Dupree.

Juliet ni siquiera pestañeó.

—No entiendo qué quieres decir.

—Juliet Rose, te está creciendo la nariz. Sabes perfectamente bien lo que quiero decir. Él te gusta.

Ay, Dios, claro que le gustaba. Demasiado. Sintió que le ardía la cara. También le gustaba la subida de adrenalina que le producía dejarse arrastrar a todos aquellos lugares impropios que darían escalofríos a la abuela pero que a ella la hacían sentir malvada y viva. Y que Beau la expusiera a constantes situaciones de riesgo, en las que esperaba que desempeñara un papel y...

Pero ella no era así, y su vida no se trataba de eso. Se enderezó en la silla y extendió la mano para recibir el prospecto.

—Echémosle un vistazo a esto.

Roxanne suspiró. Había decepción en sus ojos. Estaba decepcionada de ella, Juliet lo sabía. Y tuvo que combatir la necesidad de bajar los ojos ante la mirada contundente de su asistente. Entonces Roxanne adoptó su mejor expresión profesional y le entregó el archivo. Señaló un problema potencial y pusieron manos a la obra.

Juliet tuvo que tragarse un pequeño conato de beligerancia. Hiciera lo que hiciese, parecía que nunca podía complacer a nadie. Constantemente defraudaba las expectativas que los demás tenían de ella y, por el amor de Dios, se había hartado de eso. Pero parecía estar atrapada en un ciclo perpetuo. Bueno, solo podía ser quien era. Y si siendo quien era los decepcionaba a todos, lo lamentaba.

Lo lamentaba al extremo. Eternamente.

Pero sencillamente no podía pensar en eso ahora, o se volvería loca. Tenía que sacárselo de la cabeza y concentrarse en el trabajo.

Y eso fue lo que hizo. De hecho, lo hizo tan bien que su corazón casi se detuvo cuando Beau dijo desde el vano de la puerta:

—Hola, señorita Roxanne. Hola, Capullito de Rosa. ¿Está lista para salir de marcha?

10

—¿Salir de marcha? ¿Adónde? No pienso ir a ningún sitio con usted. —Enderezó la espalda tan bruscamente que bien podría haber tenido, en vez de vértebras, una hilera de resortes—. De todos modos, ¿qué está haciendo aquí? —Con el corazón desbocado y el rostro ardiendo, le sorprendía no poder rastrear visiblemente el trayecto de su sangre bajo la piel mientras la sentía licuarse más en sus venas.

—Pues, presentándome a cumplir mis deberes, pimpollo. Como siempre. Sé que llego tarde, pero tengo una excusa realmente inmejorable. —Beau se apartó del umbral y entró en la oficina dando grandes zancadas. Su sonrisa era tan fácil y contagiosa que Juliet estaba convencida de que lo había salvado en más de una situación en la que hubiera mujeres implicadas.

—Se supone que usted no debería estar aquí, en primer lugar —dijo con fingida indiferencia, alzando la cabeza para mirarlo cuando se acercó a su escritorio—. Hice que lo apartaran de su misión.

—Yo mismo me he reasignado. —Su sonrisa le hacía recordar al lobo del cuento de Caperucita Roja. Parecía estarse divirtiendo como un loco. Beau estampó sus largas manos sobre el escritorio lustroso, apoyó todo el peso de su cuerpo en ellas y dijo, pronunciando cada sílaba—: No habrá tenido el valor de pensar que podría deshacerse de mí tan fácilmente, ¿verdad?

—¡Deshacerme de usted!

Roxanne respiró hondo, haciéndose eco de la incrédula indignación de Juliet. Y luego intentó disimularlo con una falsa tosecilla. Beau giró la cabeza para mirarla.

—¿Puede dejarnos solos, bomboncito?

Antes de que Juliet pudiera poner el grito en el cielo ante tamaña insolencia y arbitrariedad, Roxanne ya había desaparecido por el vano de la puerta. La cerró con un suave clic a sus espaldas y Juliet casi se ahogó en el intento de tragarse la ira que le subía como un mar de fuego a la garganta. Respiró hondo varias veces para recuperar el control y, apartando los ojos de la puerta que acababa de cerrarse, miró a Beau.

—Contrariamente a sus divagaciones paranoicas —comenzó, con encomiable frialdad—, usted fue retirado de mi caso por la sencilla razón de que es exactamente lo que ha pretendido desde el momento mismo en que su capitán...

—Capitán suplente —la corrigió sin inmutarse. Juliet exhaló, exasperada y sibilante, entre dientes.

—... desde el momento mismo en que su capitán suplente se lo asignó. —Lo estudió con auténtica perplejidad—. No se ha molestado en disimular el hecho de que quería quitarse de encima esta misión. Entonces ¿a qué se debe este cambio repentino?

Beau la miró directamente a los ojos.

—Alguien saboteó deliberadamente los frenos de mi coche.

—¿Qué? —El impacto de la noticia desinfló su cólera reprimida, y se apoyó sobre el escritorio con el impulso instintivo de estar más cerca de la protección que él le ofrecía.

—Alguien cortó a propósito el manguito del líquido de frenos del Goat. Lo cual quiere decir que yo estaba equivocado al cien por cien acerca de la gravedad de la amenaza contra su persona. —Era obvio que no le agradaba reconocerlo, pero, encogiéndose de hombros, ignoró la punzada de su orgullo herido—. No volveré a subestimar el peligro. De ahora en adelante, tendrá protección las veinticuatro horas del día.

—No —protestó Juliet lánguidamente.

—Sí. —El tono de su voz no admitía negativa alguna.

Frunciendo el entrecejo, se frotó los dedos contra el mentón. El sonido a papel de lija pareció retumbar en el solemne silencio de la oficina—. Supongo que podría mudarme aquí...

—¡No!

—... pero tengo a mi hermana menor a mi cargo. —Sin darse cuenta, comenzó a recorrer a Juliet con mirada discipiente. Sin embargo, volvió a concentrarse en sus ojos y explicó—: Desde el incidente con el Ladrón de Bragas no me gusta la idea de dejarla sola por las noches.

—Y tiene toda la razón del mundo —asintió Juliet con inusitado fervor—. Estaré perfectamente si continuamos con el ritmo de vigilancia que hemos tenido hasta ahora. No pondré un pie fuera de la puerta sin protección.

—Puede apostar su fortuna a que no lo hará. También pondré vigilancia nocturna.

—De acuerdo.

Volvió a sonreírle con esa sonrisa devastadora.

—Maldita sea, me encantan las mujeres obedientes.

Juliet se levantó de golpe, apretando los dientes ante el nuevo arrebato de audacia de su guardaespaldas.

—Sin embargo, de todos modos usted será retirado del caso —dijo con un tono que habría hecho las delicias de su abuela: imperioso, altanero. Y tuvo la satisfacción de ver cómo aquella sonrisa se evaporaba—. Quiero que me asignen a otra persona.

Beau dio la vuelta al escritorio.

—Lo que usted quiere, Capullito de Rosa, es al mejor. Y el mejor soy yo.

—Dios mío. Su ego verdaderamente no conoce fronteras, ¿no es así? —Se mantuvo en sus trece y alzó el mentón cuando él acercó su rostro beligerante al de ella. Pero pestañeó ante la súbita ira que oscurecía aún más sus ojos negros.

—No. En cuestiones de trabajo, mi ego no conoce fronteras —admitió conciso—. Quiero que dejemos algo claro, señorita. Cuando fui asignado a su servicio, me molestó sobremanera y lo hice saber a los cuatro vientos. El Pedante insistió en apartarme de mis verdaderos casos (el de mi hermana entre ellos) para escoltar su pequeño y pomposo trasero a lo largo y ancho de la ciudad. Y no hay manera de que vayan a sacarme de este caso ahora que requiere legítimo trabajo policial. Aquí me tiene. —Hizo lo que parecía físicamente imposible: acercar todavía más su cara a la de Juliet—. Es mejor que vaya acostumbrándose.

Ella le clavó una mirada fulminante.

—No pienso acostumbrarme. Haré que lo pongan de patitas en la calle antes de que termine de silbar su himno, el de los blancos sureños de clase baja.

La boca se le había secado, quizá debido a la falta de costumbre de mostrar enojo. Se humedeció los labios con la punta de la lengua.

El antagonismo desapareció de los ojos de Beau tan velozmente como había aparecido. A sus labios asomó una sonrisa insinuante que hizo palpitar todas las terminaciones nerviosas de Juliet. Pero se puso en guardia ante el repentino cambio de actitud.

—Ah, ahora lo entiendo —murmuró Beau—. Soy lento, pero no hace falta darme más de uno o dos coscorrones para que por fin vea la luz. Toda esta alharaca es por lo que ocurrió en el coche la otra noche, ¿verdad?

—¿Qué? —El timbre de su voz subió tanto que habría hecho aullar a todos los perros del vecindario, pero ya no le importaba mantener el decoro—. Usted sí que es previsible, Dupree... absolutamente previsible. Hágame el favor de concentrarse por un momento. Usted me dijo que le pidiera a Pfeffer que lo reemplazara.

—No se avergüence, Juliet Rose —susurró con una voz que la hizo temblar de pies a cabeza al recordar lo que había sentido, sentada sobre sus rodillas, en aquel automóvil hirviente. Beau extendió la mano y le acarició la mejilla con las ásperas yemas de sus dedos—. No tiene por qué avergonzarse de admitir que pidió que me reemplazaran porque nos manoseamos en mi coche como un par de adolescentes ardorosos. —Deslizó los dedos por el mentón de Juliet y siguió bajando por el cuello—. Es pura biología, pimpollo, y yo puedo refrenar mis impulsos si usted también puede. Pero quizá ese sea el problema, ¿no? —Abrió las piernas y aprisionó con ellas los muslos de Juliet, acercándose tanto como podía hacerlo un cuerpo sin pegarse al suyo—. Quizá tenga miedo de no poder quitarme las manos de encima. ¿Eso es lo que tanto la preocupa, caramelo de miel? Porque, de ser así, permítame asegurarle que...

Juliet apartó los dedos que comenzaban a bajar por su escote y dio un paso atrás... cosa que solo sirvió para empujar todavía más su trasero contra el borde del escritorio.

—No sea ridículo —musitó, curvando los dedos sobre el borde liso para sostenerse—. Y no se jacte. Usted no es así de irresistible. —Anhelaba reírsele en la cara, encontrar palabras verdaderamente despectivas para hacer que su ego hercúleo mordiera el polvo de una vez y para siempre. Pero su corazón latía demasiado rápido y apenas podía pensar.

La cara de Beau estaba tan cerca de la suya que podía ver los reflejos de la luz en las profundidades de obsidiana de sus ojos. Y su aliento, que le rozaba los labios con cada jadeante exhalación, la confundía todavía más.

—Entonces supongo que no tenemos ningún problema, ¿verdad que no? —susurró Beau.

Sí, claro que lo tenían. Simplemente no podía deducir cuál era... con Beau poniéndose encima de ella de esa manera. Le apoyó una mano sobre el pecho para mantener la distancia y se echó hacia atrás, humedeciéndose nerviosamente los labios con la lengua.

—Beauregard...

Sintió que los músculos de él se tensaban y se preparó para... no sabía para qué. Pero Beau apartó la mirada de sus labios, la clavó en sus ojos y preguntó:

—¿Verdad que no?

Hipnotizada por su mirada, negó con la cabeza.

—Bueno. —Beau retrocedió un paso—. Entonces... puede ponerse a trabajar. Pero a menos que tenga una lista de reuniones programadas para esta tarde, espero que esté lista para que nos marchemos a la una. Pararemos en la comisaría.

Y salió por la puerta, antes de que Juliet pudiera recuperar al menos parte de sus sentidos.

Como Beau había sospechado, la presencia de Juliet en la entrevista con Pfeffer hizo imposible que se negara a su requerimiento de destinar personal adicional al caso. Y no solo porque era la hija de su reverenciado Thomas Lowell. Juliet tenía una manera de mirar a las personas con esos fríos ojos grises... y Beau disfrutó haciendo su petición y arrellanándose luego en su silla para observar al Pedante revolviéndose incómodo bajo su mirada patricia mientras ella permanecía inmutable, con la espalda recta apenas rozando el respaldo de su butaca. Y si bien el agente que Pfeffer destinó para cubrir la rotación de la guardia era un poco flojo, por lo menos era mejor que dejar a Juliet expuesta a un ataque durante aquellas noches en que Beau no podría estar allí para protegerla. Por lo tanto, quedó razonablemente satisfecho con el trabajo del día.

Más que satisfecho. Tuvo que disimular una sonrisa cuando salían de la oficina del capitán. Era la segunda vez en el día que se salía con la suya, y una de las veces había sido con una mujer. Estaba azorado... seguramente había establecido alguna clase de récord.

—Vaya, vaya, vaya... hoy sí que estás absolutamente satisfecho de ti mismo —canturreó la voz de Josie Lee cuando pasaron frente a su oficina—. ¿Qué has hecho, Beauregard? ¿Vaciar un tubo de pegamento sobre la silla de nuestro intrépido líder?

Mierda. Beau giró los hombros hacia atrás con impaciencia.

—Hola, Josie Lee —dijo sin entusiasmo cuando su hermana pequeña apareció en la puerta—. No sabía que estabas aquí.

Percibió el estado de alerta de Juliet a su lado.

—¿Tú eres Josie Lee? —preguntó. Y luego se quedó boquiabierta, mirando a la hermana de Beau. Casi de inmediato cerró la boca, apretó los labios y extendió la mano. Un gorgoteo de risa reverberó en su garganta cuando por fin se dieron un apretón—. Lo siento. Soy Juliet Astor Lowell. Y debo de parecerte una idiota por estar tan sorprendida cuando es obvio que tú ni siquiera sabes quién soy. Es solo que... no sabía que eras una mujer adulta. Esperaba a alguien mucho más joven.

—Oh, me pregunto de dónde habrás sacado esa peregrina impresión —respondió Josie Lee secamente. Luego agravó la voz para imitar la de Beau—. ¿No le he hablado de mi hermana pequeña, Josie Lee? Josie Lee es la más joven de los cuatro, ¿sabe? La he criado desde antes de que estrenara su primer sostén. —Recuperó su tono normal—. ¿Todavía no te ha mostrado la foto mía que lleva en la billetera? ¿La que me tomó cuando era una girl scout?

Juliet frunció el ceño.

—¿Dices que te ha criado?

Diablos. ¿Por qué demonios tenía Josie que trabajar precisamente allí? Ese era el único lugar donde jamás se cuestionaba su competencia y lo que menos necesitaba era que sacara a colación su papel de hermano mayor... mucho menos ahora, cuando sus capacidades en ese campo se hallaban bajo constante ataque.

—Mire —empezó Beau, intentando distraer la atención de Juliet—, tenemos que subir a...

—¿Beau no te lo ha contado? —Josie Lee lo interrumpió en seco, clavando sus oscuros ojos en la mano de Beau... que tenía cogida a Juliet del brazo como si fuera su dueño. Los acompañó amablemente hasta el ascensor (Beau siempre llevando a Juliet a rastras) y luego, cuando la puerta no se abrió de inmediato a pesar de que lo intentó apretando el botón varias veces con impaciencia, hasta la puerta que conducía a la escalera interna—. Pues, él tuvo que criarnos cuando nuestros padres murieron diez años atrás. A mí, a Anabel y a Camilla. Beauregard ha sido mamá, papá y hermano, todo en uno, para nosotras.

Beau se detuvo en seco, con la mano en el picaporte. Hijo de puta. No se había dado cuenta de cuánto disfrutaba con que Juliet lo creyera una incansable máquina sexual hasta que las palabras de su hermana lo redujeron al aburrido estatus de lo que en realidad era.

Sintió que le palpitaba un músculo en el mentón y aflojó los dientes. Bueno, solo necesitaba un par de meses. En cuanto Josie Lee saliera por la puerta... pues... no habría manera de detenerlo. Recuperaría el tiempo perdido y realizaría todas y cada una de las fantasiosas orgías continuas pergeñadas en aquellas interminables noches que había pasado cavilando sobre qué métodos utilizar para la crianza de tres chicas adolescentes. Borrando toda expresión de su cara, dio media vuelta para mirar a Juliet, preparado para ver una tajante diferencia en su manera de mirarlo.

Y descubrió que ni siquiera lo estaba mirando. En cambio, miraba a su hermana con ojos solemnes.

—Tú y tus hermanas habéis sido muy afortunadas —dijo en voz muy baja. Y en la leve sonrisa que le dedicó a Beau no había asomo de la reserva con que lo venía tratando desde que la había coaccionado para poder seguir en el caso. Maldita fuera, jamás entendería a las mujeres... ni aunque viviera cien años. Simplemente pertenecían a otra especie.

—Sí, lo sé. —Josie Lee sonrió, dando un codazo casi imperceptible a Beau—. El estilo de crianza de Beau es único.

Juliet se atragantó.

—No me cabe la menor duda.

—Escuchad una cosa. Juliet debe ocuparse de los preparativos para la inauguración de su hotel y yo tengo que hablar con Luke. Nos vemos luego, Josie. —Abrió la puerta e hizo pasar a Juliet.

—Esperad, iré con vosotros. —Josie Lee los siguió escalera arriba—. Hoy almorzaré tarde.

Beau contuvo el aliento cuando su hermana se quedó callada, porque sabía, sin necesidad de mirarla, que estaba estudiando a Juliet. Suspiró aliviado cuando Josie Lee dijo:

—Me encanta el color de tu pintalabios.

—¿No es fabuloso? El otro día Beau me presentó a aquella reina absoluta de los cosméticos, que...

Sonriendo, Beau comenzó a subir los peldaños de dos en dos... arrastrando a Juliet con él. Apostaba su sueldo entero a que ni siquiera se había dado cuenta del doble sentido de su frase. Para tratarse de una mujer tan culta y sofisticada, era asombrosamente inocente en lo que atañía a las cuestiones sexuales.

La súbita imagen de Juliet en su coche, montada sobre sus rodillas, se insinuó en su mente. En aquel momento no le había parecido inocente, y tampoco la había sentido inocente cuando se retorcía de placer bajo la presión de sus labios y sus manos. Borró la imagen de un plumazo, como lo hacía cada vez que volvía a su mente, incansable, desde aquella noche. Era indudable que aquel no había sido su mejor momento profesional.

Abrió la puerta de la escalera en el segundo piso y empujó a Juliet por el vano. No se molestó en sostenerla para que pasara Josie Lee. Dejó que su hermana se las arreglara sola y fue directo hacia su escritorio. Gracias a Dios, Luke estaba allí; realmente necesitaba un poco de cháchara policial para contrarrestar los efectos del exceso de tiempo pasado en compañía de hembras.

—Hola. —Beau saludó a su compañero apenas este levantó la cabeza—. ¿Qué hay de bueno?

—Sí —murmuró sarcástica Josie Lee a sus espaldas—. Hace... ¿cuánto...? Sí, hace casi cinco horas que has pasado por aquí esta mañana. —Obviamente se estaba vengando por lo de la puerta.

Afortunadamente, Luke, que conocía a sus hermanas casi tan bien como él, tuvo el buen tino de ignorarla.

—McDoskey se está ocupando de un homicidio en Jackson Square —dijo—. Y Murphy de un robo a una casa en Chartres.

—¿Y eso es bueno? —preguntó Juliet, sin poder disimular su incredulidad.

Los dos la miraron con idénticas expresiones, al menos eso suponía Beau: como dos carnívoros a los que acababan de arrojarles carne fresca. Diablos, amaba el trabajo policial.

Juliet pestañeó y luego miró a Josie Lee con ojos inquisitivos. Pero ella se encogió de hombros.

—Es mejor no preguntar ciertas cosas.

—De acuerdo. —Volvió a mirar a Beau—. Preguntaré otra cosa que me ha venido preocupando desde hace rato. ¿Qué clase de detectives son ustedes?

—Buenos detectives —retrucó Beau de inmediato. Y Luke asintió.

—Los mejores.

—Evidentemente la modestia no se cuenta entre sus virtudes —murmuró Juliet. Y luego insistió—: No, hablo en serio, Beau. Usted fue asignado a mi caso, por lo que tendría que pertenecer a la división... ¿Robos?

—Nueva Orleans se descentralizó en el otoño de 1996, señorita Lowell —explicó Luke.

—Llámeme Juliet, por favor —sugirió—. ¿Qué significa que se «descentralizó»?

—Significa, Capullito de Rosa, que ya no tenemos unidades como esas que usted está pensando. Esto no es la televisión; Nueva Orleans ya no tiene una división de Homicidios, Drogas o Vicio. Hay... ¿cuántos, Luke? ¿Veintitrés? —Luke asintió—. Veintitrés detectives asignados a este distrito. Excepto por las divisiones Juvenil e Investigación de Violaciones, que son altamente especializadas, todos los hombres y mujeres que trabajamos aquí cubrimos los casos que se van presentando, según se van presentando. —Miró a Luke—. ¿Qué sabes de un agente de vigilancia llamado Bostick?

Luke lo pensó unos segundos y se encogió de hombros.

—Nada. ¿Por qué?

—Pfeffer lo destinó para vigilar el Garden Crown durante la noche. Sospecho que es un chiquillo recién salido de la academia, pero esperaba que el Pedante lo hubiera elegido porque ya se las había ingeniado para destacar en algo. Pero si tú no has oído hablar de él... —Encogiéndose de hombros, dejó la frase sin terminar.

—Lo averiguaré.

—Gracias, me será muy útil. Y ahora te dejaremos seguir

trabajando. ¿Todavía estás con el caso perdido de drogas en el parque?

—Sí. Y a las tres vendrá un soplón por el caso Middlemyer. —Sonrió con sarcasmo—. No puedo decir que estoy con la lengua fuera precisamente.

—No hay progresos, ¿eh? —Luke se encogió de hombros y Beau se apartó del escritorio—. Bueno, como he dicho, ahora te dejaremos en paz. Te veo luego, Josie. —Cogió a Juliet de la muñeca y se dirigió hacia la puerta.

—¡Beau, espera! —La voz de Josie Lee lo detuvo y giró sobre sus talones para mirarla, enarcando una ceja inquisidora.

—Nuestro fiscal de distrito toca en el Maxwell's Cabaret esta noche. Esperaba que pudieras llevarme.

—No es una buena noche, Josie. —Miró a su compañero por encima del hombro de su hermana—. Quizá Luke pueda acompañarte.

Al ver que al aludido se le tensaba el músculo de la mandíbula, Beau se desdijo de inmediato.

—Lo siento, colega. Probablemente tienes una cita, ¿eh? —Tenía que dejar de esperar que su amigo lo abandonara todo para cuidar a sus hermanas cuando él no podía hacerlo.

—No tengo ninguna cita —dijo Luke sin rodeos. Dudó un momento y luego arrojó el bolígrafo sobre el escritorio—. Yo te llevaré, chiquilla.

—Bien. —Beau asintió, satisfecho de haber resuelto aquel asunto tan expeditivamente. Su hermana tendría la oportunidad de salir, lo que impediría que le saltara al cuello de puro aburrimiento en cuanto llegara a casa esa noche. Y él podría relajarse y concentrarse en su trabajo, sabiendo que Josie Lee estaba en buenas manos. Sonrió complacido—. Os veré luego. —Sin más preámbulos, abrió la puerta que daba a la escalera.

Casi habían cruzado el umbral cuando sintió la resistencia de Juliet. Volvió la cabeza y la vio estirar el cuello.

—Me ha gustado mucho conocerte, Josie Lee —dijo en voz baja.

Josie Lee le sonrió.

—A mí también me ha gustado conocerte —dijo—. Espero volver a verte.

Beau y Juliet bajaron la escalera en completo silencio. Sin embargo, apenas cruzaron el vestíbulo y empujaron la puerta de entrada, Juliet se detuvo junto a las columnas dóricas del porche de mármol blanco y pestañeó bajo la deslumbrante luz del sol. Beau observó el predecible efecto de la humedad en su cabello.

Juliet lo miró.

—¿El fiscal del distrito actúa en un cabaret?

—Sí. Nuestro fiscal de distrito es Harry Connick, padre.

—¿Como Harry Connick, hijo?

—Es su papá. A veces toca jazz en Maxwell's. El tío es muy pero muy bueno. —Una sonrisa jugaba en las comisuras de su boca—. Y, lo que es mejor aún, también es un buen fiscal de distrito.

La observó pestañear mientras asimilaba la información. Luego, una leve sonrisa asomó también en las comisuras de su boca.

—Santo Dios. Esta sí que es una ciudad interesante.

11

—El señor Lowell por la línea dos.

—Gracias, Roxanne. —Juliet soltó el botón del intercomunicador, y con una familiar e incómoda mezcla de placer y
ansiedad que ya tendría que haber superado, pulsó el botón
de la línea indicada—. Hola, papá. Es maravilloso escuchar...

Una voz impaciente la interrumpió en seco.

—¿Qué es eso que me han contado de unos frenos sabo-
teados, Juliet? ¿Tú viajabas en ese automóvil? ¿Por qué diablos no se me puso al tanto de la situación en el momento mismo en que ocurrió?

Su respuesta programada era pedir disculpas, pero Juliet
la reprimió y respiró hondo. Contuvo el aliento durante unos
segundos antes de volver a exhalar. Apelando a la compostura que siempre, en última instancia, era su mejor defensa, dijo
con voz sosegada:

—No habrías podido hacer absolutamente nada desde
allí, y no vi necesidad alguna de preocuparte. —Por otra parte, su padre ni siquiera le había preguntado cómo se encontraba—. ¿Cómo van tus cosas, papá? ¿Y cómo está la abuela?

—Puedes coger el teléfono y llamarla si quieres enterar-
te —dijo con brusquedad—. No se está volviendo joven, ya
sabes.

—Y tú no has ido a verla desde que yo me fui, ¿verdad?
—Se sintió perpleja ante esa para nada característica muestra
de malicia de su parte. ¿Qué demonios le estaba pasando?

Se hizo el silencio en el otro extremo de la línea. Juliet ya estaba a punto de disculparse cuando su padre dijo:

—No he recibido ningún informe sobre los progresos en el Garden Crown, jovencita.

Juliet se sentó más derecha.

—Ni lo verás. Este es mi proyecto, papá. No esperarías que ningún otro miembro de la compañía abandonara sus tareas en mitad del proceso de lanzamiento, para redactar un informe de sus progresos. Por eso mismo te pido que tengas la amabilidad de dispensarme la misma cortesía. Ahora bien, si eso es todo lo que tienes que decirme, te informo de que todavía me queda mucho por hacer. Gracias por llamar... y dale mis cariños a la abuela cuando hables con ella. —Colgó y dejó caer la cabeza entre sus manos, presionando sus ojos con las palmas.

¿Cuándo desaparecería para siempre esa necesidad enfermiza que tenía de complacerlo? Tenía treinta y dos años y todavía debía luchar contra la urgencia instintiva de apaciguarlo, de ser conciliadora con él, de ganarse su aprobación. ¿Cuánto más tardaría? ¿Acaso tendría que llegar a los treinta y cinco, a los cuarenta y cinco, a los cincuenta para aprender de una vez a tratar con su padre de un adulto a otro?

Por lo menos aquella vez se había mantenido en sus trece... y ni siquiera le había resultado tan difícil como de costumbre. Algo estaba produciendo un cambio en ella, un cambio que solo podía ser para bien. Dejó caer las manos sobre el escritorio y se enderezó. Mientras buscaba los papeles en los que estaba trabajando antes de que la llamada telefónica la interrumpiera, Juliet se vio reflejada en la superficie curva de un reluciente jarrón de bronce. Se inclinó hacia delante para observar más de cerca su propio reflejo, cautivada por el erotismo que transmitía. Dios santo. ¿Esa era ella? ¿Con esos labios gruesos y rosados, esos ojos provocadores y ese peinado a punto de deshacerse? Se respaldó en su silla.

Quizá tuviera que reconsiderar la idea de que el cambio «solo-podía-ser-para-bien». Porque no reconocía en absoluto a la mujer reflejada en el jarrón.

Durante los días siguientes hizo un esfuerzo consciente para volver a ser la mujer que conocía. Una semana atrás le habría resultado sencillo de hacer, pero ahora, repentinamente, tenía que esmerarse para lograrlo. Su cabello no se mantenía firme en el cuidado moño francés, y a ella le resultaba una complicación no meter la mano en el cajón del tocador donde había guardado su nuevo pintalabios. Y, contra todo recato, simplemente no podía avenirse a usar medias de nailon con ese calor bochornoso. Se había negado a permitir que Beau la llevara a rastras por la ciudad, pero en privado, en sus momentos más sinceros, admitía que echaba de menos la excitación y el vértigo.

Ya habían pasado casi dos semanas sin que ocurriera nada adverso. Juliet casi deseaba que ocurriera algo de ese cariz, porque cada día que pasaba sin pena ni gloria aumentaba la inquietud de Beau. Y un Beau inquieto era un impedimento definitivo para su determinación de recuperar su antiguo yo. La seductora libertad que él representaba era un peligro.

Pero ni siquiera los policías se exponían al peligro las veinticuatro horas del día. Privado de las persecuciones automovilísticas, las cacerías de sospechosos en tugurios ignotos y otros acontecimientos diversos capaces de ponerle a una los pelos de punta, Beau concentraba toda su atención en ella. Y, a medida que pasaban los días, se iba poniendo cada vez más ofensivo y ultrajante.

El día anterior había aparecido con una camiseta amarilla con la leyenda LLAMA AL 911 Y HAZ QUE SE CORRA UN PO-LICÍA grabada en el pecho. De tanto en tanto había entrado en la oficina sin más motivo que arrellanarse en el borde de su escritorio y decir groserías. Ese hombre era capaz de convertir en una indirecta hasta la frase más inocente, y de nada servía que ella intentara guardarse sus respuestas instintivas porque él siempre estaba alerta en busca de alguna. Obligarla a reaccionar parecía complacerlo, y poco le importaba si la reacción era de furia o melindrosa.

Debía de estar muy aburrido. Aburridísimo.

Para evitar la mirada de Beau, y a sabiendas de que la considerable multitud que recorría los jardines no lo inhibiría en lo más mínimo, Juliet contempló los suntuosos espacios que Celeste había arreglado para la ocasión. Si por casualidad alguien llegaba a escucharlos, confiaba en que Beau se comportaría como un verdadero profesional. Lo que parecía imposible era que la dejara sola, ni siquiera por un momento. Y la pareja con la que había estado conversando acababa de marcharse.

Sintió su mirada sobre ella mientras hacía oscilar una copa de té helado en una mano y revolvía su bolso en busca de su talonario y un bolígrafo con la otra.

—¿Tiene todo lo que necesita, cara de ángel? —preguntó perezosamente una vez que Juliet hubo sacado todas sus pertenencias del bolso—. ¿Qué le parece si llamo al camarero y le pido un par de canapés? —Se acercó más y Juliet sintió su aliento cálido sobre la mejilla—. Así tendrá en qué ocupar esos dedillos tan delicados que tiene.

Juliet retrocedió un paso, enderezando la espalda.

—Las manos ociosas son el taller del diablo —se oyó repetir con severidad. Y podría haber gruñido. ¿Cómo lograba hacer eso? ¿Cómo conseguía hacerla decir cosas tan recatadas que, en comparación, harían sonar como una libertina a su abuela?

Y por supuesto que se quedó con la última palabra.

—Sí, ya lo había oído decir —asintió en un murmullo—. Pero las manos demasiado atareadas provocan ceguera, pimpollo.

El talonario se le cayó de la mano.

Se agachó para recogerlo, buscando una excusa convincente para alejarse de él sin dar la impresión de estar huyendo... aunque fuera eso, precisamente, lo que estaba haciendo.

Beau se acuclilló junto a ella.

—Apuesto a que yo podría dejarla ciega —dijo en voz baja. Totalmente indefensa, Juliet no pudo evitar que sus ojos se posaran en las manos de Beau, que colgaban apoyadas a medias sobre sus rodillas. Todo el tiempo le decía cosas que hacían aparecer imágenes en su mente... Imágenes vívidas que ella sola jamás habría pensado, ni en un millón de años.

Enderezó la espalda.

—Habilidad que habrá adquirido en el taller del diablo, sin duda. —Aunque su voz sonaba como la de Minnie Mouse en vez de tener el tono acerbo que anhelaba, por lo menos había podido emitir una respuesta razonablemente fría y desinteresada. Carraspeó un poco para aclararse la garganta—. Pero me temo que tendrá que practicarla en otra parte, Beauregard. Quizá con alguien que esté interesado. —Se obligó a apartar la vista de sus dedos largos y bronceados—. Oh, mire, allí está Edward. —Se puso de pie y alisó la falda de su vestido—. Perdóneme, por favor —murmuró, fingiendo ignorar la perezosa chispa de ironía que brillaba en sus ojos—. Necesito hablar un momento con él.

Había estado a punto de preguntarse en voz alta qué demonios estaba haciendo Edward. Por fortuna se había contenido, dado que la más ínfima oportunidad de resolver un misterio, por minúsculo que fuera, habría incitado a Beau a acompañarla. Y lo que ella quería era alejarse de él. Sin embargo, sentía curiosidad. Observó a Edward mientras bordeaba el laberinto de arbustos. Parecía estar cortando esquejes de un arbusto enhiesto en una de las macetas de porcelana.

—Hola —dijo suavemente, apareciendo a sus espaldas.

Edward la recibió con una sonrisa singularmente dulce e impenitente.

—Hola, querida mía. Me ha atrapado con las manos en la masa. Usted también, sargento —agregó. Juliet reprimió un suspiro cuando, dándose la vuelta, vio que Beau la había seguido.

—Espero que no vaya a arrestarme —prosiguió Edward con evidente preocupación.

—¿Por cortar unos centímetros de la rama de un arbusto? —Beau levantó un hombro—. No. No creo.

—Oh, pero este no es un arbusto cualquiera. —Edward cerró la hoja de su cortaplumas y lo deslizó en el bolsillo—.

Es un *Hibiscus Rosa Sinensis.* —Envolvió los dos esquejes que había cortado en un pañuelo más blanco que la nieve.

—¿Eh?

—Una Rosa de China, sargento. Fue presentada por primera vez ante la Fancy Hibiscus Society por el embajador chino en Estados Unidos durante una exhibición de hibiscus celebrada en Washington, en 1990. Solo unas pocas plantas fueron distribuidas entre personas muy especiales. —Pasó un dedo reverente sobre una de las flores delicadamente rosadas que engalanaban el arbusto—. Jamás pensé que tendría ocasión de tener uno, de modo que bien podrá imaginar mi excitación.

—Ah, claro... excitación. —Beau metió las manos en los bolsillos del pantalón y comenzó a balancearse sobre los talones—. Las cosas que me excitan tienden a ser bastante diferentes.

—No me cabe duda alguna. —Edward lo miró con ojos solemnes—. Por su misma profesión, usted es un hombre de acción. Las flores deben de parecerle más bien domésticas en comparación, pero todos tenemos nuestras pasiones. —Miró a Juliet—. ¿Cuáles son sus pasiones, querida?

El sofocante interior del GTO de Beau le vino de inmediato a la mente, y tuvo que dar un paso atrás para recomponerse.

—¿Mis pasiones? Pues... supongo que mi trabajo y... Oh, creo que Celeste me está haciendo señas. ¿Me disculpan, por favor? —Obsequiándolos con su sonrisa más cautivadora y amigable, dio media vuelta y se alejó. La sonrisa desapareció enseguida. Caramba. La pasión era el último de los temas que quería discutir delante de Beauregard Dupree. Excelente sentido de la oportunidad, Celeste, Gracias.

A Celeste no le agradaba ver al sargento Dupree hablando con Edward... no le agradaba en lo más mínimo. Sin embargo, no se dejó invadir por el pánico insensato. Lo más probable era que estuvieran hablando de algo totalmente inofensivo.

Le presentó a Juliet a Georganne Hollister, el motivo ostensible por el que había llamado a la joven norteña. No obstante, unos segundos después ya había despachado a Georganne. Los Hollister eran nuevos ricos, y Celeste no tenía la menor idea de cómo habían logrado inmiscuirse en la exclusivísima lista de invitados de esa noche. Miró a Juliet.

—¿Cómo se siente, querida?

—Bien, gracias. Es un evento estupendo. Papá estará complacido con la cantidad de contactos comerciales que he podido hacer hoy.

—Sí, esta es la *crème de la crème*. Estas personas están en posición de enviar la clase de clientela adecuada al Garden Crown. —Y como no había más remedio que vivieran extraños en su casa, por lo menos serían extraños vinculados a los miembros del Boston Club, un club tan exclusivo que ni siquiera Edward había sido invitado a formar parte de él. Celeste miró hacia el otro extremo del jardín y sintió un fuerte ardor en el estómago.

—Veo que su detective está hablando con Edward. No imagino qué pueden tener esos dos en común. —Pero la conversación parecía más intensa que unos minutos atrás.

—Los dejé hablando de pasatiempos y pasiones, y discutiendo si Edward terminaría o no en la cárcel —dijo Juliet con una leve sonrisa.

Celeste sintió que la sangre le zumbaba en los oídos, pero se las ingenió para emitir una risita creíble.

—Oh, caramba, ¿acaso ese diablillo ha andado merodeando por el rosedal? —Dando palmaditas a la mano de Juliet como si todo fuera un gran chiste, se excusó mientras todavía estaba en condiciones de juntar un par de palabras coherentes. Se dirigió a la zona de olivos dulces, justo detrás del laberinto de arbustos, acariciando el cuero de su cartera... que protegía un revólver 1849 Modelo Pocket. Era una cosa extraña y pesada... ya hacía varios días que lo llevaba encima, sabiendo instintivamente que tarde o temprano llegaría el momento de usarlo.

Aparentemente, el momento había llegado. Lo único que tenía que recordar eran todos los pasos necesarios para introducir los balines en el cilindro y colocar los percutores en su lugar.

Bueno, ya se las arreglaría. Después de todo, era una Butler y Hayes, lo que por definición equivalía a absolutamente capaz. Solo había que concentrar toda la atención en la tarea que tenía entre manos. Y eso, justamente, era lo que se disponía a hacer.

Porque ya era hora de resolver la situación del sargento Dupree de una vez para siempre.

Densas nubes de tormenta comenzaban a formarse hacia el sur, y, si Beau sabía algo de meteorología, pronto avanzarían sobre ellos. Viendo que Juliet se había alejado de nuevo, interceptó su mirada y alzó el mentón con arrogancia. Sonrió cuando, a manera de respuesta, ella elevó imperceptiblemente su elegante barbilla. No obstante le hizo caso y atravesó el jardín en dirección a él.

Sabía que debía refrenarse para no presionarla demasiado, porque si la presionaba demasiado ella haría que los apartaran de su caso con una patada en el culo. Pero Juliet se había refugiado una vez más en sus modales impecables, y por alguna razón eso le provocaba una intensa inquietud. Giró los hombros para relajar la tensión. Al diablo con todo. Dar rienda suelta a sus impulsos al menos había servido para derribar el muro de hielo que parecía rodearla. Además, era muy divertido provocarla.

No obstante, la diversión se interrumpió de repente cuando vio que un tipejo de alta sociedad la abordaba, y luego otro, y otro, mientras ella intentaba abrirse paso por el jardín. Cuando por fin llegó junto a Beau, él ya estaba aflojando con impaciencia el nudo de su corbata.

—¿Me ha hecho señas? —El tono de su voz era irónico. Se situó frente a él y lo miró directamente a la cara.

—¿Está lista para dar por finalizada la jornada? La fiestecilla parece estar llegando a su fin y no me gusta el aspecto de esos nubarrones. —El cielo se estaba oscureciendo rápidamente a medida que se acercaba el impertérrito banco de nubes. Pero, mirando por encima del hombro de Juliet, descubrió que, si bien gran parte de los presentes se estaban dirigiendo al aparcamiento situado en el otro extremo de la antigua casa señorial, varios rezagados continuaban sorbiendo té y zampándose canapés—. ¿Acaso alguno de estos tipos se gana la vida trabajando?

—No todos estamos cortados por el mismo patrón ni podemos ser temerarios defensores de la ley y el orden como lo es usted —le informó secamente—. No obstante, le daré un par de datos. La mayoría de las mujeres que he conocido hoy dedican tanto tiempo y esfuerzo a sus funciones sociales como usted a su trabajo.

—Y eso es, justamente, lo que necesita el mundo. Qué duda cabe: otro baile de caridad.

—¡Pero, Beauregard Dupree, usted no es más que un esnob!

Beau le lanzó una mirada a todo lo largo de su nariz.

—Tenga cuidado con lo que dice.

—Sé muy bien lo que digo. Quizá sea un esnob al revés, pero sigue siendo un esnob. —Y parecía absolutamente satisfecha de su descubrimiento. Se adelantó un paso y le dio un tironcito a la corbata de Beau—. Esos bailes de caridad que usted tanto desprecia recaudan fondos para muchas causas dignas. —Metiéndose su pequeña cartera bajo el brazo, comenzó a arreglarle el cuello de la camisa y luego ajustó el nudo de la corbata bajo la nuez—. Recaudan grandes sumas de dinero para gente que de lo contrario no vería un céntimo.

Beau le quitó la corbata de la mano.

—Sí, sí, sí. Ya lo creo. —Y volvió a aflojar el nudo por debajo del segundo botón de su camisa.

—Hablando de asuntos formales, pronto tendremos el cóctel de preapertura. ¿Tendremos que alquilarle un esmoquin?

Beau le mostró los dientes. ¿Qué diablos era él para ella, una obra de caridad?

—Estamos en Nueva Orleans, Capullito de Rosa... la Central del Cotillón. Todo el mundo tiene un esmoquin. Yo heredé el mío de mi padre. —Le aferró las manos antes de que volviera a entrometerse con su atuendo y la apartó a un metro de distancia de su cuerpo—. ¿Y a qué se debe que se haya puesto tan retozona de golpe?

—¿Le parezco retozona? No estoy retozando; simplemente no estoy envarada, como suele verme. Debe de ser la falta de rubor... seguro que es eso lo que tanto lo confunde.

—Sí, bueno, sea lo que sea, si vuelve a meterse con mi corbata me veré obligado a recurrir a la fuerza física y...

Se oyó un sonido agudo... seguido de una explosión en el roble que estaba a sus espaldas. Beau maldijo con fiereza mientras ponía sus cinco sentidos en alerta.

—¡Al suelo!

Juliet lo miraba sin comprender. Beau la cogió del brazo y la tiró al suelo. Arrojándose encima de ella, oyó otro disparo. Estaba a punto de sacar el revólver que llevaba en la cintura cuando los cubrió una nueva lluvia de corteza. Levantó la cabeza y giró el revólver, apuntando hacia donde habían disparado el arma.

—¿Alguien nos ha disparado? —preguntó Juliet, incrédula bajo su cuerpo.

Los ecos de los gritos de las mujeres se fueron disipando, pero había mucha agitación alrededor, lo que hacía imposible detectar al francotirador.

—Maldita sea —murmuró Beau. Acuclillándose sobre el cuerpo aún tendido de Juliet, y sin apartar la vista de la hilera de olivos detrás del laberinto de arbustos, le pasó la mano libre por la nuca—. Quiero que retroceda gateando hasta llegar al árbol —le ordenó en voz muy baja—. Ocúltese detrás del tronco y quédese quieta. —Como ella no respondió de inmediato, Beau insistió—: ¿No me ha escuchado?

—¿Beau?

Le temblaba la voz. Sonaba como si quisiera discutir y Beau apretó los dedos contra su nuca.

—¿Me ha escuchado, Juliet Rose?

—Sí.

—Muy bien. Entonces muévase.

Sintió su cuerpo rozándole las pantorrillas cuando comenzó a retroceder. Y luego desapareció. Miró hacia el árbol solo una vez, muy rápido, para asegurarse de que Juliet estaba a salvo. Luego se puso de pie y corrió en zigzag más allá del laberinto de arbustos.

La lluvia se desató implacable justo cuando llegaba a los olivos, y maldijo entre dientes mientras revisaba todos los posibles lugares donde podría haber estado el francotirador. Fabuloso. Todos corrían hacia el aparcamiento, de modo que no solo la evidencia física quedaría severamente comprometida por el fenómeno meteorológico. También la mitad de los testigos potenciales se dispersarían antes de que pudiera interrogarlos. Y dejar que Juliet se las arreglara sola ya no le parecía una idea brillante. Alguien había tenido los cojones de dispararle con sesenta y cinco personas dando vueltas por allí... ¿y qué podría disuadir a ese alguien de raptarla o eliminarla mientras él se dedicaba a buscar evidencias? Cuanto más lo pensaba, más se convencía de que el francotirador se había mezclado con la multitud y pasado junto a él. Sacó el móvil y marcó el número de su despacho mientras corría hacia el roble. Le hizo un resumen de la situación a la persona que atendió el teléfono y pidió que enviaran a la división Forense y a otro detective, específicamente a Luke, si estaba disponible.

Juliet estaba acurrucada de espaldas contra el tronco del árbol, abrazándose las rodillas contra el pecho. Se las había ingeniado para no mojarse, pero tenía el vestido arrugado, el peinado casi deshecho y la mejilla derecha surcada por un arañazo de feo aspecto. Lo miró con ojos abotagados, y Beau se agachó y extendió la mano para quitarle una peineta de largos dientes que colgaba de un mechón de su cabello.

—¿Se encuentra bien?

Por la expresión de su rostro, era evidente que Juliet ponía en duda su inteligencia. Se abrazó las rodillas todavía con más fuerza.

—¡Alguien me ha disparado!

—Ya lo sé, preciosa.

—Entonces supongo que también sabe que, aunque sería

impropio que me levantara la falda y me inclinara hacia delante, si de todos modos lo hiciera, usted vería un enorme insecto subiéndome por...

—Demonios —la interrumpió Beau—. Usted no está nada bien.

Juliet parecía necesitar que la abrazaran, pero Beau se había colocado la placa en el bolsillo del pecho, de modo que ahora estaba públicamente de servicio como agente policial. Y, además, estaba demasiado molesto. Si había una sola cosa que hacía excepcionalmente bien en la vida, era su trabajo. Ahora alguien lo estaba haciendo quedar como un imbécil.

—Lo lamento, Juliet. —Cogiéndola por las manos, la ayudó a ponerse de pie. Luego, con inusitada gentileza, le quitó la tierra de los brazos—. Sé que está asustada y conmovida. Pero ahora debo concentrarme en averiguar quién le disparó.

—¡Por qué! ¿Por qué alguien querría dispararme?

—Por supuesto, por qué. Quiero que no se separe de mí hasta que lleguen los refuerzos, ¿entendido? Aquí hay demasiada gente y lamentablemente no sabemos en quién podemos confiar...

Juliet se acurrucó en sus brazos.

Bueno, diablos. Beau se quedó parado, inmóvil, por un momento. Luego, cautelosamente, la estrechó en sus brazos y le frotó la espalda.

—Ahora bien, no vaya a pensar que esto se transformará en un hábito. Estoy trabajando. —Juliet le echó los brazos al cuello y él comenzó a acariciarle el cabello—. Supongo que no está acostumbrada a que le disparen, ¿eh?

Una risa leve y amarga vibró contra la pechera húmeda de su camisa. Beau la apartó y la sostuvo a un metro de distancia de su cuerpo.

—Sé que esto es difícil para usted, pero tengo que asegurarme lo poco que ha quedado de la escena del crimen. —La miró con ojos anhelantes—. Necesito que sea fuerte ahora. ¿Va a ser fuerte?

Juliet inspiró hondo y exhaló. Beau observó cómo, poco a

poco, recuperaba la compostura. Enderezó su espalda patricia, tal como a él le gustaba verla.

—Sí —murmuró.

—Buena chica. —Apoyándole una mano en la nuca, la atrajo hacia él, le plantó un beso en la frente y luego la soltó—. Veamos si podemos encontrar algunas respuestas a nuestras preguntas.

12

Beau hizo salir a la gente del aparcamiento y dirigirse al salón principal de la mansión tan rápido que Juliet prácticamente tuvo que trotar para seguirle el ritmo. Y él insistió en que lo acompañara. Se mostraba firme al hablar con los invitados, firme y cortés... excepto en los pocos casos en que alguien intentaba valerse de su jerarquía social. Entonces sus ojos se volvían duros y su voz afilada, y toda su persona se tornaba intimidante. En cuestión de minutos logró reunir a todos exactamente donde y como necesitaba.

Apropiándose de un antiguo secreter de madera de cerezo, miró por las ventanas y perentoriamente cogió una silla frágil y la depositó medio metro detrás y a la derecha del escritorio. Con sumo cuidado, hizo sentar a Juliet. Luego se dirigió a un hombre fornido.

—Usted —dijo—. Écheme una mano para mover esto.

El hombre se aprestó a obedecer, pero una matrona iracunda protestó:

—¡Usted no puede recolocar a su antojo el mobiliario de la casa! Estas piezas son muy valiosas.

Beau y su ayudante colocaron el secreter de modo tal que bloqueara a Juliet, y solo dejaron sitio para la silla en la que se sentaría Beau. Luego se dirigió a la multitud.

—Este —les dijo, golpeando la tapa del escritorio con los nudillos— es un escritorio muy bonito, que volveré a poner en su lugar cuando haya terminado. Sin embargo, en esencia es un viejo pedazo de madera. Esta —dijo Beau, y Juliet pestañeó cuando la señaló— es una mujer a la que alguien acaba de dispararle. Y no pienso permitir que se siente delante de una ventana desprotegida. ¿Alguien de entre los presentes tiene alguna duda? ¿Les parece que he sido lo suficientemente claro al respecto?

Nadie dijo nada. Beau asintió.

—Bien. Ahora... tenemos un caso que resolver y es una lástima que todos ustedes se hayan visto involucrados. Les pido disculpas por las molestias. Pero necesito interrogar a cada uno de ustedes, y si todo el mundo coopera las cosas marcharán muchísimo mejor. Intentaré ser lo más breve posible y además estoy esperando la llegada de refuerzos. En cuanto hayan llegado, las cosas marcharán todavía más rápido. —En ese momento sonó su teléfono móvil y, excusándose, se apartó para contestar la llamada.

Aunque muchos de los invitados se esforzaban, con diversos grados de disimulo, por escuchar la conversación, Juliet dudaba de que pudieran hacerlo. Beau estaba de espaldas a ella y lo único que podía oír era el rumor de su voz. Si la curiosidad insaciable en las caras de los demás era una medida de la realidad, entonces nadie estaba en mejores condiciones que ella.

Beau colgó el teléfono móvil y se lo guardó en el bolsillo. Después miró a la gente arracimada a su alrededor.

—Tarde o temprano necesitaré hablar con todos los que han estado aquí esta tarde —les informó—. Para ser más expeditivos convendría que, mientras esperan su turno, intenten recordar quién se marchó entre el momento del disparo y el momento en que entramos aquí, porque les haré esa misma pregunta a todos, y quiero nombres. —Sacó una libreta del bolsillo del pantalón y la arrojó sobre el escritorio. Sentándose, señaló con el dedo a la persona que tenía más cerca—. Usted, señor; comenzaremos por usted —anunció. Y se puso a trabajar.

Presa de la impaciencia, Celeste marcaba un ritmo con el pie mientras esperaba junto a Edward su turno de ser entrevistada. Ignoró las quejas y las especulaciones insidiosas que circulaban en torno a ellos como un bólido descontrolado.

El muy idiota pensaba que le había disparado a Juliet. Y eso que se había esforzado y arriesgado al máximo esperando que la muchachita saliera de en medio. Dupree era un perfecto imbécil, como había sospechado desde un comienzo. Por desgracia, era un imbécil peligroso.

Tan cerca... había estado tan cerca. ¿Cómo iba a saber que la maldita Colt disparaba a la izquierda? Gracias a su cabal determinación y a su educación pudo mantenerse serena al lado de Edward mientras la frustración, como lava ardiente, burbujeaba en sus venas. Sin embargo, reprimir un suspiro de pura vejación era más de lo que su cuerpo podía soportar.

Porque había echado a perder el resto de la tarde y arruinado un par de guantes de verano en perfecto estado por nada.

Alguien la odiaba tanto como para dispararle. Sentada en su rincón, Juliet miraba trabajar a Beau y trataba de no pensar en eso. Pero era como decirle que no pensara en elefantes rosados... especialmente con todas aquellas miradas ávidas vigilando cada respiración suya. Jamás la habían rechazado de aquella manera antes, y mucho menos odiado, y la sola idea tenía una desagradable tendencia a instalarse en su mente. Tanto se instaló que perdió toda noción del tiempo mientras rumiaba el hecho como un perrillo que mordisquea un hueso.

Cuando un leve alboroto interrumpió la monotonía del interrogatorio, Juliet agradeció la distracción. Levantó la mirada y vio al sargento Gardner entrando al salón principal. La multitud se abrió al verlo avanzar hacia el escritorio, como las aguas del mar Rojo ante Moisés. Cuando vio quién lo acompañaba, Juliet se levantó de un brinco.

Roxanne la vio al mismo tiempo.

—Juliet —gritó. Atravesó el salón corriendo, se deslizó detrás del escritorio y estrechó a su amiga entre sus brazos.

El abrazo era fuerte y reconfortante. Y ya la habían abrazado dos veces en menos de una hora. Todavía no podía creer que se hubiera arrojado a los brazos de Beau, pero lo único que había pensado en aquel momento era lo segura que se había sentido cuando él la abrazó después del incidente automovilístico en el ferry. Y necesitaba desesperadamente volver a tener aquella sensación de seguridad. Era raro, porque a pesar de su explícita sexualidad, tenía una manera de ofrecer consuelo que resultaba muy... apetitosa. Imaginó que debía de ser un hermano estupendo con sus tres hermanas.

Pero esa necesidad que sentía, sin precedentes en ella, también la hacía sentir incómoda. Su abuela la había educado para ser autosuficiente y Dios era testigo de que su padre le había inculcado hasta el cansancio el mismo precepto. Ahora mismo podía escucharlos, diciéndole que una Astor Lowell siempre se apoyaba con firmeza sobre sus dos pies. Y ella no lo había hecho. Poco a poco se fue tensando en el cálido círculo del abrazo de su asistente.

Roxanne retrocedió, pero la retuvo a un metro de distancia para examinarla minuciosamente. Con dulzura, retiró un mechón de cabello de la cara de Juliet.

—Santo cielo, chica, casi me meo encima cuando el sargento Gardner me dijo lo que había ocurrido. Gracias a Dios que estás bien. ¡Pero mírate! ¿Por qué nadie te ha limpiado?

Beau se dio vuelta y la miró por encima del hombro.

—Hemos estado un poquitín ocupados, señorita Roxanne —gruñó. Y de inmediato retomó el interrogatorio.

—Pues bien, yo voy a limpiarla ahora.

Para gran sorpresa de Juliet, Beau no discutió la decisión. Eligió dos hombres al azar y les ordenó que acompañaran a las mujeres al cuarto de baño, con órdenes expresas de esperar en el pasillo e impedir que nadie entrara mientras ellas estaban dentro.

Un leve gemido de desasosiego escapó de los labios de Juliet cuando se vio reflejada en el espejo antiguo del baño de damas unos minutos después. Tenía la cara sucia y su cabello era una explosión de rizos, nudos y ondas salvajes que apuntaban en distintas direcciones. Giró la mejilla hacia la derecha para inspeccionar el arañazo.

—Estoy hecha un desastre.

—Sí, lo estás —admitió Roxanne desde el lavabo. Girando la cabeza, contempló el reflejo de Juliet—. Pero no es nada que no se pueda remediar con un poco de agua y jabón.

Juliet se apartó del espejo.

—Gracias por venir, Roxanne —dijo con emoción contenida—. Significa mucho para mí... Me siento mucho menos sola estando tú aquí. Y el sargento Gardner ha tenido la amabilidad de pedirte que lo acompañaras.

—No, muñeca, no fue Gardner... Fue idea del sargento bombón de chocolate. Él ordenó a Gardner que pasara a recogerme.

—¿Beauregard? —A Juliet le dio un vuelco el corazón.

—Sí. —Roxanne se alejó del lavabo, donde había humedecido una pequeña toalla de lino en agua tibia—. Siéntate.

Juliet obedeció, pero señaló dubitativa la exquisita toalla decorativa que su asistente tenía en la mano.

—No creo que esa toalla sea para usarse.

—A otro perro con ese hueso. Ese arañazo no me gusta nada, y no pienso utilizar una áspera toalla de papel cuando tengo a mi disposición otra tan suave. —Una sonrisa asomó en la comisura de sus labios—. Apuesto a que las toallas de papel fueron inventadas por una sureña blanca cuando los esclavos fueron emancipados y tuvo que empezar a lavar su ropa.

Juliet pestañeó.

—Oh... tú sí que eres mala.

—No, solo soy una firme creyente de la teoría de que la necesidad es la madre de la invención.

Levantó el mentón de Juliet con la punta de los dedos y comenzó a limpiarle la suciedad de la cara. Cuando hubo limpiado todo, excepto el arañazo de la mejilla, regresó al lavabo y lavó concienzudamente la toalla. Acto seguido cerró el grifo y escurrió el exceso de agua. Luego volvió al banco tapizado donde Juliet estaba sentada y, levantando una vez más el mentón de su jefa, limpió con cuidado la herida.

Juliet contuvo el aliento y Roxanne sonrió.

—Lo siento. Sé que debe de doler, pero quiero quitar toda la suciedad. —Pocos segundos después se enderezó—. Ya está. Convendría ponerle un poco de desinfectante, pero al menos está limpio. —Le dio la toalla a Juliet—. Límpiate los brazos. ¡Ay, mira esa pobre mano! Ven al lavabo, ¿quieres?

Juliet se miró la mano derecha. La palma estaba descolorida y los dedos índice y corazón completamente hinchados. No le había dolido antes de verla, pero ahora comenzó a palpitar. Juliet empezó a flexionar las articulaciones para comprobar su estado.

—No hay nada roto. Debo de haberme doblado los dedos cuando he caído al suelo.

Se lavó la mano en el lavabo, pero cuando quiso cepillarse el cabello descubrió que no podía sostener el cepillo. Los ojos se le llenaron de lágrimas de frustración, que solo sirvieron para hacerla sentirse una tonta además de todo lo que ya sentía.

—Ven, deja que te ayude. —Roxanne le quitó el cepillo de la mano, retiró algunas horquillas todavía atrapadas en la mata de cabello y comenzó a deshacer los nudos. Luego se dedicó a cepillarlo a fondo.

Sombría, Juliet observaba cómo su cabello aumentaba de volumen y se volvía más rebelde con cada cepillada.

—He perdido la peineta y la mayoría de las horquillas. No podré hacerme mi acostumbrado moño francés.

—No veo para qué quieres hacerte un moño. Y además, ¿por qué nunca lo llevas suelto?

—Porque parezco una perfecta tunanta con el cabello suelto.

El cepillo se detuvo a mitad de camino.

—Espera. Déjame adivinar. Fue tu abuela quien te dijo eso, ¿o me equivoco?

Todo el tiempo. Sin embargo, Juliet no lo dijo. Se encogió de hombros mirando la imagen de Roxanne en el espejo.

—Juliet, ¿nunca se te ha ocurrido pensar que tu abuelita es un poquitín... anticuada? Caramba, tu cabello es precioso... Pareces una dama de un cuadro prerrafaelista.

—Pero es demasiado abundante.

—Oh, mi pobre niña. —Roxanne titubeó un momento, pero luego dijo con firmeza—: No sé cómo decírtelo, pero eso no es malo. Conozco mujeres que matarían por tener un cabello con la mitad del cuerpo que tiene el tuyo. Y de todos modos, ¿puedes explicarme qué demonios es una tunanta?

—Alguien que siempre tiene el cabello en la cara, que corre en vez de andar, que levanta la voz. Alguien que se lo pasa bien y se divierte —dijo Juliet, súbitamente desafiante. Estudió su cabello en el espejo. Realmente era bonito.

Roxanne le apretó el hombro y le devolvió el cepillo.

—Pues entonces, escuchemos lo que tienes que decirles a todas las tunantas del mundo.

—Sí. —Con rebeldía, Juliet cruzó una mirada con su asistente antes de guardar el cepillo en la cartera—. Esto es lo que tengo que decirles. Toda mi vida he sido una perfecta dama, y a pesar de eso alguien ha intentado matarme. Mi abuela estaba equivocada. La bondad no se recompensa con bondad.

Cuando regresaron al salón principal, la multitud había mermado considerablemente. Cogieron una silla y la llevaron hasta el escritorio, junto a la de Juliet. Y luego se sentaron a hablar en voz baja mientras Beau y Luke terminaban los interrogatorios.

Hasta que se marchó la última persona. Beau arrojó su bolígrafo sobre el escritorio y, tras apoyarse en la silla, se apretó los párpados con las palmas. Un segundo después apoyó las manos sobre el escritorio y preguntó:

—¿Cómo diablos es posible que más de cuarenta personas no hayan visto absolutamente nada? —Miró a Luke—. ¿Qué me dices...? ¿Has tenido mejor suerte que yo?

—No. Solo nos resta esperar que alguno de los que se marcharon antes de que detuvieras el éxodo masivo tenga algo que compartir.

—Seguramente habrían regresado si hubieran visto algo sospechoso —protestó Juliet.

—No creemos que alguien haya visto al atacante y luego

se haya marchado como si nada —le dijo Beau—. Pero alguien podría haber visto a una determinada persona cerca de los olivos. —Giró la cabeza con la clara intención de distender los músculos del cuello—. Si supiéramos quién rondaba por allí en el momento preciso, por lo menos tendríamos por dónde empezar.

Roxanne, que había ido hasta la ventana mojada por la lluvia, llamó en voz baja.

—Sargento, ¿sabía que hay unos hombres en la parte más baja del jardín?

—Sí, son del equipo forense. Llegaron mientras ustedes estaban en el cuarto de baño. —Entrecerrando los ojos, miró a Juliet con repentina intensidad—. Se ve un poco mejor. ¿Cómo se encuentra?

—Estaré bien. —En algún momento, pensó.

—Parece que uno de sus forenses viene hacia aquí —anunció Roxanne desde su puesto de vigilancia.

Pocos minutos después, el hombre entró en el salón y se sacudió como un perro mojado antes de acercarse a Beau.

—Pensé que querría ver esto, sargento —dijo. Y apoyó sobre el escritorio una bolsa de plástico que contenía una pequeña esfera de plomo—. Estaba justo al lado del roble.

Beau se inclinó para examinarla. Luke también se acercó y se encaramó sobre la punta del escritorio. Sin decir una palabra, Beau levantó la bolsa de plástico y se la pasó. Después de examinarla, Luke miró al técnico forense con el ceño fruncido.

—¿Qué clase de bala es esta?

—No es de las que se compran en una armería común, señor. Es una bala esférica de una pistola antigua.

Beau y Luke intercambiaron una mirada que pareció durar siglos en completo silencio.

—Mierda —masculló Beau, disgustado—. Justo lo que necesitábamos. Otro maldito caso protagonizado por un arma antigua.

La lluvia finalmente paró, pero el sol ya se había puesto cuando Beau atravesó la puerta de entrada del Garden Crown al volante de su GTO. Miró a su alrededor en busca de su reemplazo nocturno... y no lo vio por ninguna parte. Todos los músculos de su cuello se tensaron.

¿Qué bicho le había picado a Pfeffer? Lo había cargado con esa misión cuando nadie creía que existiera una amenaza contra Juliet, y ahora que sabían que así era, le asignaba a un policía novato que nunca estaba donde lo necesitaban. Solo en la condenada Nueva Orleans nombraban a alguien que todos sabían que era un idiota incompetente para cubrir un puesto de alto rango mientras un auténtico policía se tomaba sus largamente esperadas vacaciones.

Miró a Juliet. Su rostro normalmente dorado se veía cetrino, su postura carecía de la acostumbrada precisión, y francamente parecía exhausta. Hasta su asombroso cabello estaba un poco marchito.

Solo se podía hacer una cosa.

—Eh, Capullito de Rosa, hemos llegado. —Rozó la mano de Juliet, que descansaba descuidadamente sobre su regazo, pasando la yema del pulgar por sus nudillos hasta que abrió los ojos. Estiró el cuello para mirar el asiento trasero—. ¿Y usted, señorita Roxanne...? ¿Cómo se siente?

—Me siento bien, sargento.

Beau abrió la puerta del coche, salió y rodeó el capó para abrir la puerta del acompañante. Escoltó a las mujeres al interior del hotel, las vio subir la escalera de caracol y justo entonces sacó el teléfono móvil del bolsillo y, yendo de un extremo a otro del desierto primer piso, hizo un par de llamadas. Una vez puestos en marcha ciertos asuntos, se acomodó en el vestíbulo tratando de ignorar los ruidos de su estómago.

Luke fue el primero en aparecer. Le arrojó una bolsa de papel blanco, de la que surgía el inconfundible aroma de un bocadillo de ostras fritas. Luego deslizó el petate de lona azul que tenía en la otra mano debajo de la silla donde estaba sentado Beau.

—¿Estás seguro de que quieres hacer esto, compañero?

—No creo tener otra opción, si queremos garantizar su seguridad. —Abrió la bolsa, desenvolvió su bocadillo y le dio un buen mordisco—. Gracias, Luke. Pensé que iba a morirme de hambre.

—Es un hotel de lujo —dijo Luke, cruzando el suntuoso vestíbulo—. ¿No tiene un maldito restaurante?

—No creo que ya esté abierto y funcionando. Al menos no para un tío como yo. Y es probable que nunca llegue a estarlo, una vez que Juliet se entere de mi plan. —Ni siquiera ante sí mismo era capaz de reconocer la pequeña satisfacción que ese plan le daba.

—Creo que Juliet estará contentísima. Rebosante de gratitud, de hecho. —Beau lo miró de reojo. Una sonrisa irónica asomó en las comisuras de la boca de Luke—. Una vez más, estamos hablando de la mente femenina. ¿Quién diablos puede entenderla?

—Tienes toda la razón. —Beau vio que el coche de su reemplazo nocturno atravesaba la entrada principal y se levantó de un brinco—. Allí está el muy hijo de puta.

Antes de que el conductor pudiera aparcar, Beau ya había salido, cruzado el aparcamiento y abierto la puerta del vehículo. Metió el brazo dentro del coche e hizo salir al policía por la fuerza.

—¿Dónde demonios estabas?

El pobre muchacho pestañeó.

—Pi... pidieron un código uno en el Sagrado Corazón y el mío era el vehículo disponible que estaba más cerca —tartamudeó.

—¿El vehículo disponible que estaba más cerca? —Beau pegó su cara a la del joven novato—. ¿Cuál era su misión, oficial?

—Hacer vigilancia...

—¿En el Sagrado Corazón? —le preguntó Beau.

—No, señor. Aquí. Pero sabía que no ocurriría nada...

Luke le quitó a Beau de encima.

—Te aconsejo no meterte en esas aguas, muchacho.

—No, señor. Tiene razón, señor. —Irguió los hombros y

miró a Beau a los ojos—. Le pido disculpas, sargento. He descuidado mi deber. No volverá a ocurrir.

—De eso puedes estar seguro, maldita sea —masculló Beau, apartando a Luke y volviendo a pegarse a la cara del joven—. Porque no vas a...

—Beau. —La voz de Luke sonaba calma, pero conllevaba una advertencia.

Beau se contuvo. Inspiré hondo y exhaló. Luego sacudió los puños.

—Vuelva a su puesto, oficial.

—¡Sí, señor! —dijo el novato, y se marchó a toda prisa.

Beau se frotó la cara con las manos mientras se dirigía con Luke a la entrada del hotel.

—Demonios. ¿Alguna vez fuimos tan jóvenes?

—Sí. Y también cometimos peores meteduras de pata.

—Eso dices tú. Jamás salimos a la caza de misiones más grandes ni más excitantes cuando estábamos de servicio.

—¿Recuerdas la debacle de Euterpe Street?

Beau se detuvo en seco.

—Ah. Sí. —Hundió las manos en los bolsillos y sonrió arrepentido—. Lo había olvidado.

—Así como ese muchacho olvidará esto, espero. —Se detuvo al llegar a la puerta—. Si no necesitas nada más, creo que es hora de dar por terminado el día.

—Sí, ve tranquilo. Y gracias otra vez, Luke. Por traerme mis cosas. Y gracias por la cena, también. —Vio marcharse a su amigo y luego se dio la vuelta y contempló la imponente fachada del Garden Crown unos instantes. Sintiendo que por alguna misteriosa razón su humor había mejorado, cogió el picaporte.

Ya era hora de darle una buena noticia a Juliet Rose.

13

Las emociones de Juliet se habían desbordado y anhelaba desesperadamente volver a controlarlas. La idea de que alguien la quería muerta afloraba continuamente a la superficie, aunque ella insistía en no prestarle atención. Deseaba que Roxanne estuviera allí, con ella; y al mismo tiempo se alegraba de estar sola. Estaba irritable y aprensiva. Iba incansablemente de una habitación a otra y de vez en cuando trataba de sentarse y ponerse a trabajar... solo para arrojar inmediatamente a un lado lo que fuera que pretendía leer, y volver a pararse. No podía estarse quieta ni sentada. Alguien golpeó a la puerta de su cuarto y corrió a abrir, esperando que fuera Roxanne. Tan ansiosa estaba que apenas tuvo tiempo de ajustar rápidamente el cinturón de su quimono de seda mientras acudía descalza a responder a la llamada.

Beau era la última persona que esperaba ver en ese momento, y por unos segundos se quedó completamente inmóvil, mirándolo. Luego negó suavemente con la cabeza y recuperó los modales.

—Pensé que se había ido a su casa.

—Tenía que arreglar algunas cosas.

Beau dio un paso adelante y, automáticamente, Juliet retrocedió un paso. Después de eso, lo único que supo era que Beau había entrado y que la puerta se estaba cerrando a sus espaldas. Juliet alzó el mentón.

—¿Puedo hacer algo por usted?

—A decir verdad, soy yo el que hará algo por usted, pimpollo —dijo con una sonrisa encantadora. Sus dientes eran más blancos que la nieve—. La suerte ha dado un vuelco a su favor. Me traslado aquí.

Sí. Era lo que Juliet más quería... Dios santo, ni siquiera sabía que se pudiera querer tanto algo. Y eso la aterraba.

—De ninguna manera.

Tenía que estar loca... ella había visto a ese hombre en acción. Bajo ningún concepto se permitiría volverse dependiente de él. Tarde o temprano el caso terminaría y él le daría la espalda y se marcharía. ¿Cómo demonios haría para volver a vivir en su mundo si bajaba las defensas que le había llevado toda una vida levantar?

Con esa sonrisa cautivante que le había visto desplegar una y otra vez ante fascinadas camareras y bailarinas de striptease, Beau avanzó un paso más.

—Pero, carita de ángel, no me lo ponga difícil. No va a perder nada si admite que me necesita. —Intentó apartar un mechón de cabello que le había caído sobre el ojo.

—Lea mis labios, sargento. —Dio un paso atrás y sopló el mechón para devolverlo a su lugar—. No. Los Astor Lowell tenemos el orgullo de ser autosuficientes. —Dios santo, sonaba como una melindrosa envarada. Su declaración tampoco había causado un impacto apreciable sobre Beau, porque su sonrisa no había disminuido un ápice.

—No me cabe la menor duda. Especialmente su papaíto. Pero usted tendrá que tragarse el orgullo, guapa, porque aquí y ahora se encuentra fuera de su elemento... y, le guste o no, me necesita.

—Sí... como necesito un caso galopante de... —Se interrumpió a tiempo y lo miró con ojos culpables.

Aquel idiota tenía la temeridad de sonreír aún más, como si disfrutara ver lo cerca que había estado ella de decir una grosería inaceptable. Beau la recorrió lentamente con la mirada, del cabello desmelenado a los pies descalzos, haciendo varias paradas intermedias antes de emprender el viaje de regreso por el mismo territorio. Juliet enrojeció de pies a cabeza y sus pezones se endurecieron como respuesta. Entonces, ante sus propios ojos, Beau adoptó una actitud absolutamente profesional con ella, y Juliet no pudo menos que preguntarse si no habría imaginado aquella mirada abrasadora que había recorrido, lenta y minuciosamente, todo su cuerpo. Y si la hubiera imaginado, ¿qué significaba eso? ¿Que era una vieja solterona y desesperada?

—Sé que la estoy cogiendo por sorpresa, señorita Lowell, y que probablemente mi decisión le traerá algunos inconvenientes... pero le pido que colabore conmigo en esto. Claramente estamos ante un ataque violento y no me gusta la idea de que viva sola y desprotegida en este viejo e inmenso mausoleo. La solución obvia es que yo me mude aquí. No solo estaré en mejores condiciones de salvaguardar su seguridad, sino que tendremos la inmejorable oportunidad de atrapar a su atacante si trabajamos juntos.

Era cierto. Juliet sentía el corazón a punto de salírsele del pecho. Era... lógico, en realidad. Definitivamente, Beau tenía razón.

Atónita ante la velocidad con que se aferraba a cualquier excusa, lo miró frunciendo el ceño.

—Todavía no comprendo...

—¿Qué es lo que no comprende? —Evidentemente perdía los estribos cuando ella no caía rendida ante sus encantos ni tampoco sucumbía, subyugada, ante su razonamiento profesional—. ¿Acaso no quiere atrapar a ese tipo?

—¡Por supuesto que quiero! —Solo me aterra pensar, se dijo, que quizá no sea eso lo que más me importa ahora.

Beau avanzó un paso e inclinó la cabeza hacia ella.

—¡Entonces use la cabeza, mujer!

—¡Maldita sea, Beau, deje de atosigarme! —Plantándole las manos en el pecho, se escabulló. Y no volvió a respirar hasta que él no hubo retrocedido un paso. Beau la miró con el entrecejo fruncido y Juliet levantó el mentón para protestar—. Está bien. Múdese, si quiere —agregó fríamente, como si no fuera precisamente eso lo que más deseaba. Preguntándose de dónde le vendría aquella veta infantil y por completo carente de gracia, y sabiendo que había reaccionado sin necesidad, Juliet no obstante señaló el petate que Beau tenía en la mano y dijo con arrogancia—: De todos modos, es evidente que usted pretende hacer lo que ha decidido sin importarle qué pueda decir yo al respecto. Así que no perderé más tiempo discutiendo, ¿entendido? Pero se alojará en la habitación de la cucaracha, al final del pasillo. Y si no le gusta, lo lamento. O la toma o la deja.

Beau se quedó mirándola un instante. Luego se echó el petate al hombro y asintió.

—La tomo.

Luke sabía que debía volver directamente a su casa, pero en cambio estaba yendo a la casa de Josie Lee. Últimamente iba a visitarla muy a menudo.

Demasiado a menudo. Era como si su coche tuviera un imán que lo arrastraba hacia ella. Y, además, si Beau llegaba a enterarse de que andaba husmeándole las faldas a su hermana pequeña, lo pagaría muy caro. Pero no podía evitarlo. El problema era que cuanto más tiempo pasaba en compañía de Josie Lee, más difícil le resultaba pensar en ella como en una niña. Era divertida, sabía conversar y los dos tenían muchas cosas en común. Y, Dios santo, ese cuerpo...

Pero era mejor no pensar en eso. Apoyó la mano sobre su entrepierna para distenderse un poco, y cuando aparcó frente a la casa de Josie Lee unos minutos más tarde, se quedó sentado en el coche esperando que todo lo que se había calentado se enfriara. Hasta el momento había mantenido una actitud casual. Eso estaba empezando a perturbarlo, pero continuaba haciendo lo mismo. Y pensaba continuar en la idéntica tesitura.

Exhalando un suspiro, bajó del coche y se dirigió hacia la puerta principal.

Por un instante, cuando abrió la puerta, Josie Lee pareció sorprendida. Pero luego le sonrió de una manera que casi hizo que su corazón dejara de latir. Era una de esas sonrisas «estoy feliz de verte» que cogen a los hombres por sorpresa y les hacen pensar en locuras. Diablo... ¿Qué narices estaba haciendo él allí?

—Eh, hola, Lucas —dijo ella dulcemente.

—Hola. No sabía si te habías enterado, pero Beau...

—... planea acampar en el Garden Crown por un tiempo. —Josie Lee terminó la frase por Luke—. Sí, lo sé. Acabo de hablar por teléfono con él.

—¿A ti te parece bien? Yo, ehhh, pensé que era mejor que pasara por aquí para ver si necesitabas algo.

—Entra. —Josie Lee se apartó de la puerta para dejarlo pasar—. Es muy amable de tu parte, Luke. ¿Ya has comido?

—Sí, hace un rato.

—¿Te apetece una Dixie? No, espera. —Esta vez se interrumpió a sí misma y volvió a sonreírle con esa sonrisa dulce y un tanto pícara—. Apuesto a que prefieres un café antes que una cerveza, ¿me equivoco?

Era tan pero que tan dulce...

—Estupendo. —Con las manos en los bolsillos, la siguió hasta la cocina tratando de no mirar la larguísima y desnuda extensión de sus piernas.

—Siéntate —lo invitó, retirando una silla para que se sentara cuando pasaron junto a la mesa de la cocina—. Buscaré una taza. —Cogió un jarro de la alacena y lo colocó sobre la mesa, delante de él. Luego se dejó caer en una silla, doblando una pierna en diagonal sobre el asiento y encaramando su redondo trasero sobre la planta del pie, como si esperara levantarse y salir corriendo de un momento a otro—. He llenado la cafetera hace unos minutos, de modo que no tardará mucho.

—No tengo prisa. Es agradable no tener que preparármelo yo, para variar un poco, digo. Entonces ¿realmente no te molesta quedarte aquí sola? —Intentó leer su expresión, pero su rostro no revelaba mucho—. No estarás poniendo al mal tiempo buena cara, ¿verdad? Quiero decir, jamás has dicho qué sentiste siendo víctima del Ladrón de Bragas. —Un intenso calor le subió a la cara—. Por lo menos, yo no me he enterado. Pero supongo que es presuntuoso de mi parte suponer que tendría que haberme.... Enterado, digo. —Cierra la boca, idiota... estás balbuceando, se dijo.

Josie Lee lo miró a los ojos.

—No creo que sea presuntuoso de tu parte; más bien me parece tierno.

—Tierno. Claro. Así soy yo. —Mierda, pensó.

Entonces ella le sonrió, con esa sonrisa franca y Dupree de pura cepa que compartía con su hermano.

—No, lo digo en serio, es tierno. Y refrescante. Por lo menos no me tienes entre algodones, como si yo tuviera trece años y el tío me hubiese violado. —Plantó un codo sobre la mesa, apoyó el mentón sobre el puño y lo miró—. El hecho es que, fue... desagradable verme obligada a desnudarme delante de un extraño. Pero yo fui criada por Beauregard, Luke, y sabes que mi educación no ha sido precisamente convencional... por decirlo de una manera suave. Además os había escuchado discutir el caso antes de que quedara yo misma involucrada, y eso solo bastó para diferenciarme de las otras víctimas... porque yo sabía cómo operaba ese sujeto. Lo que más sentí cuando estaba allí parada, con el culo al aire delante de ese pervertido, fue enfado. No tuve miedo de que me violara. A mi entender, el tío estaba loco de remate y en lo único que pensaba yo era en lo que le haría si me daba la más mínima oportunidad.

Luke miró sus ojos encendidos y sus mejillas sonrojadas... y sonrió.

—Apuesto a que le habrías cortado aquello.

—Has dado en el clavo, bombón.

Bombón... Era un apelativo muy común que usaban las operarias de las fábricas. En realidad, no tenía demasiado sentido. Lo aplicaban genéricamente a todos los hombres que se cruzaban en su camino. Y era muy probable que tampoco tuviera un significado especial para Josie Lee.

Entonces ¿por qué le había calado tan hondo? ¿Por qué sentía un rumor de mar por debajo del cinturón?

La cafetera burbujeó. Josie Lee se levantó de la silla y pasó junto a Luke para llegar a la encimera. Un segundo después la oyó acercarse. Luego la sintió inclinarse sobre su hombro para llenarle la taza. Sus pechos generosos se aplastaron contra su nuca, acunándola durante un instante arrebatador. Luke levantó la cabeza, sorprendido. Sentía un calor que lo abrasaba de oreja a oreja, como si su cabeza cuidadosamente afeitada anhelara quedarse para siempre en aquel refugio exuberante.

—Santo Dios, chiquilla —murmuró petrificado.

—Si hay algo que ya no soy, Luke —dijo la voz de Josie Lee desde arriba—, es una chiquilla. —Y el calor desapareció bruscamente cuando se apartó de él.

Luke hizo girar su silla. Josie Lee estaba dejando la taza de café que acababa de servirle sobre la encimera y poniendo la cafetera en el hornillo. Un segundo después, dio media vuelta y lo miró. Tenía las mejillas rojas, los ojos negros como el pecado... y no era necesario ser un detective especializado para adivinar sus intenciones.

—No quiero seguir haciéndome la desentendida —dijo en voz muy baja—. Ya es hora de que deje de actuar como una niña y comience a comportarme como una mujer. Así pues, como mujer que soy, salgo al ruedo y digo lo que siento. Te deseo, Luke.

Sus palabras causaron un efecto directo e inmediato sobre su masculinidad, pero Luke intentó desesperadamente perseverar en el camino que se había autoimpuesto. Merecía que le dieran una maldita medalla por lo mucho que se esforzaba. Se levantó de la silla y retrocedió.

—No sabes lo que dices. Es mejor que me vaya.

—Es mejor que te quedes. —Josie Lee dio un paso adelante—. Sé muy bien lo que digo.

—Eres demasiado joven para mí. —Sin dejar de retroceder, reunió todo el cinismo de que era capaz y le espetó con mal fingido desdén—: A mí me gustan las mujeres, no las niñas.

Si su ego resultó afectado por el golpe, Josie Lee no lo demostró. Lo miró de arriba abajo, deteniéndose un instante en su bragueta antes de volver a sus ojos.

—¡No me digas! Parece que lo que tienes ahí abajo no piensa lo mismo.

Luke chocó de espaldas contra la pared, justo al lado de la puerta.

—Sí, bueno, eso no sabe discriminar. Diablos, cada vez que paso por Tastee Donuts se pone de pie y saluda...

Con extrema suavidad, Josie Lee apoyó sus largas y finas manos contra la pared, a los costados de sus hombros, y sus labios dibujaron una sonrisa cómplice.

—Ajá...

—Estoy hablando en serio. —Cogiéndola por las muñecas, le hizo separar los brazos de la pared... rompiendo la jaula de suave y perfumado calor femenino que lo tenía atrapado.

Resultó un gran error, porque, sin el apoyo de la pared, Josie Lee cayó de bruces contra su pecho. Entonces se puso de puntillas, apoyó cómodamente todo el peso de sus pechos contra él y comenzó a morderle el labio inferior.

Tendría que haberse mantenido firme. Quiso mantenerse firme. Pero sin darse cuenta abrió la boca y Josie Lee deslizó su lengua dentro. Y su lengua era dulce y ardiente y todo lo que había soñado que sería. Y entonces él también la besó y la condujo de espaldas por la cocina hasta la mesa, que despejó barriéndola con el brazo. Ignorando el estrépito de la vajilla estrellada contra el suelo, recostó a Josie Lee sobre la mesa y, sujetándole las manos sobre la superficie marcada por el uso, se subió encima de ella. Josie Lee lanzó una risa ahogada y abrió las piernas para dejarle sitio, empujándolo con sus caderas desafiantes.

Y entonces Luke perdió la cabeza.

Beau estaba inquieto. Y hambriento. Recorría el hotel, explorando las áreas en las que aún no había estado. En determinado momento apareció detrás de una anciana menuda muy ajada, y los aromas que emanaban de la bandeja tapada que llevaba lo impulsaron a seguirla durante un rato. Sin embargo, era imposible que un hombre acortara mucho el paso sin parecer un idiota afectado. Y además no tardó mucho en adivinar que la anciana se dirigía hacia las habitaciones privadas donde vivían los Haynes. Como albergaba serias dudas de que lo invitaran a compartir un bocado con ellos, dio media vuelta y fue hacia la escalera.

Maldición, estaba hambriento, y harto de tanta farsa. Bajó trotando la escalera hasta el segundo piso y cruzó el pasillo a grandes zancadas hasta llegar a la suite de Juliet. Levantó el puño cerrado y golpeó la puerta.

Nadie contestó. Se dispuso a golpear por segunda vez. Entonces, algo que no era un sonido sino más bien la intuición de que ella estaba del otro lado de la puerta detuvo su mano.

—¿Qué quiere, Beauregard? —Juliet no abrió la puerta.

—¿Cómo ha sabido que era yo? —preguntó él. La puerta no tenía mirilla... algo que pretendía rectificar.

Se oyó un sonido sofocado que, viniendo de cualquier otra persona, habría jurado que era un bufido.

—He reconocido su suave estilo de golpear.

La ironía lo hizo sonreír.

—Abra la puerta —dijo, acariciando la madera noble.

—No, creo que no lo haré.

—No me obligue a usar la fuerza, Capullito de Rosa.
—Muy bien. Como si pudiera permitirse que Juliet llamara al Pedante para quejarse de que él estaba destruyendo su propiedad. Pero ella no tenía por qué saberlo.

La artimaña funcionó. La oyó girar el picaporte. Un segundo después, abrió la puerta.

Con actitud tiesa y reprobadora, Juliet lo miró frunciendo el ceño. Pero el efecto no fue muy intimidante, dada su condición general. Su piel tersa mostraba varios arañazos y ella estaba pálida. Todavía tenía puesta la misma bata marrón oro, hecha de una tela tan resbaladiza que, si bien cubría sus partes más íntimas, dejaba a la vista sus delicados hombros. Y sus largos y sensuales pies, con sus arcos altos y esas uñas color rosa claro, estaban descalzos. Beau se preguntó si estaría completamente desnuda bajo la bata.

Y además estaba su cabello, que no dejaba de llamar su atención. Cada vez que la veía, juraba que tenía más cabello que la vez anterior. Y en verdad deseaba hundir los dedos en aquella mata rebelde, tirarle la cabeza hacia atrás y dejar expuesto ese largo cuello para...

Hundió las manos en los bolsillos y carraspeó.

—Póngase algo encima, cara de ángel. Iremos a comer alguna cosa.

Vio que sus ojos se iluminaban ante la sola idea, pero ella lo miró alzando su pequeña y desdeñosa nariz.

—La cocina del hotel es de lo mejor.

—No he podido encontrarla. ¿Cree que tendrán gachas? Juliet puso mala cara.

—Sinceramente espero que no.

—Entonces saldremos, caramelo de miel, porque quiero desayunar...

—¡Son las once de la noche!

—... y un desayuno sin gachas o bollos de maíz fritos no merece tal nombre. De modo que póngase la ropa. Tiene diez minutos; transcurrido ese tiempo me la llevaré tal como esté. Estoy muerto de hambre.

—Usted siempre está hambriento. ¿Qué tiene en el estómago... una solitaria?

Viniendo de ella, la expresión lo hizo sonreír.

—Según mis hermanas, eso es precisamente lo que tengo. —Miró el reloj—. Nueve minutos y treinta segundos, Capullito de Rosa.

Juliet giró sobre sus finos talones y se marchó. Beau entró en la suite, cerrando la puerta tras él.

Ella lo hizo esperar, por supuesto. Se entretuvo recorriendo la sala de estar. Cogía los objetos de Juliet que iba encontrando dispersos, los examinaba y volvía a dejarlos en el mismo lugar cuando alguna otra cosa le llamaba la atención. No podía decirse que fuera cuidadosa y ordenada, algo que no coincidía con su impecable manera de vestir y sus modales imperturbables, pero parecía perfectamente a tono con su cabello... tal como lo veía últimamente.

171

¿La verdadera Juliet Rose me haría el favor de ponerse de pie?, pensó.

¿La verdadera Juliet Rose le haría el gran favor de aparecer de una vez? Miró el reloj con impaciencia. Ya hacía rato que se había marchado y Beau estaba empezando a perder la paciencia. Fue hacia el dormitorio, golpeó la puerta para anunciarse y entró.

Estaba sentada en una silla pequeña, como de niña, y ni siquiera se había quitado la maldita bata. Abrió la boca para mandarla al infierno, pero, después de una breve mirada, Juliet le dio la espalda. Beau quedó paralizado.

¿Estaba llorando?

Dio la vuelta a la cama. Vio que no estaba llorando, pero temblaba de pies a cabeza. Se estremecía como si la temperatura fuese de treinta grados bajo cero y no de veinte sobre cero. Estaba sentada de lado sobre la banqueta baja, la espalda perfectamente recta, los tobillos cuidadosamente alineados. Pero se abrazaba a sí misma mirando al frente, y se acunaba casi imperceptiblemente.

—Eeeh. —Se agachó frente a ella y apoyó las manos, y luego los antebrazos, sobre el mullido asiento de la silla a cada lado de sus caderas. Curvando los dedos sobre el borde, apretó los antebrazos y la miró—. ¿Se encuentra bien, guapa? ¿Qué ocurre?

Desvió la mirada de la pared y la clavó en la suya.

—Alguien me disparó hoy, Beauregard. —El temblor iba en aumento.

—Chist, ya lo sé. —La alzó en brazos y miró a su alrededor. Probablemente lucharía si intentaba llevarla a la cama... y la pequeña silla era un desperdicio de materiales perfectamente buenos, si alguien quería conocer su opinión. La llevó a la sala de estar y eligió un sillón de buen tamaño. Se sentó y la acomodó sobre sus rodillas—. ¿Ha estado pensando en eso todo este tiempo?

—He intentado olvidarlo... o al menos apartarlo por un rato. Pero parece que no puedo quitármelo de la cabeza. —Su cabeza descansaba sobre un hueco entre el hombro y el pecho de Beau que parecía haber sido hecho justo para ella. Tenía las rodillas levantadas, los pies apoyados sobre el asiento entre la cadera de Beau y el mullido brazo del sillón, y los dedos de los pies curvados en el hueco. Ladeó la cabeza para poder mirarlo a la cara—. ¿Por qué habrán querido dispararme, Beau? Jamás le he hecho nada a nadie.

—No creo que sea personal, preciosa. Está claro que nos enfrentamos a un psicópata. —Bajó la mano hasta uno de sus pies desnudos, curvando los dedos para trazar el recorrido del arco con las yemas—. Supongo que alguien se ha obsesionado con el Garden Crown como símbolo de los hitos históricos que se han perdido... cosa que, francamente, no es precisamente un problema de proporciones épicas en esta parte del mundo. —La cabeza de Juliet acompañó el vaivén cuando Beau se encogió de hombros—. Obviamente usted ha pasado a encarnar al destructor corporativo para esa mente desquiciada.

—Espantoso.

Beau deslizó la palma de la mano a lo largo de su pie, hacia el tobillo.

—Voy a descubrir quién es. —Sus dedos se deslizaron un poco más arriba, hasta la pantorrilla, y apretó—. ¿Me cree?

Quedándose muy quieto, buscó sus ojos.

Juliet asintió.

—Sí.

—Bien. —Con pensamientos fraternales, bajó la cabeza y la recompensó por esa respuesta con un beso muy breve y dulce.

Sintió la suave turgencia de los labios de Juliet bajo los suyos, y el sentimiento fraternal ardió en una llamarada pasional. Rápidamente se echó hacia atrás y dijo con voz ronca—: No quiero que se preocupe por nada.

—Pues... quizá me esté pidiendo demasiado. —Mirándolo solemnemente, curvó los dedos sobre su nuca y tiró—. Pero quizá... si encontrara algo que me distrajera un poco...

Oh, diablos, esa sí que no era una buena idea. Ella estaba vulnerable, y él estaba de servicio, y...

Juliet giró la cabeza, lo suficiente para llevar los labios hacia los de Beau. A pesar de todas sus intenciones de apartarse, él deslizó las manos entre sus cabellos y comenzó a acariciarle la cabeza bajo la mata tupida.

—Por favor —susurró ella. Y apretó sus labios entreabiertos y cálidos y húmedos contra los de él.

Y todas sus buenas intenciones se fueron al diablo.

14

Juliet sintió que acababa de desatar algo tan elemental como el relámpago: una fuerza fuera de control que tuviera el poder de reducirla a cenizas. En una milésima de segundo las manos de Beau estaban en su cabello, resistiendo su repentina necesidad de una conexión física entre ambos. Un instante después, la tenían inmovilizada contra el ataque de un hambre más voraz de lo que jamás habría podido imaginar.

La boca de Beau retorció la suya, rompiendo el sello de sus labios. Luego entró en su boca. Su lengua era agresiva y dominante, y un sonido salvaje rugía bajo su garganta. Sensaciones ardientes como la fiebre hacían vibrar sus terminaciones nerviosas. Los dedos de Juliet se cerraron sobre su nuca, aferrados a su cabello. Se apretó a él, rendida, indefensa, y le devolvió el beso. Y todas las estrictas normas de autocontrol que había aprendido a lo largo de tantos años quedaron ahogadas en el río de lava que le quemaba las venas.

Minutos, horas, días más tarde, Beau levantó la cabeza y la miró.

—Maldita sea, amo tu boca —murmuró. Sacó la lengua y se humedeció el labio inferior—. He visto esa boca en mis sueños, y la he hecho hacer cosas que apuesto que jamás has imaginado.

Juliet también se humedeció los labios con la lengua. Estaba desorientada y su capacidad de respuesta era lenta. Y justo cuando la niebla comenzaba a evaporarse e iba a preguntarle

«¿qué cosas?», Beau la cogió del cabello y bajó la cabeza una vez más. Su boca era ardiente y exigente; estaba perdida.

¡Dios misericordioso, él sí que sabía besar! Era tan bueno que las rodillas se le aflojaron y oyó un tañido de campanas.

Beau separó apenas sus labios de los de ella.

—Ignóralo —murmuró, haciéndola inclinar la cabeza en un ángulo diferente.

—¿Mmm? —Juliet respiró hondo al sentir sus labios y el leve indicio de sus dientes sobre la vulnerable piel del lóbulo de la oreja. Entonces se oyó otro ring en la habitación y ella se dio cuenta de que era el teléfono, y no los besos de Beau, la fuente original del sonido. Tragándose una risilla histérica, luchó por sentarse. Evidentemente era una romántica perdida.

Los dientes de Beau comenzaron a dejar algo más que un leve indicio en el lóbulo de su oreja.

—Ignóralo, Capullito de Rosa.

—No puedo... será solo un minuto... por favor.

¿Te has vuelto loca, Juliet? No quería hablar por teléfono. Decidida a olvidar sus malditos modales por una vez, se sorprendió al sentir las manos de Beau deslizándose por sus caderas para luego sentarla sobre sus rodillas.

—Que sea breve, entonces. —No era una sugerencia.

Juliet se levantó con dificultad y atravesó la habitación. ¿Qué pasaba con las rodillas de Beau, después de todo? Parecían ser un lugar peligroso para ella, porque cada vez que aterrizaba allí perdía por completo el sentido del decoro.

Y le encantaba... eso era lo más aterrador de todo. Perder el decoro era increíblemente fascinante.

El teléfono volvió a sonar. Juliet cogió el auricular.

—¿Diga?

—Hola, querida, soy Celeste. ¿Cómo se encuentra después de la debacle de esta tarde? ¿Ha logrado recuperarse?

—Ah, Celeste... sí. Mi mano ya está mejor y un buen baño de inmersión ha aliviado las tensiones. —Oyó un susurro a sus espaldas y miró por encima de su hombro. Beau estaba de pie, y la miraba con fogosidad mientras se quitaba la camisa.

El receptor cayó de sus dedos repentinamente laxos.

Oyó la voz de Celeste, que continuaba hablando, y se agachó a levantar el auricular del suelo con los ojos clavados en el torso desnudo de Beau. Los hombros, el pecho, los brazos... Era musculoso sin tener el aspecto de un culturista, y lo que había supuesto un bronceado veraniego era una complexión morena natural. Un vello negro cubría sus antebrazos y formaba un abanico sobre sus pectorales esculpidos. Juliet siguió con mirada rendida la sinuosa franja de vellosidad sedosa que bajaba desde el pecho, cruzaba el estómago plano y de músculos tensos y llegaba al ombligo, donde se ensanchaba. Luego volvía a estrecharse para desaparecer bajo la cintura de sus pantalones de tiro corto. Vio que sus manos buscaban el cinturón, vio la erección que tensaba sus pantalones un poco más abajo y, presurosa, le dio la espalda. Mareada, se levantó del suelo y se llevó el auricular al oído.

—Lo siento, Celeste, se me ha caído el teléfono. No he oído lo último que me ha dicho.

—Dije que Lily me había explicado que ha visto al sargento Dupree merodeando por los pasillos no hace mucho.

—Ah. Oh, sí. Está preocupado por el ataque violento y ha decidido mudarse aquí por un tiempo.

Hubo un instante de silencio. Juliet tuvo que luchar contra su impulso de darse la vuelta para ver qué estaba haciendo Beau. ¿Se habría desnudado? Entonces oyó la voz de Celeste, que preguntaba:

—¿A usted le parece sensata esa decisión, querida?

El pecho de Beau emanó un calor abrasador contra su espalda y sus brazos cálidos rodearon su cintura. Bajó la vista y vio que sus largos dedos comenzaban a desanudar el lazo de su quimono.

—¿Cómo?

—Pregunto si esa decisión le parece sensata.

—Yo...

—¿Es Celeste? —El mentón de Beau se sentía como un roce de papel de lija contra su sien; su aliento, una ráfaga de aire caliente que le erizaba la piel de todo el lado derecho del cuerpo.

Juliet tragó con dificultad y asintió. ¿Cómo había podido pensar que sería menos peligroso estando de pie?

El nudo de la cintura fue desatado y Beau abrió el quimono de par en par.

—Despídete de ella —le ordenó.

Juliet estaba desnuda bajo el quimono, excepto por unas bragas de seda anaranjada y encaje negro. Vio y sintió la mano de Beau deslizarse posesiva sobre su estómago. De piel áspera y caliente, se veía morena y masculina comparada con las tonalidades doradas de su carne. Celeste le estaba diciendo algo, pero era como si le estuviera hablando en chino... Juliet no podía concentrarse el tiempo suficiente para descifrar el significado de las palabras.

—Tengo que colgar —susurró, y colocó el auricular en la horquilla.

De la garganta de Beau salió un sonido de aprobación y le hizo darse la vuelta. Besándola con fuerza, le quitó el quimono de los hombros. En cuanto se deslizó por su cuerpo y cayó a sus pies, Beau la alzó en brazos. Un segundo después la estaba acostando sobre la cama en el dormitorio y cayendo encima de ella.

Arrodillándose, la montó a horcajadas sobre sus caderas. Luego extendió un largo dedo, acarició la piel alrededor de sus labios.

—Tendría que haberme afeitado —murmuró arrepentido. Juliet miró su mentón oscurecido por la barba y comprendió que su cara debía de parecer una superficie trabajada con lana de acero.

No le importó.

Tocó el pecho de Beau con ambas manos. El vello que lo cubría era rizado, los músculos duros y calientes, y sus tetillas de pezones pequeños y amarronados eran suaves y lisas como las cuentas de un rosario. Cuando Juliet apenas rozó una tetilla con una uña, el peón se puso duro como la cabeza de un clavo.

Beau clavó la mirada en los senos de Juliet y ella sintió el repentino deseo de esconderlos. Debería tener puesto su

Wonder-Bra... que por lo menos daba la ilusión de un escote medianamente abundante. Llevó las manos a sus modestas curvas.

—No. —La voz de Beau sonó enrarecida—. No te tapes, Juliet Rose. Déjame mirarlas.

—No hay mucho que mirar. Son pequeñas. —Y a él le gustaban grandes, se dijo

Beau la cogió por las muñecas y, con extrema suavidad, hizo presión hasta que Juliet aflojó los dedos. Él la obligó a apoyar las manos sobre el colchón, al costado de los hombros. Con ojos ardientes, totalmente absorto, escrutó sus pechos.

—Son como tú: expresan la mitad de lo que sienten. Y tan bonitos que me duele.

Los pezones de Juliet se distendieron y Beau contuvo el aliento.

—Ah, Dios, y tan expresivos...

Le soltó las muñecas y, con las yemas de los dedos, recorrió sus brazos hasta la curva de los codos. Luego llegó a los hombros y, por último, a los pechos. Se deslizó por el colchón hasta quedar entre las piernas de Juliet, el vientre duro contra la convergencia de los muslos. Los planos de su rostro eran tan marcados cuando la miró que Juliet lo observó con cautela. Algo hacía que se quedara muy quieta.

Beau luchaba para controlarse. Ni siquiera podía recordar si alguna vez había estado tan cachondo. Se sentía como un maldito vampiro que huele la sangre y debe recurrir a toda su voluntad para no caer en un frenesí devorador y hacer temblar de espanto a su víctima. Tuvo que concentrarse para no estrujar sus frágiles y receptivos pechos entre sus manos.

Las areolas eran pequeñas motas lujuriosas, rosadas, que sostenían a los pezones apuntados hacia delante como misiles. Las tetas de Juliet eran menudas y dulces... y Beau estaba absolutamente loco por ellas. Eso no dejaba de sorprenderlo, porque generalmente prefería los pechos grandes y saltarines.

Pero, de repente, los pechos grandes y saltarines le parecían algo burdos.

Acarició con el pulgar la leve curva de su seno y el arco

aterciopelado de la areola, hasta que el pezón se irguió contra el costado de su dedo índice. Beau lo apretó suavemente y tiró... y Juliet arqueó la espalda y abrió los muslos y emitió un sonido bajo, gutural... como si fuera una gata que acababa de ser liberada en un aviario.

—Oh, diablos —murmuró él—. Eso te gusta. Me pregunto qué otras cosas te gustan. ¿Quizá esto? —Bajó la cabeza y lamió el pezón erecto... y ella se estremeció. Lo tomó entre los labios y succionó... y Juliet alzó las caderas, separándolas del colchón.

—¿Beau? —Juliet suspiró, aferrándolo del cabello y llevando la boca de él a su pecho. Beau atrapó suavemente el pezón entre los dientes y tiró. Sin dejar de mirarla, vio que se le nublaba la vista. Unos sonidos agudos, como maullidos, escaparon de sus labios, pero inmediatamente los reprimió mordiendo su grueso labio inferior.

—Oh, no, no hagas eso. —Como salido de la nada, Beau la cubrió con todo su cuerpo. Hundió los dedos en la tupida y caliente mata de su cabello hasta llegar al cráneo, y la obligó a echarse hacia atrás y mirarlo—. Si algo te hace sentir bien, maldita sea, no lo reprimas. Quiero escucharte. —Frotó el pulgar contra el labio capturado y lo vio liberarse, sensual y carnoso, de la tiranía de sus dientes perfectos. Luego volvió a acariciarlo, saboreando su carnosidad.

Juliet lo miró apenas y abrió la boca al sentir la presión del pulgar. Y Beau deslizó el dedo entre sus labios. Ella lo atrapó y comenzó a succionarlo.

Ver esa boca de estrella porno realizando una versión abreviada de una de sus fantasías más recurrentes hizo que se le acelerara la respiración. Hundió el dedo un poco más, y sintió el roce de su lengua y las paredes húmedas de la boca mientras ella se lo chupaba. Un sonido bajo, casi un gruñido, vibró en su garganta. Retiró el pulgar de la boca de Juliet antes de ceder al impulso de instigar un ritmo sugestivo. En cambio, volvió a besarla y dejó que su lengua marcara el ritmo.

Tenía un sabor tan dulce y tan prístino... y lo besaba con tanto fervor... La boca erótica pegada a la suya, la respiración siguiendo los mismos ritmos alocados que la de Beau. Se le había colgado del cuello y con sus largas y suavísimas piernas le envolvía los muslos.

Beau alzó la cabeza y la miró. Sus ojos grises, que armonizaban a la perfección con los anillos color carbón que bordeaban los iris, lo miraron sin enfocar... hasta tal punto que sintió un nudo en el estómago. Maldición, cuánta premura. Sintiéndola moverse bajo su cuerpo y buscarlo inquieta, se moría por hacerle perder los estribos.

—¿Beau? —Juliet pasó la lengua por sus labios sensuales y Beau volvió a besarlos con firmeza antes de consagrarse a explorar su largo cuello.

Juliet sentía un bombardeo de sensaciones. El cabello de Beau le rozaba el mentón; su boca era un horno húmedo y succionador en su cuello, y una de sus manos jugaba con su seno izquierdo, masajeando su magra turgencia, tirándole del pezón. Juliet no podía pensar, apenas si podía contener un gemido de satisfacción. Era una sola terminación nerviosa, un pulso palpitante y desencajado que parecía tener su centro allá arriba, entre sus muslos.

—Dios santo, mírate. —La ayudó a incorporarse y ella lo miró confundida. Desnudo, salvo por los calzoncillos de algodón gris que a duras penas contenían su erección fulminante, parecía oscuro y primitivo, todo hombros anchos, ojos intensos y sombra de barba a las cinco de la tarde—. Mírate, Capullito de Rosa —repitió, y su voz era como pasar papel de lija sobre unos nervios ya lo suficiente sobreestimulados.

Ella no quería que él la mirara. Era una galaxia expulsada del centro, toda piernas y brazos largos y esbeltos, sin pechos ni caderas que merecieran una conversación.

Pero a él no parecía importarle, a juzgar por lo que expresaban sus ojos ardientes. Beau extendió las manos y recorrió su pecho con caricias leves como huellas de aves en la arena: primero la suave curva ascendente de sus senos y luego la curva descendente, más plena, hasta llegar al vientre.

—Tienes una piel tan suave... —Abrió los dedos. Juntando los pulgares, bajó las manos en línea recta por el centro de su cuerpo, curvando las yemas de los dedos sobre los costados—. Y unas piernas tan largas, tan hermosas... —Dibujó el declive que definía su cintura, y probó el profundo hueco de su ombligo con la punta del pulgar. Luego sus dedos se curvaron sobre sus gráciles caderas y sus pulgares se toparon con el estrecho borde elástico de las minúsculas bragas de seda anaranjada y encaje negro. La expresión de su cara quedó como suspendida en el instante. La miró a los ojos mientras, con el pulgar derecho, trazaba la leve curva de su pubis y presionaba firmemente al bajar por el surco húmedo que cubría la seda.

Las caricias de Beau eran eléctricas, y las bragas de Juliet, empapadas de rocío, conducían esa electricidad en línea recta al centro de su feminidad. Arqueó las caderas y él murmuró:

—Oh, Dios, tengo que verte.

Y un momento después sus bragas habían desaparecido y él estaba apoyado boca abajo entre sus muslos. Y por algún motivo sus piernas estaban muy abiertas y los hombros de Beau le impedían cerrarlas, y ella sentía su respiración allí... justo allí, en la parte más íntima de su ser. Y sabía que se estaba ruborizando de pies a cabeza, porque nadie la había visto así jamás.

Se incorporó sobre los codos y dijo insegura:

—Beau...

Habría jurado que él decía «Dios, sí, es igual a tu boca», aunque eso no tenía el menor sentido. Pero lo entendió bien cuando él levantó la cabeza para mirarla y dijo:

—Sabes que tengo que saborearte, ¿verdad?

En un arrebato de absoluto pánico mezclado con una feroz anticipación del placer que la aterrorizaba, Juliet apoyó un pie contra el músculo redondeado de su hombro e intentó alejarlo de ella. Pero Beau lo cogió con la mano y se llevó la planta del pie a la boca.

Le sonrió con esa sonrisa matadora.

—¿Primero esto? Buena idea, querida. Tienes los pies más sexys que he visto en mi vida. —La sonrisa se esfumó y lo único que quedó fue la intensidad de sus ojos, fijos en los de Juliet, mientras recorría con la boca el arco, el talón, los dedos—. No luches contra mí, Juliet Rose. Solo quiero hacerte sentir bien. —Una sonrisa pareció asomar en las comisuras de sus labios—. De acuerdo, y sentirme bien también yo. —Mientras la boca de Beau rendía homenaje a sus pies, su mano libre se deslizó por la cara interna de sus muslos, sobre la curva diminuta donde el trasero se unía con la pierna. Un dedo largo, larguísimo, se adelantó al resto... deslizándose entre los pliegues resbaladizos de su feminidad.

—¿Beau? —llamó con voz aguda y jadeante. Santo Dios, ni siquiera sabía que existían esas sensaciones. Sus piernas se abrían por voluntad propia y de su garganta salían unos sonidos extraños mientras los dedos de Beau entraban y salían y describían círculos tortuosos.

La hizo apoyar las piernas sobre sus hombros. Diablos, Juliet era toda una mujer. Tan entregada, tan asombrosamente sexual... tendría que haberlo sabido. Quizá pareciera un ejemplo andante de chica reprimida de buena familia, pero había pistas que él había ignorado. Había preferido ver solo la sobria elegancia que la constituía, la reserva formal que le servía de escudo. Su cabello y sus labios lo habían atraído desde un comienzo, pero él los había pasado por alto. Ahora que la tenía así, desnuda entre sus brazos, veía las otras señales de su naturaleza lujuriosa: esos pezones mullidos que, cuando se endurecían, parecían proyectiles en miniatura, los carnosos labios de su sexo...

... que lo atraían como la aguja imantada es atraída por el norte geográfico. Eran tan... ella. Un suave vello castaño cubría la cima de su monte de Venus en una cuidadosa mata de rizos, como si instintivamente supiera que una Astor Lowell jamás toleraría un despliegue capilar descuidado, licencioso. Sin embargo, los labios externos eran suaves y carnosos y extravagantemente resbaladizos entre sus dedos, y parecían gritarle: «Tócanos, saboréanos, tómanos». Le parecía increíble que hordas de hombres desenfrenados no lo hubieran hecho antes que él, pero los movimientos de Juliet eran demasiado tímidos y mostraban demasiada sorpresa ante cada cosa nueva que le hacía... Sí, era indudable que era una novata en lo concerniente al sexo.

Lo más sorprendente era cuánto lo excitaba eso a un nivel profundo, visceral. Siempre había buscado mujeres que pudieran enseñarle un par de cosas... y jamás había querido alguien que pudiera volverse dependiente de él. Pero ahora quería ser él el maestro; quería ser él quien liberara a Juliet de sus represiones de muchacha de buena familia.

Inclinándose hacia delante, lamió el surco voluptuoso. Olía como un millón de rayos y centellas, caliente y limpio y femenino... y sabía todavía mejor. Beau gozaba con los gemidos leves e incoherentes que salían de su garganta, con sus dedos que se enredaban en su cabello, con las frenéticas embestidas de sus caderas. Como estaba demasiado cachondo para hacerlo durar mucho tiempo, fue directo al grano y concentró todas sus atenciones en el clítoris.

Con la velocidad de un rayo, Juliet separó las caderas de la cama ante la primera caricia de su lengua.

—¿Beau? ¡Oh! Por favor. —Su voz sonaba estrangulada, anhelante—. Beauregard, por favor.

Sus peticiones eran órdenes. La llevó directamente al clímax.

—Oh. Ahhh... Diooos. —Su voz se volvía cada vez más aguda con cada palabra que pronunciaba. Apretó los muslos contra las orejas de Beau y lo mantuvo así atrapado, abandonándose a aquella sensación extrema. Cuando Juliet aflojó la presión, Beau se echó hacia atrás y sustituyó la lengua por los dedos para acompañarla en los espasmos postorgásmicos. Y luego avanzó de rodillas entre sus muslos abiertos. Alineando su miembro erecto con aquella abertura palpitante, entró en ella.

Era tan increíblemente estrecha... Se las había ingeniado para introducir solo la punta de su contundente erección cuando ella se cerró bruscamente, dejándolo sin tener adónde ir. Con la yema de un dedo, Beau comenzó a acariciar hacia arriba y hacia el surco húmedo... con la esperanza de que Juliet no se diera cuenta de que estaba abriendo un camino completamente nuevo en su cuerpo.

—Dios santo, Capullito de Rosa —jadeó—, tú ya has hecho esto, ¿verdad?

—Nunca de este modo —murmuró Juliet con satisfacción, como quien está en medio de un sueño, y Beau quedó petrificado.

¿Era virgen? Oh, diablos, él no quería eso. Era demasiada responsabilidad; era meterse de cabeza en un mar de problemas. Sentía... que ella se había aprovechado de él.

—¿Qué vendría a ser yo para ti, un loco *Viaje a las estrellas*? —preguntó. Miró con frustración el punto donde apenas se habían unido—. Jamás he tenido la temeridad de ir a donde ningún hombre estuvo antes.

Juliet soltó una carcajada y Beau levantó la cabeza para mirarla, porque casi nunca reía a carcajadas y se ponía francamente bonita cuando lo hacía.

—Entonces te alegrará saber que no has hollado tierras inexploradas —le dijo. Y él debía de verse tan estupefacto como se sentía, porque ella le sonrió y quiso tranquilizarlo—: Tómatelo con calma, Beauregard... otros han estado ahí antes que tú. No muchos, pero algunos. —Movió las caderas y el estrecho anillo muscular que le impedía progresar se relajó repentinamente... y comenzó a penetrarla—. ¡Oh! —Sus ojos perdieron aquel brillo divertido y entrecerró los párpados en un renovado arrebato de deseo sexual.

Beau respondió con un gemido ronco. Casi sin darse cuenta, estaba muy adentro de ella... y era caliente como el fuego, una constricción muscular de calor líquido que amenazaba con quemarlo vivo. Se retiró un poco y volvió a embestir.

—Dios. —Las palabras dolían al pasar por sus cuerdas vocales repentinamente tensas, pero no podía quedarse callado—. Eres... tan... increíblemente... sexy.

Se inclinó para besarla y, como siempre, se perdió en aquellos labios suavísimos. Apoyó las manos sobre el colchón y contrajo las caderas, saliendo casi del todo de ella para luego penetrar más hondo. Repitió el movimiento. Y lo volvió a repetir con ritmo constante.

—¿Beau? —Juliet afianzó los pies y comenzó a mover las caderas al compás de sus embestidas. Él dejó de besarla y ella lo miró. Él también la miró, pero a ella le pareció que no la veía porque su rostro tenía una expresión de concentración ciega. Las caderas de Beau comenzaron a agitarse enardecidas, cada vez más rápido, con embestidas más profundas... y Juliet comenzó a sentir que su sexo se cerraba como antes. Pero no era como... no podía... no era... del todo...—. Oh, por favor —musitó, subiendo un poco más la cara interior de los muslos sobre los costados de Beau.

Él se puso de rodillas y cuando las piernas de Juliet se deslizaron sobre sus caderas y sus pies sobre el cobertor, le puso una mano entre las rodillas y le abrió los muslos, empujándolos hacia el colchón. Antes de que se avergonzara por haber quedado tan expuesta, la penetró hasta el fondo con una embestida de caderas... y de sus labios escapó un gemido agudo, como de sorpresa. Sentía que él había tocado algo dentro de ella que nadie había tocado antes. Pero Beau se retiró. Y un segundo después regresó, y el vaivén rítmico de sus caderas fue cada vez más rápido. Beau deslizó una mano por la cara interna del muslo de Juliet y comenzó a acariciar los rizos húmedos entre sus piernas, instándola a entregárselo todo con palabras que ningún hombre le había dicho antes.

Entonces... esa brasa ardiente y dura como el hierro que embestía sus entrañas tocó algo que la hizo perder el sentido... y dejó de pensar. Los músculos de su vagina se tensaban y se aflojaban, se tensaban y se aflojaban, y era maravilloso, y en algún lugar de esa habitación una mujer jadeaba y gemía y canturreaba «Ay, Dios...» con una voz cada vez más aguda y más desesperada. Clavó las uñas en la espalda de Beau para anclarse en un mundo que parecía estar a punto de desaparecer.

Beau vio desvanecerse toda señal de represión en Juliet cuando llegó al clímax, sintió su orgasmo que lo aferraba con la intensidad de un puño de hierro... y un gemido bajo se formó en las profundidades de sus entrañas y subió a su pecho...

y por fin salió por su garganta como un rugido de triunfo. Hundiéndose todavía más en ella, eyaculó en pulsaciones ardientes, interminables. Luego, exhausto pero, gratificado, cayó hacia delante apoyándose sobre las palmas de las manos y deslizándose suavemente sobre el cuerpo relajado de Juliet. Palpitante de satisfacción, enterró la cara en la fragante mata de su cabello. Perdido en una nube de placer, se sentía el hombre más afortunado de la tierra.

Hasta el momento en que se dio cuenta de que no había pensado ni una sola maldita vez en usar protección.

15

Celeste estaba sentada en su silla de respaldo ancho, aparentemente plácida. Bebía su té a pequeños sorbos; mordisqueaba los delicados bocadillos dulces que Lily le había llevado; intercambiaba comentarios esporádicos con Edward en un tono apacible. Pero interiormente ardía de furia.

Juliet le había colgado el teléfono. La pequeña atrevida había tenido el descaro de invitar a esa víbora de Dupree a su casa... y luego le había colgado el teléfono... ¡a ella! Esas cosas no se hacían... y lo pagaría caro.

Y pensar que se había preocupado por el susto que esa pequeña señorita mosquita muerta Astor Lowell había recibido esa tarde. Hasta se había desviado de su camino para comprobar que Juliet se encontraba bien después de haber errado el disparo, y así era como recompensaba su sincero interés por su bienestar. Pues, muy bien entonces. Quizá la próxima vez que tuviera a Dupree en la mira, también apuntaría a Juliet.

En ese mismo momento ese policía golfo estaba en la habitación de Juliet... Celeste lo había oído preguntar claramente si era ella quien había llamado... y luego le había ordenado a Juliet que colgara. Estaba claro que la señorita Astor Lowell no era la joven de buena familia que pretendía ser... pero ¿qué se podía esperar de una yanqui?

Celeste no había nacido el día anterior... había reconocido perfectamente el tono de voz de Dupree. Dios era testigo de que se lo había escuchado a Edward con demasiada frecuencia hasta que ella le había cortado en seco esa mala costumbre.

Como si hubiese oído el eco de su nombre en la mente de Celeste, Edward se levantó de golpe. Sacudió con fastidio las perfectas rayas de su impecable pantalón.

—Voy a salir un rato, querida. No me esperes levantada.

¡No! El alarido de protesta resonó en su cabeza y sintió que el corazón se le subía a la garganta.

—¿A estas horas? —preguntó con tono de imperiosa reprobación en cuanto pudo recuperar el aliento, deseando, contra toda esperanza, que con eso lograría disuadirlo. A veces bastaba con emplear el tono justo—. ¿Adónde piensas ir a esta hora dejada de la mano de Dios? —Ignoró la vocecilla que susurraba en su cabeza: Tú sabes muy bien adónde. No lo sabía. No en realidad.

Edward sonrió con su dulce sonrisa de siempre.

—Pensaba pasar un rato por el club, para ver si está Yves Montague. Tiene una máscara extraordinaria que hace tiempo que quiere mostrarme. Dice que podría ser la pieza que le falta a mi colección.

—Hablo en serio, Edward. Es tarde. ¿No sería más apropiado que fueras mañana?

—Es muy posible, querida. Pero Yves mencionó que probablemente pasaría por el club esta noche. —Se inclinó apenas y le hizo una leve caricia en la mejilla—. No te preocupes. No llegaré demasiado tarde.

Celeste miró cómo salía por la puerta y permaneció inmóvil durante un largo rato después de que Edward se hubo marchado, temiendo que su temblor interno se manifestara externamente si se daba el lujo de mover apenas una pestaña. Cuando por fin logró recuperarse, se puso de pie y comenzó a juntar las cosas del té, colocándolas sobre una bandeja para que Lily la recogiera más tarde.

Contempló con ojos vacuos las migajas que habían quedado en el plato Royal Doulton que sostenía en la mano. Todo era culpa de Juliet. De ella y de su maldita cadena de hoteles de propiedad familiar. Tendría que haberlos dejado mantener ese lugar en paz, como se suponía que debían hacerlo, como los Haynes lo habían hecho durante décadas. Pero no, Juliet no solo había usurpado su casa sino que había invitado a mudarse a esa cucaracha de Dupree... y ahora lo único que importaba en el mundo entero —el lugar que, con todo derecho, Celeste y Edward ocupaban en la sociedad— estaba en peligro por causa de ella.

El brazo de Celeste se movió sin voluntad consciente y el plato de porcelana voló por los aires, estrellándose contra la pared y explotando en una miríada de esquirlas de color hueso, azul y oro. Esa maldita perra yanqui. Lo estaba arruinando todo.

Pero no se saldría con la suya. No, señor. No si Celeste tomaba cartas en el asunto, por Dios... y Celeste era una Butler; y tenía derecho divino a tomar cartas en el asunto. Inspiró hondo y exhaló con fuerza. Luego se dirigió, recta como una vara, hacia la anticuada campanilla que siempre parecía estar esperándola en un rincón. La sacudió una sola vez, mirando con disgusto los fragmentos de porcelana antigua desparramados por el suelo.

Lily tendría que limpiar aquel desastre.

Beau miró a Juliet. No podía creer que se hubiera quedado así dormida. Había obtenido lo que quería y después... ¡pum...!, se había apagado como un fósforo. Apostaba a que si buscaba el apartado sobre conducta poscoital en uno de sus preciosos libros de etiqueta, seguramente no recomendaría esa actitud desaprensiva.

Claro que había tenido un día durísimo. Beau se puso de costado, apoyando la cabeza en una mano, y, con la yema de un dedo, le quitó un mechón de cabello de la cara. Maldición, parecía haber peleado diez rounds con una máquina trituradora. Tendría que haberse afeitado.

Bostezó, y el bostezo sonó como un trueno en el silencio cálido y oscuro de la habitación. ¿Qué diablos era él, eh? ¿El Señorito Buenos Modales de la propaganda? Como si la peor preocupación que tuvieran ambos fueran unos arañazos de barba. De todos modos, la mayor parte del daño físico había ocurrido esa tarde, cuando él la arrojó al suelo... y además, un mentón amoratado y un par de arañazos eran mucho mejores que una bala en la cabeza.

Ese aspecto de «acabo de ser follada hasta la inconsciencia» desaparecería. Las consecuencias de sus actos, por otra parte, podrían transformarse en algo a lo que tarde o temprano tendría que pagarle la educación universitaria. No podía creer que por estar tan malditamente cachondo y anhelante por penetrarla se hubiera olvidado de ponerse el condón.

Jamás había fallado en eso antes... nunca. Siempre había protegido a sus parejas. Su padre le había machacado en que era necesario tener sexo seguro y responsable cuando era un adolescente. Y luego, por supuesto, cuando ya era adulto y tenía más obligaciones de las que podía soportar, había sido muy pero que muy cuidadoso en ese aspecto. Siempre estaba preparado. Siempre. Demonios, no tenía nada que envidiarles a los boy scouts de América. Después de haber visto a tres jovencitas en sus años adolescentes cargados de hormonas y de emociones desatadas no había manera de que estuviera dispuesto a sembrar las semillas de otra generación de Duprees.

Entonces ¿qué diablos acababa de hacer? Quizá había plantado un mini Dupree en Juliet Astor Lowell, entre todos los seres de este mundo. Dios santo. En primer lugar, no tendría que haberse acostado con ella. Pero no obstante lo había hecho. No había podido contenerse, maldita sea. Y había sido bueno.

Demasiado bueno. Miró su boca inflamada por los besos, la salvaje mata de su cabello y la suave piel de su cuello y sus hombros... y sintió la garra del pánico atenazándole el bajo vientre.

Tenía planes para los próximos dos años, y no la incluían. Había una horda de mujeres allá fuera que llevaban su nombre escrito en todo el cuerpo, y maldita fuera si iba a atarse a una princesa yanqui de cuello largo y ojos grandes, por muy dulce y maravillosa que fuera en la cama. De hecho, si él fuera un tío inteligente deslizaría su arrepentido culo fuera de esa cama y se marcharía de puntillas por el corredor. Le pondría un poco más de profesionalidad a esa relación. Se incorporó en el colchón, decidido a hacerlo... pero Juliet murmuró algo en sueños y rodó hacia él. Deslizó la mano a ciegas sobre la sábana hasta encontrar su brazo, luego su pecho, y fue hacia él. Un segundo después estaba acurrucada contra su cuerpo, con una de sus rodillas peligrosamente cerca de su «orgullo y alegría» y la nariz aplastada contra su pecho. Su aliento rozaba cálidamente sus tetillas con cada exhalación.

Bueno... demonios. Se dejó caer boca arriba y Juliet se acurrucó más cerca todavía, pasándole el brazo por encima del pecho, el muslo por encima de las piernas, y moviendo la cabeza hasta encontrar el hueco justo entre el hombro y el pecho. Entonces soltó un suspiro y se tornó blanda y pesada, un peso caliente y confiado que lo sujetaba en su lugar.

Beau hundió el mentón en el cuello para mirarla. Bueno, no podía simplemente acostarla boca arriba y marcharse... Sacársela de encima para luego escabullirse por la puerta no respondía a ningún protocolo. Además, Juliet había tenido un día difícil y no tenía ningún sentido despertarla del que parecía ser su primer sueño profundo desde hacía varios días, si uno se guiaba por sus marcadas ojeras. Separó los dedos, hasta el momento firmemente entrelazados bajo su cabeza, y, con suma cautela, deslizó las manos sobre los hombros de Juliet, a lo largo del brazo que ella le había apoyado sobre el pecho. Finalmente le apoyó una mano en la cadera y con la otra la tomó del hombro, y giró un poco hasta posar el mentón sobre su coronilla. Y bien, se quedaría a pasar la noche con ella... en realidad no tenía otra opción.

No obstante, lo primero que haría a la mañana siguiente sería reubicar esa relación en el nivel estrictamente profesional al que pertenecía.

Rodeada de calor y sintiendo un palpitar rítmico y lejano bajo la oreja, Juliet bostezó y abrió los ojos.

Al principio todo era oscuridad, y tuvieron que pasar unos segundos para que se diera cuenta de que las sombras opresivas estaban formadas por su propio cabello. Despejándose la cara, pestañeó ante la brillante luz de luna que se filtraba por la celosía y bañaba la cama con sus franjas de luz.

Lo segundo que vio fue un suave abanico de vello negro y un pezón del tamaño de un penique teñido de color a la luz de la luna. El recuerdo de lo que había pasado volvió como una ráfaga, y Juliet se dio cuenta de que estaba en la cama con Beau.

Beau yacía acostado boca arriba, con Juliet tendida a un lado. Estaban entrelazados, una de las piernas de Juliet metida entre las suyas y su brazo cruzándole el vientre. Los brazos de Beau la rodeaban laxos, una mano sobre la cadera y la otra enredada en su cabello.

Juliet permaneció inmóvil, intentando descifrar la miríada de sensaciones que la conmovían. Se sentía... bien. Relajada y satisfecha. También se sentía desequilibrada... y un poco mortificada por su comportamiento de la noche anterior. Y no obstante poderosa como una diosa sexual. Antes de Beau, jamás había creído que un placer a escala tan magnífica existiera fuera de la ficción.

Sin embargo, una parte de ella se sentía un tanto incómoda en cuanto a su participación en los acontecimientos de la noche anterior. Le habría encantado negarlo, pero lo cierto era que Beau había hecho todo el trabajo. Ella se había limitado a seguirle el ritmo y gemir sin cesar.

No obstante...

Él no parecía estar molesto por su falta de habilidad. De hecho, parecía divertirse inmensamente. Pero todo había sucedido tan deprisa que ella ni siquiera había tenido tiempo de estudiar la situación antes de que se le fuera de las manos, llevándola en volandas como un caballo fugitivo. No había tenido oportunidad de pensar en ello.

La actividad erótica había hecho que la mayor parte de la ropa de cama cayera al suelo. Solo quedaba la sábana, que cubría a Juliet hasta la altura de la cintura y a Beau un poco más arriba. Cogiendo la sedosa tela entre los dedos, tiró sin querer hacia ella y dejó al aire el pie de largos huesos de Beau y su peluda pantorrilla. Luego, de repente, la sábana fue toda suya y la luz de la luna lo acarició con sus lenguas de plata.

—Oh —exclamó. Era... estupendo. No, no era esa la palabra para definir a Beau... no era una palabra lo suficientemente masculina. Y él era un prodigio de masculinidad. Arrebatada por la curiosidad, bajó la vista. Su mirada se detuvo apenas unos segundos en los duros músculos del vientre y los muslos antes de clavarse en el pene. Se acercó un poco más a él para mirarlo mejor.

No había visto muchos en su vida y jamás había tenido la libertad de estudiar uno tan de cerca como ahora. Se aproximó todavía más. Beau protestó medio dormido cuando su mano se deslizó de su cabello. Juliet lo miró. Seguía dormido como un tronco y volvió a concentrar toda su atención en su sexo.

Era largo y moreno. Apoyado contra el muslo en estado de reposo, parecía muchísimo más inofensivo que la noche pasada. Deslizó la mano por el vientre tenso. Enterró las yemas de los dedos en la tupida mata de vello que rodeaba el pene, recorrió la cara interna de los muslos, frotó el surco donde se unían con el torso. Con el pulgar rozó inadvertidamente el pesado saco de los testículos, y más de una vez estuvo cerca de tocar el pene propiamente dicho... pero retiró la mano en el último momento, intimidada. Entonces, bajo su mirada fascinada, comenzó a endurecerse. Se fue apartando del muslo en rítmicas pulsaciones, alzándose hasta apuntar, con rigidez militar, al abdomen. Volvió a mirar su cara. ¿Acaso la estaba engañando? No, parecía estar profundamente dormido.

Con la mano, dibujó un círculo sobre su vientre. Mordiéndose el labio, acercó un dedo escrutador. Recorrió la roma cabeza del pene de Beau, que tenía forma de hongo, y bajó por la suave costura que lo surcaba desde el prepucio. Y luego siguió hasta la mata de vello en la base del bajo vientre. Beau abrió los muslos, inquieto, y Juliet se arrodilló entre ellos y se inclinó hacia delante para mirar de cerca esa maravilla.

Quizá fue el calor de su respiración lo que lo hizo erguirse como un mástil. Juliet envolvió el prepucio con la mano con la intención de hacerlo bajar, pero inmediatamente cambió de opinión. En cambio, comenzó a apretarlo muy despacio. La piel de la superficie era increíblemente suave, pero debajo estaba completamente rígido. Juliet movía la mano hacia arriba... y luego hacia abajo. Beau hizo un sonido y ella levantó la vista. La estaba mirando con ojos adormilados. Se sorprendió tanto al verlo despierto que su mano tuvo un espasmo involuntario.

—Ah, diablos, Juliet. —Su voz sonó baja y ronca; sus ojos eran increíblemente ardientes. Miró sus labios, y Juliet advirtió que hasta ese momento no se había dado cuenta de que estaban tan cerca de sus genitales—. Bésala —gimió.

—¿Qué?

Adelantó apenas las caderas.

—Por favor.

Juliet frunció los labios y le besó la punta del pene, y Beau emitió un sonido gutural tan profundo que parecía que lo estaba matando. El sonido le gustó muchísimo a Juliet, que volvió a besarle el pene, esta vez con menos recato. Beau bajó las manos y le echó todo el cabello hacia un costado para poder verla. Juliet se sonrojó, pero abrió los labios un poco más y comenzó a meterse en la boca la cabeza de piel suave.

Los muslos de Beau se pusieron rígidos, clavó los talones en la cama y, arqueando la espalda, separó las caderas del colchón. La serie de movimientos hizo que penetrara más profundamente en la ardiente boca de Juliet, y ella envolvió con la mano la base del glande e intentó sincronizar todos los movimientos. Su técnica le parecía terriblemente inexperta, pero Beau parecía haber muerto e ido directo al cielo... lo que le daba una increíble sensación de poder. Oh, por favor. Aquello le estaba gustando.

Y no era la única. Beau se sentía como si hubiera despertado en medio de su sueño erótico favorito. Era como si le ofrecieran un pedazo de paraíso allí mismo, en la tierra, y todo le encantaba... lo que veía, lo que sentía, la mirada de esos grandes ojos grises antes de que Juliet bajara los párpados. Una sonrisa divertida se dibujó en la comisura de sus labios. Ella sabía que lo estaba dominando. Lo había visto en sus ojos, y la pudorosa caída de los párpados no lo engañaba en lo más mínimo.

Su respiración se volvió entrecortada y sus caderas comenzaron a moverse en su propio ritmo feroz. La aferró frenéticamente por el cabello con las dos manos.

Ella emitió un sonido gutural a manera de queja, decidida a succionar todo aquello que lo mantenía cautivo... y él cerró los ojos un segundo, tentado. Luego le tiró más fuerte del cabello.

—Debes parar, querida —jadeó. Y luego—: Oh, diablos, Juliet, eso es tan... —Aplastó las caderas contra la cama—. Debes parar ahora mismo, antes de que recibas más de lo que pretendes. Ven aquí, bésame.

Juliet lo liberó y se sentó entre sus piernas. Sus pequeños pechos subían y bajaban al mirarlo. Luego, dejándose caer hacia delante sobre sus manos, comenzó a deslizarse sobre él a cuatro patas como una gata enorme y esbelta. Sacó la lengua y se relamió.

—Lo he disfrutado mucho, Beau.

—Sí, me he dado cuenta. —Su risa sonó un poco ahogada... pero en realidad podía considerarse afortunado por el hecho de continuar respirando—. Yo también.

Tomándola de la nuca, la atrajo hacia sí.

Si sus besos eran un poco descontrolados... bueno, los hombres podían permitirse esas demostraciones de fuerza. Le cogió un pecho con la mano y su profundo gemido de excitación hizo que las caderas de Beau se despegaran de la cama y buscaran enardecidas el húmedo calor que palpitaba entre sus piernas. Casi había unido las dos partes del puzzle sexual cuando sonó el teléfono de la mesilla de noche.

Juliet se estremeció, perturbada. El teléfono volvió a sonar y Beau la miró.

—¿Quieres contestar?

—No. —La negativa sonó instintiva y definitiva; aun así,

Juliet pestañeó indecisa—. Pero es más de medianoche, y tengo una abuela que podría necesitarme.

—Sí. Y yo tengo hermanas.

Juliet inspiró hondo y exhaló.

—Podría ser una emergencia.

—Diablos. —Beau extendió la mano, arrancó el auricular de la horquilla y se lo pasó a Juliet.

—¿Diga? —Sonaba tan serena y eficiente que bien podría haber estado en su oficina a media tarde. Frunció el ceño—. Sí, aquí está. Aguarde un momento, por favor. —Le pasó el teléfono a Beau y se envolvió con la sábana. Y luego se levantó de la cama.

Beau se llevó el auricular a la oreja.

—Sí. Dupree. Más vale que tengas algo importante para decirme.

—Lo siento, Beau —dijo Luke—. Primero te llamé al localizador... la batería debe de haberse agotado.

O probablemente el localizador todavía estaría en el cinturón de los pantalones que se había quitado y había dejado en la otra habitación.

—¿Qué pasa?

—Pensé que querrías saberlo... Bettencourt me avisó. Tiene un nuevo caso... y todo indica que el Ladrón de Bragas ha vuelto a las andadas. Parece que tenemos una nueva víctima.

16

Los golpes en la puerta despertaron a Roxanne. Miró con ojos adormecidos el despertador y vio que los números rojos marcaban las 4.15. Se apartó el cabello de los ojos, bajó de la cama a los tropezones y se puso la bata. ¿Quién demonios se atrevía a ir a buscarla a esas horas de la madrugada?

Reconoció la voz de Beau al otro lado de la puerta antes de rozar el picaporte.

—Sí, bueno, no me atormentes —mascullaba—. Es esto o dejarte al tierno cuidado de Celeste Haynes. Esas son tus dos opciones, Capullito de Rosa: afróntalas.

Empujó a Juliet al interior de la suite apenas Roxanne les abrió la puerta.

—Hola, señorita Roxanne... tengo que pedirle un favor.

—Lo siento, Roxanne —murmuró Juliet—. Intenté persuadirlo de no molestarte, pero creo que su segundo nombre es «Obcecación».

—Casi —admitió Beau—. Es «Prudencia».

Las dos mujeres bostezaron incrédulas y Beau les dedicó su sonrisa más cautivadora. Roxanne pestañeó de placer al recibirla.

—Hermoso atuendo —comentó él, asintiendo hacia la bata de satén color mostaza y el camisón rojo fuego parcialmente visible—. Admiro a las mujeres que no se dejan amedrentar por los colores fuertes.

Entonces aferró a Juliet por la nuca y la hizo ponerse de

puntillas. Roxanne esperaba que la besara, pero no lo hizo...
Simplemente acercó agresivamente su cara a la de ella.

—Pórtate bien —le ordenó, liberándola. Flexionando sus
dedos entumecidos, la miró. Una ráfaga de indecisión cruzó
por su cara. Luego salió al pasillo. Apartó sus ojos de Juliet
y miró a Roxanne con decisión—. Cierre la puerta con llave y
no deje entrar a nadie. Ella se quedará aquí hasta que yo vuelva. ¿Está claro, Roxanne?

—Por supuesto.

—Bien. Hay un oficial fuera y yo volveré lo antes posible.
Pero probablemente tardaré varias horas. —Miró por última
vez a Juliet y cerró la puerta al salir.

Roxanne echó llave, como le habían ordenado, y, por primera vez, miró a Juliet atentamente.

—Caramba —murmuró—. Realmente tendrás que convencer a ese hombre para que se afeite más a menudo.

Casi esperaba que Juliet la fulminara con una de sus miradas distantes y corteses, pero, en cambio, su jefa pasó cau-
telosa las yemas de los dedos por la piel que rodeaba la boca y
dijo:

—No creo que ayude. Prácticamente puedes ver cómo,
segundo a segundo, le crece la barba. —A sus labios asomó
una sonrisa—. Corren rumores de que ya le despuntaba la
barba de las cinco cuando cursaba sexto grado. Al menos eso
me dijo una mujer en un bar.

—Entonces convendría que siempre tuvieras un poco de
leche desnatada a mano para aliviar la inflamación.

Juliet enarcó una ceja inquisitiva y Roxanne le sonrió burlona.

—Confía en mí: no solo es buena para mantener una cintura perfecta sino que obra milagros con la irritación que cau-
san las barbas. Lamentablemente, en este momento no tengo.
Pero si me acompañas al baño... tengo un poco de crema con
cortisona que quizá pueda aliviarte. De todos modos, ¿adónde ha ido el sargento con esa prisa de bombero que corre a
apagar un incendio?

Mientras escuchaba la explicación de Juliet, Roxanne advirtió que la irritación no estaba estrictamente circunscrita a la cara de su jefa, pero evitó mencionarlo... Tampoco comentó el estado salvaje y desmelenado del cabello de Juliet, ni reparó verbalmente en sus labios inflamados. Cuando la acompañaba hacia el baño, unos pasos por detrás de ella, advirtió cierta languidez en la postura física de Juliet, normalmente intachable. Y sus labios se curvaron en una sonrisa de satisfacción.

A Beau no le entusiasmó enterarse de que el Ladrón de Bragas había sumado un nuevo eslabón a su creciente cadena de víctimas... pero al menos debía darle crédito al pervertido por su excelente sentido de la oportunidad.

Maldición, se había dormido jurándose que su relación con Juliet volvería al nivel estrictamente profesional, ¿y qué había hecho en cambio? Despertar con una erección rampante y estar muy cerca de probar suerte en la lotería «Poblemos el mundo de pequeños Dupree». Otra vez. Mierda. ¿Por qué no jugaba a la ruleta rusa con su pistola reglamentaria?

De ahora en adelante dejaría en paz a Juliet Rose, y eso era todo. El motor del GTO rugió cuando Beau pisó el freno en respuesta a un semáforo rojo. Haría su maldito trabajo, se ocuparía de que estuviera a salvo, y luego la mandaría a freír espárragos.

Y su vida volvería a la normalidad.

La nueva víctima vivía encima de un bar gay, en el segundo piso de un edificio de apartamentos cuyo único toque de elegancia era una de las estrechas galerías de hierro forjado tan características de Nueva Orleans. Daba a una de las calles más concurridas del barrio Francés.

Beau entró en el patio principal y subió la escalera. No había que ser detective para saber cuál era el apartamento de la víctima: la puerta estaba abierta de par en par, la luz que salía de su interior alumbraba el rellano y se escuchaban muchas voces hablando a la vez.

Resultó que había menos gente de lo que indicaba el nivel

de ruido. Un policía forense que Beau supuso sería nuevo, dado que jamás lo había visto, Bettencourt de su distrito, una rubia desteñida de tetas enormes y expresión de reina en el exilio, y una anciana negra de cabello gris. La negra estaba sentada junto a la rubia en un sofá destartalado y le palmeaba la mano para consolarla. La receptora de sus tiernos oficios parecía capaz de masticar clavos.

El forense hizo una pausa en la búsqueda de huellas digitales en el picaporte y levantó sus ojos verdes para mirar a Beau con una de esas miradas inquisidoras y suspicaces de ojos entrecerrados, como si le preguntara «quién diablos eres tú», que los policías conocían tan bien. Sin embargo, cuando sus ojos llegaron a la placa identificatoria que Beau se había colgado del cuello, volvió a concentrarse en su tarea. Beau se acercó a los otros tres.

Bettencourt levantó la vista.

—Hola, Beau —dijo.

—Hola. ¿Te importa si escucho el interrogatorio?

—En absoluto. Permíteme presentaros. Estas son Shirl Jahncke y su vecina Ernestine Betts. Señorita Jahncke, le presento al sargento Dupree... él se está ocupando de varios casos como el suyo.

La rubia lo fulminó con la mirada.

—Entonces ¿usted es el responsable de que el hijo de puta que me hizo esto todavía ande suelto por las calles? Será mejor que lo atrape antes que yo, carajo, porque le diré una sola cosa: Si alguna vez le pongo las manos encima a ese enjuto rufián, juro que le arrancaré de cuajo esa siniestra cabeza y le partiré el cuello.

—Bueno, Shirl —intentó tranquilizarla la mujer negra—. Tienes que serenarte, muchacha.

—Serenarme, una mierda. Me importa un bledo que me haya obligado a sacarme la ropa... diablos, después de todo así me gano la vida. ¡Pero el muy canalla se llevó mis recién estrenadas bragas de croché de Frederick's of Hollywood! Las había pedido por catálogo el lunes y, ¿sabéis una cosa, guapos?, no las regalan. —La rubia dividía su fastidio equitativamente entre Beau y Bettencourt—. Por todos los demonios, juro que si alguna vez vuelvo a cruzarme con ese hijo de puta de vocecilla remilgada... ya podéis iros olvidando del respeto por la ley. No pienso molestarme en llamaros... Arrastraré el maldito culo de ese miserable hasta la ensenada y dejaré que se lo coman los lagartos.

—¿Qué significa una vocecilla remilgada? —Beau se plantó sobre los talones delante del sofá.

—Que todo el rato decía señorita aquí y señorita allá, y me preguntó si «tendría la amabilidad» de pasarle mis bragas, por el amor de Dios, como si estuviéramos tomando el té y me pidiera la azucarera. —Resopló exasperada y lo miró con furia—. Ese acento no era de mi barrio, para que lo sepa. Pensándolo bien, también iba elegantemente vestido. De no haber tenido esa pistola vieja, estoy segura de que lo habría maniatado.

—¿Cuál era el color de su cabello?

—No me joda... ¿Cómo diablos voy a saber qué color de cabello tenía el miserable? Llevaba puesta una de esas máscaras de carnaval que tapan toda la cabeza, ¿sabe a cuáles me refiero? Las que tienen esa nariz grande y ganchuda que parece un pico de pájaro o una trompa de oso hormiguero. Y se quedó parado allí, en la penumbra. —Señaló un lugar a la izquierda de la ventana, detrás de una lámpara de pie—. Así que tampoco pude verle los ojos. Maldito pervertido.

Beau pasó otra hora y media interrogando a la víctima y reuniendo información con su colega detective. Bettencourt le presentó al nuevo forense cuando el hombre ya estaba cerrando el caso y se preparaba para irse. Se llamaba Chris Andersen y, aunque había encontrado varias huellas digitales, estaba casi seguro de que pertenecían a la víctima o a sus amigos. El laboratorio probaría o desmentiría su hipótesis.

Al final, Beau se quedó con los mismos datos que conocía: la estatura y el peso aproximado del Ladrón de Bragas y su estilo favorito de máscara. Era poco, muy poco. El hecho de que fuera un hombre culto era un nuevo ingrediente para agregar a la mezcla. Pero, una vez más, dado el lugar que ocupaba la víctima en la pirámide social de Nueva Orleans y teniendo en cuenta que todo era relativo, ¿cómo podía saber qué aquel tío era tan culto? Tendría que preguntarle a Josie Lee sobre ese aspecto en particular.

El olor del río lo envolvió cuando salió a la calle poco después. Casi estaba amaneciendo. Con las manos en los bolsillos, se balanceó unos minutos sobre sus talones pensando en todo lo que había ocurrido aquella noche e intentando decidir qué hacer.

Buscó las llaves en el bolsillo y fue a por su coche.

Josie Lee asomó por detrás de Luke en la cocina y le pasó los brazos por la cintura, aplastando los pechos contra el duro muro de su espalda desnuda y pegándose a él.

—Hola, hombre grande —murmuró. Y luego bostezó lujuriosamente.

Luke giró la cabeza y le sonrió por encima del hombro.

—Suenas como una mujer que no ha dormido lo necesario la noche pasada.

—Ya lo sé. —Le hundió el mentón en el hombro y le sonrió, sintiéndose estupenda—. ¿No te enojas cuando el mundo se interpone en la cantidad de horas de sueño necesarias para conservar tu belleza?

—Oh, por supuesto —dijo él—. Dormir las horas necesarias para conservar mi belleza es la primera de mis prioridades. —Frotó su musculoso trasero contra el vientre de Josie Lee y se dio la vuelta para escudriñar el interior de la sartén sobre la cocina. Apagó el fuego—. Las rosquillas están listas. Coge un plato.

—Solo tomaré un poco de café.

—No digas tonterías. —Se dio la vuelta para mirarla. ¿Qué manera loca de empezar el día es esa? Pero la indignación se esfumó como por arte de magia y Luke entrecerró los párpados cuando la miró de lleno por primera vez—. Dios Todopoderoso, estás estupenda —dijo con voz ronca, tomándola en sus brazos.

Luke sentó a Josie Lee en la encimera y ya estaba enterrando la cara en la brevísima y ajustada camiseta de algodón a rayas que le cubría los senos cuando Beau entró.

Era imposible decir quién de los tres fue el más sorprendido. Se quedaron petrificados un instante: Josie Lee sentada en la encimera, Luke encorvado sobre ella y con el mentón girado para mirar por encima del hombro, y Beau en el vano de la puerta. Un segundo después, el corazón de Josie comenzó a latir desbocado. Con un rugido y sin decir palabra, Beau cargó como un toro y Luke se incorporó, dándose la vuelta para mirarlo.

—Sé lo que parece —dijo, separando las manos del cuerpo—, pero...

Beau le pegó un puñetazo en la boca.

Josie Lee profirió un alarido y bajó de la encimera al tiempo que su amante retrocedía unos pasos. Luke se llevó el dorso de la mano a la boca y vio una mancha de sangre cuando la retiró.

—Bueno, al diablo con todo —murmuró. Dio un paso hacia Beau con el expreso propósito de devolverle la atención.

Pero se detuvo en seco cuando vio que Josie Lee levantaba la sartén del fogón y volcaba su contenido sobre la encimera en un solo movimiento... para luego estamparla de plano, sonoramente, contra los glúteos de su hermano.

—¡Maldita sea, Josie! —Cogiéndose el trasero, Beau se volvió para mirar a su hermana... y Josie Lee revirtió el movimiento y le estrelló la sartén en el vientre con tanta fuerza que lo hizo exhalar todo el aire de los pulmones.

—¡Tú lo golpeaste! —bramó—. ¡Quítale tus sucias manos de encima, Beauregard Butler Dupree, o haré que maldigas haber nacido! —Fuera de sí por la furia, levantó el brazo, sartén incluida, por encima de su cabeza. Luke, temiendo por la cabeza de Beau, se interpuso y, cogiéndola en brazos, la alejó del radio de alcance. Sus generosos pechos subían y bajaban contra el brazo que la ceñía, jadeando en busca de aire. Se quitó un rizo negro de los ojos y le clavó a su hermano una mirada fulminante.

—Diablos, Josie Lee, la maldita sartén estaba caliente. —Beau se levantó la camisa y contempló la mancha grande y levemente enrojecida que le había dejado en el vientre.

—¡Pues me alegro! ¿Cómo te atreves a pegarle a Luke y a tratarme como si yo tuviera doce años? ¿Cuándo vas a darte cuenta de cómo son las cosas, Beauregard? —Liberó un brazo y señaló la puerta con un índice imperioso—. No eres bienvenido aquí. Quiero que te marches.

Beau abrió la boca... y volvió a cerrarla. Entrecerrando los ojos, miró a Luke y dijo:

—Esto no se termina aquí, colega. Tú y yo volveremos a hablar cuando ella no esté armada.

Dicho eso, giró sobre sus talones y salió de la cocina dando zancadas. Luke dejó a Josie Lee sobre el suelo. Con mucha suavidad, le quitó la sartén de la mano y la apoyó sobre la encimera, cerca de su malogrado desayuno.

—Tú sí que sabes defenderte, nena —dijo, acariciándole la mejilla enrojecida—. Recuérdame que nunca debo hacerte enojar en la cocina.

Beau tenía ganas de tirar la puerta de Roxanne abajo a patadas, pero se contentó con un golpe seco. Luego metió las manos en los bolsillos y se apartó del radio de tentación.

Le había llevado un buen rato conducir desde Bywater hasta el distrito del Garden Crown; luego había pasado unos generosos quince minutos atormentando al novato que había vigilado la entrada principal cuando él se fue, para llegar a la conclusión de que nadie había intentado pasar y que las otras dos entradas estaban perfectamente cerradas y sin señal alguna de intrusión. Por último, había estado en su habitación para ducharse, afeitarse y ponerse ropa limpia.

Y no obstante, nada de todo aquello había contribuido a acallar la frustración que lo colmaba, la ira lívida y la sensación de traición que había tenido que tragarse de una sola vez. Pero... ahora no tenía tiempo para preocuparse por sus problemas personales; tenía trabajo que hacer. Respiró hondo, encorvó los hombros, estiró los músculos tensos de su cuello y juró que ese día, Dios era testigo, haría por lo menos una cosa bien. Se comportaría como un profesional con Juliet, aunque fuera lo último que hiciera en su vida... y más tarde pensaría en Josie Lee.

Pero en el fondo de su cabeza una voz iracunda no cesaba de repetir: ¡No puedo creer que mi compañero, mi bueno y leal amigo, se esté follando a mi hermana pequeña! Y se moría de ganas de estrellar el puño contra algo.

En cambio, volvió a golpear la puerta. Unos segundos después, la voz de Roxanne preguntó quién llamaba.

—Soy Dupree. Abra.

Roxanne abrió la puerta y pestañeó.

—Sargento... hola. Lo siento... ¿Hace mucho que espera? Me quedé dormida y ahora acabo de oír que golpeaba.

—Acabo de llegar, señorita Roxanne. ¿Puede avisar a Juliet de que estoy aquí?

—Sí, por supuesto. Entre. —Dejando la puerta abierta, dio media vuelta y fue al salón. Cuando Beau entró en la habitación después de ella, ya había desaparecido por la puerta del dormitorio. La oyó entrar en el baño y luego la vio salir con el rostro mortalmente pálido y las pecas de la nariz tan visibles como motas de canela esparcidas sobre leche desnatada—. Se ha ido.

Beau masculló una obscenidad y salió corriendo de la habitación. Un segundo después hizo un alto frente a la suite de Juliet y golpeó la puerta. Miró por encima del hombro a Roxanne, que lo había seguido.

—¿Tiene la llave de su habitación? —le preguntó.

—No.

—Coño. —Desenfundó el arma, retrocedió un paso y se preparó para derribar la puerta.

Pero la puerta se abrió... y allí estaba Juliet con su bata de seda húmeda adherida al cuerpo en varios lugares, gotas de agua brillando en su cuello y sus pies descalzos, y el cabello envuelto en una toalla a la manera de un turbante.

—¿Beau? ¿Ocurre algo malo?

—Oh, demonios —oyó que murmuraba Roxanne. Y la sintió (aunque no la vio) alejarse, presuntamente para volver a su habitación.

—¿Malo? —repitió en voz muy baja. Volviendo a enfundar el arma, se adelantó hacia Juliet. Algo debía de notársele en la cara, porque ella retrocedía un paso por cada uno que él avanzaba... hasta que llegaron al centro del salón. ¿Qué podría haber ocurrido de malo?

Juliet se detuvo en seco.

—Estás enojado.

—Vosotras, las niñas ricas, sois una casta muy astuta, ¿no es cierto?

Fue como meterle un palo en el culo. Alzando el mentón, lo miró con una de esas miradas que decían «tú eres la mierda pegada a la suela de mi zapato» y que tan bien le salían. Pero no dijo palabra... cosa que, por alguna misteriosa razón, fue como arrojar más leña al fuego.

Beau intentó controlarse, poniéndole rienda corta a su temperamento.

—¿Te dije o no te dije que te quedaras donde estabas? —le preguntó entre dientes.

Juliet enarcó una ceja altanera.

Era como si le hubiera dicho: «Lústrame las botas, chico...», y Beau lo vio todo rojo. Pero él tenía el control de la situación... y era un tipo frío e indiferente.

—¿Acaso crees que doy órdenes por el solo placer de oír cómo hablo, Capullito de Rosa? Ya hemos tenido varios incidentes que afectaron a tu seguridad, y cuando te digo que te quedes en un lugar, tengo sobradas razones para hacerlo.

—Necesitaba una ducha.

—¿Y la de Roxanne no funcionaba?

—Quería mi propia ducha.

—¿De modo que arriesgaste tu seguridad porque... y aquí sí que te daré una buena puñalada... tu abuelita te enseñó a no usar jamás el jabón de otra persona? ¿O quizá me equivoco?

Por la expresión de Juliet, estaba seguro de que había dado

directamente en el clavo. Ella adelantó su barbilla elegantemente cincelada.

—Por el amor de Dios, Beau. Fui cuidadosa. Me aseguré de que nadie anduviera merodeando cuando salí de la habitación de Roxanne, y cerré la puerta al entrar.

La temperatura de su ira aumentó todavía un grado más. Dio un paso hacia ella.

—Y si alguien se las hubiera ingeniado de todos modos para entrar, ¿qué planeabas hacer exactamente? ¿Neutralizarlo con tus buenos modales?

Juliet retrocedió, sin bajar el mentón.

—Soy perfectamente capaz de defenderme.

Beau avanzó otro paso.

—Oh, sí, claro. Ya veo que eres muy valiente, sí. Siempre y cuando se trate de un tío pequeño y debilucho. —Ignorando la voz interior que le susurraba, machacona, que su furia era desproporcionada para la falta cometida, la hizo retroceder hasta el otro extremo de la habitación. El nerviosismo que detectó en sus ojos le dio una sombría satisfacción—. Olvidemos el hecho de que la persona que quiere lastimarte, quienquiera que sea, probablemente vaya armada. Supongamos, por el bien de la historia, que esta vez se ha olvidado la pistola.

La espalda de Juliet chocó contra la pared y Beau le plantó las manos a ambos lados de los hombros, sujetándola en su lugar. Acercó su cara a la de ella.

—Supongamos por un momento que yo soy él. El coco. El hombre del saco. No he tenido que esforzarme mucho para arrinconarte, pimpollo. —Le pasó la yema del dedo por el cuello y el borde del cuello de la bata hasta llegar a ese punto donde convergían sus pechos. Enganchó la tela con el índice y abrió un poco más el escote—. Y una vez que te tenga arrinconada, los dos solos en una habitación, podrá hacer contigo lo que le venga en gana. Y no habrá nadie que lo detenga.

Sus pechos subían y bajaban más y más rápido bajo la seda, pero lo miró directamente a los ojos.

—Pero nadie ha hecho nada semejante. Excepto tú. Y a ti no te tengo miedo.

—Pues deberías tenérmelo, cara de ángel —insistió con voz ronca. Tiró de la bata, dejando completamente al aire uno de sus pechos—. Tendrías que tener mucho pero que muchísimo miedo de mí. —Deslizó una mano sobre el pecho expuesto, apoyando sus labios sobre la erótica carnosidad de los de Juliet.

No fue un beso amable —usó los dientes y toda la fuerza de su boca—, pero Juliet no se resistió. Le devolvió el beso con firmeza... y con la misma rapidez Beau perdió el control. Era consciente de esos labios maravillosos contra los suyos, y de su sabor, caliente y dulce, en su lengua. Tuvo una sucesión de imágenes: él llevándose un pecho a la boca y ella arqueando la espalda para entregarse más; las manos de ella aferrándolo del cabello y luego bajando para luchar con la cremallera de su bragueta mientras le frotaba la pierna con el muslo hasta encaramársele en la cadera. Cuando recobró el sentido, tenía los pantalones bajados hasta los tobillos y la había levantado contra la pared y estaba empezando a penetrarla.

—Espera, espera —susurró Juliet, apartándolo de ella con las manos sobre sus hombros—. Esta vez tenemos que actuar con inteligencia, Beau. Tenemos que usar un condón.

Beau se quedó helado. Su pecho bajaba y subía. Su respiración era agitada.

—Oh, diablos, Juliet. No tengo. Por favor, cariño. La retiraré a tiempo y...

—Yo sí que tengo. Roxanne me regaló un puñado. Dijo que probablemente los necesitaría más que ella.

—¿Dónde? —Cuando se lo dijo, la separó de él y la dejó sobre el suelo. Pateó los pantalones para quitárselos del todo—. No te vayas.

Jamás se había movido tan rápido en su vida. Regresó al instante, apropiadamente ataviado para la ocasión, y la encontró apoyada contra la pared. La toalla que envolvía su cabello había caído al suelo, a sus pies, y su bata de seda colgaba floja, del todo abierta. Beau la alzó en brazos y la penetró suave pero decididamente, con una sola embestida, empujándola contra la pared. Cerró los ojos para percibir hasta lo más hondo la sensación de Juliet rodeándolo y se quedó muy quieto.

—Ah, Dios... Ahí —suspiró reverente—. Ha sido una noche espantosa y te siento tanto...

Juliet se movió anhelante, inquieta.

—¿Beau?

Él comenzó a moverse lenta, lánguidamente. Quería que durara. Mucho. Más allá de todos los estímulos, había algo casi... espiritual... en eso de estar dentro de ella. Era una locura, y él sabía que era una locura... y casi seguramente se debía al estado de ánimo en que se encontraba. No obstante, estar así con ella diluía la frustración de las últimas horas, aunque solo fuera por un rato. La fue penetrando poco a poco, se retiró hasta quedar casi fuera... y luego volvió a entrar, cada vez más hondo.

Ella lo recompensó con sus gemidos anhelantes, casi imperceptibles. Le cogió las mejillas con las manos y lo besó profundamente. Unos segundos después se apartó, jadeante.

—Oh, Dios, Beau. Por favor. —Frotó sus inquietos pulgares contra sus mejillas y repentinamente lo miró a los ojos—. Oh. Qué suaves. No sabía que tu mentón pudiera ser tan suave. —Luego arqueó la espalda, apoyándole los senos contra el pecho. Bajó las manos para aferrarse a sus hombros e intentó empujar hacia él... pero estar arrinconada contra la pared limitaba seriamente su capacidad y amplitud de movimiento—. Por favor, Beau... ¿un poco más fuerte?

—Dime lo que quieres, Juliet Rose. Dime cosas soeces.

Juliet pestañeó. Los párpados le pesaban, como queriendo cerrarse sobre sus ojos grises, y parecía tener dificultad para fijar la vista en él.

—¿Cómo?

—Que si tú me dices cosas soeces, yo te haré esto —susurró, y dio una embestida— un poco más fuerte.

Ella parecía escandalizada.

—¡No puedo hacer eso!

—Como quieras. —Dejó de embestir con las caderas y se retiró. Como si revolvieran miel, comenzaron a efectuar la más lánguida y la más lenta de las oscilaciones. Beau inclinó la cabeza hacia su pecho.

Juliet quedó paralizada unos segundos. Luego jadeó en su oído una sucia palabra que probablemente jamás había usado en su vida. Las caderas de Beau recuperaron algo de velocidad, y ella volvió a decirlo... y luego lo repitió otra vez, y otra, y otra más... y él le fue dando lo que quería y comenzó a embestir nuevamente. Sus caderas cobraron velocidad y fuerza, y la llevó en línea recta a la cima del mundo, recreándose en su tenue gemido de satisfacción. Beau se estremeció convulsivamente y siguió a Juliet hacia el olvido.

Ambos estaban exhaustos y empapados en sudor. Beau se sentó de rodillas, con Juliet montada a horcajadas. Se sentía liviano, como si no tuviera huesos, y absolutamente libre de tensiones.

Juliet levantó la cabeza de su hombro y lo miró. Su cabello era una mata salvaje de ondas húmedas y descontroladas, y se quitó un mechón rebelde de la cara.

—Parece que seguiremos haciéndolo, Beau. —Ruborizada, escrutó su rostro como si buscara algo—. No puedo creer que me hayas hecho decir eso.

Él tampoco podía creerlo, ahora que lo pensaba, pero dijo con tono defensivo:

—Bien que te ha gustado.

Juliet encogió delicadamente su hombro sedoso.

—Tal vez sí. Tal vez no. Pero ciertamente señala nuestras diferencias en cuanto a experiencia sexual. Y con respecto a eso (en particular a tu propensión al sexo sin condón), realmente necesito conocer tu estado de salud.

17

Juliet ya se estaba sintiendo mortificada por lo rápido que había sucumbido a la petición de Beau de que le dijera palabras soeces. Lo último que necesitaba era que él se quedara mirándola boquiabierto y luego echara la cabeza hacia atrás y rugiera de risa. Apoyó las puntas de los pies y le plantó las manos en los hombros, irguiéndose. Su rostro volvió a arder cuando lo sintió deslizarse fuera de ella.

Beau le pasó el brazo por la cintura, atrayéndola hacia él. Uno de sus tobillos se deslizó sin querer y Juliet aterrizó a horcajadas en sus muslos.

—Lo siento —dijo Beau, haciendo un esfuerzo más que obvio por disimular su regocijo—. Es solo que... dada mi historia... realmente es muy gracioso. Escucha...

—Me alegra tanto que te diviertas —dijo con voz gélida—. Estoy segura... dada tu historia... de que me reiré durante todo el trayecto a la clínica. Es decir, si no tienes algo verdaderamente desagradable que compartir.

—No, querida, era solo eso. —Se pasó los largos dedos por el cabello—. Estoy muy sano... lo juro. Dios, detesto tener que admitir esto, porque el hecho de que tú me veas como una máquina sexual al rojo vivo es el regalo más grande que ha recibido mi ego jamás. Pero, preciosa mía, lo cierto es que he estado tan ocupado criando a mis hermanas durante los últimos diez años que mi vida sexual ha sido poco menos que inexistente. Y el poco sexo que he tenido, siempre con condón.

—Con la mano que le había quedado libre, comenzó a acariciarle el muslo—. Tú eres la única que me ha puesto cachondo a tal extremo de olvidar que debía ponerme uno.

—¿Acaso tengo un letrero que dice «crédula» estampado en la frente, Beauregard? —Se sentía traicionada. Era evidente que valoraba en poco su inteligencia si pretendía engatusarla con una mentira tan obvia. Puso una voz particularmente autosatisfecha, la agravó lo más posible para imitar la de Beau y dijo—: Confía en mí, nena, tú eres la única. —Su voz volvió a la normalidad—. Olvidas que te he visto en acción. Hazme el favor de no confundir relativa inexperiencia con idiotez.

—No estoy jugando contigo, Capullito de Rosa. Te he dicho toda la verdad. Llama a mis hermanas; llama a Luke y pregúntale. —Su rostro se tornó súbitamente inexpresivo. Juliet lo miró con suspicacia.

—¿Qué?

—Quizá no convenga que llames a Luke. En este momento ha de estar muy ocupado, follándose a mi hermana pequeña.

—¿Perdón? —La amargura que palpitaba en su voz hizo que Juliet lo mirara con mayor atención. Algo en la expresión de su cara le hizo pensar que quizá no estuviera tomándole el pelo después de todo.

—Esta mañana he pasado por mi casa de camino aquí. Necesitaba hablar con Josie Lee acerca de algo relacionado con ese caso que me obligó a salir anoche. —Una expresión que Juliet no pudo interpretar cruzó su cara y luego desapareció—. Los encontré, a Luke y a ella... en una posición comprometedora, por decirlo de algún modo.

Juliet podía sentir la tensión de su cuerpo.

—Y eso no es bueno, supongo.

—¡Es mi hermanita pequeña!

—Pero no es ninguna niña. Me ha parecido que andaba por los veintipico. ¿Me equivoco?

Beau se encogió de hombros, consternado.

—Tiene veintidós años. —Bajo la superficie fría y las breves ráfagas de enojo había algo que se parecía peligrosamente... al dolor.

Juliet supo que estaba metiéndose en grandes problemas cuando esa señal pasajera de vulnerabilidad le tocó el alma. Oh, Dios, tenía el mal, el pésimo presentimiento de que se estaba enamorando de él.

—¿Sospechas que Luke está obligando de alguna manera a tu hermana a hacerlo?

Los músculos de los muslos de Beau de pronto cobraron mayor relieve bajo sus piernas. Se puso de pie, colocándole un brazo bajo el trasero para sujetarla. Juliet lanzó un gritito imposible, como una niña azorada ante la aparición de un ratón. Lo aferró por los hombros y apretó las piernas contra sus caderas. Beau caminó unos pasos hasta la silla más próxima y se dejó caer, reacomodando las piernas de Juliet para que colgaran junto a las suyas. Luego negó con la cabeza.

—No. Daría un mes entero de mi sueldo para poder decir lo contrario, pero cuando lo he golpeado Josie me ha atacado con una sartén caliente

—¿Tú lo has golpeado?

La miró como si hubiera dicho algo inexplicablemente estúpido.

—Diablos, sí, claro que lo has golpeado... ¿Acaso no me estabas escuchando? He entrado en mi casa y lo he encontrado manoseando a mi hermana pequeña, y he hecho lo que se supone que debe hacer un hermano: he intentado arreglarle la cara. Y en esta tierra no existe buena acción que no reciba su castigo, créeme lo que te digo. —Se levantó la camisa—. Mira lo que me ha hecho Josie Lee: esta es la recompensa que recibe un buen hermano por sus esfuerzos.

Su vientre, duro como una piedra, ostentaba una fea mancha roja... pero no era eso lo que miraba Juliet. Excepto por el condón, Beau estaba desnudo de la cintura para abajo. Y ella estaba a horcajadas sobre su regazo con solo su bata de seda encima, que colgaba entreabierta. Sintiendo el rostro caliente como una hoguera, unió los bordes de su bata y ajustó el cinturón.

Beau siguió el trayecto de su mirada y se quitó el condón. Le hizo un nudo en la punta y lo arrojó a una papelera cercana. Luego cogió el borde de su bata y lo extendió sobre sus partes íntimas.

—¿Mejor así? —La miró enarcando una ceja—. Que jamás se diga que Beau Dupree es demasiado incivilizado para seguir las reglas de etiqueta poscoital de la Señorita Buenos Modales.

—Santo Dios, ¿también ha escrito un libro acerca de eso? En todo caso es uno que mi abuela jamás añadió a la lista de libros que debía leer.

Beau esbozó una sonrisa cómplice... que se desvaneció casi al instante.

—¿Qué voy a hacer con Josie Lee, Juliet? Me estoy volviendo loco.

—Me doy cuenta. Pero no estoy segura de entender por qué —admitió con cautela—. Quiero decir, ¿no crees que estás sosteniendo una doble moral si por un lado dices que está bien que tú y yo hagamos el amor, y por el otro que tu hermana adulta y el compañero que ella ha elegido deben mantenerse castos? —Sabiendo que Beau no era del todo racional en lo concerniente a su hermana pequeña, se preparó para el consabido estallido de furia.

Pero la reacción de Beau la sorprendió.

—No lo sé... quizá. Demonios, a nivel intelectual estoy seguro de que tienes razón. Pero a nivel emocional quiero golpear a Luke hasta dejarlo sin sentido y encerrar con llave a Josie Lee en su cuarto hasta que cumpla los treinta. —Apoyó las palmas de las manos contra su entrecejo, como para impedir que le sobreviniera una jaqueca. Luego, con un hondo suspiro, dejó caer las manos sobre los muslos de Juliet y la miró—. Quizá sea porque Josie apenas tenía doce años cuando murieron mis padres. De los cuatro, fue la que más sufrió... Quiero decir, es una edad en que una niña realmente necesita muchísimo a su madre, ¿no crees? Pero yo era lo único que le quedaba, y acababa de cumplir veinticuatro años cuando heredé el puesto... así que solo Dios sabe cómo lo hice. Siempre me he sentido fuera de lugar con ella, y ciertas cosas nunca cambian. Diablos, hace cinco o seis semanas ni siquiera pude mantenerla a salvo de ese maldito Ladrón de Bragas. Ella se niega a admitir que su encuentro con ese pervertido fue cuando menos traumático, pero yo sé perfectamente bien que tuvo que serlo. —Sus negras cejas se habían juntado sobre el puente de la nariz, y parecía un dios del trueno—. Y ahora el bueno y viejo Luke se la está metiendo con ganas.

—Ah, esa sí que es una manera encantadora de decirlo.

—Sí, pues... lo lamento, pero es así como lo siento, ¿sabes? —La miró; sus manos estaban tensas sobre las piernas de Juliet—. Diablos, Juliet, mi hermana me echó de mi propia casa solo porque empleé un poco de fuerza física con su precioso Luke... ese Judas miserable.

Ah, por fin lo entendía.

—Suena como un caso de angustia por la separación.

—¿Qué dices?

—Angustia por la separación. Tu pequeña está creciendo y quiere abandonar el nido y depender de otro hombre que no eres tú... y eso te duele. —Sonriéndole, estiró la mano para acariciar con las yemas de los dedos su mentón recién afeitado—. En realidad, es muy tierno de tu parte. —Peligrosamente tierno: hacía que se derritieran todos los muros que había levantado para mantener a raya el efecto cataclísmico que ese hombre le causaba.

—Es una mentira más grande que un montón de mierda, eso es lo que es. —La miró como si de algún modo ella hubiera insultado su masculinidad—. No tengo ninguna angustia por ninguna separación... Diablos, ¡estoy contando los días que faltan para que se mude! —Mirándola con intenciones deliberadamente sexuales, deshizo el nudo que mantenía cerrada su bata. Tiró los dos bordes hacia los costados, dejándolos expuestos a ambos en un solo y veloz movimiento—. Maldita sea. ¿Dónde demonios están esos condones...? Ya te mostraré yo lo que es dulce.

Beau cerró la puerta del baño con el pie, impidiendo la visión de la cama de Juliet con la joven acostada en ella. Se miró la cara en el espejo. Justo cuando creía estar pisando terreno firme...

¿Qué demonios había pasado con su vida? Primero todo transcurría de fábula, y al minuto siguiente volvía a estar nadando entre cocodrilos hambrientos.

Había pensado que los problemas con mujeres eran por fin cosa del pasado, que el único problema que tendría que afrontar en el frente femenino de ahora en adelante sería decidir a quién llamar para un encuentro cachondo cada noche. Pero ahí estaba, con una yanqui remilgada a la que no podía quitarle las manos de encima... y una hermana pequeña tan capaz de partirle una sartén en la cabeza como si tal cosa.

Demonios.

Abrió el grifo del agua fría. Sabía por experiencia que cuando demasiadas mujeres con todos sus problemas empezaban a ocupar todos y cada uno de los momentos de vigilia de un hombre, lo único que se podía hacer era evadirse trabajando.

Se echó un poco de agua en la cara, cerró el grifo y buscó una toalla. Después de examinar rápidamente sus dientes en el espejo, cogió la pasta dental de Juliet, se puso un poco en el dedo e hizo lo que pudo con los escasos recursos que tenía.

Lo cierto era que desde hacía dos semanas, más o menos, no se estaba ocupando debidamente de su trabajo... no de una manera que le resultara reconocible, al menos. Pero eso iba a cambiar. Estaba harto de hacer de niñera, por muy dulce y hermosa que fuera la niña en custodia. Él era un policía, maldita fuera. Ya era hora de que volviera a comportarse como tal.

Regresó al dormitorio. Juliet estaba sentada en el otro extremo de la cama, de cara a la pared. Su espalda era estrecha y larga, y las delicadas protuberancias de sus vértebras parecieron empujar su piel bronceada cuando se inclinó hacia delante y pasó una mano por el suelo, como buscando algo. Las vértebras se retrajeron cuando se enderezó y volvió la cabeza para mirarlo por encima de su hombro. Luego se levantó. Tiró de la sábana y se envolvió con ella. Sus mejillas estaban levemente sonrosadas.

—¿Me estás escondiendo algo que todavía no he visto, cara de ángel?

Juliet alzó el mentón como una reina.

—No todos tenemos la inmensa fortuna de sentirnos tan cómodos estando desnudos como tú, Beauregard.

Beau bajó la vista y vio que sus partes íntimas efectivamente estaban al aire, colgando para que todo el mundo las admirara. Volvió a mirarla y sonrió.

—Mi ropa ha quedado en la otra habitación. ¿Quieres que me vista?

—Solo si tienes que hacer algo urgente en el día de hoy.

Juliet había dado en el clavo. Beau fue al otro cuarto y revolvió las ropas desparramadas hasta encontrar sus pantalones. Deslizándose dentro, cerró la bragueta con premura y miró por encima de su hombro. Juliet lo había seguido hasta el vano de la puerta.

—¿Y tú, qué estabas buscando en el suelo?

—Mis bragas.

Beau sonrió al recordar.

—No llevabas las bragas puestas cuando llegué, princesa.

—Sí, lo recuerdo bien.

Vaya, había recuperado sus buenos modales... y él anhelaba locamente arrancarle esa maldita sábana de las manos y manosearla hasta que se le fuera todo el almidón de la columna vertebral.

Pero tendría que reprimir el impulso. Se enderezó.

—Vístete, Juliet Rose. Tengo que hacerte una propuesta.

Juliet lo miró enarcando una bien educada ceja, como si estuviera imaginando qué clase de ofrecimiento lujurioso saldría de su boca. Pero no discutió. Giró sobre sus talones y desapareció por la puerta del dormitorio.

Diez minutos más tarde estaba de regreso como la pulcra y atildada señorita Astor Lowell, el cabello despiadadamente controlado por un sofisticado moño francés, y los rasgos más voluptuosos de su cuerpo nuevamente ocultos bajo un vaporoso vestido con estampado de flores. Solo esos largos pies desnudos con el esmalte color sirena en las uñas y ese pintalabios que decía «ven y bésame» en su boca carnosa traicionaban su imagen recatada. Beau la condujo hasta una silla antes de ceder a sus instintos más bajos, que lo impulsaban a ir en busca de la mujer sensual que él sabía se agitaba bajo todo aquel lustre impostado. Se acuclilló delante de ella.

—Muy bien, escúchame. Se me ha ocurrido pensar que he sido reactivo en lugar de proactivo en lo que atañe a tu caso. Y ya es hora de cambiar esa dinámica.

—Beau, me has llevado a rastras de un extremo al otro del barrio Francés desde el primer día. Yo no llamaría a eso reactivo.

—Eso incumbía al caso del Ladrón de Bragas, no al tuyo —aclaró—. Aunque, ahora que también ha aparecido un revólver antiguo en el tuyo, supongo que podríamos considerar tu hipótesis. —Negó con la cabeza—. Pero no se trata de eso, querida. El hecho es que ha llegado el momento de que yo haga lo que mejor sé hacer.

Juliet miró hacia el dormitorio y Beau soltó una carcajada.

—No, no me refería a eso. Hablo de mi trabajo de detective.

—Ah. —Se sonrojó todavía más. Luego rió... con una risa tan asombrosamente obscena que Beau pestañeó varias veces—. Entonces debes de ser muy bueno, verdaderamente.

Beau aferró los brazos de la silla donde Juliet estaba sentada.

—Haces que me resulte muy difícil no llevarte de vuelta a la cama y hacerte probar un poco más de mi segundo mejor talento. —Se puso de pie—. Pero soy un hombre con una misión. ¿Te apetecería jugar a ser policía durante un rato?

—¿Yo?

—Bueno, no hablo de hacer trabajo policial. Te propongo que me acompañes mientras cumplo el deber para el que fui entrenado.

—Beau, yo tengo un hotel al que le faltan pocos días para el cóctel preinaugural...

—Sé que lo tienes, Capullito de Rosa. Y precisamente por eso iba mi propuesta. No me gusta nada cómo se han estado desarrollando los acontecimientos últimamente, y la idea de dejarte sin protección mientras rastreo el origen de los ataques me resulta contraproducente. ¿Qué te parece si hacemos un pacto? ¿Qué te parece si dedicamos las mañanas a tu trabajo, las tardes a revisar archivos por ordenador o en papel acerca de viejos casos que incluyan armas antiguas, y las noches a buscar a Lydet... que muy probablemente nos ayudará a matar dos pájaros de un tiro?

—Suena pesado.

—Pero productivo. ¿Estás de acuerdo?

—Sí.

—Buena chica. —Se inclinó hacia delante y le dio un beso corto, duro. No sentía el menor deseo de soltarla, lo que lo hizo sentir incómodo. Pero qué diablos, después de todo Juliet no se quedaría a vivir en Nueva Orleans, de modo que no había motivo alguno para no disfrutar de esa relación mientras ella estuviera allí. Ya tendría tiempo de consagrarse a su largamente esperado plan A cuando ella regresara al frío norte. Y si la sola idea de que Juliet regresara a Boston con su envarada familia le daba calambres... pues, probablemente fuera por hambre.

Después de todo, ya hacía rato que había pasado la hora del desayuno.

—¿Me has estado evitando, chiquilla?

Josie Lee levantó la vista del ordenador y miró a Luke, de pie en el umbral. Luego miró a la secretaria administrativa a quien asistía y volvió a mirar a Luke.

—Sargento Gardner, este no es un lugar apropiado para...

Luke se apoyó sobre el escritorio y la cogió por el antebrazo. Luego giró la cabeza para dirigirse a la secretaria administrativa.

—¿Nos dejarías solos un momento, por favor, Constance? —Claramente no era una petición sino una exigencia.

Constance Warner le sonrió a medias.

—Por supuesto. De hecho, ¿por qué no te tomas tu descanso ahora, Josie Lee? Has estado trabajando sin parar desde el almuerzo.

Josie Lee hizo una mueca sombría.

—Gracias. No tardaré mucho. —Dejó que Luke la arrastrara fuera de la oficina, pero liberó su brazo apenas traspusieron la puerta principal y salieron al porche de mármol. Lo miró con indiferencia—. ¿Realmente era necesario que hicieras eso delante de mi jefa, Luke?

—Probablemente no. —Se pasó la mano por la calva recién rasurada y la miró con frustración—. Pero tengo la impresión de que me estás evitando, Josie, y eso me aterra.

Ella lo miró allí parado, con una mano rodeando la base del cráneo y el codo apuntado hacia el cielo... y se le encogió el corazón. Pero sus prioridades también eran importantes.

—Lo lamento —dijo—. Te he estado evitando, y es tan estúpido que ni siquiera sé si puedo explicar por qué, exactamente. —Deslizó los dedos por los tríceps de Luke y él dejó caer el brazo al costado del cuerpo—. Te parecerá una locura —prosiguió—, porque sé que Beau estaba completamente equivocado esta mañana. Pero de algún modo, desde que logré tranquilizarme, no he podido dejar de pensar en la expresión de su cara cuando lo eché de la casa, y me siento... —Resopló exasperada—. Oh, Dios, todo esto es tan absurdo...

—Te sientes culpable —dijo Luke.

—¡Sí! ¿Tú también te sientes así?

—Oh, sí. —La miró fijamente a los ojos—. Pero no tanto como para desistir de tenerte.

—Más te vale... Eso es lo último que quiero. —Entonces se rió, pero no había humor ni alegría en su risa—. Lo que quiero, supongo, es tenerlo todo. Y quiero que sea fácil. Pero no creo poder tener las dos cosas. —Se acercó a él—. Por eso, si tengo que elegir, Luke, te elijo a ti. A ti. Simplemente me he sentido un poco extraña esta tarde.

—No tendrás que elegir entre nosotros, nena. Las cosas jamás llegarán a ese extremo. Beau comprenderá... te lo prometo. —Buscó la sombra protectora de una de las columnas dóricas y la estrechó en sus brazos—. Pero antes tienes que prometerme algo: que no volverás a esconderte de mí cuando tengas un problema. Eso me vuelve loco. —La abrazó con más fuerza, enterrando el mentón en su coronilla—. Demonios, Josie, ¿cómo es posible que hayas llegado tan rápido a ser tan importante para mí?

—¿Esto te parece rápido? Qué raro... yo siento que te he estado esperando toda mi vida. —Lo apretó fuerte—. Y ahora eres mío oficialmente, ¿sabes? Has hecho una declaración de intenciones delante de Constance. —Echó la cabeza hacia atrás y le sonrió—. Todo el personal del edificio estará enterado antes de la hora de salida.

18

Juliet estaba profundamente dormida cuando sonó el localizador. Era un ruido intermitente pero persistente, por fortuna lo suficientemente bajo para poder ignorarlo. El agotamiento surcaba los bordes de su conciencia como una corriente subterránea en un mar negro, y estaba a punto de dejarse arrastrar a las profundidades del olvido cuando Beau se movió. Maldiciendo entre dientes, sacó a Juliet de su pecho y rodó hasta el borde de la cama. Y cuando los bips cesaron de pronto, Juliet dedujo, en un rincón lejano de su mente, que aquel sonido debía de provenir del localizador de Beau.

Estaba dejándose caer, una vez más, en la inconsciencia cuando él comenzó a marcar números en el teléfono. Sin embargo, la primera palabra que salió de su boca, la despertó de golpe.

—¿Anabel? Es mejor que sea algo importante, cariño... es la una de la mañana. —Escuchó un momento y luego exclamó en voz baja e incrédula—. ¿Que hay qué cosa en el dormitorio? Por el amor de Dios, querida, estoy trabajando... ¡consigue una escoba! ¿Qué? No, Ana, ocúpate tú misma de eso. Sí, sí que puedes. Entonces cierra la maldita puerta y duerme en el sofá... Está bien... ¡está bien! Respira hondo y tranquilízate. Mantén la puerta cerrada hasta que yo llegue... Salgo ahora mismo para allí.

Cuando Beau dio media vuelta y se sentó en el borde de la cama, Juliet ya se había quitado el cabello de los ojos y se había incorporado sobre un codo. El tono de la voz de Beau expresaba la familiaridad de una relación de larga duración, y de pronto le sobrevino una inquietud espantosa.

—¿Estás casado, Beauregard? —Su voz sonó como un graznido. Carraspeó y se sentó apoyándose en la cabecera, tirando de la sábana para taparse.

Beau gruñó algo entre dientes y se dio la vuelta para mirarla.

—No, no estoy casado... y ni se te ocurra pensar que mi estado civil cambiará en el futuro próximo. He estado metido hasta las cejas en problemas femeninos desde que tenía veinticuatro años, y ya es hora de que eso termine. —Se levantó y se puso los pantalones.

—Supongo que no se te pasará por la cabeza pensar, lo cual sería un tanto insultante para mí, que tengo proyectos en relación a tu soltería simplemente porque nos hemos acostado un par de veces. —Su tono era suave y mesurado... y a decir verdad, estaba demasiado cansada para ofenderse.

—Qué puedo responder a eso... perdí la cabeza. Sé que una niña rica como tú no tiene necesidad de un tío como yo durante mucho tiempo. —Y por alguna razón eso tampoco le hacía gracia. La miró con el ceño fruncido—. Vístete. Tenemos que sacar una cría de lagarto de un dormitorio.

Juliet lo miró sin entender y Beau agregó con ironía:

—Bienvenida a mi mundo.

Diez minutos más tarde estaban subiendo a su coche. Beau encendió el motor y Juliet ajustó su cinturón de seguridad y se apoyó en el asiento, ocultando educadamente un bostezo.

Durante los últimos días habían trabajado sin parar desde el alba hasta casi la medianoche, y aunque tenía preguntas cuyas respuestas anhelaba conocer —por ejemplo, exactamente hacia dónde se dirigían en ese instante—, no podía despertarse lo necesario para pronunciar las palabras. El familiar ronroneo del motor del GTO la arrullaba, el cuero suave de tan gastado del ancho asiento la abrazaba y, cuando se dio cuenta, vio que Beau había aparcado en una tranquila calle lateral y estaba de pie frente a la puerta abierta del acompañante. Se había agachado para masajearle el hombro allí donde se unía con el cuello.

—Despierta, Juliet Rose —murmuró—. Vamos, cariño, ya hemos llegado.

—¿Adónde hemos llegado? —Desabrochó el cinturón de seguridad y sacó una pierna del coche. Un inmenso bostezo la cogió por sorpresa y le dio rienda suelta... y ni siquiera se molestó en taparse la boca mientras se desperezaba lujuriosamente. Poniéndose de pie, se apoyó medio dormida contra Beau—. ¿Quién te llama a la una de la madrugada para que vengas a sacar un lagarto de su dormitorio?

—Mi hermana Anabel. —Cerró de un golpe la puerta del coche y la escoltó hacia un patio—. Cree que he venido a esta tierra expresamente para hacerme cargo de cualquier pequeño inconveniente que la vida le ponga en el camino.

—Yo diría que un lagarto en el dormitorio es un inconveniente bastante grande.

Beau se encogió de hombros.

—Da igual. —Se detuvo frente a una puerta azul marino y golpeó.

Una morena menuda la abrió de inmediato.

—Gracias a Dios que has venido, Beau. —Pestañeó sorprendida al ver a Juliet—. ¡Ah! Hola.

—Hola.

—Juliet, ella es mi hermana Anabel. Anabel, Juliet Astor Lowell.

—¿Eh? —Anabel enarcó una ceja oscura, como preguntándose dónde encajaba esa inesperada compañía en la vida de su hermano. Luego abrió mucho los ojos, comprendiendo—. ¡Ah! ¡La dama que te han asignado la obligación de proteger!

Beau empujó a Juliet para que traspasara el umbral y la siguió, cerrando la puerta tras él.

—Te dije que estaba trabajando, Ana. Cuando me obligaste a levantarme, también la obligaste a ella. Será mejor que nos invites a unas garrapiñadas para compensarnos.

Beau parecía molesto, pero a Juliet la fascinaba toda la situación. Intentó imaginar a su padre levantándose de la cama y recorriendo media ciudad en coche para ir a su rescate... pero simplemente no pudo. Probablemente habría contratado a alguien para resolver el problema.

—Necesitaré una funda de almohada —dijo Beau. Cuando Anabel se la trajo, ordenó—: Vosotras dos meteos en la cocina mientras yo me ocupo de esto. —Ladeando la cabeza, miró a su hermana—. ¿Te encuentras bien, Anabel? ¿Cómo diablos consiguió ese lagarto entrar en tu cuarto?

—Lo único que se me ocurre es que ha subido por las cañerías del baño. O ha sido eso... o bien ha entrado temprano, cuando tenía la puerta de entrada abierta. —Tuvo un escalofrío y acarició la áspera mejilla de su hermano—. Gracias por venir, Beau. Lamento haberte sacado de la cama, pero enloquecí cuando vi esa cosa en la oscuridad, arrastrándose por el suelo.

—Sí, sí, sí —se burló él, pero le dio un corto abrazo de consuelo. La soltó, abrió un poco la puerta del dormitorio, se deslizó dentro y cerró tras él.

Anabel miró a Juliet.

—Lamento haberte sacado de la cama antes del alba. Debes de pensar que estoy loca.

—A decir verdad, estaba pensando que tienes mucha suerte de tener a alguien que viene corriendo a ayudarte cuando las cosas se ponen difíciles por la noche.

—Sí, Beau es nuestro Galahad... con su mal carácter, su armadura oxidada y todo lo demás. —La sonrisa de Anabel rebosaba de afecto—. Acompáñame a la cocina... te prepararé una taza de té.

Bebieron té, comieron las garrapiñadas caseras de Anabel y compartieron una charla informal en una suerte de contrapunto a los golpes e insultos que de tanto en tanto se oían en el dormitorio. Beau salió poco después. La funda de almohada oscilaba suavemente en su puño, ahora con un peso en el fondo. La destreza y la celeridad con que había cumplido su misión hicieron pensar a Juliet en otras cosas que hacía con esa misma habilidad excepcional. Parecía tan intensamente viril caminando por el angosto pasillo, tan moreno y masculino y ufano... que Juliet sintió arder sus mejillas y sus dedos de los pies se curvaron dentro de sus sandalias.

Muy sonriente, Beau entró en la cocina y levantó victorioso la funda de almohada, golpeándose el pecho con el puño de la otra mano. Anabel lanzó una carcajada y saltó para felicitarlo. Juliet se quedó clavada en su silla, inmovilizada por una asombrosa lujuria de posesión.

Jamás había anhelado poseer a un hombre en su vida, pero desde ahora quería poseer a Beau Dupree. Peor aún, quería pertenecerle, ser una de las pocas elegidas a quienes fuera a rescatar saliendo de la cama en medio de la noche. Mirándolo, nada habría deseado más que creer que solo se sentía atraída por su audacia, que se trataba apenas de un carismático caso de excepcional e irresistible atractivo sexual.

Pero era más que eso, y ella lo sabía. Mucho más. Era el cariño con que cuidaba de sus hermanas, la manera en que concentraba toda su atención cuando le hacía el amor a ella, su obvia pasión por su trabajo, su humor... Oh, Dios, tenía que dejar de dar vueltas como lo había hecho los dos últimos días y admitirlo de una vez. Estaba enamorada de él.

Beau cogió una silla y la giró para sentarse a horcajadas. Dejó a sus pies la funda con el lagarto, que comenzó a agitarse furioso. Anabel se echó hacia atrás haciendo crujir la silla contra el suelo y Beau le sonrió con malicia.

—Tranquila... le he hecho un nudo en la punta. No puede salir. —Estampó las palmas de las manos sobre la mesa—. ¿Dónde está mi recompensa?

Anabel le acercó el plato de garrapiñadas.

—¿Quieres café para acompañarlos o leche?

—Leche. —Miró a Juliet—. ¿Y tú cómo te encuentras, Capullito de Rosa... acaso no vas a decirme que soy un héroe? —Curvó los dedos hacia ella, en un gesto de «dame lo que es mío»—. Vamos, no voy a envanecerme por eso.

Sintiéndose desacostumbradamente nerviosa, alisó su cabello desmelenado y, sin pensar, lo apresó en un moño francés. Luego, reuniendo la poca compostura que le quedaba, clavó sus ojos en él.

—Oh, Beauregard. Eres tan grande y tan fuerte...

—Tienes toda la razón del mundo, muñeca. Acabo de luchar cuerpo a cuerpo con un lagarto.

Pero la sonrisa jactanciosa desapareció de su cara. Algo oscuro e intenso la reemplazó cuando miró su cuello.

—¿Qué? —Juliet se enderezó en la silla y dejó caer las manos del cabello. Deslizó los dedos sobre su cuello para tapar lo que fuera que había cautivado la atención de Beau.

Pero no lo suficientemente rápido. De pronto, Anabel se adelantó y, con el índice, retiró la mata de cabello que cubría el cuello de Juliet. Miró la piel expuesta durante un momento y luego miró a su hermano con ojos incrédulos. Dejando caer el cabello de Juliet, señaló a Beau con un dedo acusador.

Juliet se llevó la mano al cuello, pero no sintió nada diferente.

—¿Qué pasa? —preguntó—. ¿Qué estáis mirando vosotros dos?

Cruzándose de brazos, Beau miró a su hermana con ojos serenos, desafiantes. Ella sacudió el dedo acusador como una madre indignada. Juliet cogió su bolso con la intención de buscar su pequeño espejo y ver qué era, exactamente, lo que tanto llamaba la atención.

—¡Beauregard Butler Dupree! —exclamó Anabel—. Cuando dijiste que al despertarte a ti también la había despertado a ella, deduje que estaba durmiendo en otra habitación. —Sacudiendo el dedo bajo su nariz, preguntó airada—: Pero tú eres el único responsable de todos esos mordiscos de amor en su cuello, ¿o me equivoco?

Juliet dejó de buscar su espejo y se llevó la mano al cuello. Miró horrorizada a los dos hermanos.

—¿Responsable de qué cosas?

Celeste asomó la cabeza en la oficina de Juliet.

—Hola, querida —dijo, ignorando al sargento despatarrado en una silla de un rincón. Era perfectamente consciente de que, después de haberle echado una mirada breve y penetrante, había vuelto a concentrarse en la lectura de sus impresos de ordenador. Pero decidió dedicar toda su atención a Juliet.

Se sorprendió un poco al ver que Juliet llevaba el cabello suelto. Jamás lo había visto así y era completamente... ingobernable. De aspecto bastante común, a decir verdad, a juzgar por la manera en que las tupidas ondas oscilaban con cada movimiento de cabeza de la joven. Juliet levantó la vista y Celeste apartó los ojos de su incivilizado peinado y los fijó en los de Juliet, que al menos tenían un color apropiadamente neutro... a no ser por ese extravagante reborde de carbón alrededor del iris.

—He venido para que hablemos un poco del cóctel del viernes —dijo muy envarada—. Pensé que sería útil que yo conociera el organigrama.

Juliet sonrió con calidez.

—Entre, por favor. Sé que Roxanne dejó uno por aquí, en algún lugar. —Comenzó a buscar entre una pila de papeles sobre su escritorio.

Celeste cruzó la habitación.

—Tengo el placer de informarle de que he recibido varias cartas de confirmación de personas que no me habría atrevido a soñar que asistirían. Miembros del Boston Club. Quiero asegurarme de que no trabajemos el doble planificando sus entrevistas con ellos en momentos que ya hayan sido adjudicados.

—Creo que el único momento inamovible es mi discurso de agradecimiento, pero aguarde un segundo a que encuentre ese... —Juliet cogió una hoja de papel—. Aquí está. ¿Beau? —Él levantó la vista y Juliet indicó con un ademán la silla que estaba frente a su escritorio—. ¿Serías tan amable de traer esa silla para que Celeste pueda sentarse y analicemos juntas estos datos?

Beau se levantó y fue hacia el escritorio. Cogió la silla con una sola mano, la depositó al otro lado del escritorio y le hizo un ademán de invitación a Celeste. Luego dio media vuelta sobre sus talones y volvió a su silla.

Celeste apenas podía creer, tan azorada estaba, que un hombre tosco como aquel tuviera el potencial de ser el instrumento de su caída y la de Edward. Pero se guardó sus sentimientos y tomó asiento.

La reunión ya estaba terminando cuando Celeste advirtió las marcas en el cuello de Juliet. Por un momento, el cabello osciló y dejó la piel al descubierto, con aquellos cardenales color sangre que hicieron enfurecer de ira a Celeste. Sabía muy bien qué eran. Eran mordiscos de amor... chupetones, así los llamaban los jóvenes vulgares. ¡Ah! Y pensar que esa ramera de poca monta estaba a cargo de su casa. Pues bien, los antecedentes de la señorita Astor Lowell podían ser impecables, pero evidentemente había sido apartada del camino correcto por el rufián de clase baja que estaba apoltronado en el rincón.

Era lo único que podía hacer Celeste para excusarse civilizadamente. Sin embargo, a diferencia de otras que podía nombrar, sabía cuál era su deber y cumplió gélidamente todas las cortesías. Y luego se fue echando humo todo el trayecto hasta las habitaciones que compartía con Edward. En cuanto entró en sus aposentos, fue hacia la campanilla del rincón y la sacudió con énfasis.

Ya sabía lo que tenía que hacer, y sabía exactamente cuándo debía hacerlo. Era simple justicia poética que la propia Juliet le hubiera facilitado el dato. Lo único que tenía que hacer Celeste era conseguir los medios.

Y hablando de eso, ¿dónde se había metido esa Lily? Estaba tan abominablemente lenta esos días... El tiempo era limitado y Celeste tenía un recado que darle, pero ¿cómo podría mandarla a hacerlo si la pobre mujer ahora pasaba todo su dulce tiempo atendiendo otros requerimientos? Pues bien, en cuanto llegara Lily, daría media vuelta e iría trotando al cobertizo del jardín. Necesitaba la sierra.

Dos días después, Beau todavía continuaba cavilando sobre lo que había sentido al ver aquellos mordiscos de amor en el cuello de Juliet. Había experimentado una incómoda especie de vergüenza al darse cuenta de que dejarla marcada le daba tanta satisfacción juvenil. Y más todavía porque recordaba perfectamente lo que había sentido cubriéndola con todo su cuerpo, los dedos de ambos entrelazados mientras él extendía sus brazos por encima de su cabeza y clavaba su boca en aquel cuello arqueado. Y además estaba el hecho de que era la primera vez que recordaba que la opinión de una de sus hermanas no le había importado en lo más mínimo. De hecho, cuando Anabel se atrevió a reprenderlo como si fuese un adolescente rebelde, su reacción visceral fue gritarle que se metiera en sus cosas. A duras penas se había limitado a una mirada contundente, que seguramente la había desalentado de husmear en sus asuntos en el futuro.

Se le escapó un bufido ahogado. Sí, claro. Como si una mirada de pescado frío pudiera detenerla. Para entonces era probable que media Nueva Orleans estuviera enterada de los chupetones en el cuello de Juliet.

Pero ¿quién tenía tiempo para preocuparse por esas cosas? Había pasado el poco tiempo libre que tenían engatusando a Juliet para sacarla de su estado de agitación fríamente contenida. Ella no gritó ni dio portazos como habrían hecho sus hermanas, pero era sorprendente cuánto disgusto podía demostrar sin siquiera levantar la voz.

La miró. Estaba sentada ante un escritorio cerca de la dispensadora de agua. Dado que no existía en el mundo lugar más seguro que una comisaría de policía, en los últimos días la había llevado con él a sus cuarteles generales. Ese día Juliet había arrastrado a Roxanne con ella para que pudieran ocuparse juntas de los asuntos del hotel mientras él buscaba en los bancos de datos del ordenador casos policiales que involucraran armas antiguas. No obstante, Beau advirtió que Roxanne parecía menos eficiente que de costumbre. Dedicaba más tiempo a coquetear con Bettencourt que a trabajar con Juliet, pero a Juliet aparentemente no le importaba. Había estado garrapateando notas y hablando por su teléfono móvil casi sin parar desde que habían llegado.

Las marcas de su cuello casi habían desaparecido, a tal punto que había vuelto a recogerse el cabello en esa especie de rosquilla al estilo francés. Hasta esa mañana lo había llevado suelto. Beau volvió a concentrarse en el ordenador. Frunciendo el ceño, escrutó la pantalla que tenía delante de los ojos. No sentía ninguna necesidad de volver a marcarla por todas partes.

—Eh, Dupree, ¿acaso planeas evitarnos para siempre, a mí y a tu hermana?

Beau levantó la vista. Luke estaba de pie a un lado de su escritorio en una actitud entre agresiva e inquieta. Beau se echó hacia atrás en la silla y miró a su antiguo amigo a los ojos.

—No os estoy evitando a ninguno de los dos.

—Eso dices tú. No has regresado a tu casa desde hace... ¿cuánto? ¿Cuatro días? Y has entrado y salido de aquí un par de veces, pero no te has dignado hablarme ni tampoco has pasado a ver a Josie Lee. —Luke entrecerró los ojos—. Yo puedo vivir con tu enojo, Beau. Pero ella te echa de menos.

—Lo dudo. —Beau sabía que sus propios ojos probablemente habían adoptado la mirada de «no te metas conmigo» característica de los policías, pero no podía evitarlo. Lo cierto era que él también echaba de menos a Josie Lee, pero no podía sacarse de la mente la imagen de su hermana pequeña liada con su ex mejor amigo—. Estoy seguro de que habrás sabido mantenerla entretenida.

—¿Qué se supone que significa eso? ¿Dices en la cama? ¡Maldita sea, Beau, ya no tiene trece años!

En menos que canta un gallo Beau se levantó de un brinco y los dos quedaron cara a cara, sus beligerantes mentones a pocos centímetros de distancia uno de otro. Pero Beau no alzó la voz.

—Ya sé que no tiene trece años —dijo entre dientes—. Pero también sé que es lo suficientemente joven para que alguien más viejo, de quien podría esperarse otra cosa, se aproveche de ella, ¿no te parece?

—No conoces a tu hermana ni un ápice si crees que alguien podría aprovecharse de ella. —Luke acercó la cara un poco más—. Pero no se puede decir lo mismo de ti, ¿verdad, Dupree? —Hizo un ademán en dirección a Juliet—. ¿Ella está al tanto de tu gran sueño de follarte a la mitad de las mujeres apetecibles de Nueva Orleans? ¿Por qué no le susurras eso al oído la próxima vez que le chupes el cuello hasta dejarle un cardenal? ¿O quizá solo planeas seguir follándotela hasta que termine su trabajo aquí y puedas meterla en un avión de regreso a Boston, eh?

Dio un gran paso atrás y se pasó la mano por el cráneo rasurado.

—Coño. Juré que no caería en esto. No sé por qué me molesto, de todos modos... eres condenadamente ciego cuando te has hecho una idea acerca de algo. —Giró sobre sus talones y se marchó.

Beau volvió a sentarse, pero cuando miró la pantalla del ordenador todas las palabras se veían borrosas. Estaba respirando demasiado rápido e hizo el esfuerzo consciente de inspirar hondo, reteniendo el aire en los pulmones durante varios segundos antes de exhalar. Era difícil responder al pensamiento racional cuando el corazón quería salírsele del pecho, presa de la ira.

Evidentemente Anabel había estado por ahí abriendo la boca. Pues... al diablo con todo. Su vida sexual había sido tan estéril que vincularlo a cualquier mujer, por no hablar de una cuya conexión con él se suponía que era estrictamente profesional, probablemente era una noticia cachonda para la dinastía Dupree. Y Luke la había aprovechado para hacer más digerible su doble moral.

Pero Beau no se tragaba ese anzuelo. De ninguna manera él se estaba aprovechando de Juliet como Luke de Josie Lee. Juliet conocía las reglas: era una mujer de treinta y dos años, no una chiquilla recién salida de la universidad. Quizá no se hubiera detenido a explicarle cuáles eran los términos de su relación, pero ella tampoco estaba buscando el amor eterno de un policía sureño de clase media cargado de deudas. Ella volvería con los de su clase cuando terminara su trabajo, y probablemente estaría feliz de hacerlo. Y él por fin podría dedicarse a realizar su más esperada fantasía.

Eso de ninguna manera lo convertía en el hipócrita que Luke pretendía que fuese. Solo hacía de él un realista.

19

El Garden Crown parecía arder con tantas luces y estaba atestado de gente. Juliet por fin había encontrado un momento libre para recuperar el aliento. Celeste la había llevado de una persona a otra durante toda la noche, y aunque Juliet no dudaba de que los miembros del Boston Club eran personas muy agradables, diferían muy poco del grupo social en el que se había movido durante toda su vida... lo que acaso explicaba su imposibilidad de compartir el entusiasmo de Celeste. Ella tenía mucho más interés en ver cuánto dejaría en limpio ese cóctel preinaugural, y esa sería la primera oportunidad que tendría de evaluar el resultado de todos sus esfuerzos.

Contempló a los hombres y mujeres lujosamente ataviados que recorrían el primer piso y a los discretos sirvientes que pasaban entre ellos con sus bandejas repletas de champán y aperitivos, y decidió que habían tenido la suerte de hacer las cosas bien. Los pulidores habían trabajado hasta el último minuto en el suelo del baño de damas, y los obreros encargados de la pista de baile provisional habían estado entrando y saliendo todo el día, compitiendo por su atención con los responsables del catering, los floristas y los encargados del vino. Gracias a Dios que existía Roxanne. Mientras estaba cautiva por los miembros del Boston Club, había visto a su asistente dirigir a los camareros y resolver una miríada de detalles de último momento.

—Es un maravilloso evento, señorita Lowell.

Juliet se dio la vuelta.

—Capitán suplente Pfeffer. —No recordaba en absoluto haberle enviado una invitación, pero le tendió la mano con cortesía automática—. Qué bien que haya podido asistir. Y esta debe de ser la señora Pfeffer.

—Sí, señora, mi media naranja. —Pfeffer hizo las presentaciones de rigor.

Juliet sintió una presencia en el codo y, antes de darse la vuelta, supo que era Beau. Lo hizo integrarse al grupo.

—Ya conoces al capitán suplente, por supuesto. ¿Te han presentado a la señora Pfeffer?

Dios, estaba de infarto. Nadie diría que había heredado el esmoquin de su padre; le quedaba como un guante, y el blanco prístino de la pechera resaltaba su piel morena. Había vuelto a afeitarse antes de que comenzara el evento y sus mejillas lisas tenían un brillo suave, satinado.

Fue tan encantador con la señora Pfeffer que la pobre mujer quedó casi tartamudeando, pero sus ojos se volvieron fríos al posarse en el marido.

—Y todavía tienes la cara de aparecer por aquí después de haber ignorado reiteradamente mis peticiones de más personal —gruñó, pero en voz tan baja que Juliet dudaba de que ni siquiera la señora Pfeffer lo hubiera oído—. Ha sido una pesadilla logística seguirle el rastro a toda la gente que ha entrado y salido de este lugar en los últimos días.

Ignorando las críticas, el capitán Pfeffer se dirigió a Juliet.

—¿Quizá tengamos el placer de conocer a su padre esta noche?

Juliet se obligó a relajarse para contrarrestar la rigidez que aquella pregunta obraba en su postura corporal.

—No, papá se está ocupando de otro proyecto en este momento.

La mano de Beau le produjo un bienvenido calor en la espalda.

—¿Te apetece bailar, cariño?

—Sí, por favor, me encantaría. —Sonrió a Pfeffer y a su

esposa—. Todavía no he tenido ocasión de probar el ritmo de la banda. Excúsennos, por favor.

—Estúpido hijo de perra —murmuró Beau, llevándola a la pista de baile, donde la tomó en sus brazos—. Son los idiotas como el Pedante los que hacen que todo el mundo hable de la corrupción del Departamento de Policía de Nueva Orleans.

Juliet levantó la cabeza.

—Has dicho Nueva Orleans.

—Pues... por supuesto que he dicho Nueva Orleans. ¿Qué se supone que debía decir, Saint Louis?

—Antes lo pronunciabas con acento sureño.

La miró con un dejo de altanería.

—Solamente los turistas pronuncian el nombre de la ciudad con acento sureño, cielo.

—Pero yo jamás te había escuchado pronunciarlo de otra manera que... —No tuvo necesidad de ver enarcarse aquella ceja negra para interrumpirse en seco—. Ah, ya veo. Todo era parte de tu rutina de comediante «vendámosle gato por liebre a esta yanqui ignorante».

—No, era parte de la máscara que me ponía cuando todavía era lo bastante torpe y tonto para pensar que podría persuadirte de pedir un reemplazo. —Deslizó la mano sobre su cintura—. Y te aseguro por lo que más quiero que eso fue antes de darme cuenta de que existía un peligro real del que debíamos defenderte. —Movió un poco el hombro bajo la mano de Juliet—. O muy poco después, como sea. —La miró y cambió bruscamente de tema—. Así que tu señor padre está metido hasta las cejas en otro proyecto, ¿eh?

—Oh, sí.

—¿Si no fuera por eso estaría aquí acompañándote en tu gran noche?

A Juliet se le escapó una risilla cínica sin que pudiera evitarlo.

Beau se acercó un poco más y enlazó con más fuerza su cintura mientras giraban al ritmo del sonido del sexteto.

—¿Dices que no habría venido?

—No asistió a mi primer recital de piano. Ni tampoco cuando me gradué en la escuela secundaria o en la universidad. —Se aseguró de ablandar la expresión de sus ojos antes de mirarlo—. No, creo que podemos afirmar con toda certeza que no habría venido.

—Pues... al diablo con ese mal nacido sin sentimientos.

—Parecía más afectado que ella por la ausencia de su padre. Por alguna razón, el hecho de que la mandíbula de Beau se pusiera rígida aligeró el corazón de Juliet. Hasta que las arrugas entre sus cejas se esfumaron y se llevó la mano derecha de Juliet, que hasta entonces había sostenido en la postura aprobada para el vals, al hombro. Y la estrechó entre sus brazos, acercándola cada vez más a su cuerpo—. ¿Ya te he dicho que esta noche estás más hermosa que nunca?

—Gracias, Beau.

—Ese vestido me gusta mucho. Deja ver algo de piel.

Juliet elevó los ojos al cielo.

—Eh, tienes que admitirlo... Este es muchísimo más sexy que los vestiditos de buena chica que acostumbras llevar. Ahora todo el mundo sabe que tienes piernas. —Inclinó la cabeza para mirarlas y le mostró su sonrisa de dientes blancos—. Unas piernas estupendas.

—¿Qué tienen de malo los vestidos que suelo usar?

—Nada, supongo. Solo que te hacen parecer una niñita buena.

Sintiéndose ligeramente insultada, Juliet enarcó la ceja con arrogancia.

—Quizá mi ropa simplemente refleja lo que soy.

—No voy a discutir eso, mi caramelito de miel. Dios sabe que eres muy, pero muy... buena. —El tono de su voz era bajo e insinuante—. No me cabe la menor duda.

Un súbito calor hizo arder sus venas. Dios santo, él la hacía sentir sexy. Impulsivamente, le dio un beso en el cuello de la camisa. Cuando echó la cabeza hacia atrás advirtió la marca de pintalabios que le había dejado y bajó el brazo para limpiarla.

Cuando iba a apoyar el pulgar sobre la mancha en forma

de beso, se detuvo. Sonriendo apenas para sí misma, volvió a echarle los brazos al cuello.

Beau tiró la cabeza hacia atrás y la estudió con repentina cautela.

—¿Qué?

—¿Mmm? —Las comisuras de sus labios se curvaron todavía un poco más.

—Oh, diablos. Me aterra cuando una mujer sonríe de ese modo, porque eso siempre significa «ya verás lo que me traigo entre manos».

Juliet rió.

—Tú sí que tienes una imaginación prodigiosa, Beauregard.

—Imaginación, dices. Tú ocultas algo bajo la manga, pimpollo.

—No tengo la menor idea de qué estás hablando. —Bueno, quizá ahora comprendiera un poco mejor esa necesidad de dejar la marca propia sobre las cosas. Quizá no solo los que vivían en casas rodantes sintieran el impulso de dejar su marca. Suspiró y apoyó la cabeza contra su pecho.

—¿Estás nerviosa, Capullito de Rosa?

—¿Nerviosa por qué?

—¿Por el discurso que tienes que dar?

—Oh, no. He sido educada para eso.

Beau pareció titubear en el paso durante una fracción de segundo, pero quizá hubiera sido su imaginación... porque la hizo girar con elegancia al segundo siguiente.

—¿Sí? ¿Y educada de qué manera?

—Oh, Dios, de todas las maneras. Hasta donde yo recuerdo, hasta el día en que me marché a la universidad, todas las tardes tomaba el té con mi abuela durante dos horas. Y ella ponía a prueba mis palabras, mis modales, mi comprensión de la etiqueta... llámalo como quieras.

—¿Y tú cuántos años tenías?

—No lo sé... acababa de empezar a andar. Cuando he dicho «hasta donde yo recuerdo» he querido decir precisamente eso, literalmente.

Beau frunció el ceño.

—¿Y pasabas dos horas cada maldito día jugando a ser la pequeña lady Astor Lowell?

Su voz sonó tan incrédula que Juliet tuvo el impulso de confesar:

—A veces lo único que quería era levantarme de un brinco y correr y correr en círculos hasta caer rendida. Envidiaba a los hijos del jardinero, porque podían jugar fuera a cosas que parecían maravillosamente divertidas.

Beau murmuró algo por lo bajo que Juliet no llegó a entender. Pero cuando le pidió que lo repitiera, esbozó una sonrisa encantadora y dijo que no tenía importancia.

La siguiente hora fue mágica. Se sentía hermosa y sexy y mucho más ingeniosa de lo que creía ser... y estaba enamorada. Dios, tan profunda, desesperada y extáticamente enamorada... Realmente tenía que decírselo a Beau, pero nunca se presentaba el momento justo. Y estaba bien así. Por el momento era divertido llevarlo a rastras de un grupo a otro, presentarlo a todo el mundo, y reír y coquetear y bailar con él.

A las once en punto, con Beau pisándole los talones, subió la gran escalera que conducía a la galería que daba al vestíbulo. Cogió la pequeña campana que antes habían colocado sobre la mesilla y la hizo sonar para llamar la atención de los asistentes.

Cuando los invitados se callaron, Juliet dejó la campana y cogió un micrófono de mano.

—Prometo no interrumpir los festejos más que unos breves momentos —dijo con una sonrisa, mirando las caras que la miraban desde abajo—. Pero sería muy desconsiderado de mi parte si no aprovechara esta oportunidad para darles las gracias a todos por haber venido. Crown Corporation está orgullosa de poder inaugurar un nuevo hotel en su hermosa ciudad, y, como podrán imaginar, se necesita la cooperación de muchas personas para lograr que un proyecto de esta magnitud pase del dicho al hecho. El Garden Crown es mi bebé, y he tenido la suerte de contar con la ayuda de algunas personas insustituibles durante mi estancia aquí. Sus Edward y Celeste Haynes han tenido la inmensa amabilidad de presentarme a la mayoría de los que están aquí esta noche. —Prosiguió dando las gracias a los individuos y sociedades que habían organizado eventos para presentarla a la crema de la aristocracia de Nueva Orleans. Hasta que por fin llegó al agradecimiento que más le importaba—. En ciertas ocasiones la situación se ha puesto un poco loca aquí —dijo, y lo consideró una manera elegante de decir que le habían disparado en público—. Y me gustaría presentarles muy especialmente a la mujer que ha sido mi mano derecha en tiempos de cordura y locura por igual. Roxanne, ¿podrías subir aquí, por favor? —Juliet vio el rostro atónito de su asistente entre la multitud reunida abajo. Sonrió con deleite y le indicó que subiera con un ademán. Mientras Roxanne se abría paso entre la multitud y subía la escalera, Juliet les explicó a los invitados—: En una empresa como esta siempre hay una cantidad de detalles que requieren absoluta atención, y es raro encontrar una persona que, sin que se lo pidan, esté dispuesta y al mismo tiempo sea capaz de ocuparse de ellos. —Beau dio un paso a un lado para que pasara Roxanne. Juliet se dio la vuelta y extendió el brazo. Tomando a su asistente por los hombros, la hizo adelantarse—. Roxanne no solamente se ocupó con gracia y eficiencia de su propio y por lo demás sobrecargado lote de detalles, sino que también se hizo cargo de los míos cuando yo no estaba en condiciones de hacerlo. Por eso, les ruego que se sumen a mi agradecimiento hacia Roxanne Davies. —Hizo que Roxanne se colocara casi frente a ella, bajó el brazo y sus manos se unieron en un aplauso. Bajando el micrófono, le dijo al oído a su asistente—: Gracias, Roxanne, desde el fondo de mi corazón. Has sido un regalo de Dios. —Le tendió el micrófono—. ¿Quieres decirles unas palabras a los invitados?

Roxanne estaba tan sonrojada que sus pecas color jengibre habían desaparecido por completo. Un poco tarde quizá, Juliet pensó que tal vez le había hecho pasar vergüenza a su asistente. Una vergüenza increíble. Oh, maldición, ¿por qué no lo habría pensado antes? Si los nudillos blancos de la mano de Roxanne aferrada a la baranda de la galería eran indicio de algo, estaba claro que no le gustaba en absoluto ser el centro de todas las miradas.

Los aplausos se apagaron y Juliet volvió a acercar el micrófono a sus labios.

—Les agradezco a todos que hayan venido. Por favor, continúen disfrutando de la comida y el vino y la música de esta estupenda banda. —Apoyó el micrófono sobre la mesa pequeña y se dirigió a su asistente, que estaba apoyada en la baranda—. Roxanne, no sabes cuánto lo lamento... no pensé. No te habría hecho pasar vergüenza delante de todos.

Todavía roja como un tomate, Roxane se dio la vuelta.

—Por favor, no me pidas disculpas. —Le esbozó una sonrisa dócil—. Estoy tan orgullosa de que me hayas honrado de esta manera... y es absolutamente ridículo que me quede petrificada cada vez que tengo que plantarme ante la gente. Tú no podías adivinarlo: en circunstancias ordinarias, jamás me quedo sin palabras. —Enderezándose, frunció el entrecejo y volvió a girarse hacia la baranda. Extendió la mano y, sin saber por qué, la sacudió con fuerza e impaciencia—. ¿Qué ocurre con esto? Parece horriblemente... —Se quebró en sus manos, dejando una brecha de más de medio metro en la que segundos antes había sido una protección segura.

Roxanne perdió el equilibrio y, horrorizada, Juliet la vio tambalearse al borde del abismo. El pie derecho de Roxanne se deslizó hacia el vacío y Juliet corrió a socorrerla. Sus manos aferraron el antebrazo de Roxanne justo cuando su pie izquierdo acompañó al derecho en la caída, y el repentino peso muerto empujó a Juliet, lanzándose en una veloz carrera hacia el abismo.

—¡No! —Entre los gritos que venían de abajo, el rugido de Beau retumbó en sus oídos. Sintió que su brazo musculoso la sujetaba por la cintura, apretándola contra su cuerpo. Se inclinó todavía más hacia delante, con los hombros agobiados por el peso que constreñía las articulaciones claviculares.

Roxanne la miraba, con el rostro lívido, colgando en el

vacío. Oscilaba en medio círculo hacia un lado y luego hacia el otro. Petrificada, Juliet comprendió que lo único que se interponía entre su asistente y una caída en picado hacia el salón con suelos de mármol allá, tan abajo, era la endeble fuerza de su propio torso. Mientras pensaba eso, el brazo de Roxanne se deslizó unos milímetros más abajo.

—¡No! —Los ojos se le llenaron de lágrimas de frustración y miedo, que por un instante desdibujaron el rostro aterrado de Roxanne. Sus manos estaban perdiendo fuerza demasiado rápido... y Roxanne se deslizó un poco más hacia el vacío amenazador.

Beau asomó por encima de su espalda y sus largos dedos se cerraron en el antebrazo de Roxanne, por encima de la mano de Juliet. Y ella sintió cómo se le endurecían los músculos de los muslos por el titánico esfuerzo.

—Suéltala y...

—¡No!

—Juliet, escúchame —ordenó con una voz que no toleraba negativas—. Suéltala y quítate de en medio. La tengo... te juro que la tengo. Pero no puedo hacer palanca para subirla si tú estás metida en el medio.

Fue lo más difícil que tuvo que hacer en su vida, soltar el brazo de su asistente... pero fue separando los dedos, uno por uno. Al ver que Roxanne no se había estrellado de inmediato contra el suelo, Juliet se arrastró hacia un lado dejándole el camino libre a Beau. De rodillas, jadeante, lo vio afirmarse sobre sus rodillas.

—Señorita Roxanne, ¿puede oírme? —dijo—. Míreme, cariño... así, muy bien, muy bien, mantenga los ojos fijos en mí. Ahora quiero que levante el otro brazo. ¡No, no mire hacia abajo! Solo deme la otra mano y la sacaré de este embrollo en un abrir y cerrar de ojos, ¿de acuerdo?

Roxanne no respondió, pero, dedo a dedo, fue soltando el trozo de baranda que aún sostenía en la mano y lo dejó caer.

—No, no mire cómo cae —le ordenó Beau, justo cuando el mortífero fragmento se estrellaba contra el suelo—. Deme la mano, Roxanne. Vamos, ahora... muy bien, cariño, así... ¡la tengo! —Su hombro, su espalda y los músculos de su brazo se tensaron contra la tela del esmoquin mientras la alzaba y la ponía a salvo.

Se la entregó a Juliet en cuanto traspasó la brecha abierta en la baranda y las dos se arrodillaron, pecho contra pecho, fundidas en un abrazo. Juliet oyó, como en sueños, que Beau le ordenaba a alguien que pusiera un cordón de seguridad en la brecha. Llevó a Roxanne lejos de aquel infierno y le quitó el cabello de la cara con ternura feroz.

—¿Estás bien? Dios mío, lo lamento tanto, Roxanne... tanto, tanto.

—No... ha sido... tu culpa —musitó Roxanne.

—Es culpa mía. Está claro como el agua que alguien intenta matarme... probablemente esperaban que me apoyara sobre la baranda durante mi discurso.

—Entonces no saben una mierda del entrenamiento que te impartió tu abuelita, ¿eh? —Roxanne intentó una sonrisa—. Una Astor Lowell jamás se dejaría matar apoyándose en una baranda.

Una risilla histérica escapó de la garganta de Juliet.

—Dejarse matar. Oh, Dios. Lo lamento tanto...

—Escucha. —Roxanne la miró con firmeza—. Sé que a los Astor Lowell os gusta creer que estáis a la derecha de Dios Padre Todopoderoso, pero ten un poco de sentido común, amiga... solo Él podría haber previsto lo que acaba de ocurrir.

—Tienes razón. No se trata de mí. No solo estoy siendo arrogante, sino autocomplaciente. —Cogió a Roxanne suavemente por los hombros y la alejó de sí para inspeccionarla—. ¿Cómo te sientes? ¿Puedes levantarte?

Se pusieron de pie, no sin dificultad, y Juliet alisó el vestido de Roxanne.

—¿Sabes qué necesitamos?

—¿Además de tranquilizantes, dices?

—Sí, además de unos diez miligramos de valium, creo que podríamos bebernos una gran copa de champán. Una copa enorme, diría yo.

—O quizá toda la botella. —Roxanne suspiró. Miró a la

multitud que zumbaba amontonada allá abajo y luego miró a Juliet—. Pues, una cosa es segura —dijo secamente—. Apuesto a que el Garden Crown saldrá disparado como un cohete. Quizá no sea exactamente lo que habría preferido tu papaíto, pero no podríamos haber comprado la publicidad que nos dará este incidente. Sobre todo teniendo en cuenta que la semana pasada te dispararon para matarte.

20

La ira ardía como un volcán en sus venas. Beau estaba completamente seguro de que la balaustrada no se había roto por casualidad. Aun cuando hubiera creído en una coincidencia de esa clase, le habría bastado una sola mirada para desengañarse. Alguien la había cortado con una sierra. Con premeditación, alguien había planeado que Juliet Rose Astor Lowell cayera al vacío durante su discurso de agradecimiento.

No podía encontrarle ninguna razón lógica al asunto. Pero por Dios que daría con el responsable y lo encerraría de por vida en la cárcel.

No obstante, con toda la gente que había entrado y salido del hotel durante la última semana, no sería coser y cantar. Era cierto que no habían puesto el programa del cóctel en un cartel en el vestíbulo para que todos lo vieran, pero el personal sabía de qué se trataba... y nada les gustaba más en el mundo a los nativos de Nueva Orleans que hablar. El abanico de oportunidades era infinito para cualquiera que tuviera un ápice de interés en averiguar exactamente lo que necesitaba saber.

Considerando que estadísticamente la mayoría de los sospechosos siempre resultaban ser miembros de la familia o allegados muy cercanos, quizá tendría que empezar por el papaíto de Juliet y analizar sus posibles motivaciones. Era más que probable que Capullito de Rosa recibiera un fideicomiso, y la codicia era el incentivo indiscutible del comportamiento criminal. Quizá Thomas Lowell necesitara el dinero de su hija para subsanar una mala inversión... sí, sería interesante averiguar quiénes eran los herederos de Juliet. Dios era testigo de que el viejo no parecía ser el padre más amoroso del mundo. Y la anciana abuelita también estaba más allá de su alcance.

Minutos después de haber llevado a Roxanne a un lugar seguro, Beau salió en busca de respuestas. El primero de la lista fue el Pedante, a quien encontró, ajeno a sus obligaciones como de costumbre, de pie en medio del vestíbulo. Cogiéndolo por el codo, lo obligó a darse la vuelta sin considerar siquiera al pelele de alta sociedad cuya conversación había interrumpido.

—Quiero que incorpore a Gardner al caso —exigió entre dientes—. Y lo quiero ahora.

Pfeffer tuvo la sabiduría de no discutir... probablemente porque sabía que Beau era capaz de clavar su cuero cabelludo en la pared, sobre todo después de haber ignorado sus numerosas peticiones durante la semana anterior de personal adicional para prevenir, precisamente, esa clase de brecha en la seguridad. Metió la mano en el bolsillo interno del pecho de su esmoquin y extrajo un delgadísimo teléfono móvil. Tres minutos después cerró el teléfono y volvió a guardarlo en su chaqueta.

—Estará aquí en diez minutos.

Beau no se molestó en darle las gracias. Giró sobre sus talones y ordenó a los dos camareros más corpulentos que pudo encontrar que vigilaran las salidas hasta que llegaran los profesionales. En lo que a Beau respectaba, nadie se marcharía de allí hasta no haber hablado con él o con Luke.

Pero, aparentemente, nadie tenía la menor intención de marcharse. El champán desaparecía de las bandejas y el nivel de decibelios de las por demás animadas charlas iba en aumento. La cercanía de la muerte había transformado aquel cóctel en un acontecimiento más excitante que asistir al Gran Baile de Carnaval de Comus, hasta esa noche la invitación más anhelada por la alta sociedad de Nueva Orleans.

No obstante, se sintió aliviado al ver entrar a Luke con

tres hombres uniformados por la puerta principal del hotel poco después. Envió a dos de los policías a relevar a los camareros que vigilaban las salidas, y al tercero a montar guardia junto a Juliet y Roxanne. Luego informó a Luke sobre los acontecimientos de esa noche.

—Es una completa locura —fue la respuesta atónita de Gardner.

—Sí, eso mismo pienso yo —respondió Beau—. Si esto es obra de un fanático conservacionista que cree que de este modo logrará que se cierre el Garden Crown, ha evaluado mal la situación. Diablos, este incidente seguramente le dará más publicidad al hotel, no menos. Quizá no aparezca en las páginas sociales o de negocios que serían del agrado de la empresa Crown Hotels, pero ya sabes cómo es la gente... Acudirán en manada solo para conocer a Juliet y ver cuál es la clase de mujer capaz de inspirar una pasión tan desquiciada. Y si no es un lunático del tipo «salvemos los edificios históricos»... pues, mañana empezaré a investigar a su familia.

—¿Crees que papaíto podría andar escaso de efectivo?

—No sé lo que creo, llegado a este punto. Pero voy a asegurarme de cubrir todos los flancos. Y sé que esa pistola antigua encaja en alguna incógnita de la ecuación, Luke. Mi instinto me dice que es la clave de este asunto, y voy a rastrearla aunque sea lo último que haga en la vida. Hay algo en todo esto que no me huele nada bien.

—Estoy de acuerdo —dijo Luke—. Yo tampoco puedo descifrarlo todavía, pero ahí está la clave, eso es seguro.

—Gracias, Luke. Sabía que podría contar contigo en esto. —Beau titubeó un instante y luego dijo, renuente—: Escucha... acerca de Josie Lee. Quizá reaccioné un poquitín exageradamente respecto a tu relación con ella.

—¿Tú crees? —Luke resopló—. Bonita manera de decirlo... No reaccionaste «un poquitín» exageradamente... sino una tonelada.

Beau frunció el ceño.

—Tal vez me excedí un poco.

—Te pasaste de la raya, compañero.

Beau acercó su cara a la de Luke.

—Escucha, patán, estoy tratando de disculparme.

—¿A eso llamas disculparte? —Luke adelantó el mentón—. Lo único que he escuchado hasta ahora es un montón de quizases y talveces. Hiciste llorar a tu hermana, miserable, y no una vez. ¿Acaso crees que he buscado que ocurriera lo que ocurrió entre Josie Lee y yo? Piénsalo bien. Pero estoy tan loco por ella que ni siquiera puedo ver cómo son las cosas, y no me gusta verla llorar por tu causa.

—Llorar, y una mierda. —Beau no soportaba que su amigo mintiera de manera tan flagrante—. No insultes mi inteligencia, Gardner. Me atizó con una sartén caliente.

—Demonios, Beau, para ser un tío normalmente tan consciente, estos días te has puesto increíblemente obtuso. Josie Lee idolatra el suelo que pisas. Necesita tu aprobación, amigo, pero está enamorada de mí, ¿te das cuenta? No estamos hablando de amor entre niños ni de un ardiente romance adolescente... estamos hablando de amor entre adultos, del tipo «te acepto con verrugas y todo». Ella. Ya. No. Es. Una. Niña. —Pronunció las palabras, bien espaciadas, entre dientes—. ¿Has entendido?

—He entendido. Está bien, ya basta —murmuró Beau. Y de verdad estaba empezando a entenderlo. Pero algo le dolía por dentro.

—Entonces entiende también esto. La situación la pone entre la espada y la pared, porque aunque te quiere con locura y anhela tu aprobación, no va a abandonarme solo porque tú te niegas a reconocer que ya es una mujer hecha y derecha. Y si esa idea te resulta muy difícil de aceptar, entonces, maldita sea... tú me conoces. Sabes muy bien que jamás he buscado mujeres más jóvenes que yo en toda mi vida. No necesito una chiquilla que me haga sentir un gran hombre, y puedes estar seguro de que jamás buscaría una dulce niña a quien pueda dominar.

El comentario hizo resoplar a Beau con un dejo de complicidad.

—Como si alguien pudiera dominar a Josie. Pagaría varios de los grandes por verlo.

Luke sonrió.

—Sí. Yo también.

Beau rotó los hombros, incómodo.

—Entonces es probable que mañana pase por casa y hable con ella. —Era doloroso, sí; pero lo cierto era que Beau conocía a Luke y, en el fondo, también conocía a su hermana. Respiró hondo y dijo—: Transmítele, eh... mi aprobación.

—Buena idea.

Beau miró a su compañero.

—Pero si llegas a hacerla sufrir, Gardner, tendrás que vértelas conmigo.

—No esperaría menos de ti, Dupree.

—De acuerdo, entonces. —Molesto, Beau miró el vestíbulo atestado de gente. Todo parecía estar escapando a su control esos días—. Vamos a trabajar. Tengo que resolver esto, sea como sea, y volver a la normalidad.

Luke lo miró con ojos sospechosamente compasivos, como si supiera algo que él debería saber. Beau se enderezó y dijo, a la defensiva:

—Volveré a la normalidad.

—Eh, por supuesto. Como tú digas. Si te hace feliz pensarlo, compañero.

Celeste no se sentía feliz. Miró a Juliet —quien todavía seguía revoloteando alrededor de su advenediza secretaria— con amargura. Santo Dios, había visto gatos callejeros con menos vidas de las que parecía tener esa inmunda ramera yanqui. ¿Y cómo podría haber imaginado que esa mecanógrafa de baja ralea sería quien se apoyaría sobre la baranda durante la ceremonia de agradecimiento, echándolo todo a perder? No era nada fácil estar rodeada de incompetentes.

Entre el lamentable numerito de circo barato que las dos rameras y el tal Dupree habían montado, y la manera en que ese policía barriobajero había irrumpido en los grupos de per-

sonas verdaderamente importantes como un toro enloqueci-
do en una cristalería, por lo menos podría haber tenido la satisfacción de ver marcharse a todos disgustados, jurándose no
volver a pisar jamás el umbral del Garden Crown. Después
de todo, la *crème de la crème* que ella misma había reunido allí
esa noche estaba formada por personas de delicada sensibili-
dad y rígidas reglas. Pero, por alguna extraña razón, todos parecían considerar el incidente de la noche como una suerte de
jolgorio, como si lo hubieran preparado pura y exclusivamente para entretenerlos a ellos. Celeste esperaba otra cosa de los
miembros de Boston Club; algo muy diferente en realidad.

El único hito de esa noche lamentable había sido que el
fiasco, en vez de empañar su reputación —cosa que Celeste
había arriesgado y temido que ocurriera—, había hecho que
varias personas le agradecieran haber pensado en ellas cuando hizo las invitaciones, y le hicieran notar que también les
encantaría asistir a la gran inauguración. Incluso habían dejado traslucir que habría invitaciones recíprocas para el Baile de
Comus del año próximo. Tendría que estar más que entusiasmada, porque era una recompensa imprevista y algo que había anhelado lograr durante toda su vida adulta. Santo Dios,
Edward y ella acababan de ascender otro escalón en la pirámide social. Y todo era como debía ser... maravilloso. Solo
que...

Ahora tenía mucho más que perder.

Juliet había empezado a pensar que aquella noche jamás llegaría a su fin... pero de pronto todo había terminado. En cuanto
vio cerrarse la puerta detrás del último invitado, se dejó caer
en un sillón.

—Por fin —murmuró. El almidón desapareció de golpe
de su columna vertebral, dejándola pálida y marchita.

—Si no tuvieras una ética tan puritana del trabajo —bro-
meó Roxanne, dejándose caer en el sillón de al lado— habrías
subido a tus habitaciones hace varias horas y dejado que el
festejo siguiera su curso.

—Mira quién habla. —Juliet miró a su asistente. El agotamiento y el estrés habían teñido su piel de un tono grisáceo—. Lamento muchísimo haberte metido en este embrollo, Roxanne. No te culparía en lo más mínimo si tomaras el primer vuelo de regreso a Boston.

—¿Cómo? ¿Crees que iba a perderme toda la diversión? —Cogió la mano de Juliet y la apretó—. Me temo que tendrás que aguantarme hasta el final. Dios santo, es como ser un actor improvisado en una obra decimonónica sureña. Es aterrador, pero también excitante, con «emociones y escalofríos». —Su sonrisa era insinuante y directa—. Además mañana por la noche tengo una cita excitante con ese guapo oficial Bettencourt, y es la primera oportunidad que he tenido de restregarme contra un bomboncillo de testosterona desde que hemos llegado aquí. De ninguna manera pienso dejarla pasar.

Juliet apretó la mano de Roxanne.

—Eres la mejor, ¿lo sabías? Y no solo aquí, en el Crown. Eres tan divertida e inteligente y perceptiva que me sentiría verdadera y sinceramente honrada si me consideraras tu amiga. Desde el primer momento tú has sido una excelente amiga para mí.

Roxanne se quedó mirándola sin decir nada durante unos segundos. Luego se echó a llorar.

Horrorizada, Juliet la estrechó entre sus brazos. Fue un abrazo auténtico, aunque un tanto rígido.

—Oh, Dios mío, lo siento mucho. No era mi intención ponerte en un aprieto. —Dio palmaditas al hombro de Roxanne—. Ha sido un atrevimiento de mi parte... la amistad no es un requisito laboral ni nada por el estilo.

Una risa estrangulada escapó de la garganta de Roxanne.

—¡No es por eso, Juliet! —dijo, saliendo airosa del abrazo de su jefa.

—¿No? —Gracias a Dios.

—Por supuesto que no. Oh, diablos, me siento una imbécil redomada. —Limpió con los nudillos las lágrimas que anegaban sus ojos—. Puedo ser más dura que un clavo cuando las cosas se ponen difíciles, ya lo sabes. Caramba, arrójame al vacío... y no se me mueve un pelo. Tengo nervios de acero. Pero dime algo bonito... y me desarmo. —Miró a Juliet, sentada en el borde de su silla con la espalda muy recta, y agregó con dulzura—: Y lo que tú me has dicho ha sido muy bonito. Honestamente, nada me gustaría más en el mundo que ser tu amiga. —Una sonrisa irreverente asomó en la comisura de sus labios—. Bueno, excepto tal vez acostarme con alguien antes de que termine el milenio.

Juliet sonrió y su sonrisa era tan radiante que hizo que Roxanne pestañeara.

—Guau —dijo—. Y yo que me he olvidado las gafas de sol. Si has reaccionado así conmigo, no debes de tener muchas amigas.

—No —confesó Juliet—. Tengo una tonelada de conocidas cuidadosamente escogidas por mi abuela. Y son mujeres muy agradables, ¿sabes? Pero yo siempre me he sentido un poco... no lo sé... diferente de ellas. —Muy suavemente, se golpeó el pecho con el puño.

—Posiblemente porque te has pasado tu vida intentando reprimir un torrente de pasión, de la clase que la mayoría de esas tías remilgadas no reconocerían aunque las cogieran por detrás y les mordieran sus fruncidos culos de sangre azul.

—Oh, no, no creo que sea esa la raz... bueno, sí, supongo que tengo en mí más, eh, pasión de la que se podría haber sospechado... —Se interrumpió y sonrió complacida—. ¿Tías remilgadas dices?

—Oh, de los pies a la cabeza.

—Distintas de mí, que vendría a ser...

—Una bomba. Refinada, pero no obstante al rojo vivo. —Mirando a su amiga con aquel espléndido y brevísimo vestido de noche, la mayor parte del cabello liberado de sus habituales recogidos y las mejillas sonrojadas, Roxanne hablaba completamente en serio.

—Oh, caramba. —La risa repentina de Juliet sonó contenida pero satisfecha—. Oh, caramba. —Luego, se puso seria de golpe—. No tendría que estar riéndome tanto, Rox —dijo con tono culpable—. Alguien quiere matarme. —Apretó el puño sobre su regazo y miró a su amiga—. Dios mío. No puedo comprenderlo.

—No me sorprende. Yo apenas puedo imaginar cómo te debes de sentir.

—Avergonzada —explicó Juliet—. Como si hubiera dado un atroz paso en falso delante de la alta sociedad.

—Santo Dios, Juliet. —Roxanne elevó los ojos al cielo—. Tenemos que trabajar sobre tu actitud. ¿Realmente querrías que todos leyeran este epitafio inscrito en tu lápida: «Aquí yace Juliet. Pide disculpas por haber sido asesinada»?

—Si a ti no te importa, en principio me gustaría no ser asesinada.

—Esa es, precisamente, la clase de actitud que me gusta ver en ti. Es mucho mejor enojarse un poco que disculparse. Nada de lo que ha ocurrido aquí es culpa tuya —dijo con firmeza—. Tienes que metértelo en la cabeza. —Levantó los ojos y vio que Beau se dirigía hacia donde estaban ellas con aspecto sombrío y decidido—. Y aquí viene el tipo que en última instancia resolverá este desastre. Si alguien puede llegar al fondo de las cosas, Juliet, apuesto todo mi dinero al Sargento Bombón.

Ya era muy tarde cuando Beau decidió ir a acostarse y subió al cuarto de Juliet. Le ordenó al hombre que vigilaba la puerta comunicante entre las dos habitaciones que fuera a montar guardia en la puerta de Roxanne, y entró.

Esperaba que Juliet estuviera dormida. Pero, si bien estaba en la cama, se sentó apenas él entró en la habitación. Arrojó al suelo la chaqueta de su esmoquin, se quitó los zapatos con los pies y fue hacia la cama, aflojándose el lazo bajo el cuello de la pechera. Juliet ya se había puesto de rodillas cuando llegó y lo ayudó a quitarse los gemelos. Entre los dos desnudaron a Beau en pocos segundos. Juliet se apretó contra su pecho, echándole sus frágiles y largos brazos al cuello.

—Abrázame, Beau. Por favor.

Él la abrazó, pero estaba claro que no solo anhelaba el

consuelo de sus brazos. Comenzó a moverse contra él, y a darle besos fugaces en cuello y el pecho. Poco después, Beau la arrojaba sobre el colchón, buscando en ella el mismo dulce olvido que Juliet buscaba en él.

El juego previo fue mínimo. Unos segundos después, ya la había penetrado... y sus embestidas eran rudas y rápidas y ardientes... y el nudo de tensión que habían soportado los músculos de su cuello y su hombro durante toda la noche por fin —¡por fin!— comenzaba a aflojarse... cuando escuchó la voz de Juliet, sofocada contra su pecho, iniciar una dulce cantinela. Volviendo del limbo de placer donde se hallaba sumido, intentó descifrar sus palabras.

—Te amo, Beauregard —murmuraba contra su piel—. Te amo, te amo, te amo.

Y, como por arte de magia, la tensión volvió.

21

Beau se apoyó contra la puerta de la oficina.

—Buenas tardes, señoras.

Juliet y Roxanne, que trabajaban con las cabezas juntas en el escritorio de Juliet, levantaron la vista y le devolvieron el saludo. Sintiendo que se le aceleraba el pulso, Juliet lo miró de arriba abajo casi imperceptiblemente, deseando que Beau fuera capaz de leerle la mente. La noche anterior le había hecho el amor con una intensidad feroz que la había dejado laxa, como si no tuviera huesos. Y luego se había dormido inmediatamente. Pero esa mañana había sentido en él una reserva desacostumbrada, cuyo origen no podía siquiera empezar a comprender. Había querido preguntarle si le ocurría algo, pero era una pregunta tonta a la que sin duda habría respondido con un bufido y un «¿y ahora por dónde empiezo?». La vida de Juliet se había convertido en una suerte de comedia policíaca en esos días... y por supuesto que ocurría algo.

Esa tarde la máscara profesional de Beau parecía estar, como nunca, colocada firmemente en su lugar. Pero no... tenía que poner freno a su paranoia. Simplemente tenía muchas cosas en la cabeza, y eso era todo.

—¿Estás lista para irte? —le preguntó, entrando en la oficina—. He revisado todos los archivos del ordenador en busca de esa pistola antigua, de modo que pasaremos por la central de policía para examinar la sala de archivos.

Juliet soltó una carcajada.

—¿La central de policía?

—Los cuarteles generales de la policía. ¿Quiere venir con nosotros, señorita Roxanne?

—No, tengo trabajo que terminar aquí.

—Claro. —Metió las manos en los bolsillos y se encogió de hombros—. No obstante, si llega a ponerse nerviosa estando aquí sola, tenga en cuenta que he puesto a uno de mis hombres a vigilar la puerta de su oficina. No anticipo problemas, pero he decidido tomar algunas medidas de precaución ahora que por fin me han asignado suficiente personal para el caso.

—Gracias, sargento. Usted es un as.

Juliet vaciló y luego se obligó a decir:

—Dado que alguien está montando guardia, Beau, quizá yo también tendría que quedarme. —En realidad era lo último que quería, y no obstante... —. Estamos hasta la coronilla con los preparativos de la gran inauguración y hay cientos de detalles que debo atender.

Por instinto, Beau habría querido decirle lisa y llanamente que ni se le ocurriera pensar en quedarse allí. Pero la idea de que su largamente acariciada fantasía jamás iba a concretarse y la sensación de angustia que había sentido en la boca del estómago la noche anterior —como si estuvieran cerrando un portón de hierro con barra a sus espaldas— le hicieron dar un paso atrás—. Sí, de acuerdo, como quieras —murmuró, frotándose los muslos con las manos—. Siempre y cuando no salgas de la oficina sin mi hombre pisándote los talones.

—Diablos, sería grandioso liberarse un rato del trabajo policial ininterrumpido. De hecho, eran órdenes del médico—. Acompañadme un momento afuera, quiero presentaros al guardia.

Pocos minutos después, una vez concluidas las presentaciones de rigor, Roxanne desapareció por la puerta de la oficina. Juliet acompañó a Beau hasta la puerta principal.

—Bueno —dijo él, yendo hacia la entrada—. Supongo que, ehhh, nos veremos más tar...

—¿Me harías un favor?

Lo sorprendió tanto que Juliet Rose Astor Lowell interrumpiera a alguien que dejó caer la mano del picaporte y la miró.

—Claro. Dispara.

—Me gustaría invitar a tus hermanas a la gran inauguración...

—Eh... realmente, cariño, no es necesario. —Ante la sola idea, sintió un pánico atroz que le roía la entrepierna con sus afilados dientes de rata.

—Por favor. Es algo que me gustaría muchísimo hacer, solo que es demasiado tarde para enviarles una invitación formal. Te pido disculpas por no haberlo pensado antes, pero... ¿podrías invitarlas en mi nombre? ¿O darme sus números de teléfono para que las llame yo misma?

—Sí, claro, de acuerdo. —Ella lo miró con sus serios ojos grises y Beau sintió que se le contraían los hombros—. Yo les haré llegar la invitación, ¿te parece bien? Mira, tengo que irme.

—Lo sé.

—Entonces mueve tu bonito trasero, pimpollo. No me moveré un centímetro hasta que no entres en el radio del perro guardián.

—Tiene nombre, Beauregard.

—Ya sé que tiene nombre. Benton, ¿así está mejor? Date prisa en llegar a donde él te vea, cara de ángel, para que yo pueda ir a trabajar.

Juliet se acercó a darle un beso de despedida, pero, con la vaga idea de que sería más fácil poner distancia entre ambos si lo evitaba, Beau retrocedió fuera de su alcance.

—Nos vemos esta noche.

Juliet levantó apenas el mentón y la dignidad con que lo miró hizo que se sintiera un gusano. Luego, sin decir palabra, ella dio media vuelta y se marchó. Beau se quedó mirándola hasta que, con sus andares de reina, pasó junto a Benton y cerró la puerta de la oficina a sus rectísimas espaldas. Solo entonces fue a buscar su coche.

Juliet estaría bien, pensó para tranquilizarse mientras maniobraba hábilmente su GTO por las atestadas calles. Ella y

Roxanne no tendrían ningún problema. Él mismo había elegido a Benton. Y además, necesitaba un respiro.

No obstante, estaba ansioso y de mal humor cuando llegó a la sala de archivos en el segundo piso del edificio del Departamento Central de Policía. Y las horas que pasó revisando los microfilmes no le levantaron precisamente el ánimo. No obstante, continuó con la tarea, colocando tercamente nuevos carretes en la máquina y analizando la información que iba pasando por la pantalla hasta que le ardieron los ojos.

Y no encontró nada.

A las seis menos cuarto se apartó de la máquina y apoyó las palmas de las manos sobre sus ojos. Después anotó la información más reciente que había revisado, juntó la última pila de carretes y se los devolvió al asistente de turno.

En el camino de regreso al distrito del Garden decidió pasar por su casa. Le había prometido a Luke que haría las paces con su hermana y sentía una súbita necesidad de volver a entrar en contacto con su vida real.

Cuando llegó, la casa estaba cerrada y más caliente que la antesala del infierno. Josie Lee todavía no había vuelto de trabajar. Beau cogió la última botella de cerveza que quedaba en la puerta del refrigerador, encendió los ventiladores de techo y puso un CD de T-Bone Walker en el reproductor. Luego se dejó caer en el sofá y, apoyando los pies en la mesa auxiliar, se dedicó a revisar su pila de correspondencia aún no leída.

Cuando la guitarra sugerente, el saxo tenor y la batería sincopada de «Blues Rock» resonaron en los altavoces, Beau levantó la vista de sus facturas. Ese tema siempre le había parecido música para desnudarse... lo que lo hacía pensar en clubes de strip-tease... e inevitablemente en Juliet. Observó el salón y se preguntó qué pensaría ella de ese lugar. No se parecía en nada a los ambientes palaciegos a los que estaba acostumbrada.

Se incorporó de golpe, estampando los pies contra el suelo. Coño. ¿De dónde diablos había sacado eso? Era una especulación inútil, estúpida... Juliet jamás vería ese salón con sus propios ojos. Y además, él tampoco quería que lo viese. Muchas otras mujeres lo verían, y a ellas sí que les gustaría y lo encontrarían digno de un dandi. Golpeó suavemente la botella de cerveza con las yemas de los dedos y se bebió hasta la última gota.

La puerta corredera crujió al abrirse y se cerró de golpe detrás de su hermana y Luke. Beau pestañeó al ver que, al advertir su presencia en la casa, una sombra de cautela cruzaba sus ojos negros.

No obstante, con su inimitable estilo Josie Lee, se recuperó enseguida.

—Bueno, bueno. Mira quién ha vuelto a casa. ¿Qué te trae por aquí, Beauregard? ¿Has venido a revisar el cerrojo de mi cinturón de castidad?

—Josie —la regañó Luke. Pero Beau lo hizo callar con un gesto de la cabeza y se puso de pie.

Viendo que su hermana adoptaba una actitud de combate, se le acercó con cautela.

—No. Estás demasiado cerca de la cocina; alguien podría salir lastimado. —Metió las manos en los bolsillos, avanzó un paso hacia ella y ladeó la cabeza—. Lo cierto es, pimpollo, que si las cosas fueran como yo deseo morirías virgen a la avanzada edad de noventa y cinco años. No puedo evitarlo... es lo que siento. Pero Luke me ha dicho que debo jugar limpio porque de lo contrario corro el riesgo de perderte. De modo que he venido a disculparme.

Josie Lee lo miró entre perpleja y desconfiada, y Beau le dio un codazo

—Vamos, Josie, démonos un beso y hagamos las paces, ¿qué dices?

Sus pestañas negras comenzaron a agitarse vivamente.

—Déjame ver si estoy entendiendo bien. Estás pidiendo disculpas.

—Sí.

—Tú a mí.

Beau se sentía incómodo.

—Actúas como si nunca en la vida hubiera admitido que cometí un error.

Josie Lee lo miró boquiabierta.

—¿Estás diciendo que cometiste un error?

Beau comenzaba a sentirse gravemente insultado. Abrió la boca para mandarla al diablo, pero Josie Lee soltó una carcajada loca y se arrojó a su pecho. Tambaleándose, sacó las manos de los bolsillos y la abrazó. Frotándole la cabeza con el mentón, murmuró:

—Reaccioné como un loco, Josie... lo siento.

—Sí, te portaste como un idiota.

—Eso mismo me ha dicho Luke.

Josie Lee se puso seria y se apartó un poco para mirarlo a la cara.

—Lo he amado desde que tengo memoria, Beau.

—¿En serio? Bueno... supongo que podrías haber elegido peor. Luke está bien.

—¡Bien! —Le pegó un puñetazo cariñoso—. Es el mejor.

—Sí. Es un buen hombre.

—Ah, demonios, tanta efusión y tanto elogio hacen que me salgan los colores —intervino Luke secamente—. Soy un hombre tan engreído que creo que merezco una cerveza fresca. Tendréis que excusarme un momento, ya que iré a buscarla.

—Me temo que no será tan fácil... pues me la he bebido —dijo Beau.

—¿Te has bebido mi última cerveza?

Beau entrecerró los ojos.

—La última vez que miré, mi nombre figuraba en la hipoteca. Y dado que Josie tiene la manía de beber té helado, tendrás que excusarme por haber pensado que era una de las tantas botellas de cerveza que yo mismo había comprado antes de que me mandarais a darme la gran vida en el Garden Crown.

—Hablando de eso —dijo Josie Lee—, ¿cómo anda tu vida amorosa?

Te amo, Beauregard, le había dicho Juliet. Beau bajó la voz y soltó a su hermana.

—Eso no es asunto tuyo.

—¡Vamos, Beau! No has tenido ningún problema en criticar mi vida amorosa... Tienes que jugar limpio.

—Sí, bueno, lástima que tenga que volver al Garden Crown ahora mismo. De no ser así, me encantaría desnudar mi alma para entretenerte. Pero te diré una cosa. —Juntó sus facturas y se las guardó en el bolsillo trasero del pantalón. Luego miró a su hermana a los ojos—. Juliet quiere que vosotras tres asistáis a la gran inauguración del hotel la semana próxima. Entonces tendrás una inmejorable oportunidad de sacarle información a ella. —Y que tengas buena suerte, hermana pequeña. Confiaba en que los modales impecables y la mirada directa de Juliet mantendrían a raya las preguntas fuera de lugar.

Como había esperado, Josie Lee estaba estupefacta.

—¿Estamos invitadas a la inauguración? Oooh. ¿Es una invitación formal? Apuesto a que es formal.

—Sí, es una oportunidad de oro para que saquéis a lucir vuestras mejores galas, así que avisa a Camilla y Anabel, ¿eh?

—Iré a llamarlas ahora mismo. —Se puso de puntillas para darle un beso y luego corrió hacia el teléfono.

Luke lo estaba mirando con una mueca de admiración en los labios.

—Buen trabajo. ¿Cómo lo haces?

—Un hombre no puede vivir en una casa llena de mujeres durante tanto tiempo como yo sin aprender uno o dos trucos. —Abrió la puerta corredera—. Despídeme de Josie. Tengo que hacer algo que debería haber hecho hace rato. Te veré luego.

En cuanto le vio la cara, Juliet supo que Beau iba a decirle algo que no quería oír. Se le hizo un nudo el estómago, pero en su corazón sabía que había un problema desde el momento en que él había evitado su beso de despedida. ¿Beau Dupree —quien probablemente jamás había dejado pasar una oportunidad de contacto físico íntimo en toda su vida— esquivando un beso? Oh, sí, claro que se había dado cuenta.

—Tenemos que hablar —dijo Beau.

Juliet se asomó por la puerta y espió a ambos lados del pasillo.

—¿Dónde está Benton? —El tal Benton había insistido en acompañarla hasta su cuarto y montar guardia en la puerta cuando Roxanne y ella habían decidido poco antes que ya era bastante por ese día.

—Lo he enviado a cenar.

—Ah. —Retrocedió un paso—. Entra.

Beau la siguió hasta la sala, pero cuando Juliet se volvió para mirarlo hundió las manos en los bolsillos y comenzó a moverse, inquieto.

—¿Ha ocurrido algo? —Su instinto le decía que era una cuestión personal, pero esperaba que, por una vez, se equivocara. Lo único que sabía era que el estado de ánimo de Beau estaba comenzando a preocuparla. Con el corazón a punto de salírsele del pecho, preguntó—: ¿Has podido encontrar la información que buscabas en los cuarteles generales?

—No. No, esto no tiene nada que ver con el caso. Es solo que... tú y yo jamás hemos hablado de lo que esperamos de esta relación, Juliet, y yo... eh, me he dado cuenta, hoy mismo, de que tenemos que aclarar algo.

—¿Y tienes esa cara de que acaban de atropellar a tu perro porque...?

La miró con ojos insondables.

—Mira, es solo que creo que es importante que no te hagas una idea equivocada de las cosas.

Por primera vez desde que había pisado Louisiana, sintió frío... un frío que la calaba hasta los huesos. Resistiendo la necesidad de abrazarse a sí misma, preguntó con falsa indiferencia:

—¿Y qué sería una idea equivocada, Beauregard? ¿Que te importo?

—¡No, maldita sea! Claro que me importas. Es solo que...

—¡Puedes dejar de repetir eso!

—¿Qué?

—«Solo que.» «Solo que» nunca hablamos del rumbo que estaba tomando la relación. «Solo que» crees que es importante que no me haga una idea equivocada. Te importo, «solo que»...

—Eh, perdone mi falta de retórica, señorita. No he tenido el beneficio de una educación elegante como la suya. ¿Esa es una de las cosas que le enseñó su abuela durante sus encuentros diarios para tomar el té... a no repetirse jamás?

Dios, qué rápido había usado sus propias palabras contra ella. Pues bien, no permitiría que él la viera sufrir... de ninguna manera. Irguió el mentón.

—Pues te diré una cosa, Beau. ¿«Solo que» por qué no largas de una vez lo que tienes que decir?

Beau se pasó la mano por el cabello y la dejó caer al costado del cuerpo.

—Mira... —Respiró hondo y miró a su alrededor, prestándole atención a todas las cosas... excepto a ella. Exhaló de golpe y la miró a los ojos—. Tuve que hacerme cargo de mis hermanas cuando tenía veinticuatro años de edad, Juliet. Quise hacer las cosas bien con ellas, de modo que, salvo raras ocasiones, prácticamente no he tenido una vida amorosa. Uno no puede llevar amantes a la casa donde viven sus hermanas pequeñas.

—Y ha sido muy encomiable de tu parte —dijo ella—. Aunque no estoy segura de comprender por qué eso tiene que ver con nuestra relación. —Pero, en lo profundo de su ser, tenía miedo de haberlo comprendido.

—Es pertinente porque, aunque no tenía vida sexual, sí tenía un plan para el día en que por fin recuperara mi libertad... y te digo honestamente que ese plan me salvó más de una noche, cuando no tenía la menor idea de lo que estaba haciendo.

—Y ese plan incluye la pequeña agenda en la que todo el tiempo anotas números telefónicos, supongo.

—Sí. Desde siempre he planeado vivir una vida loca apenas Josie Lee se mudara, acostarme con una mujer distinta cada noche de la semana para recuperar el tiempo perdido.

Lo espantoso era que Juliet comprendía que su sueño era justo. Merecía poder cumplirlo. Pero eso no impidió que se le partiera el corazón.

—¿Por qué me dices esto ahora? Me parece que tienes algo bastante bueno conmigo. Sexo regular, sin presiones. Oh quizá... ay, Dios. —Lo miró horrorizada—. ¿Se ha vuelto desagradable? ¿Aburrido?

—¡No! —Dio un paso hacia ella, pero se contuvo—. Sabes muy bien que no... sabes que ha sido magnífico.

—Entonces ¿por qué no has podido esperar hasta que regresara a Boston? Podrías habernos ahorrado el mal momento.

—¡Maldita sea, Capullito de Rosa, anoche me dijiste que me amabas!

Eso la dejó impávida.

—¿Qué? —Hacía varios días que se mordía la lengua para no pronunciar esas palabras... y por supuesto que no recordaba haberlas dicho la noche anterior—. No es cierto.

—Sí. Lo dijiste... cuando estábamos haciendo el amor. Dijiste que me amabas.

—Ah. Bueno. —Lo miró fríamente—. Son cosas que se dicen.

Beau dio otro paso hacia ella.

—Mentira.

—Fue una noche estresante.

—Sí, es cierto. Pero lo dijiste en serio.

—¿Ah, sí? Bueno, tú eres un experto en estas cosas, ¿verdad? Pero quizá debas tener en cuenta que has sido tú quien me ha hecho experimentar una clase de sexo que me hace decir casi cualquier cosa... por cierto, cosas que jamás digo en circunstancias normales.

Dios, estaba cansada. Parecía que toda su vida había estado buscando la aprobación de alguien: la de su padre, la de su abuela... diablos, la de toda la sociedad. Estaba harta. Esta vez no había pedido nada... ni una sola cosa... pero ni siquiera así bastaba.

—Te diré algo, Beau. No quiero ser un peso para nadie, de modo que, en lo que a mí respecta, considérate libre como un pájaro. —Lo cogió del brazo y lo acompañó hasta la puerta—. En serio. Ha sido divertido, y te agradezco la experiencia. —Abrió la puerta y lo empujó afuera—. Que tengas una buena vida. —Y le cerró la puerta en la cara. Y entonces se quedó sola, otra vez sola, como lo había estado la mayor parte de su vida.

Se dio la vuelta y apoyó la espalda contra los sólidos paneles de la puerta. Deslizándose lentamente sobre la lustrosa madera, cayó al suelo y enterró la cara entre sus rodillas. Amargas lágrimas comenzaron a correr en silencio por sus mejillas.

22

Por tercer día consecutivo, Beau estaba sentado ante un microfilme en los archivos de los cuarteles generales, examinando películas de viejos informes policiales. Era una tarea engorrosa, frustrante y hasta el momento inútil, y su mente tendía a vagar lejos del asunto. Lamentablemente, casi siempre vagaba en dirección a Juliet.

Tendría que estar contento —diablos, contento e incluso aliviado— de que ella se lo hubiera puesto tan fácil, que le hubiera permitido marcharse sin más. Le había hecho un favor. Bueno, quizá no se había marchado sin más... sobre todo teniendo en cuenta que le había cerrado la puerta en las narices después de haberlo puesto de patitas afuera. ¿Y acaso no se había conformado demasiado rápido con terminar la relación? ¿Sobre todo habiendo confesado que lo amaba?

Santo Dios. Se frotó la cara con las manos. Cogió un nuevo carrete y lo colocó en la máquina. Tenía que dejar de pensar en ella. Se estaba volviendo loco. Juliet lo había dejado libre, y eso era exactamente lo que él quería. Exactamente. Fin de la historia.

No obstante continuó meditando sin cesar, y casi había terminado de revisar un informe cuando se dio cuenta de que había pasado por alto una referencia a dos armas antiguas. Volviendo al comienzo, vio que se trataba de una denuncia de robo que databa de varios años atrás. Entre los artículos sustraídos figuraban dos revólveres Colt 1849 de bolsillo: calibre .31, percusión directa, cinco disparos, que encajaban con el informe del forense sobre el balín de plomo retirado del árbol en la fiesta del jardín. Anotó el nombre del oficial que había redactado el informe.

No lo conocía, pero el informe había sido redactado en el distrito Garden. Si tenía suerte, el oficial todavía estaría dando vueltas por allí y recordaría algo sobre el caso. Las posibilidades estaban en contra, pero al menos era un punto de partida.

Diablos, lo mejor sería hablar con la víctima del robo. Era más que probable que una experiencia rutinaria para cualquier policía quedara grabada a fuego en la mente de la víctima. Hizo pasar el informe por la pantalla buscando el nombre.

Y maldijo entre dientes cuando lo encontró. Porque el robo había sido denunciado por un tal Edward Haynes... domiciliado en una dirección que Beau conocía demasiado bien.

Sonó el intercomunicador en el escritorio de Juliet. Sin levantar la vista de su trabajo, apretó el botón correspondiente.

—¿Diga?

—Tu padre por la línea dos, Juliet —dijo Roxanne.

—Oh, perfecto —susurró. Inspiró hondo para serenarse, exhaló y dejó su bolígrafo perfectamente alineado con las cuentas a pagar que había estado revisando.

La voz de Roxanne sonó profesional y al mismo tiempo empática cuando dijo:

—¿Quieres que le diga que no estás?

—Gracias, Rox; valoro tu ofrecimiento. Pero... no. Adelante, pásamelo.

—¿Estás segura?

—Sí. —La preocupación que percibió en la voz de su asistente le dio ánimos y pulsó el botón que habilitaba la línea dos—. Hola, papá. ¿A qué debo el honor de tu llamada?

—¿Acaso percibo un matiz de impertinencia en tu voz, Juliet Rose? —Su voz sonaba fría y disgustada.

Jamás dejaba de sorprenderla la facilidad con que su padre

la reducía a una niña pequeña ansiosa por complacer. Corrigió su postura como si él estuviera en la oficina y pudiera advertir que había terminado en algo no tan perfecto.

—No, papá —dijo llanamente, tragándose un suspiro—. Pero estoy agobiada con los detalles de la inauguración, por lo que convendría que fuéramos directamente al grano.

—Tengo un recorte de prensa aquí mismo, ante mis ojos, Juliet. ¿Te apetecería saber lo que dice?

Tuvo que controlar su impaciencia.

—Me temo que no he tenido tiempo de ponerme al día con el *Boston Globe*.

—No es un artículo publicado en el *Globe*, Juliet, sino en el *New Orleans Time-Picayune*. Con un informe muy interesante acerca de la preinauguración de la otra noche del Garden Crown.

—Bien... qué bueno.

—Sí, es bueno, en su mayor parte. Pero trae una foto que me resulta sumamente perturbadora.

—Oh, Dios, no me digas que han publicado una foto de Roxanne colgando de la galería. —Suspiró—. Bien, no es la clase de publicidad que yo habría deseado, padre, pero no ha sido su culpa.

—Esto no tiene nada que ver con tu asistenzuela de baja calaña, Juliet. Es una foto... bastante elocuente diría yo. Una foto en la que apareces bastante acaramelada con el hombre que presuntamente era tu guardaespaldas.

—¿El sargento Dupree? —Fue como arrancarle la costra a una herida que no acababa de cerrarse. Hacía dos días que trataba de pensar en Beau lo menos posible. Lo había intentado con toda su alma.

—Sí, Dupree. Captado en material fotográfico, exhibiéndote de un modo completamente vulgar para que todo el mundo lo vea. De más está decir que no lo apruebo, Juliet. El capitán Pfeffer me ha hablado de ese hombre, y está claro que Dupree no es uno de los nuestros.

—¿Has hablado del sargento Dupree con Pfeffer? ¿Con ese adulador inútil? ¿Acaso habéis hablado también de mí?

—Invadida como estaba por el resentimiento, hizo lo imposible para que su voz no la delatara—. ¿Ha sido Pfeffer quien te ha enviado el artículo, padre, o tienes otros espías vigilándome?

—No importa quién lo ha enviado. Y no me gusta tu tono, jovencita.

—Y a mí no me gusta que recibas información sobre mi vida. No soy una niña a la que hay que regañar y poner firmes cuando hace algo que a su padre no le gusta.

—Tal vez no. Pero eres una tonta si crees que obtendrás algo de una relación con un policía de clase baja cargado de deudas. Es probable que solo le interese nuestro dinero.

Podría haberlo tranquilizado diciéndole que la relación con Beau ya era cosa del pasado.

—Gracias, padre; es muy halagador por tu parte hacerme sentir una mujer deseable. Sin embargo, considerando que ni siquiera conoces al sujeto en cuestión y que has tomado la palabra de Pfeffer al pie de la letra, como si fuera un evangelio, tendrás que perdonarme si no me deslumbra tu agudeza. Pero permíteme informarte de algo, directamente desde la fuente: tengo treinta y dos años y mi vida amorosa no es asunto tuyo. Mantente al margen. —Se inclinó hacia delante, colocó el auricular en la horquilla y soltó el botón del intercomunicador—. Si mi padre vuelve a llamar —dijo crispada cuando Roxanne respondió—, dile que no estoy.

—Demonios. Te lo ha hecho pasar mal por algo, ¿no?

—Lo diremos de este modo: es probable que dentro de un rato me venga la regla... y con eso el día estará completo.

—No puedo creer que no se me haya ocurrido investigar lo que era obvio —dijo Beau, estampando una copia de la denuncia de robo contra el escritorio de Luke.

Luke levantó la vista del informe que estaba leyendo y masculló:

—Sé que te parecerá sorprendente, compañero, pero estoy enfrascado en mi propio trabajo... y tengo más de un caso.

—Al ver la mirada de Beau, levantó la copia y la leyó—. ¿Podrías darme una pista de lo que se supone que estoy buscando?

—Edward Haynes.

—¿Podría ser él quién...?

—Sí, esa sería la pregunta del medio millón de dólares, por supuesto. —Soltó una carcajada breve y cortante—. Estuve investigando un poco y descubrí que Haynes y la gran dama de su esposa han llamado su hogar al Garden Crown durante los últimos treinta años o algo así. Parece que era parte de la herencia de la señorita Haynes, solo que las mujeres de su familia no podían heredar. Así que los Haynes fueron nombrados cuidadores y vivieron allí sin pagar renta... hasta que la Crown Corporation compró la propiedad para transformarla en un hotel. —Clavó los nudillos en el escritorio de Luke, apoyando todo su peso en ellos—. ¿Estás comenzando a ver la trémula luz de un motivo, compañero?

—Sí. Aquella carta anónima finalmente empieza a tener sentido, ¿no?

—Por no mencionar que Haynes siempre estaba presente cada vez que ocurría uno de esos insensatos «accidentes» o se atentaba contra la vida de Juliet.

—¿Y los revólveres antiguos?

Beau se dejó caer en una silla y, cruzando el tobillo sobre la rodilla, comenzó a mover la pierna con impaciencia.

—¿Cuánto quieres apostar a que jamás fueron robados? Sospecho que Haynes hizo la denuncia por cuestiones del seguro.

—Estoy convencido de que tienes razón, pero una suposición no basta para arrestar a nadie.

—Ya lo sé, pero bastará cuando haya averiguado más detalles. Solo me ha llevado un par de horas desenterrar la información de la herencia.

Luke lo miró con curiosidad.

—¿Por qué no le preguntaste a Juliet? Ella debe de estar al tanto.

Beau se revolvió en su asiento. Ya no parecía tan entusiasmado por sus descubrimientos.

—Ella, eh... últimamente no hemos hablado mucho.

—¿Bromeas? —Luke se enderezó—. ¿Qué has hecho?

—¿Por qué diablos estás tan seguro de que yo he hecho algo? No he hecho nada —dijo categóricamente. Su ex compañero se limitó a mirarlo y Beau echó los hombros hacia atrás, incómodo—. No quiero hablar de eso, ¿de acuerdo?

—Eres un cabrón, Dupree, y no me parece nada justo. Tú sabes todo lo que hay que saber de mi vida amorosa.

Beau lo miró desde abajo de las cejas.

—No me lo recuerdes —dijo sombrío—. Todavía estoy luchando por aceptarlo.

—Y cada minuto estás más cerca. Mira lo bueno que fuiste con Josie Lee ayer. Me sentí orgulloso de ti, compañero.

—Ahora sí que podré dormir tranquilo. —Beau lo miró con amargura—. Jamás se te ocurriría pensar, imagino, que mentí para que Josie Lee no siguiera enojada conmigo.

—No, estás aceptando la idea de vernos a los dos juntos. Admítelo.

—Admito que ya no me enfurece tanto.

—¿Lo ves? Te estás adaptando. Mira, antes de que te des cuenta la estarás llevando del brazo al altar y yo te llamaré papá.

—Atrévete a hacerlo, Gardner, y mi hermana quedará viuda.

Los dientes de Luke brillaron, blancos, enmarcados por su negra perilla.

—Eres un payaso.

—Una verdadera fuente de risas... ese soy yo. —Golpeteó con los dedos la denuncia que había dejado sobre el escritorio de Luke—. ¿Piensas quedarte ahí sentado todo el día arreglando el mundo? ¿O vas a echarme una mano?

Luke entrelazó los dedos de las manos detrás de su cabeza y se apoyó en la silla.

—Dime qué necesitas de una vez, don impaciente. Soy tu todo tuyo.

Durante los últimos dos días, Juliet había hecho todo lo que estaba a su alcance para evitar a Beau. Por eso no se entusiasmó en lo más mínimo al ver que la estaba esperando después de su reunión con el gerente y el cocinero del restaurante para discutir el menú de la gran inauguración la noche del sábado.

Beau se separó de la columna de mármol en la que estaba apoyado.

—Tengo que consultarte algo.

A Juliet le habría encantado encontrar una excusa para no hablar con él, pero apuró el mal trago al verdadero estilo Astor Lowell. En cualquier caso, había dicho consultar, no hablar, de modo que era posible que no pretendiera un *tête-à-tête* íntimo, tal como ella tampoco lo pretendía. Podía manejar eso. Podía manejar cualquier cosa siempre y cuando no fuera personal.

—Voy camino de revisar los preparativos en el salón azul. Podemos hablar allí si quieres.

—Claro. —Con las manos en los bolsillos, comenzó a andar junto a ella.

Había puesto su inescrutable cara de policía. Por lo demás, parecía tan a gusto que podría haber estado de paseo con una de sus hermanas. Y eso le dolía. Parecía el mismo, se movía igual y le hacía recordar todo lo que habían hecho juntos. Cosas que jamás volverían a hacer juntos. Lo que aparentemente le importaba un bledo a Beau.

Bueno, muy bien. Prefería besar una cucaracha a dejarle ver que estaba hecha pedazos.

Quizá le habría servido saber que Beau no sentía, ni por asomo, la indiferencia que aparentaba. Juliet estaba tan cerca que su evasivo aroma, que le llegaba en ráfagas imperceptibles, le hacía que las palmas de las manos le picaran. Sabía muy bien que la información que necesitaba estaba en su oficina, pero no había insistido en que fueran allí. Solo Dios sabía por qué.

La miró de reojo mientras iban hacia al salón azul. Parecía tan malditamente serena con esa espalda recta como una vara... Lo irritaba hasta lo indecible, aunque no tenía ningún derecho a sentir eso. Pero lucía sus modales de clase alta como si fuesen un impenetrable traje de sastre, y a él le entraban ganas de sacudirla, de obligarla a reaccionar de una manera que su abuela no aprobaría ni en un millón de años. Hundió las manos en los bolsillos y apretó los labios para no hacer ni decir nada estúpido.

Pero, con cada paso silencioso que daban, los nervios se le crispaban más y más.

Se apartó de ella en cuanto entraron en el salón azul. Era un verdadero alivio poner un poco de distancia entre él y aquel perfume. Se detuvo frente a la pared de máscaras de Mardi Gras y, balanceándose sobre los talones, se puso a estudiarlas.

La colección era una buena excusa para preguntar por Haynes, dado que no podía comprometer la seguridad del caso advirtiendo a Juliet sobre él. Si modificaba de golpe su manera de tratar a Haynes, el anciano podría darse cuenta de que su anonimato había terminado. Beau miró a Juliet.

—Es una colección estupenda.

—Sí —dijo con voz distante. Juliet iba de un lado a otro del salón, tomando notas en la carpeta que había llevado para tal fin—. Por el momento las hemos alquilado para poder exhibirlas, y pensamos reemplazarlas cuando los Haynes se marchen. Obviamente lo primero que conseguiremos no serán piezas tan raras como la mayoría de estas, y además, el efecto general es tan evocador de Nueva Orleans que detesto tener que perderlas.

—¿Por qué habrían de marcharse los Haynes? Pensé que trabajaban para ti.

—Solo temporalmente. —Con cortesía distante, pero sin mirar ni una sola vez en su dirección, Juliet le explicó concisamente el vínculo de los Haynes con la Crown Corporation... información que les habría ahorrado a todos ellos más de un dolor de cabeza de haberse enterado él antes—. Se mudarán a principio de mes —concluyó Juliet. Cuando por fin se dignó levantar la vista, fue para mirar más allá de él—. ¿Era esto lo que querías consultarme, sargento?

¿Sargento? Su gélida compostura respondía a algo que él

no deseaba examinar demasiado de cerca. Dio un paso en dirección a Juliet.

—No. Necesito saber quién tomó las fotos del cóctel.

—Esa información está en mi oficina. ¿Me harías el favor de revisarla con Roxanne...? —Continuaba tomando notas.

—¡Maldita sea, Capullito de Rosa!

—Basta... —Se obligó a recuperar la compostura, moduló un tono de voz cortante y terminó la frase serenamente—. No me llames así. —Se detuvo para examinar la tierra de una maceta.

Beau se acercó un paso más. La sangre corría como fuego en sus venas.

—¿Cómo quieres que te llame, entonces? ¿Señorita Astor Lowell?

—Sí. Eso estaría muy bien.

—¡Eso dices tú! —Dio el paso que faltaba para quedar casi encima de ella—. ¿No te parece un poco demasiado formal para alguien que te ha visto desnuda tantas veces como yo te he visto?

Juliet lo miró con fría compostura.

—Podría estar de acuerdo contigo, sargento, si se tratara de alguien que tuviera la posibilidad de volverme a ver desnuda alguna vez. —Sus ojos color lluvia se clavaron en los de Beau—. Pero se trata de ti.

La negación se alzó sobre sus patas traseras y comenzó a rugir como un oso enfurecido. Beau se acercó un poco más, bajando la cara a la altura de la de Juliet.

—Diablos, cuánta pero cuánta compostura —dijo con voz ronca—. La señorita Astor Lowell no quiere saber nada de las emociones intensas y perturbadoras que rigen al resto de la humanidad. Me pregunto cómo será vivir en tu mundo. —Sabía que estaba siendo injusto, pero no le importó. Nunca, nunca, nunca. La palabra retumbaba en su mente y él quería borrarla, erradicarla del idioma—. ¿Nunca te sientes sola, Juliet Rose? ¿No te cansas de ser la niña buena de papá todo el tiempo, de ser demasiado especial para ir en busca de lo que de verdad deseas?

¿Cómo se atrevía... oh, Dios, cómo se atrevía? Un arrebato de ira se encendió en la mente de Juliet. Comenzó a darle puñetazos en el pecho, lo más fuerte que podía, y sintió una amarga satisfacción cuando él tuvo que soltarle los antebrazos y retrocedió tambaleante un par de pasos.

—¿Especial? —preguntó entre dientes—. ¿No tienes suficiente con haberme abandonado para poder acostarte con todas las mujeres de pechos grandes de Nueva Orleans? ¿Ahora dices que no he sido lo suficientemente malhablada y cachonda para ti? —Le estampó un puñetazo en el pecho.

—No... Juliet... cariño... yo no he querido... —Retrocedía paso a paso, con los brazos abiertos a manera de ruego.

—¿Qué pasa, Beauregard, soy demasiado sentimental para ti? —Juliet avanzaba un paso por cada uno que Beau retrocedía—. Hipócrita. No quieres mis sentimientos. Cuando dije que te amaba, saliste corriendo. —Rió con amargura—. Dios, la sola idea de quedar atrapado en una relación monogámica debe de haberte aterrado hasta el alma.

La espalda de Beau chocó contra la pared y Juliet le clavó el índice en el pecho.

—Pero no te bastó que te dejara libre, ¿no? Oh, no, esas cosas no se le hacen al Gran Amante Dupree. —Acercó su cara a la de Beau de manera nada elegante—. ¿Por qué? ¿Porque no satisface tu apetito de melodrama? Por curiosidad, Beau, dime una cosa... ¿qué esperabas que hiciera... que siguiera tus pasos como un perro? ¿Que llorara? ¿Que suplicara tu afecto? Vete a la mierda, Dupree.

Beau apartó su dedo con el puño y le cogió el mentón con sus largas manos. Levantándoselo, lo sostuvo en su lugar y apretó sus labios contra los de Juliet.

Y... oh, Dios. Era tan bueno. Juliet le devolvió el beso. Pero, desesperada, mantuvo distante una parte de sí. Cuando Beau levantó la cabeza, Juliet refrenó sus hormonas desbocadas y lo miró. Simplemente lo miró.

Él le pasó el pulgar por el labio inferior.

—Lo siento, Capullito de Rosa, me equivoqué. Yo...

—No. La que se equivocó fui yo. —Separó las manos de

Beau de su cara y dio un paso atrás—. Ya lo he dicho antes, pero es obvio que no has prestado atención. Yo-no-quiero-ser-un-peso-para-nadie —dijo lenta y sucintamente—. Y me niego a pasarme la vida tratando de disculparme por amar a alguien. De modo que ve a hacer lo que te mueres de ganas de hacer. Corre descalzo por un campo de senos desnudos, si eso te hace feliz. Pero no vuelvas a acercarte a mí jamás.

—Juliet, espera...

—No. —Retrocedió un paso, y luego otro. Cuando Beau abrió la boca para hablar, ella levantó la mano—. Siempre he recibido migajas de las personas cuyo afecto más anhelaba. Pues ¿sabes qué? Maldita sea yo si acepto recibir tus migajas. Merezco algo mejor. Me ha llevado tiempo darme cuenta, pero merezco algo mejor. De modo que haz tu trabajo y no te interpongas en mi camino. Y para que lo sepas, Beau, cuando papaíto insistió en que no eras uno de los nuestros, también lo mandé al diablo. —Se interrumpió en seco, recogió su carpeta y atravesó al salón a grandes zancadas. Hasta la abuela habría aplaudido su salida de escena.

Y aunque el corazón se le partía con cada paso que daba, él jamás lo sabría.

23

Beau estaba intentando disimular el mal aspecto que le producía la mala racha cuando entró en el bar. Retiró la silla de la primera mesa que encontró, pasó la pierna por encima del asiento, plantó su trasero en él y arrojó el sobre del caso en la minúscula mesa.

No era el mejor lugar de la ciudad para ponerse a trabajar, y él lo sabía. La luz era escasa, la música alta, y la multitud que miraba a la bailarina de strip-tease que hacía su número sobre el escenario le hacía propuestas guarras, casi siempre ilegales. Allí había escogido a tres de sus víctimas el Ladrón de Bragas, incluida Josie Lee. Sin tener que esforzarse demasiado, Beau podía pensar en una docena de lugares más adecuados para estudiar el caso que estaba preparando contra Haynes.

Pero tenía calor, estaba cansado y se sentía frustrado, y sin pensarlo siquiera había conducido su GTO hasta la puerta del local. En los dos últimos días se había estrujado la cabeza tratando de encontrarle sentido al maldito caso, pero los resultados eran mínimos, por decirlo con suavidad. Entonces, al diablo con él. Ese club era una pocilga, un antro... y precisamente el tipo de establecimiento de baja calaña adecuado a su estado de ánimo.

Una bandeja aterrizó en la mesa al lado del sobre de papel manila, y una voz dulzona preguntó:

—¿Te apetece beber algo, eh?

Beau levantó los ojos y vio una fantasía erótica con taco-

nes de aguja y tanga de lentejuelas revoloteando a su derecha.
Era rubia, era rellenita, y tenía una expresión que decía que
no era mejor de lo que debería ser. En suma, era exactamente
la clase de mujer con la que había fantaseado durante la última
década... y se puso extremadamente nervioso al darse cuenta de que no lo atraía lo más mínimo. Para compensar, le dedicó su sonrisa más cautivadora.

—Tráeme una Dixie en botella, pimpollo.

Cuando la bomba sexual respiró hondo, su brevísimo
corpiño no estuvo a la altura de su tarea: contener las exube-
rantes curvas inferiores de un par de pechos verdaderamente
espectaculares. Casi restregándoselos en la cara y sonriéndole
con voracidad, dijo:

—¿Por qué no recoges tu como sea que se llame, guapísimo, para que yo pueda dejarte bien limpia esta mesa vieja y
pegajosa?

Obediente, Beau recogió el sobre. La camarera se inclinó
sobre él para limpiar la mesa. Su oscilante pecho izquierdo le
rozaba, insinuante, el costado de la cara con cada movimiento de su brazo. Para gran disgusto de Beau, lo que le vino a
la mente no fue el ancestral y primario deseo masculino de
adoptar la posición horizontal con una hembra recién con-
quistada. No, fue la expresión de la cara de Juliet diciendo:
Siempre he recibido migajas de las personas cuyo afecto más
anhelaba.

Al demonio con ella. Pestañeó para ahuyentar la aparición
y se enderezó en la silla. Desafiando al fantasma que sencillamente no lo dejaría ser quien era, levantó la mano y acarició
la concavidad que iba de la cintura de la camarera a su cadera
desnuda y lozana.

—Apuesto a que también bailas aquí, ¿eh?

—Eso hago, guapísimo. Si te apetece ver mi número, me
encantaría hacerte un baile de piernas para ti solito ahora
mismo.

Beau reaccionó con cautela.

—Quizá más tarde. —Retiró la mano de la exuberante
cadera y palmeó el sobre de papel manila sobre la mesa—.

Aunque me apetecería más de lo que te imaginas, tengo un montón de trabajo que revisar aquí.

La camarera lo miró dudando de su sexualidad, como si creyera que aún no había nacido el heterosexual capaz de ignorar sus abundantemente expuestos encantos para concentrarse en un delgado sobre de papel manila. Pero se limitó a encogerse de hombros y decir:

—Piénsalo, guapísimo. En unos minutos estaré de vuelta con tu cerveza.

Dejó de existir para él en cuanto se marchó. Beau abrió el sobre y desparramó su contenido sobre la mesa. Puso a un lado los informes forenses, pues casi se los sabía de memoria. Alineó las pruebas en blanco y negro que le había entregado el fotógrafo media hora antes, a sabiendas de que era bastante discutible que pudieran enseñarle algo nuevo a esas alturas de los acontecimientos.

No obstante, fue una decepción comprobar que tenía razón. Primero estudió las fotos de la fiesta en el jardín. Tenían impresa la hora y la fecha en que habían sido tomadas, e identificó a Edward en dos de ellas. Pero en ninguna de las dos estaba cerca del área de los olivos en el momento de los disparos. Pasó a las fotos del cóctel.

Separó una toma bien definida de Edward y Celeste, y hojeó el resto para ver si se le había pasado algo por alto. Cuando se descubrió contemplando arrobado una foto de él con Juliet, pasando el pulgar sobre su rostro bidimensional en blanco y negro, la metió con impaciencia en el último lugar de la pila. Estudió el resto de las fotografías y volvió a guardarlas en el sobre, dejando fuera solo aquellas tres donde aparecía Edward.

—Aquí tienes tu Dixie, tío. —La camarera echó un vistazo desinteresado a las fotos desplegadas sobre la mesa y apoyó la botella muy cerca, con bandeja y todo—. Eh, ese es el Gallardo Dan. —Giró la cabeza y miró a Beau—. ¿Para qué tienes tú su foto, bombón? ¿Acaso eres un... cómo se llama? ¿Eres fotógrafo?

Beau sintió correr la sangre, caliente y pesada, en sus venas.

—¿Conoces a este hombre? —le preguntó.

—Pues... conocerlo no lo conozco, guapísimo. Pero viene por aquí a veces. —La camarera se enderezó—. Me debes cuatro cincuenta por la cerveza.

Beau sacó la cartera del bolsillo trasero de su pantalón y extrajo un billete de veinte dólares.

—¿Y dices que se llama Dan? —preguntó, entregándole los veinte.

—Ya me has oído, bombón. Así lo llamamos nosotras: el Gallardo Dan. Presta un poco de atención y comprenderás por qué. —Golpeó con la uña del dedo índice, larguísima y rojísima, la fotografía de Edward en esmoquin en la preinauguración del Garden Crown—. Es por su manera de vestirse, ¿comprendes? Y por sus modales. Tiene unos modales exquisitos. —Irguiéndose, depositó los veinte dólares en una caja que tenía en la bandeja y buscó el cambio, que de inmediato entregó a Beau.

Una ancha sonrisa se dibujó en su boca. La habría besado. Aleluya, su instinto era infalible. ¿Cómo explicar, si no, qué lo había llevado a ese antro en ese preciso momento? Edward era el pervertido Ladrón de Bragas.

—Quédate con el cambio.

—Ah, gracias, guapísimo. —Puso el cambio en otro sobre, que guardó en la parte de atrás de la caja del dinero.

—Nada de gracias, pimpollo... vas a ganártelo. Anda, ven. —Retiró la silla que estaba junto a la suya—. Siéntate. Quiero hacerte un par de preguntas.

Roxanne levantó la vista y lo miró con frío disgusto cuando, un par de horas más tarde, entró por la puerta de su oficina.

—¿Qué necesita, Dupree? —Ni siquiera se molestó en simular un tono de voz medianamente civilizado.

Buena pregunta. Si se le hubiera ocurrido alguna otra manera de conseguir la información que buscaba, no lo habrían visto en kilómetros a la redonda de ese lugar.

—Necesito hablar con Juliet. ¿Está aquí?

—Para usted no está.

La actitud defensiva le cayó como una piedra en el vientre y lo hirió.

—Tendrá que perdonarme si no creo en su palabra. —Señaló con ademán perentorio el botón del intercomunicador—. Llámela. Estoy aquí por razones de trabajo.

Roxanne esbozó una sonrisa burlona, pero levantó el auricular y apretó el botón del intercomunicador.

—¿Juliet? El sargento Dupree ha venido a verte. Dice que es por razones de trabajo. —Escuchó la respuesta de Juliet y luego dijo con tono indiferente—: De acuerdo. —Y colgó. Miró a Beau, pero lo hizo sufrir unos segundos antes de anunciarle—: Puede entrar.

Lo sorprendió sentir que su corazón golpeaba desbocado en su pecho. Cruzó la antesala, se detuvo frente a la puerta de la oficina de Juliet y miró a Roxanne. Ella lo miró a los ojos, sin inmutarse. Si el desprecio fuera letal, Beau habría caído muerto allí mismo. Como aún seguía en pie, giró el picaporte y abrió la puerta.

Juliet alzó la vista cuando Beau entró, pero no se apartó del escritorio ni se levantó. Cruzó las manos sobre la pila de papeles que tenía sobre el escritorio y lo miró con paciencia distante y cortés, como si fuese un extraño que había entrado por casualidad donde no debía.

Beau no sabía que le molestaría tanto que ella lo mirase así, tan desapasionadamente. Se pasó la lengua por el labio inferior.

—Eh, tienes buen aspecto. —Y por supuesto que era así. Era obvio que había intentado retomar su correcto y remilgado personaje de señorita Astor Lowell, pero el calor de Nueva Orleans tenía el don de echar a perder sus mejores esfuerzos. Su ropa estaba un poco húmeda y arrugada, y con ese mechón rebelde de cabello que envolvía en ondas su cuello, estaba tan deliciosa que daban ganas de tocarla.

—Gracias —replicó Juliet con frialdad—. Pero estoy segura de que no has venido a hablar de mi aspecto. Y dado que ambos estamos muy ocupados...

—De acuerdo. —Hundió las manos en los bolsillos. Si ella quería una actitud profesional... él era más profesional que nadie—. Creo estar progresando en la investigación.

—Felicidades.

—Ah, sí, gracias. Pero necesito tu ayuda.

Juliet enarcó su ceja castaña con reflejos dorados.

—¿Qué clase de ayuda podría brindarte?

—Información. Puedes decirme, por ejemplo, si Edward Haynes tiene un lugar favorito en el hotel donde pasa el rato... o si pasa todo el tiempo metido en sus aposentos. —En cuyo caso, las sospechas de Beau se irían por las cañerías río abajo.

La impenetrable compostura de Juliet se resquebrajó por un segundo, y lo miró como si creyese que había perdido la cabeza.

—¿Perdón?

—Ya me has escuchado, cielo.

—¿Para qué necesitas saber dónde pasa Edward su tiempo libre?

—No estoy en libertad de decirlo. —Habría jurado que la espalda de Juliet no podía ponerse más recta de lo que estaba, pero sí.

—Muy bien. Ya sabes dónde está la puerta.

—¡Maldita sea, Juliet!

—No me eches maldiciones, Beauregard Dupree. —Se puso de pie; cada milímetro de su ser irradiaba toda una vida de educación refinada—. Si quieres que te dé información, tienes que explicarme por qué. Si no estás dispuesto a hacerlo, hazme el favor de sacar tu arrogante cuerpo de mi oficina y no me hagas perder más tiempo. Tengo trabajo que hacer.

Beau no estaba acostumbrado a que desafiaran su autoridad. En circunstancias ordinarias jamás le diría nada a un civil, y dejaría que le arrancaran las uñas antes de permitir que otro estableciera los términos del caso en el que estaba trabajando.

Pero necesitaba desesperadamente encontrar una causa probable. De lo contrario, Edward Haynes se saldría con la suya. Además, se dio cuenta de que confiaba en la opinión y el buen juicio de Juliet.

No entendía por qué eso lo sorprendía tanto. Como un idiota que era, ¿acaso no le había confesado su fantasía de una década de acostarse con todas las mujeres con buen cuerpo de Nueva Orleans? Jamás se lo había contado a nadie, excepto a Luke. Además —y tuvo que tragarse un bufido de solo pensarlo—, Dios era testigo de que Juliet era una mujer discreta en la que se podía confiar. Viendo cómo lo miraba ahora, desde arriba, uno jamás habría adivinado que alguna vez había estado en sus brazos, jadeante y susurrándole al oído palabras apasionadas, ardientes. Sí, estaba seguro de que Juliet no le soltaría prenda a Haynes antes de que él pudiera atraparlo.

—De acuerdo —dijo—. Tengo varias pistas que relacionan a Edward no solo con los atentados contra tu vida, sino también con el caso del Ladrón de Bragas.

Juliet se quedó estupefacta. Paralizada de pies a cabeza. ¿El dulce y amable Edward? Negó con la cabeza.

—No lo creo.

—Está conectado con un par de pistolas antiguas iguales a la que utilizaron para dispararte.

—¿Iguales?

—Mi hermana también las identificó como el tipo de arma utilizada para obligarla a desnudarse.

—¿Y se trata de una pistola única en su clase?

—No, pero ¿cuántas pistolas antiguas crees que hay por ahí que puedan utilizarse en la comisión de dos delitos distintos?

—Edward es un coleccionista. No necesariamente tiene por qué tratarse de la misma pistola.

—Una camarera del bar que ha sido escenario de varios episodios del Ladrón de Bragas identificó su foto, Juliet.

—Por el amor del cielo... habrá pasado a beber un trago en un bar. ¿Eso lo convierte en un criminal?

—Maldita sea, ¿acaso crees que estoy juntando toda esta basura solo por afán de divertirme? —De pronto estaba demasiado cerca de Juliet, mirándola con sus brillantes ojos negros—. Hace mucho tiempo que soy policía... dale un poco de crédito a mi instinto.

Una oleada de resentimiento hizo hervir sus venas.

—He sido receptora de tu instinto —le recordó—. Tendrás que perdonarme si no me asombra.

La cara de Beau estaba tan cerca de la suya que podía sentir su respiración caliente rozando sus labios.

—Estoy hablando de instinto profesional, no... —Retrocedió un paso y se pasó la mano por el cabello. Frotándose la nuca, exhaló y dijo con voz calma—: He mostrado su foto en otros tres lugares donde trabajaban o habían estado las víctimas, y también fue identificado. Y los cuatro lugares son antros, Juliet. Clubes de strip-tease de lo peor. ¿Sinceramente puedes imaginar a Edward como parroquiano habitual de esa clase de lugares en circunstancias ordinarias?

Su fría profesionalidad frente a la frustración que ella le hacía sentir resultó aterradoramente convincente.

—Todo parece muy circunstancial. —Detestaba saber que prácticamente estaba rogándole que le dijera que lo de Edward era un error.

—Hasta ahora lo es. Por eso necesito saber si hay algún lugar en el hotel, además de sus habitaciones, donde Haynes pasa buena parte del tiempo.

Juliet supo al instante que la expresión súbitamente alerta de su rostro la había delatado.

—Muéstrame dónde —dijo Beau—. Y necesito tu autorización para registrar el lugar.

—Estás equivocado, Beau.

—Pruébame que estoy equivocado y cierro la investigación. Pero no olvides tener en cuenta que la compañía que representas echó a Edward y a su esposa del hogar donde han vivido durante más de veinticinco años..., cosa que me habría resultado muy útil saber hace tiempo. Y eso fue poco antes de que comenzaran las amenazas contra tu vida.

—Es una locura.

—Ya te lo he dicho, prueba que estoy equivocado.

—Muy bien. Lo probaré. —Pasó junto a él y se detuvo ante el escritorio de Roxanne al salir de su oficina—. ¿Tenemos llaves del salón azul?

—Déjame ver. —Mirándolos de reojo, Roxanne se inclinó sobre el último cajón de su escritorio—. Celeste me entregó todas estas llaves el día que llegamos. —Buscó en un racimo de llaveros, con cada llave cuidadosamente etiquetada—. Ah, aquí está. —Se incorporó y le entregó una argolla con dos llaves maestras.

Juliet esperó a estar lejos del radio de audición de Roxanne para dirigirse a Beau.

—Edward pasa la mayor parte de su tiempo en dos lugares. El cobertizo del jardín y el salón azul.

Beau se quedó callado unos segundos.

—Colecciona objetos —dijo por fin—. Y naturalmente querrá conservarlos en estado inmaculado. Vamos al salón azul.

Allí se dirigieron. Juliet era consciente de la presencia de Beau pisándole los talones a cada paso que daba. Había tensión en él, una anticipación cargada de energía que solo podía asociar al hecho de que era un policía en plena cacería. Pero el estómago de Juliet estaba hecho un nudo, debido —aunque solo en parte— a tener que estar tan cerca de Beau cuando la relación entre ambos era un verdadero e irresoluble desastre.

El salón azul estaba vacío cuando llegaron. Beau se detuvo en el umbral y miró a su alrededor.

—¿Tengo tu autorización explícita para registrar este lugar?

Juliet tragó saliva.

—Sí.

—Entonces abramos todo lo que está cerrado. Aquí entra y sale demasiada gente todo el tiempo, y no creo que el señor Haynes se arriesgue a dejar a la vista nada que pueda incriminarlo.

Juliet quiso defender una vez más la inocencia de Edward, pero se mordió la lengua y le entregó el llavero. Beau había tomado en serio su negativa a divulgar los hábitos de Edward sin una explicación previa, e incluso sabiendo que estaba furiosa con él, le había confiado información delicada. Era mucho más de lo que estaba acostumbrada a recibir, y merecía el mismo respeto.

Una de las llaves pertenecía a las dos vitrinas ubicadas a ambos lados de las librerías empotradas, con sus preciosas tallas ornamentales. Ninguna contenía lo que Beau buscaba. Introdujo la segunda llave en la cerradura del cajón de un pequeño escritorio antiguo... y Juliet contuvo el aliento cuando lo abrió.

—Mierda.

—No ha sido él. —Suspiró.

—Sí, Juliet. Me lo dice el instinto.

—Bueno, pues entonces te falla el instinto.

Beau se limitó a gruñir y comenzó a sacar los libros de los estantes. Pronto se formaron varias pilas a sus pies, pero tampoco allí había nada... excepto estantes vacíos. Maldiciendo entre dientes, frustrado, Beau estampó la palma de la mano contra la pared ornamentada.

Un panel disimulado en la pared se deslizó silenciosamente.

Ambos se quedaron mirando la abertura en penumbra por un instante. Después, Beau soltó una carcajada incrédula, exultante... y plantó un beso duro y rápido en la boca azorada de Juliet. Y la miró con una sonrisa ladeada y triunfante en los labios.

—A fin de cuentas tendrás que admirar mis dotes de detective, ¿eh? Fíjate si esa lámpara pequeña llega hasta aquí.

Llegó. Y Juliet observó por encima del hombro el espacio que iluminaba. Y el corazón se le paró de pronto.

Porque dentro había una pistola que parecía antigua, encima de un considerable montón de prendas íntimas femeninas.

24

Celeste terminó de acicalarse y se inclinó hacia delante para mirarse en el espejo. Cogió el collar de perlas de los Butler y se lo puso alrededor del cuello, ignorando los sonidos sofocados de pasos y voces en el pasillo que había junto a los aposentos que compartía con Edward.

Faltaba una hora para que comenzara el gran baile inaugural, y desde las cuatro de la tarde había habido muchas idas y venidas, a medida que se iban ocupando lentamente las habitaciones de su planta. Había oído decir a Juliet que el hotel estaba lleno hasta el ochenta por ciento de su capacidad esa noche, y ella había visto el libro de reservas con sus propios ojos. Parecía el *Quién es Quién* de la alta sociedad de Louisiana. Incluso varios miembros del Boston Club habían decidido pasar allí la noche, y eso que todos ellos tenían mansiones magníficas en la ciudad.

No estaba segura de lo que pensaba al respecto. Bebió un sorbo de la pequeña copa de jerez que había dejado sobre el tocador y volvió a sentarse. Aunque una parte de ella estaba deslumbrada ante la sola idea de recibir a semejantes personalidades en su casa, y por segunda vez en tan poco tiempo, también era cierto que esa ya no era su casa. Y no obstante...

Considerando todas las variables, se sentía más bien... eufórica.

Juliet planeaba marcharse pronto. Celeste no la había oído mencionar una fecha exacta, pero su trabajo allí terminaría cuando hubiera finalizado el evento de esa noche. Quizá, si había un Dios en el cielo, se marcharía al día siguiente. Y lo más importante de todo era que ese rudo policía de baja ralea no había estado merodeando por allí últimamente... y Lily le había dicho que todo el personal del hotel comentaba que, cuando pasaba allí las noches, dormía en su propia habitación. Comenzaba a pensar que se había preocupado por nada.

Edward y ella tenían hasta el fin de ese mes para abandonar sus habitaciones. Tal vez al día siguiente comenzara a buscar una nueva residencia. Algo pequeño pero elegante, y en el vecindario apropiado... naturalmente. Esa noche sería una ocasión perfecta para interrogar a la gente importante acerca de los mejores lugares donde empezar la búsqueda.

Con el dinero que Crown Corporation había acordado pagarles por ser desalojados de su hogar y por brindar el inestimable servicio de presentar a Juliet a la gente importante había logrado reunir una buena suma. Si solo pudiera convencer a Edward de vender su colección de máscaras, o al menos parte de ella, el dinero jamás volvería a preocuparlos.

Bebió otro sorbo de jerez. Buscó sus pendientes de perlas, se los puso y asintió aprobadoramente al ver su imagen reflejada. Consideraría el cambio que se avecinaba como una aventura. Porque sinceramente, aunque era devastador perder la finca Butler, la vida era una negociación. Ellos siempre habían tenido el domicilio pero jamás el dinero que lo acompañaba. A partir de ahora no solo podrían costearse los caprichos que hacían que la vida valiera la pena, sino que lo único que era absolutamente crucial para su calidad de vida —el lugar que ocupaban en la sociedad de Nueva Orleans— estaba firmemente intacto. De hecho, habían ascendido. La vida era realmente extraña a veces: parecía presentar un problema insalvable y de proporciones colosales, pero luego la realidad daba un giro de ciento ochenta grados.

Teniendo en cuenta todo lo ocurrido, su realidad era brillante.

Juliet se aplicó máscara en las pestañas, alisó su cabello por última vez y examinó su pintalabios. Deslizó las manos por los tirantes de su vestido de fiesta color bronce hasta la estrecha banda que los unía en la nuca, asegurándose de que las seis franjas de cuentas de ámbar cayeran en el lugar justo, entre la banda y el escote en V de talle bajo de la espalda. Cogió un espejo de mano y giró sobre sí misma para comprobar el resultado.

Formaban en una línea perfecta y Juliet sabía que debía darse prisa. El baile comenzaría en menos de una hora y todavía debía ocuparse de una docena de detalles. Pero en cambio se puso a hacer algo que en últimamente hacía muy a menudo: abstraerse con la mirada perdida y pensar en Beau.

Dios, ¿qué iba a hacer con lo que sentía por él? La razón le indicaba que debía subirse al primer avión a la mañana siguiente y volver a Boston, donde entendía todas las reglas. No obstante, ni siquiera había solicitado los horarios de los vuelos.

Estaba trastornada; no tenía ningún sentido negarlo. Beau le había dicho sin ambages que soñaba con un estilo de vida fácil y libre que no la incluía a ella; entonces ¿por qué estaba considerando la posibilidad de quedarse en Nueva Orleans como una tonta enferma de amor? Era demasiado orgullosa para hacer eso... o al menos siempre lo había sido en el pasado.

Y no obstante...

Estaba enamorada, y él no dejaba de enviarle señales confusas. Si había terminado con ella, ¿por qué continuaba besándola? ¿Cómo podía ella salir corriendo cuando creía que aún tenían una oportunidad? Más bien le gustaba actuar comprendiendo todas las reglas en lo que a él respectaba... aunque por el momento fuera estresante.

Preguntarse qué iría a hacer Beau con Edward Haynes sumaba más inquietud a la que ya sentía. No saber cuándo llegaría la policía con las órdenes de búsqueda y arresto que Beau había tramitado el día anterior se parecía mucho a esperar que cayera el otro zapato en una película de Hitchcock... y francamente habría preferido prescindir de ello.

No le había visto el pelo a Beau desde que le había pedido que le mostrara cuáles eran las tijeras de podar que Edward acostumbraba usar y las había guardado en una bolsa para comprobar las huellas digitales. No había respondido ninguno de los dos mensajes que le había dejado en la comisaría, y si había vuelto a dormir al hotel la noche anterior, había sido muy tarde, mucho después de que ella se cansara de esperar y se quedara dormida. Ni siquiera sabía si Beau pensaba asistir al baile de esa noche.

Sacudió la cabeza para despejarse y enderezó la columna. Podía seguir cavilando toda la noche y no sacar absolutamente nada en limpio. Era la responsable de una gran inauguración... un evento al que había apuntado desde el comienzo de su carrera. Sería mejor que apelara a su inteligencia y se ocupara de eso.

Al día siguiente tendría tiempo de sobra para preocuparse por el estado de su vida amorosa.

El baile estaba bajo control y la lista de «cosas por hacer» de Juliet se había reducido prácticamente a cero cuando una voz femenina pronunció su nombre.

—Juliet, hola. ¿Te acuerdas de mí?

Se dio la vuelta, después de haber impartido las últimas instrucciones a Roxanne, y vio acercarse a la hermana menuda de Beau con Josie Lee y Luke y otra pareja.

—¡Anabel! Por supuesto que me acuerdo de ti; ¿cómo estás? Espero que no hayas encontrado más reptiles en tu dormitorio. —Les sonrió al hombre y a la mujer que no conocía y dijo—: Hola, Luke, Josie Lee. —Por un instante, sin poder controlarse, miró un poco más allá del grupo en busca de Beau.

—Todavía no conoces a mi hermana Camilla, ¿verdad? —dijo Anabel—. Y él es su marido, Ned Fortenay.

Camilla sonrió y extendió la mano.

—Estoy encantada de conocerte, por fin. Y gracias por invitarnos. Es una fiesta maravillosa.

Juliet sintió un reconfortante calor en el pecho y le dedicó a la hermana de Beau una sonrisa verdaderamente sincera... toda una rareza para ella esa noche.

—Oh, gracias por decírmelo. Mi asistente y yo hemos estado tan enloquecidas atendiendo hasta el último detalle que no hemos tenido un momento para parar y ver cómo andaban las cosas. Es grato saber que todo marcha sobre ruedas.

—Mejor que eso —le aseguró Josie Lee. Cogió una copa de champán de una bandeja y la levantó en honor a Juliet—. Es una fiesta estupenda. La comida es excelente, la música es magnífica incluso para los estándares de Nueva Orleans, y es fabuloso poder ver tantos vestidos deslumbrantes juntos en un mismo sitio.

—El tuyo es precioso. —Una sonrisa de admiración asomó a los labios de Juliet al contemplar el vestido color rojo intenso, largo hasta el suelo y ceñido al cuerpo de Josie Lee. Y agregó, con una sinceridad que le habían enseñado a reprimir—: Ojalá yo tuviera con qué sostener un vestido sin tirantes.

—Yo digo lo mismo —agregó Anabel con tono sombrío—. Pero todas las tetas de la familia han ido a parar a estas dos. Cuántas injusticias hay en la vida, ¿eh? Y a propósito, ¿dónde está Beau?

Juliet se encontró siendo el blanco de tres pares de ojos negros y curiosos, y dio gracias al cielo cuando Luke dijo:

—Beau tiene una misión esta noche.

—Pensé que Juliet era su misión —protestó Camilla.

—Esta noche no. Se ha presentado un imprevisto.

—Pero, Luke, ¿qué ocurrirá si alguien intenta hacerle daño otra vez...? —Josie Lee hizo una mueca ante su falta de tacto—. Perdóname, Juliet. A veces mi boca es más rápida que mi cerebro.

—Nadie va a acercarse a ella, de todos modos. Mira a tu alrededor, chiquilla. Tu hermano se ha asegurado de que el lugar esté atestado de policías. Probablemente no los has reconocido porque llevan esmoquin. Y yo estoy aquí —agregó, haciendo alarde de macho—. Hablando de eso... —Deslizó la mano por el brazo desnudo de Josie Lee—. ¿Te molestaría que invitara a bailar a nuestra anfitriona?

—Por supuesto que no.

Luke se dirigió a Juliet.

—¿Le apetecería bailar una pieza conmigo?

—Me encantaría —dijo, excusándose con las hermanas de Beau. Aliviada, dejó que Luke la condujera a la pista de baile.

Sosteniéndola a varios respetuosos centímetros de distancia mientras bailaban, Luke la miró con genuino interés.

—¿Se encuentra bien?

Juliet levantó la vista para mirarlo.

—Oh, Dios, usted ya lo sabe, ¿verdad?

—Desconozco los detalles. Beau solo me ha dicho que usted ya no le hablaba.

Apenas pudo reprimir una risa amarga, forzada.

—Sí, tonta de mí. Tiendo a ponerme un poco testaruda cuando los hombres me abandonan para cumplir su fantasía de acostarse con todas las mujeres deseables de Nueva Orleans.

Luke se detuvo en seco en medio de la pista.

—¿Él le dijo eso?

Los bailarines que los rodeaban se detuvieron casi imperceptiblemente, de manera sutil y bien educada, y Luke retomó el ritmo de la danza. Negó con la cabeza. Parecía francamente confundido.

—No puedo creer que le haya dicho eso. Jamás ha hablado del tema con nadie, salvo conmigo.

—Pues aquí me tiene... soy el pequeño y afortunado llanero solitario.

—Perdóneme, por favor —dijo contrito—. Estoy empeorando las cosas.

—No, perdóneme usted a mí. Ha sido discreto delante de la familia de Beau y está siendo maravillosamente dulce conmigo. Yo soy quien se comporta de manera abominable.

—No —la contradijo Luke con tono sombrío—. Es el idiota de Dupree.

Juliet sonrió.

—Usted es un buen hombre, Luke Gardner. Josie Lee es muy afortunada.

De pronto percibieron una sutil agitación en torno a ellos... no tanto un sonido como un movimiento susurrante. Juliet miró a su alrededor para saber qué lo había causado y se quedó estupefacta al ver que Beau avanzaba en dirección a ellos.

Tenía los ojos inyectados en sangre y con su mentón sombreado de barba, su expresión sombría, sus viejos tejanos gastados y su camisa tejana sin cuello arremangada hasta los codos, se veía oscuro, furioso y fuera de lugar. Las primeras palabras que salieron de su boca no modificaron esa primera impresión.

—¿Qué diablos haces bailando con Juliet Rose, Gardner? Pensé que estabas perdidamente enamorado de mi hermana.

Aunque Beau estaba de servicio y corriendo a contrarreloj, el hecho de ver a Juliet sonriéndole a su mejor amigo despertó en él un acceso de celos como jamás había conocido. Pero se obligó a reprimirlo.

—Lo siento, no he querido decir eso. Estoy contento de que estés aquí, Luke... En cualquier momento el agua nos llegará al cuello.

Estuvo a punto de acariciar la suave curva del hombro de Juliet con la yema de los dedos. Estaba deslumbrante con ese vestido minúsculo, y tan sexy que lamentaba no tener tiempo para apreciarlo como debía. En realidad lamentaba un montón de cosas.

—Lo siento, cariño. No querría arruinarte tu gran noche por nada del mundo, pero el Pedante se ha enterado de mi investigación y está decidido a convertirla en un espectáculo espeluznante.

—¿Qué demonios estás diciendo, Dupree? —Luke los empujó fuera de la pista, a un rincón seguro.

—Estoy diciendo que quizá me he adelantado diez minutos, Luke. Pfeffer se ha apoderado de los resultados de mi investigación y planea utilizarlos para registrar el salón azul y arrestar a Edward Haynes en público. Aquí. Esta noche. El muy hijo de puta echará a perder la gran noche de Capullito de Rosa solo para que su espantosa cara aparezca en las noticias de las once. —Se frotó el rostro con las manos y las dejó caer a los costados del cuerpo—. Hace una hora lo atrapé llamando a las televisiones locales. Lo obligué a colgar el teléfono cuando estaba hablando con los del canal ocho, pero puedes apostar lo que quieras a que volvió a llamarlos en cuanto me marché... y es probable que también haya llamado a los del Cuatro y el Seis.

—¿Va a arrestar a Edward aquí, esta noche? —Juliet palideció de golpe—. ¿En mi gran inauguración?

—Sí.

—¿Por qué?

—Porque Pfeffer es un burócrata pomposo con aspiraciones políticas.

—Pero... pensé que estaba encantado con mi padre.

—Eso era ayer, cara de ángel. Hoy papaíto no es un votante registrado en la parroquia de Orleans. —La expresión de su rostro lo estaba matando—. Lo lamento... yo planeaba hacerlo anoche, de manera más discreta, pero cuando por fin verificamos que las huellas digitales de Haynes eran iguales a las que habían sido tomadas en algunas escenas del crimen, no pude conseguir un juez que me firmara la orden de arresto. Mira, ¿sabes dónde está Edward? Ahora sí que tengo la orden, y si me muevo rápido, quizá podamos arrestarlo antes de que llegue Pfeffer.

—Pero ¿cómo afectará eso tu carrera, Beau?

—No la afectará en nada. —O al menos eso esperaba. De todas formas, estaba en deuda con ella... había trastornado su vida desde el momento en que había pisado la ciudad—. Vamos a buscar a Haynes.

Pero no fueron lo suficientemente rápidos.

Cuando Beau detectó a Edward de pie junto a Celeste cerca de la entrada del comedor y alertó a Luke y Juliet, la puerta principal se abrió de par en par y un grupo liderado por Pfeffer cruzó el umbral en medio de una confusión de luces brillantes y voces chillonas. Pfeffer se detuvo en el umbral y miró a su alrededor. Cuando vio a Edward Haynes, avanzó en línea recta hacia él.

—Hijo de puta. —Beau se detuvo en seco y miró a Juliet. Y fue golpeado de lleno por una súbita revelación que lo sacudió de la cabeza a los pies.

Oh, diablos. La amaba. Después de haber hecho todo lo posible por arrojar sus sentimientos al váter y tirar la cadena... la amaba.

Más allá de su compostura, pálida e inexpresiva, Beau sabía que se sentía mal... y sabía que él haría cualquier cosa, daría cualquier cosa por hacerla feliz. ¿Por qué había tardado tanto en comprender que sus despreocupados días de soltero eran mucho más divertidos en perspectiva que en la realidad? Tal como estaban las cosas, era probable que hubiera echado a perder su única oportunidad de tener algo verdaderamente especial.

Cogió a Juliet por la nuca y, con mucha suavidad, le hizo levantar el mentón con los pulgares.

—Tengo que controlar los daños lo mejor que pueda. Lamento muchísimo que toda esta mierda haya venido a ensuciar tu gran noche, Juliet Rose.

Ella no dijo nada; simplemente entrecerró sus grandes ojos grises al mirarlo. Una sola vez.

Beau sintió una inquietud desconocida, extrema.

—Escucha, cariño, no te vayas de la ciudad, ¿quieres? Prométeme que no volverás a Boston sin haber hablado antes conmigo.

—Edward Haynes —entonó entonces sonora la voz de Pfeffer—, queda arrestado por hurto en primer grado, con agravante sexual. Tiene derecho a permanecer callado. Tiene derecho a...

Beau maldijo entre dientes y besó a Juliet con intensidad. Cuando por fin la soltó, dijo:

—No te vayas. —Y se marchó.

No miró hacia atrás cuando se mezcló con la multitud rumbo a la escena que se estaba desarrollando junto a la entrada del comedor.

Juliet permaneció inmóvil, incapaz de reaccionar, durante un largo momento. Finalmente, respiró hondo y sacudió las manos. Al escuchar voces excitadas a su alrededor, se acercó al líder de la banda de música y le pidió que continuaran. Acorraló al camarero que tenía más cerca, que estaba parado conversando como todo el mundo, y le recordó que el champán debía circular entre los invitados.

Roxanne se acercó a Juliet y preguntó:

—¿Qué puedo hacer?

—Haz que los camareros sigan en movimiento. Tratemos de salvar la situación lo mejor que podamos.

—Dicen que la mala publicidad no existe —la consoló Roxanne.

—No dejo de repetírmelo. —Juliet tocó la mano de su amiga—. He visto entrar a Beau en el salón azul. Querría ver qué está pasando y quizá averiguar cuánto tardará en marcharse la policía.

—Adelante. Yo me ocuparé de que todo vaya como una seda aquí.

—Gracias, Rox.

Pasó junto a Edward —rodeado de policías— y Celeste, que estaba de pie, lívida, fuera del cerco de agentes vestidos de gala. Todas las cámaras y minicámaras del lugar estaban enfocadas hacia aquel cuadro viviente. Pfeffer posaba para los medios, pero antes de que Juliet llegara hasta él Beau se abrió paso entre la multitud que bloqueaba la puerta del salón azul. Llevaba una bolsa de plástico con la pistola y las bragas que habían encontrado el día anterior.

Los fotógrafos dirigieron inmediatamente sus cámaras hacia él, pero Beau se metió la bolsa bajo la camisa. Ignorando a Pfeffer, rodeó la hilera de policías y se colocó frente a Edward.

—Señor Haynes, ahora mismo voy a llevarlo a nuestros cuarteles centrales.

Edward se quedó mirándolo un instante y asintió.

—No le pondré las esposas hasta que no hayamos salido.

—Cogió con suavidad el codo del anciano y comenzó a avanzar hacia la puerta.

Juliet miró cómo se iban, y luego vio a Pfeffer alardeando ante la prensa.

—Después de un intensivo trabajo policial, hemos llegado a este momento en que podemos decir que las calles vuelven a ser un poco más seguras —dijo con tono pedante—. Tenemos razones para creer que Edward Haynes es el pervertido que ha aterrorizado la ciudad en los últimos meses con una serie de...

Juliet se interpuso entre Pfeffer y las cámaras, ansiosa por revelar a los medios que el trabajo policial tan celebrado no había sido obra del capitán suplente.

—Usted no es bienvenido aquí, señor. Le ruego que se retire.

El rostro de Pfeffer se congestionó.

—Estamos realizando una investigación policial, jovencita.

—Dado que las pruebas y el sospechoso ya no están aquí, señor, no le queda nada para investigar, ¿o me equivoco? Váyase por favor.

—Entiendo que este es un establecimiento abierto al público.

—Y entiende muy bien. Sin embargo, nos reservamos el derecho de negarle el servicio a cualquiera que nos dé la gana. Y usted no es bienvenido aquí. —Se dirigió a los medios—. Apaguen esas cámaras. Quiero que se marchen ahora mismo.

No tuvieron más alternativa que satisfacer sus deseos. Juliet se mantuvo firme como un centinela hasta que el último periodista salió por la puerta. Después, sofocando un suspiro, fue a ver qué podía hacer para salvar su gran noche.

25

Luke encontró a Josie Lee de pie entre sus hermanas. Anabel la sostenía por un lado, Camilla la abrazaba por el otro y Ned estaba a sus espaldas.

—¿Estás bien, Josie? —le preguntó, deteniéndose frente a ella.

—Sí. —Se arrojó a sus brazos—. Entonces ¿ese era el Ladrón de Bragas?

Luke la estrechó contra su pecho.

—Sí.

—Me lo pareció, pero no estaba segura al cien por cien. —Josie Lee tuvo un escalofrío y Luke la abrazó todavía más fuerte.

—Lo siento mucho, chiquilla. No tenía idea de que lo arrestarían esta noche. Beau tampoco. Debe de haberte resultado duro verlo así de golpe, sin estar preparada... ¿verdad?

—Siempre imaginé que, si alguna vez me topaba con él, querría arrancarle el cuero cabelludo con mis propias manos. Pero solo parecía un viejo confundido, Luke.

—Lo sé. Las cosas no siempre salen como uno las planea, supongo.

—Hablando de eso... ¡pobre Juliet! Pfeffer ha echado a perder su gran noche. ¿El muy idiota no podía esperar hasta mañana?

—Apuesto a que Beau estará lívido de furia —intervino Anabel—. Siendo ella su novia y demás.

Luke no tenía la menor intención de ahondar en la compleja relación de Juliet y Beau.

—Por supuesto, está fuera de sus casillas.

—Y por la manera de hablar con la prensa de ese capitán suplente, cualquiera diría que él hizo todo el trabajo de detective —acotó Camilla, indignada—. Pero a mí no me venderá gato por liebre. —Su esposo acarició su brazo desnudo con las yemas de los dedos.

—Pero ¿por qué ha hecho las cosas de esta manera, Luke? —preguntó Anabel—. Parece absolutamente innecesario.

—Bueno... es que tendrá que abandonar su puesto a fin de mes. Beau sospecha que tiene ambiciones políticas.

—Oh, demonios —dijo Josie Lee, sombría—. Justo lo que Nueva Orleans necesita... otro político con aspiraciones de Número Uno. —Hizo un esfuerzo ostensible para disipar su malhumor—. ¿Y si no dejamos que nos arruine la noche?

—Sí —dijo Anabel—. ¿Cuántas veces en la vida tenemos ocasión de ponernos vestidos como estos?

—Precisamente. Vayamos a buscar a Juliet y veamos si podemos hacer algo para ayudarla a salvar su fiesta.

Los distritos individuales ya no contaban con calabozos propios, y por eso Beau tuvo que llevar a Edward al departamento central de policía para interrogarlo y entregar las pruebas. Cerró la puerta de la sala de interrogatorio tras ellos y acercó una silla a la mesa pequeña que estaba en el centro.

—Siéntese, señor Haynes.

Edward se sentó, mirando a su alrededor con vaguedad. Beau le quitó las esposas y pasó al otro lado de la mesa. Cogió una silla y se sentó a horcajadas, cruzando los brazos sobre el borde superior del respaldo.

—¿Le apetece una taza de café o alguna otra cosa?

Edward lo miró a la cara.

—No, gracias.

—¿Quiere contarme por qué irrumpía por la fuerza en las

casas de las mujeres y las obligaba a desnudarse a punta de pistola?

—Me agrada mirar a mujeres desnudas —replicó Edward, como si fuera lo más normal del mundo—. Me agrada muchísimo... y Celeste jamás ha dejado que la mire. Las mujeres son muy hermosas, ¿no le parece? Me gusta su piel. Y su olor.

Santa Madre de Dios.

—¿Alguna vez se le ocurrió pensar que tal vez a ellas no les gustara desnudarse para un extraño?

Edward pestañeó.

—¿Por qué? Todas ellas trabajaban en clubes nocturnos o los frecuentaban; supuse que les agradaba ser miradas. Nunca lastimé a nadie, sargento. Solo quería observarlas en un lugar un poco más íntimo que un bar. —Sonrió con dulzura—. Por supuesto que habría disfrutado mucho haciendo algo más que mirarlas, pero sabía que no era correcto.

—Si lo único que deseaba era verlas desnudas, tendría que haber comprado una revista para hombres —dijo Beau con llaneza.

Edward negó con la cabeza.

—Celeste jamás habría permitido que una de esas revistas entrara en la casa —dijo apenado.

Se oyó un golpe en la pared. Beau miró la pared-espejo detrás de la cual el fiscal suplente de distrito grababa el interrogatorio. Empujó una libreta con membrete legal y un bolígrafo sobre la mesa, hacia Haynes.

—Tengo que salir un momento. Mientras yo no estoy, me gustaría que escribiera todo lo que recuerde sobre las mujeres a quienes les «pidió» que se desnudaran para usted. Quiero los detalles de cómo lo hacía para entrar en sus casas y de lo que ocurría una vez dentro. —Se quedó mirando a Edward. El anciano cogió el bolígrafo y comenzó a escribir en el papel amarillo rayado—. Enseguida vuelvo.

Se reunió con el fiscal de distrito suplente en el pasillo. El hombre le preguntó en cuanto lo vio:

—¿Qué te parece?

—Ni siquiera ha pedido un abogado —admitió Beau—.

Y ahí está ahora, escribiendo su confesión. Quizá pretenda alegar demencia, pero no lo creo. Tendremos que evaluar su competencia mental, de todos modos.

El fiscal de distrito suplente suspiró.

—Sí, eso mismo pensaba yo. Le programaré una entrevista con nuestra psiquiatra. —Negó con la cabeza—. No había ninguna necesidad de hacerle tanta publicidad a este arresto, Dupree.

—Dímelo a mí. El capitán Taylor estará de regreso a comienzos del próximo mes y yo no veo la hora de que llegue. —Exhaló un suspiro—. Tengo que interrogar a Haynes sobre los atentados contra la vida de la señorita Astor Lowell.

El fiscal miró sus papeles.

—Aquí no figuran esos cargos.

—No... hasta el momento no tenemos suficientes pruebas. Pero parece estar bien predispuesto, de modo que convendría ver si suelta un poco más la lengua. —La diferencia entre las irrupciones no violentas del Ladrón de Bragas y las agresiones perpetradas contra Juliet lo confundían un poco. Pero las pistolas antiguas relacionaban ambos crímenes. Cualquier otra posibilidad sería demasiada coincidencia. No obstante, su instinto le decía que debía seguir esa pista—. Será mejor que vuelva a interrogarlo. Cuando haya terminado ingresaré a Haynes y lo mantendré bajo arresto.

—Me parece bien. —El fiscal de distrito suplente cerró su carpeta con un golpe seco—. Veré si puedo programarle una entrevista con la psiquiatra a primera hora de la mañana.

—Brincará de alegría al tener que venir aquí un domingo por la mañana —comentó Beau con sorna, y el joven fiscal sonrió.

—Lo sé. Y eso me alegra la noche —concluyó. Y se alejó silbando por lo bajo.

Beau regresó a la sala de interrogatorios.

—¿Cómo va eso, señor Haynes?

Edward levantó la vista y volvió a concentrarse en su escritura.

—Ya estoy a punto de terminar.

—Tómese su tiempo.

Permanecieron en completo silencio, salvo por el ruido del bolígrafo. Poco después, Edward dejó el bolígrafo y se irguió, abriendo y cerrando la mano sobre la mesa como si intentara calmar un calambre de escritor.

Beau estiró la mano para coger la pila de hojas manuscritas.

—¿Ha terminado?

Edward asintió.

—Entonces firme. —En cuanto Edward hubo estampado su firma, Beau se adueñó de los papeles y empezó a leer. Apretó las mandíbulas una sola vez, cuando leyó el comentario admirativo de Haynes acerca de los pechos de Josie Lee. Pero se tragó la furia. Unos minutos después, dejó los papeles a un lado—. Hablemos un poco de Juliet Astor Lowell.

Edward sonrió con dulzura.

—Una joven encantadora.

—Sí, por supuesto. Entonces ¿por qué le escribió esa carta de amenaza en relación al Garden Crown?

Edward bajó la mirada.

—Oh, claro, eso ha estado mal de nuestra parte, ¿verdad? Pero Celeste estaba muy molesta por verse desalojada de la propiedad Butler. Y en realidad no era una amenaza, ¿sabe usted? —Levantó la vista nuevamente y miró a Beau a los ojos mientras alisaba con cuidado las mangas de su esmoquin—. Fue una simple redacción de protesta ante la pérdida de otro pedazo de historia a manos del vulgar mercantilismo. Y además, cuando la enviamos aún no habíamos conocido a la querida muchacha.

Nosotros. Celeste y yo. Beau comenzaba a tener una muy mala sensación.

—Y supongo que tampoco cortaría usted los manguitos del líquido de frenos. Ni tomaría una foto de la señorita Astor Lowell en la fiesta del jardín. Ni serraría la baranda con la esperanza de que ella cayera al vacío mientras daba su discurso de bienvenida durante el cóctel.

Edward se puso tieso. Jamás habían ofendido tanto su dignidad.

—Desde luego que no.

—Entonces ¿quién lo hizo, señor Haynes?

—¿Sabes dónde se ha metido Celeste, Roxanne? Estaba tan atareada que ni siquiera me he dado cuenta de que la pobrecilla se había retirado.

Enarcando una ceja escéptica, Roxanne lanzó un fuerte bufido.

—Pobre mujer, me i...

—Sé que no te ha tratado particularmente bien. —Juliet acarició el brazo de su asistente y amiga—. Pero está tan orgullosa de la posición que ocupa en la sociedad de Nueva Orleans que el arresto de Edward debe de haber sido un golpe terrible.

—Y no sé de nadie que merezca tanto una cosa a... —Roxanne se interrumpió y sonrió apesadumbrada—. Lo siento. Sin embargo, no puedo dejar de sentir lástima por Edward. No sé lo que ha hecho, pero apuesto a que la dama dragón tiene la culpa.

Juliet disimuló una sonrisa. Siempre se podía confiar en la inquebrantable honestidad de Roxanne. Celeste era una mujer difícil. Pero nadie merecía sufrir una humillación pública como la que ella había sufrido esa noche. Y desde el punto de vista de la anciana, el momento escogido no podría haber sido más espantoso.

—Iré a buscarla a sus aposentos.

Miró la fiesta a su alrededor. Corría el vino, la gente bailaba y el nivel de decibelios era un zumbido constante de risas y charlas amigables.

—Supongo que nos equivocamos al temer que los invitados huyeran en estampida. —Negó con la cabeza—. Siento pena por el pobre nuevo gerente general... porque gracias a tanto escándalo y sensacionalismo, nuestros últimos dos eventos serán difíciles de superar.

Sus ojos se cruzaron con los de Roxanne y, al unísono, ambas soltaron una carcajada ligeramente histérica. Juliet intentó reprimir la risa porque obviamente no era apropiada para el momento, pero siguió asomando en las comisuras de sus labios a pesar de sus más denodados esfuerzos.

—Dios, amo esta ciudad —confesó—. Es un mundo en sí misma.

—Entonces tal vez deberíamos quedarnos.

Juliet se paralizó; cada célula de su ser alerta y ansiosa.

—¿Iniciar nuestro propio negocio y devolverle su dinero a papá, dices?

—Sí, ¿por qué no? Aunque yo no tengo mucho para aportar.

—Estoy en total desacuerdo. Tienes muchísimo que aportar.

—Juliet...

—Quizá no a nivel financiero, Roxanne. Pero posees una de las mentes mejor organizadas que he conocido en mi vida. Las cosas no se escapan de las manos estando tú a cargo de ellas. Y yo tengo contactos y un fondo de fideicomiso que jamás ha sido tocado. —La sola idea hacía volar su imaginación—. Lo pensaré muy seriamente. Es decir... —Miró a su amiga con repentina incertidumbre—. ¿Tú lo dices en serio?

Una sonrisa tímida asomó a los labios de Roxanne.

—Oh, sí. Si tú lo dices en serio, yo lo digo en serio.

—Oh, Dios, yo sinceramente creo que lo digo muy en serio. —Lanzó una sonora carcajada, porque la sola idea la hacía sentir muy bien—. Tendremos que hablarlo más a fondo luego. Ahora será mejor que vaya a ver dónde y cómo está Celeste.

No podía sacarse la idea de la mente mientras se abría paso entre los invitados rumbo a la escalera. Durante su estancia en Nueva Orleans se había transformado en una persona que en verdad le agradaba. Aunque muchas de las cosas que su abuela le había metido en la cabeza eran meritorias, la mayoría de las reglas que le habían enseñado tendían a mantener las apariencias. Y Juliet por fin estaba aprendiendo a hacer lo que la mayoría de sus semejantes indudablemente habían soñado en la adolescencia: quedarse con lo mejor de su educación y descartar el resto.

¿Y si a Beau no le agradaba su decisión de quedarse en la ciudad cuando se enterara? Bueno, por mucho que lo amara, no necesitaba a un hombre para sentirse completa. La ciudad era lo suficientemente grande para los dos. Y si él no pensaba lo mismo, siempre podría mudarse.

Arruinada. Celeste se miró en el espejo del tocador. Estaba arruinada. Después de lo ocurrido, jamás podría recuperar su posición en la alta sociedad. Ese horrible hombre que había hablado con la prensa había hecho que el pequeño pasatiempo de Edward pareciera perverso, por el amor de Dios, y ella había anticipado el sonido de las puertas de toda la ciudad cerrándosele en la cara.

Ella haría que se arrepintieran. Apuró de un trago su copa de jerez, abrió un cajón del tocador y sacó el arma. Cargó la munición en el tambor y empujó la bala hasta el fondo con la baqueta. Luego colocó una cápsula de percusión en una de las recámaras. Había que ponerle una cápsula a cada bala, pero Celeste solo necesitaba un proyectil para lo que tenía en mente. Pulsó el martillo y se llevó el cañón a la sien.

Luego apoyó el arma sobre la mesa de mármol y se sirvió otro poco de jerez de la botella que tenía cerca. Abrió otro cajón y sacó un papel con membrete personalizado y un bolígrafo.

«A quien corresponda», escribió.

Esa putilla de Juliet tenía la culpa de que hubiera llegado a ese extremo. No solo se había adueñado de su casa; también había metido a ese policía grosero en sus vidas. Sin embargo, después de garrapatear una esquela a tal efecto, Celeste la arrugó y la arrojó al suelo. Los quejicas no despertaban simpatía, y ella estaba decidida a que todos importantes se sintieran compungidos por su muerte.

Bebió su jerez y se sirvió otra medida. Necesitaba escribir algo con un fuerte remate, que hiciese llorar de arrepentimiento hasta a su más acérrimo enemigo. Cogió de nuevo el bolígrafo y escribió: «Ya no puedo continuar viviendo bajo el peso de la ignominia de Edward...».

Mucho mejor, pero seguía faltándole emoción. Necesitaba encontrar algo que atrapara la atención del lector al vuelo, algo... ¡Ah, sí! Ya lo sabía.

«Adiós mundo cruel», así encabezó la página. Después de haber agregado otras frases que hicieron llenar sus ojos de lágrimas, estampó su firma, dobló el papel por la mitad y volvió a coger el revólver de bolsillo. Lo estaba apuntando en la posición correcta cuando alguien de repente golpeó la puerta.

¿Y ahora qué? Suspiró hondo y bajó el revólver.

—¿Quién es?

—Soy Juliet, Celeste. ¿Puedo pasar?

El plan de Celeste cambió al instante. Como por arte de magia. Se volvió para mirar la puerta, deslizó el revólver sobre la banqueta del tocador y lo cubrió con los pliegues de su almidonada falda de tafetán. Juntó los tobillos y cruzó las manos sobre el regazo.

—Por supuesto —le anunció sombría a la puerta cerrada—. Entre, por favor.

Juliet entreabrió la puerta y asomó la cabeza por el vano.

—Lamento muchísimo lo de Edward —dijo. Entró en la habitación, cerrando la puerta tras ella. Abriéndose paso entre las antigüedades familiares que ocupaban por completo la estancia, se acercó a Celeste, que estaba sentada como una reina viuda ante su tocador.

El rígido silencio de la anciana la ponía incómoda, y prosiguió:

—La naturaleza pública de su detención fue inexcusable y es inútil preguntarle a usted si se encuentra bien. Pero quizá desea que llame a alguien para que venga a hacerle compañía.

La expresión fugaz que cruzó el rostro de Celeste casi le

dio miedo, pero se acercó todavía más y, siguiendo un impulso, le tendió la mano.

—No tendría que haber venido —dijo Celeste sin más rodeos.

Juliet dejó caer la mano a un costado.

—Lo lamento —musitó, zaherida al sentirse rechazada—. No le impondré mi presencia si prefiere estar sola. Pero detesto imaginarla sentada aquí, sin nadie con quien hablar. Lo que ha hecho Peter Pfeffer esta noche ha sido una completa desmesura. ¿Ha llamado a un abogado?

—Es usted una mosquita muerta, ¿verdad, mujerzuela falsa?

Juliet dio un respingo, impactada.

—¿Cómo dice?

—Ya me ha oído. No sea hipócrita, Juliet. No finja una preocupación que en realidad no siente.

—Estoy preocupada.

Celeste resopló con elegancia.

—Por favor. Si usted y sus preciosos hoteles Crown se hubiesen quedado en Boston, que es su lugar natural, nada de esto habría pasado.

La simpatía de Juliet se desvaneció más deprisa que el rocío matinal bajo el sol de Louisiana.

—Ni yo ni Crown Corporation tenemos nada que ver con el hecho de que Edward haya forzado a varias jóvenes a quitarse la ropa, Celeste. Eso comenzó mucho antes de que llegáramos. —Alzó el mentón, imitando inconscientemente a su abuela—. Sin embargo, es obvio que mi presencia no es bienvenida. No la molestaré más. —Dicho eso, dio media vuelta para irse.

—Siéntese.

Conteniéndose, Juliet volvió a darse la vuelta.

—¿Perdón?

Celeste deslizó la mano bajo la falda, extrajo el revólver y apuntó a Juliet.

—Hablo en serio.

Sintiendo que le flaqueaban las piernas, Juliet se sentó.

—Repito, señor Haynes, si usted no hizo todas esas cosas para atentar contra Juliet, entonces ¿quién lo hizo?

—No tengo ni idea.

Beau lo miró fijamente y resolvió que probablemente decía la verdad.

—¿Enviar la primera carta fue idea suya?

—Por el amor de Dios, no, querido joven... Fue idea de Celeste. Jamás le hizo gracia que las mujeres de la familia no pudieran heredar y...

—¿Dónde está el otro revólver, señor Haynes?

Edward pestañeó.

—¿El otro...?

—Revólver. El que confiscamos en su escondite era parte de una pareja. ¿Qué se ha hecho del otro?

—No lo sé... Seguro que debe de andar por algún lado.

Beau se levantó de un brinco y fue al teléfono del rincón. Marcó el número y escuchó impaciente mientras el teléfono sonaba una, dos, tres veces.

—Soy el sargento Dupree del distrito Octavo —dijo en cuanto contestaron—. Hace un tiempo entregué cierto número de evidencias para comprobar, una de las cuales es un arma de mano antigua. ¿Alguien ha verificado si ha sido disparada recientemente? —Su ira iba en aumento a medida que escuchaba las quejas burocráticas en el otro extremo de la línea—. Sé que estamos fuera de horario, maldita sea. Y también sé que usted está ocupado. Pero la vida de una mujer podría correr peligro inmediato si ese revólver jamás ha sido disparado. No me obligue a ir allí. Sí, de acuerdo. Anote mi teléfono móvil. Espero tener noticias suyas antes de media hora.

Resistiendo la tentación de estampar el auricular contra la horquilla, volvió a sentarse y miró a Edward.

—Ahora vamos a ingresarlo, señor Haynes.

Acompañó a Edward durante todo el proceso, y veinticinco minutos después lo encerró en un calabozo. Aunque era un pervertido —y un pervertido que había atacado a su hermana—, la expresión perdida de su cara lo hizo titubear.

—Regresaré enseguida —dijo.

Encontró a un detective mecanografiando un informe en una de las salas.

—¿Alguno de vosotros tiene revistas de desnudos?

El policía levantó la vista.

—¿Qué cosa?

—Revistas con chicas. —Se sentía un idiota. Todo intento de explicar sus verdaderas razones sonaría demasiado raro puesto en palabras, de modo que dijo—: Tengo un prisionero que os volverá locos a todos durante el resto de la noche si no le dais algo que despierte su interés.

—Oh, diablos, ¿un gritón? —Beau se encogió de hombros y el detective lo tomó como una afirmación—. Sí, busque en el escritorio de Playdel... el cuarto hacia allí. El último cajón de la derecha.

Playdel era dueño de una importante colección de revistas pornográficas, y Beau escogió dos de las más suaves.

—Gracias.

Era un idiota. Un idiota rematado, de eso no había duda. No obstante, cuando dos minutos más tarde se marchó después de haber entregado las revistas a través de las rejas, se llevó consigo la imagen de la amable sonrisa de deleite de Edward.

Su móvil sonó cuando bajaba trotando la escalera.

—Sí, aquí Dupree.

—Sargento, soy Maxwell del laboratorio. Hemos revisado ese revólver como nos pidió... y hace mucho tiempo que no ha sido utilizado.

—Hijo de puta. —Beau cortó la comunicación y corrió hacia la puerta más cercana al lugar donde había aparcado su GTO. Marcó el número de Luke.

Un instante después, Luke respondió.

—Hola —dijo con entusiasmo. A su alrededor se oían música y risas.

—Compañero, tenemos problemas. —Beau informó a

su amigo de todo lo que había averiguado—. Voy de camino —dijo. Abrió la puerta del GTO y se dejó caer en el asiento—. Busca a Juliet y asegúrate de que bajo ningún concepto se acerque a Celeste hasta que yo llegue.

26

Juliet miró azorada el cañón del revólver de Celeste. Habría jurado que la boca tenía el diámetro de la de un lanzagranadas. Se le secaron los labios. Se pasó la lengua por ellos varias veces, pero esta había perdido toda la humedad.

Al verla en ese estado, Celeste sonrió con desagrado.

—Le ofrecería un sorbo de jerez, pero tengo una sola copa.

Al demonio con la copa.

—Entonces páseme la botella. —No podría salir de ese embrollo hablando si ni siquiera podía despegar los labios de los dientes.

Fastidiada, Celeste hizo una mueca de desaprobación. Pero, sin dejar de apuntar a Juliet, se inclinó hacia delante y, cogiendo la botella de jerez por el cuello, se la alcanzó.

Juliet la recibió y se la llevó a la boca. Bebió un buen trago y sintió un calor ardiente en el estómago. Bajó la botella y, curvando los dedos sobre el cuello, la arrimó contra su pecho.

Celeste la miraba con franco disgusto.

—Cuando uno pasa demasiado tiempo con las clases bajas, comienza a comportarse como ellas.

¿A diferencia de la buena crianza que usted demuestra amenazando a una persona a punta de pistola? Como Juliet no era estúpida ni suicida, se tragó el pensamiento inexpresado.

Celeste apretó los labios y dijo con tono áspero:

—Jamás he tenido intenciones de hacerle daño, ¿sabe? Es por culpa suya que hemos llegado a esto.

Juliet sintió una furia de mujer violada a quien le dicen que se lo tiene merecido por llevar la falda demasiado ajustada y demasiado corta. Bebió un sorbo de jerez y dijo con un tono de voz cuidadamente controlado:

—¿Por qué es culpa mía?

—¡Porque no ha querido irse! No le bastó con adueñarse de mi casa y convertirla en una vulgar posada...

Más allá de la exageración ridícula, Juliet quedó sinceramente perpleja ante el razonamiento de Celeste.

—Pero Celeste... de todos modos la iban a vender. La gente de Trust Butler vino a vernos... Recuerde que nosotros no fuimos a buscarlos.

Como si Juliet no hubiera dicho nada, la anciana prosiguió con su diatriba.

—Ni siquiera tuvo el refinamiento suficiente para dejarse ahuyentar por una horrible cucaracha.

Juliet dio un respingo.

—¿Usted puso ese bicho en mi cama?

—Por supuesto que no. Son unas criaturas detestables. —Celeste se estremeció—. Le ordené hacerlo a Lily. —Al ver que Juliet volvía a llevarse la botella de jerez a los labios, le espetó echando fuego por los ojos—: ¡Solo mírese! Está dando un espectáculo lamentable. Pero yo le di la oportunidad de marcharse de forma pacífica. Incluso le envié una carta de advertencia.

Juliet sintió que su cabeza empezaba a dar vueltas. Aunque estaba segura de que no era el efecto del alcohol en su estómago vacío, apoyó con cautela la botella en el suelo, cerca de su silla.

—Pero ¿acaso usted la tuvo en cuenta? —preguntó Celeste, indignada—. Oh, no, claro que no. Vino de todos modos. E incluso eso podría haber resultado bien... pero usted tuvo que meter a ese zafio policía en nuestras vidas.

—A decir verdad —dijo Juliet con voz serena—, Beau apareció a causa de esa carta.

Celeste pestañeó.

—¿Cómo?

—Su carta de amenaza, perdón... de advertencia. Hizo que mi padre pidiera protección policial para mí.

La ira absoluta que transformó el rostro de Celeste hizo que a Juliet se le revolviese el estómago. Y le reveló una verdad que tendría que haber descubierto mucho, muchísimo antes.

—Oh, Dios mío. —Respiró lentamente por las fosas nasales para controlar las náuseas—. Fue usted quien trató de matarme. Los frenos, el disparo...

—Oh, por favor, no diga tonterías —le espetó Celeste. Juliet respiró profundamente aliviada. Empezaba a sentirse una tonta por lo que acababa de decir, cuando Celeste agregó con acritud—: Era de ese molesto sargento Dupree de quien quería deshacerme... usted simplemente se puso en medio del asunto por casualidad.

—¿Quería matar a Beau?

Celeste asintió con la cabeza con ademán regio, condescendiente.

—¿Por qué? —Entonces lo vio todo claro—. Oh, por supuesto... Edward.

—Sí. Era crucial que el pequeño pasatiempo de Edward no llegara a los oídos de la gente importante de verdad.

Y ahora que aquello había ocurrido, Edward evidentemente había dejado de importar. La vieja malvada no había preguntado ni una sola vez por el bienestar de su marido.

Llena de furia, Juliet observó el revólver que, apoyado sobre el regazo de Celeste, seguía apuntando en su dirección. Parecía antiguo. ¿Esos revólveres de antaño no llevaban una sola bala? No, tenía tambor de revólver común, lo que indicaba que podía haber una bala en cada recámara. Lamentablemente no había manera de saber si todas las recámaras estaban cargadas.

Estaba tan concentrada en el arma que los golpes súbitos en la puerta le hicieron pensar, por un instante, que el revólver se había disparado. Se le escapó un alarido y se llevó la mano a su desbocado corazón.

Celeste ni siquiera parpadeó.

—¿Quién es? —preguntó con tono quisquilloso y malhumorado.

—Soy el sargento Gardner, señora Haynes. Necesito hablar con Juliet.

¡El calvario había llegado a su fin! Juliet se dejó llevar por la esperanza... solo para caer en picado cuando Celeste graznó con decisión autocrática:

—Váyase.

—Lo siento, no puedo irme. ¿Se encuentra bien, Juliet?

—Mmm, no exactamente.

—Voy a entrar.

Celeste disparó contra la puerta.

—¡Santo Dios! —Juliet se levantó de un brinco—. ¡Luke! ¿Está herido? —Sintió alivio al escuchar una retahíla de obscenidades al otro lado de la puerta. Eso quería decir que no estaba muerto. Sin embargo, podía estar gravemente herido.

—No —dijo Luke—. Estoy bien. —Luego agregó, levantando algo la voz—: No tendría que haber hecho lo que hizo, señora, porque ahora estoy enfadado. Y le aseguro que no le conviene enojar al Departamento de Policía de Nueva Orleans.

Celeste parecía estar tan fuera de sí que Juliet temió que en cualquier momento comenzaran a volar las balas... y se negó a quedarse allí sentada, esperando que una diera en el blanco. Cogió la botella de jerez, dio varios pasos cautelosos hacia Celeste y se detuvo donde ella no podía verla, aprovechando que la anciana había concentrado toda su atención en Luke.

Pero Celeste debió de percibir el movimiento con el rabillo del ojo. Se dio la vuelta de golpe y Juliet quedó paralizada, con los ojos fijos en el cañón del arma que apuntaba directo a su corazón. Tuvo una vaga conciencia de pies que corrían por el pasillo, fuera. Pero no podía quitarle los ojos de encima a Celeste, quien hizo retroceder el percutor del arma con el pulgar.

—Adelante, miserable advenediza —dijo fríamente—. Deme una excusa para apretar el gatillo.

—¡Capullito de Rosa! —La voz era un alarido de violencia primitiva.

—¿Beau? —Juliet se dio la vuelta hacia la puerta. ¡Oh, Dios, él estaba allí, estaba allí, estaba allí!

Celeste también se volvió en la misma dirección. Su rostro era una máscara de furia. Levantó el revólver y apretó el gatillo con su dedo venoso.

—¡No! —Los disparos vacíos solo se escucharon después de que Juliet hubo estrellado la botella de jerez en el blanco e inmaculado peinado de Celeste. El golpe produjo un ruido seco, horrible... y el revólver cayó al suelo. Un instante después, Celeste se derrumbó hecha un ovillo junto al arma.

Gimiendo «Ay, Dios, ay, Dios, ay, Dios», Juliet pasó por encima del cuerpo tendido, se agachó y cogió el revólver por la culata; entre el pulgar y el índice. Sosteniendo el arma con el brazo extendido, lejos de su cuerpo, corrió hacia la puerta. El horrendo estrépito de los golpes incesantes en los paneles de madera de la puerta la hizo estremecer.

—¡Juliet Rose! —rugió Beau—. Háblame... ¿qué diablos está pasando ahí dentro?

Juliet abrió la puerta de golpe... y Beau estuvo a un tris de estamparle un puñetazo en plena cara. Se detuvo justo a tiempo. Con mirada salvaje, recorrió su cuerpo de arriba abajo.

—No hay sangre —masculló—. Gracias a Dios. —Le quitó el revólver de la mano y se lo pasó a Luke mientras la atraía hacia sí con el brazo libre. Un segundo después, la estrechaba con fuerza.

Beau la estaba abrazando con tanta intensidad que apenas podía respirar, pero Juliet no se quejó. Enterró la nariz en la pequeña hendedura de la base del cuello de Beau y aspiró su aroma, sintiendo que su calor penetraba en todo lo que tocaba. Los latidos de su corazón reverberaron a través de su ropa y su piel.

—Fue ella, Beau. Fue ella todo el tiempo. —Con las palabras precipitándose unas sobre otras, relató con voz ronca los detalles con los labios pegados al cuello de Beau.

Beau la sintió temblar y le acarició la espalda para tranquilizarla. La hilera de perlas en la espalda de su vestido se interponía constantemente en el camino de sus manos. Deslizó los dedos bajo las perlas y cerró los ojos al sentir su piel cálida y sedosa.

—Chist —repetía en un canto hipnótico. Con la mano derecha, continuaba acariciándola desde la nuca hasta la cintura—. Todo está bien, cariño. Ha terminado, y yo estoy aquí. Todo está bien.

No sabía a quién intentaba consolar... si a ella o a sí mismo. Pensar en esa anciana dama despótica empuñando un revólver con ojos feroces y teniendo a Juliet Rose firmemente en su mirada bastaba para hacer temblar a un hombre adulto. Le frotó el mentón contra la sien—. Te amo, cara de ángel. No estás sola... yo estoy aquí y te amo.

Juliet se apartó de él tan bruscamente que tuvo que esmerarse para no desprender las frágiles perlas de sus presillas. Apretando con firmeza la suave piel a cada lado de su columna vertebral, Beau la miró a la cara y vio arder sus ojos grises.

—No me tomes el pelo, Beau —le espetó—. Ha sido una noche difícil y no estoy de humor.

—¿Eh? —No sabía de qué diablos estaba hablando, pero la acarició para tranquilizarla—. No te preocupes, cariño —le aseguró—. No tienes que ser coherente. Sé que tener un revólver apuntando a la cara puede desequilibrar a cualquiera.

Juliet emitió un sonido parecido al de una olla a presión.

—Me alegro por ti. Pero yo no soy ningún cachorrillo para que me arrojes un hueso, así que guárdate para ti tus falsas declaraciones de amor.

Una sonrisa asomó en las comisuras de su boca, y dijo:

—Me temo que no será posible. Es probable que tu padre me demande cuando se entere de la buena nueva, y Dios es testigo de que jamás imaginé que me enamoraría de una presuntuosa princesa yanqui, pero créeme, pimpollo... mis declaraciones son sinceras.

—Pfff. —Juliet apretó sus bonitos labios. Su escepticismo no podía estar más claro. Sin embargo, Beau notó que había dejado de resistirse a su abrazo.

Bajó la cabeza para besarle el lado del cuello, y se envalentonó al sentirla temblar y acercarse a él un poco más.

Pero Juliet Rose Astor Lowell no era la marioneta de nadie, y volvió a apartarse.

—¿Y qué ha pasado con la tan esperada puerta giratoria en tu dormitorio, Beauregard?

—No la quiero.

—No la quieres esta noche porque estás abrumado de emoción por todo lo que ha ocurrido, quizá...

Beau lanzó un suspiro. De acuerdo, con toda justicia no podía esperar volver a su vida como si nada... no después de haberla tratado como la había tratado. Beau había vivido con mujeres el tiempo suficiente para saber que tendría que rebajarse un poco para que Juliet considerara la posibilidad de aceptarlo de nuevo. Pero, contra viento y marea, estaba decidido a lograr que Juliet hiciera eso... y mucho más. Liberando un brazo, la mantuvo cautiva con el otro y asomó la cabeza en el aposento de los Haynes.

—¿Lo tienes todo bajo control, Luke?

—Y ha sido uno de mis peores días, amigo.

—Bien. Estaré abajo...

—¿La señora Haynes está bien? —Juliet estiró el cuello para mirar en el interior de la habitación—. No la he matado, ¿verdad?

Celeste estaba sentada en el suelo, con una mano en la nuca. Al sentir que Juliet se relajaba, aliviada, Beau le recomendó a Luke:

—Estaré en la habitación de Juliet si me necesitas.

—No voy a necesitarte, compañero. —Luke levantó la mirada y les sonrió.

Beau le devolvió la sonrisa.

—Bueno. —Hizo dar media vuelta a Juliet y la condujo a su suite—. ¿Tienes la llave?

Juliet buscó la llave en un pequeño bolsillo invisible cosido en la cara interna de su vestido, entre sus pechos.

Beau sintió que le subía la temperatura.

—Quizá deba palparte, por si llevas un arma escondida.

Juliet alzó la nariz.

—Como si mis diminutas armas pudieran interesarle a un hombre con una marcada preferencia por las bazukas.

—Ah, cariño, te he herido, y lo lamento muchísimo. Me gustaría que me dieras una oportunidad para explicarme.

Juliet encogió delicadamente un hombro e hizo pasar a Beau a la sala, siempre guardando las distancias.

Beau contempló su piel dorada y su gesto sereno y a la vez desafiante, y la deseó con un dolor que lo caló hasta los huesos. Mirándola a los ojos, dijo categórico:

—Te amo. Quiero que quede bien claro a partir de ahora.

—Estoy segura de que esta noche crees amarme. —Levantó el hombro unos centímetros más—, porque te sientes culpable.

A Beau no le gustó que le dijeran lo que sentía, y por un instante olvidó que había planeado ser amable y persuasivo.

—¿Ah, sí? ¿Y por qué tendría que sentirme culpable?

—Por haber arruinado... ¿cómo la has llamado antes...?, mi gran noche.

Beau resopló.

—Yo no he arruinado tu gran noche... eso fue obra del Pedante. Además... —Comenzó a acercarse y se alegró al verla retroceder nerviosamente—. Has de tener en cuenta que soy un verdadero egoísta hijo de puta. Nunca siento culpa por nada.

Juliet chocó de espaldas contra la pared pero se recompuso, incólume, y alzó el mentón en dirección a Beau.

—Si fueses tan rematadamente egoísta, jamás habrías aceptado la responsabilidad de criar a tus tres hermanas. —Le rozó el mentón con las yemas de los dedos por un instante. Luego retiró la mano y concluyó con frialdad—: Y ahora por fin tienes la oportunidad de cumplir tu sueño.

—Ajá. —Apoyó las manos en la pared y se inclinó sobre ella—. Y a ti te parece muy bien que yo juegue al suicida sexual con una interminable hilera de rubiales tontas, ¿verdad?

Juliet lo miró a los ojos. Estaba empezando a dudar de su inteligencia.

—Por supuesto que no. A mí me parece espantoso.

—No sé si espantoso es la palabra que yo utilizaría para definirlo, pero esta noche me he dado cuenta de que la idea no calienta mis motores como siempre esperé que lo haría.

—Precisamente —insistió Juliet, como si él acabara de expresar lo que ella pensaba—. Te has dado cuenta esta noche.

—Maldita sea, Capullito de Rosa, si yo hubiera querido andar persiguiendo tetas... eh, mujeres, por toda la ciudad... pues, he tenido años de sobra para hacerlo.

—Tus hermanas...

—No tenían la menor idea de dónde estaba yo la mayor parte del tiempo. Podría haber estado con un millar de mujeres sin que ellas se enteraran jamás.

—Eso no es lo que dijiste el otro día.

—Sí, bueno, el otro día aún pretendía aferrarme a un sueño. Pero es un hecho. Podría haberme acostado con quien quisiera... de haberlo querido.

—Entonces me estás diciendo que has sido célibe todos estos años porque...

—No exactamente célibe. Simplemente... selectivo. —Le besó la sien—. Y tus armas no tienen nada de diminutas, pimpollo. —Bajó la mano y acarició su pecho izquierdo—. Son temibles, créeme.

Juliet se relajó contra la pared por un instante, pero no se dejaría vencer así como así. Lo puso en su lugar con sus grandes ojos grises y preguntó:

—Entonces ¿ya no te interesan los pechos grandes?

—Querida, los pechos grandes me interesarán hasta el día en que me muera. —Le sonrió de lado—. Grandes, pequeños, los miro todos... es algo que está grabado en el cromosoma masculino. Pero juro por Dios que no tocaré más senos que estos. —Le acarició el pezón con el pulgar y le susurró al oído—: Dime que me amas.

—No. —Pero su voz sonaba agitada y ella se revolvía, inquieta, contra la pared.

—Dime que me amas, Juliet Rose.

Ella no dijo ni una palabra.

—Diablos, tú sí que eres terca. Muy bien. Entonces te lo diré yo. Te amo. —La miró a los ojos—. Me cayó como un cubo de agua fría, justo cuando ocurrió lo que ocurrió y terminamos arrestando a Edward. Y cuando pensé que quizá te marcharas de la ciudad sin que yo tuviera la oportunidad de decírtelo... te aseguro que no era un buen momento para hacerlo, Juliet.

Ella le golpeó el pecho con los puños.

—No sé qué quieres de mí —gimió.

—Quiero que vuelvas a confiar en mí. Quiero que digas que me amas y que estás dispuesta a abandonar algunos de esos lujos a los que estás acostumbrada, y que serás mi mujer, mi esposa... y quizá hasta serás la madre de mis hijos.

—No quiero ser responsable de tus ataduras. Has criado y mantenido a tu familia. Quieres tener sexo con dos mujeres a la vez.

—Ah, cariño. —Apoyó la frente contra la de Juliet—. No me recuerdes esa idiotez eternamente. Estaba muy asustado cuando me hice cargo de mis hermanas. Tenía miedo de no poder hacerlo, de echarlas a perder con mi ineptitud. Esa fantasía era una vía de escape en todas aquellas noches, cuando me sentía ahogado bajo el peso de tanta responsabilidad. Pero no es lo que en verdad quiero. —Retiró la peineta de largos dientes que sujetaba su moño y también las horquillas que la acompañaban. Levantó la cabeza y observó, satisfecho, la tupida mata de ondas color miel que adornaba su cabeza—. No me da calor por las noches, Capullito de Rosa. No me hace reír ni hace latir mi corazón, y sobre todo no me hace querer estrangular a una mujer y desear, al minuto siguiente, desnudarla de pies a cabeza.

—Te amo, Beau. —La voz de Juliet sonó débil porque decírselo era un riesgo... un riesgo que ya no podía evitar correr. Vio que sus ojos negros se iluminaban. Beau le sonrió con su blanca sonrisa, más blanca todavía por el contraste con la barba que ya comenzaba a sombrearle el mentón.

—¿Sí? —Beau suspiró tan hondo que su pecho rozó el de Juliet.

—Oh, sí. —Le pasó los brazos por el cuello—. Tanto que me asusta.

—Cariño, no tengas miedo. Tú y yo, juntos, vamos a darnos la gran vida. —Echó la cabeza hacia atrás y lanzó una carcajada. Hundió sus largos dedos en el cabello de Juliet y la besó. Luego se apartó un poco y le preguntó—: Entonces ¿vas a casarte conmigo o qué?

Ella tragó con dificultad pero respondió lo único que podía responder.

—Sí.

—¡Muy bien! Y ni siquiera he tenido que recurrir al gran persuasivo.

—¿El gran qué?

—Persuasivo, querida. El arma definitiva de mi arsenal.

—Ah. —Frotó su miembro erecto con las caderas—. Pues... no te preocupes. Tendrás muchísimas oportunidades de usarlo en el futuro.

—Cuento con eso, cara de ángel. —Su sonrisa era pícara y en sus ojos ardía una llama pecadora—. Pero en realidad, eh, me refería a todos los lugares de perdición que aún debo mostrarte en el barrio Francés.

Juliet se quedó mirándolo, boquiabierta.

—¿Qué te hace pensar que eso me persuadirá?

—No me vendas gato por liebre, cariño... esos antros te fascinan desde la cabeza hasta los refinados deditos de tus pies.

Juliet frunció la nariz.

—Admito que me resultan moderadamente interesantes.

—Creo que te resultan absolutamente estimulantes.

—¡Oh! Tú sí que eres un sabueso. —Un calor intenso le subió a la cara y la ocultó en el cuello de Beau... pero luego se rió—. Solo por eso, dejaré que seas tú quien le dé la buena nueva a mi padre.

—Por mí está bien. Solo que no esperes que le pida permiso. Simplemente le diré cómo son las cosas.

Y Juliet sabía que no se le movería un pelo ante las bravatas de su padre. Pletórica de felicidad y con una sensación de seguridad que jamás había sentido antes, le sonrió a su prometido.

—Tienes toda la razón del mundo, Beauregard. Tú y yo, juntos, vamos a darnos la gran vida, ¿verdad?

—Por supuesto que sí, bomboncito de miel. —La besó intensamente y le dirigió una de sus risas deslumbrantes—. No te quepa la menor duda.

Epílogo

Era noche de alubias rojas y arroz en el pequeño chalet criollo de Beau y Juliet en el distrito Bywater, y la casa estaba atestada de gente. Anabel y Roxanne se peleaban por un espacio frente a la cocina, Josie Lee discutía con Camilla sobre los ingredientes de la ensalada que estaban preparando juntas en una esquina de la mesa, y a Luke lo enviaban a buscar en el refrigerador cada nuevo ingrediente que, según ellas, era imprescindible para el éxito de su misión culinaria. De pie delante de la encimera, Juliet untaba pan francés con manteca de ajo y luego se lo pasaba a Beau para que lo cortara en rebanadas. A su vez, Beau le pasaba las rebanadas a Ned, quien las colocaba en una fuente cubierta con una hoja de papel de aluminio. Aaron Neville cantaba a dúo con Linda Ronstadt desde el reproductor de CD, y el viento de finales de octubre sacudía levemente las ventanas empañadas por el vapor.

Juliet se secó el sudor de la frente con el dorso de la muñeca y rodeó a Beau para coger los platos y la cubertería.

—Ya que estás ahí, trae los aderezos —le pidió a Luke, quien en ese preciso instante estaba buscando cebolletas en el refrigerador—. Jose, ¿me pasas las servilletas? —Recibió una pila de servilletas de manos de su cuñada y fue a poner la mesa al otro extremo del salón.

—Eh, Juliet —dijo Luke desde el umbral—. Hoy me han dicho que Celeste Haynes ha sido declarada apta para el juicio. La alegación de demencia no ha funcionado, después de todo.

Juliet se acercó a la puerta, donde fue interceptada por Beau. Cada vez que alguien hablaba de Celeste sentía la imperiosa necesidad de protegerla. La colocó frente a él y la abrazó, envolviéndole la cintura con los brazos.

—Muy bien —murmuró—. Supongo que Edward irá a dar con sus huesos a un asilo psiquiátrico, pero siempre pensé que la vieja bruja tenía la culpa de que terminara allí.

—Estoy de acuerdo —dijo Roxanne.

—Y vosotros dos sois la imparcialidad en persona —dijo Juliet secamente—. Para empezar, tú nunca has sido una gran fan de Celeste, Rox... y Beau está convencido de que el rechazo sexual es una defensa legítima ante un tribunal de justicia.

Beau la apretó con más fuerza y comenzó a acariciarle el cabello de la sien con su mentón barbado.

—Y no me retracto, cariño. Yo también enloquecería si me cortaras las alas desde el primer día de nuestra boda. Pero Celeste sabía perfectamente bien lo que estaba haciendo cuando intentó eliminarnos para preservar su lugar en el precioso registro social. El color «anaranjado de convicto» le sentará muy bien, no te preocupes. Y si hay justicia en este mundo, habrá una interna dispuesta a darle su San Martín.

Poco después, todo era bullicio en torno a la mesa. Juliet todavía tenía momentos en los que se sentía abrumada por vivir en una casa tan limitada, pero era el pequeño precio que debía pagar a cambio de formar parte de la ruidosa familia de Beau.

—Tengo una noticia bomba —dijo Camilla cuando todos los comensales hubieron saciado el hambre. Se apartó un poco de su hermana—. Josie Lee, ¿me harías el inmenso favor de no clavarme el codo en las costillas?

—Eh, perdóname por mi insolencia. ¿Dónde diablos quieres que me lo meta? —Luego sonrió—. No me contestes.

—La próxima vez quizá tendríamos que cenar en vuestra casa —sugirió Beau, pasando el brazo por encima de Juliet para coger la fuente de arroz.

—Ah, claro... es todavía más pequeña que esta. Quizá tendríamos que hacerla en el nuevo hotel de Juliet y Rox.

—Ni siquiera hemos instalado la cocina... todavía está todo muy verde. —Juliet miró a Camilla—. ¿Qué noticia quieres darnos?

—Ned y yo vamos a tener un bebé.

Anabel y Josie Lee gritaron, Juliet lanzó una carcajada, Luke palmeó a Ned en el hombro, y Beau dijo con fervor:

—Por favor, Dios, toda mi vida he sido subyugado... Haz que el bebé en camino sea de los que orinan de pie.

—Oh, cállate la boca, Beau —dijo Anabel—. Nadie siente pena por ti. Y además, las posibilidades están empezando a igualarse.

Juliet se quedó bastante callada y meditabunda después de la noticia y Beau quería saber por qué. En cuanto la puerta se cerró detrás del último invitado, fue directo al grano.

—¿Qué ocurre, cariño?

Juliet pestañeó.

—Nada.

—Diablos, odio que las mujeres hagan eso. Es una respuesta tan femenina... ¿La casa te está resultando demasiado agobiante? —El lugar era una caja de chocolatinas comparado con la mansión donde Juliet se había criado.

—No. Cada dos semanas me pongo un poco claustrofóbica, pero enseguida se me pasa. Me gusta. Es como tú.

—Entonces ¿no te estás cansando de la vida matrimonial?

—¡No! —Lo empujó al sofá y se montó a horcajadas sobre sus rodillas—. Dios santo, Beauregard, prácticamente estamos todavía en nuestra luna de miel. ¿De dónde has sacado semejante locura?

—Bueno, es evidente que algo te molesta. ¿Has hablado con tu abuela? —La vieja bruja no era la persona más agradable que Beau había conocido en su vida, como tampoco lo era el padre de Juliet. Su esposa negó con la cabeza pero no pudo darle razones—. No me hagas adivinarlo sin darme ninguna pista, cara de ángel.

—Demonios, nadie dudaría de que eres policía... Eres muy suspicaz. —Le pellizcó un brazo—. No pasa nada malo, Beau. Solo estaba pensando en bebés.

Beau se quedó paralizado.

—¿Qué? —Posó la mirada en el vientre plano de Juliet—. ¿No estarás...?

—¡No! Oh, no. —Juliet rió—. El anuncio de Camilla ha hecho que me preguntara qué clase de madre sería yo, eso es todo.

—Una gran madre.

—¿De verdad lo crees así? Yo sé que tú serías un buen padre, pero yo no tengo ninguna experiencia con niños pequeños y me aterra la posibilidad de ser un desastre absoluto.

—Confía en mí, cariño... Tú dejas que las personas sean exactamente tal como son, y los tratas con respeto más allá de lo que sean. Serías una madre maravillosa. ¿Quieres un hijo? Te haré un hijo... no tienes más que pedírmelo. —Le daría la luna si se la pedía.

—No, todavía no estoy preparada para eso. Me estoy divirtiendo mucho últimamente y aún no siento deseos de echar raíces. Solo me dejó pensando un rato, eso es todo.

—Pues... te diré una cosa. —La arrojó sobre los almohadones del sillón y saltó encima de ella para inmovilizarla—. ¿Qué te parece si empezamos a practicar? —Con mano presurosa y ágil, comenzó a desnudarla—. Así, cuando estés preparada, sabremos exactamente qué hacer.

—Es muy importante saber lo que una está haciendo —afirmó Juliet, solemne, mientras le desabotonaba la camisa y se la quitaba de los hombros.

—Oh, sí. Absolutamente. Justo estaba pensando en eso.